S.

MIDN

S. Serpente

MIDNIGHT FALL

Roman

www.sserpente.com

Impressum

Bibliografische Information der Deutschen Nationalbibliothek:
Die Deutsche Nationalbibliothek verzeichnet diese Publikation in der Deutschen Nationalbibliografie; detaillierte bibliografische Daten sind im Internet über http://dnb.dnb.de abrufbar.

© 2022 S. Serpente

Lektorat: Kristina Licht
Korrektorat: Franziska Sprenger
Verwendete Coverfotos: pixabay.com
Covergestaltung: S. Serpente

Herstellung und Verlag: BoD – Books on Demand, Norderstedt

ISBN: 978-3-754-379-363

Für all die Familienmitglieder, die ich nicht mehr in die Arme schließen kann. Ich hoffe, im Himmel gibt es Buchhandlungen.

PROLOG

Der Mann, der zusammengerollt auf dem harten Asphalt kauerte, war blutüberströmt. Er hatte eine gebrochene Nase, eine Schusswunde am Oberschenkel und eine ausgekugelte Schulter, die in einem unnatürlich verdrehten Winkel in einer Blutlache ruhte. Ian fluchte.

Röchelnd brachte der Mann ein schmerzverzerrtes Stöhnen hervor, die fast geschlossenen Augen benommen auf Ian gerichtet, als er sich ihm näherte und schließlich zu ihm hinunterbückte.

»Anthony. Hältst du durch?«

Erleichtert stieß sein Freund einen bejahenden Laut hervor. »Ich lebe ... noch.«

Ian nickte. »Ein Krankenwagen ist unterwegs. Rühr dich nicht vom Fleck.«

»Habe nicht unbedingt ... eine andere Wahl«, keuchte Anthony. Blut lief ihm aus den Mundwinkeln, als ihn den Bruchteil einer Sekunde darauf ein besorgniserregender Hustenanfall schüttelte. Innere Blutungen. *Fuck.*

Nicht eine einzige Emotion spiegelte sich in Ians kantigem Gesicht wider – keine. Noch nicht einmal die wachsende Wut und der beißende Hass auf den Mann, der seinen besten Freund so zugerichtet hatte.

Dafür würde Jackson mit seinem gottverdammten Leben bezahlen.

Ian bewegte sich leise und geschmeidig wie ein Tiger kurz vor dem Angriff. Seine Hände hatten das Metall der geladenen Waffe, die er fest umschlossen hielt, gewärmt. Erst als ihn nur noch zwei Meter von Jackson und seinen Kumpanen trennten, entriegelte er mit einem hörbaren Klicken die Sicherung. Das Geräusch hallte durch die dunkle Gasse. Sein Zeigefinger lag ruhig auf dem Abzug.

Der Mann mit den Dreadlocks und den eingefallenen Augen fuhr sofort herum. Er sah sogar noch schlimmer aus als beim letzten Mal, als er Ian über den Weg gelaufen war.

»Wie ich sehe, haben meine Warnungen nicht gereicht«, begann Ian gefährlich ruhig.

»Du schon wieder? Was willst du hier, du Drecksköter? Verpiss dich aus meinen Angelegenheiten.« Jacksons Oberlippe zuckte – es bestand kein Zweifel daran, dass die letzte Dosis, die er sich in die Vene gejagt hatte, noch nicht allzu lange her war.

»Willst du enden wie er?« Jackson deutete mit dem Kinn auf den blutenden, am Boden liegenden Anthony. »Du bist hier nicht willkommen. Du und dein Drecksschnüffler. Geht dahin zurück, wo ihr hergekommen seid, verdammt nochmal.«

»Das werde ich nicht tun. Meinetwegen kannst du dich mit Drogen zudröhnen, bis du erbärmlich daran krepierst. Es könnte mich nicht weniger kümmern, ob du irgendwann in der Kanalisation verrottest. Aber deine Gier verletzt hier Menschen. Unschuldige Menschen. Damit ist jetzt Schluss.«

»Unschuldige Menschen?« Jackson lachte höhnisch auf. »Wer bist du? Robin Hood? Batman?«

»Ich bin dein schlimmster Albtraum. Diese Stadt und all ihre Einwohner gehören jetzt zu mir. Mit anderen Worten – sie stehen unter meinem Schutz. Ich lasse nicht zu, dass du auch nur einem von ihnen ein Haar krümmst.«

»Fick dich.«

Jacksons Schergen hatten allesamt ihre Waffen auf Ian gerichtet und doch zuckte dieser nicht einmal mit den Wimpern.

»Dich mit meinen Leuten anzulegen, war ein Fehler, Jackson. Anthony anzugreifen, war ein Fehler. Ich kann dir versichern, dass dein Leben nach dem heutigen Tag nie wieder so sein wird wie früher. Solltest du also wie durch ein Wunder überleben, frage ich mich, was wohl die Polizei davon halten wird.«

»Du hast die Bullen gerufen, du Feigling?«, spie Jackson. »Felix!«

»Bin schon dabei.«

Energisch drehte sich einer seiner Schergen zu der dunkelblauen und zerschlissenen Reisetasche – der Grund für Anthonys Auftauchen – um. Ian beobachtete ihn einen Augenblick lang unbeeindruckt dabei, wie er nach einem Funkgerät kramte, das er einem Polizisten abgenommen haben musste, und sich nahezu panisch durch die Verbindungen zappte. Ein ohrenbetäubendes Zischen und dumpfe Stimmen drangen durch den Hörer, bis er den richtigen Kanal gefunden hatte und angestrengt lauschte.

»Ich habe einen Krankenwagen gerufen. Die Polizei hat lediglich eins und eins zusammengezählt«, sprach Ian inzwischen unberührt weiter.

»Es stimmt. Der Bastard sagt die Wahrheit, sie sind auf dem Weg hierher. Wir haben nicht mehr viel Zeit, Jackson!«

»Du hast wohl Todessehnsucht, was?«

Jackson trat nach vorne, wohl ungeachtet dessen, dass seine Fäuste mit den aufgeplatzten und blutigen Knöcheln momentan die einzigen Waffen an seinem Körper waren, die er gegen ihn einsetzen konnte. Sei es drum – Ian würde ihn nicht unterschätzen. Auch Anthony hatte eine Waffe bei sich gehabt und nun rang er auf dem kalten Asphalt um sein Leben. Anders als sein bester Freund jedoch würde Ian nicht zögern, den Abzug zu drücken.

»Komm noch einen Schritt näher. Trau dich.«

Zumindest hatte offenbar auch Anthony ein paar Schläge gelandet, bevor er zu Boden gegangen war. Jacksons Auge zierte ein Veilchen und aus seiner Nase quoll ununterbrochen Blut, das Jackson sich mit dem Ärmel wiederholt aus dem Gesicht wischte. Zornentbrannt verzog er die Lippen.

»Bringt ihn um. Ich will ihn vor meinen Augen ausbluten sehen.«

Ian nahm Jacksons Befehl als Stichwort und drückte als Erster ab. Ein Schuss hallte durch die Gasse, noch während sich eine Kugel in Jacksons Schulter bohrte und ihn in die Knie zwang. Sekunden später bogen zwei Polizeiautos quietschend in die Gasse und mehrere Beamte sprangen alarmiert aus den Wägen. Auf Jacksons dreckigem Sweatshirt breitete sich ein dunkelroter Fleck aus.

»Feuer einstellen! Sofort!«

Ian rettete sich hinter einen überfüllten Müllcontainer, um dem Kugelhagel zu entgehen, der trotz der Aufforderung der Polizisten ausbrach. Erleichtert beobachtete er, wie nun auch der Krankenwagen um die Ecke bog und zwei Sanitäter aus dem noch fahrenden Auto sprangen, um sich um Anthony zu kümmern.

Sobald er sicher war, dass die Polizisten Jacksons Schergen im Griff hatten, steckte Ian seine Waffe weg und hechtete mit schnellen Schritten zu seinem Freund zurück.

Stumm half er den Sanitätern dabei, Anthony auf die Trage zu heben und kehrte Jackson den Rücken, den Blick starr auf das Blaulicht gerichtet, das sich auf dem nassen Asphalt spiegelte.

»Mr. Conroy?« Der Polizeibeamte, der ihn am Arm zurückhielt, verzog keine Miene. Wenn er bereits ahnte, dass er es gewesen war, der Jackson angeschossen hatte, würde es wohl nicht mehr lange dauern, bis er Anthony – wie schon so oft – um einen guten Anwalt bitten musste.

»Ich erwarte Sie noch heute auf dem Revier. Wir haben Fragen.«

Ian verdrehte die Augen und kletterte ins Innere des Rettungswagens, um Anthony ins Krankenhaus zu begleiten.

~ * ~

Inzwischen waren die Rettungskräfte auch auf Jackson aufmerksam geworden. Die Polizisten beschäftigten sich unterdessen damit, die dunkelblaue Reisetasche – befüllt mit Geldscheinen und Drogen – in Beschlag zu nehmen und jeden, der eine Waffe bei sich trug, zu verhaften.

»Wag es bloß nicht, jetzt draufzugehen, du Arschloch, und hör mir zu!«, keifte Felix außer Atem. Doch da war keine Besorgnis, keine Angst davor, Jackson an die klaffende Wunde in seiner Schulter zu verlieren. »Rate, wer mir vorhin über den Weg gelaufen ist, kurz bevor diese verdammten Außenseiter hier aufgetaucht sind.« Er grinste, obwohl der Polizist ihm gerade die Arme hinter den Rücken drehte, um ihm Handschellen anzulegen.

»W-wer?«, röchelte Jackson mit halb geschlossenen Augen.

»Tina. Die mit den kleinen Titten. Die beste Freundin deiner verflossenen Braut.«

Jackson spuckte eine Mischung aus Blut und Speichel auf den Asphalt. Durch sein geschwollenes Auge konnte er inzwischen kaum noch sehen. Der Schmerz seiner gebrochenen Nase war einem dumpfen Pochen gewichen, was jedoch nichts gegen die Schusswunde war, die heute Nacht womöglich über sein Überleben bestimmen würde, wenn er noch mehr Blut verlor.

»Sie ist nicht meine *verflossene Braut*, verdammt nochmal. Worauf willst du hinaus?«

Felix' Grinsen wurde noch breiter. »Gute Neuigkeiten, Mann. Tina setzt ihren hübschen Arsch nächsten Monat ins Auto, um sie vom Flughafen abzuholen.«

Jackson lächelte selig, doch dank seines übel zugerichteten Gesichts wirkte er viel mehr wie ein Wahnsinniger, der im Begriff war, ein Waisenhaus niederzubrennen.

»Claire kommt wieder nach Hause.«

KAPITEL 1

Vier Wochen später

Claire erwartete nicht viel, als sie aus dem Flugzeug stieg und zusammen mit den anderen Passagieren das belebte Flughafengebäude ansteuerte; ein wenig Sonne hatte sie sich bei ihrer Rückkehr nach England dann aber doch gewünscht. Entgegen ihrer Hoffnung war der Himmel wolkenverhangen und die Luft war trotz der eisigen Temperaturen Anfang Oktober unangenehm schwül. Kein untypisches Wetter für Manchester, aber eben auch recht trostlos.

Ihrer Freude tat der unmittelbar bevorstehende Regen allerdings keinen Abbruch. Nach einem ganzen Jahr in Island überraschten sie die vierzehn Grad Celsius hier kaum. Um genau zu sein, waren die Temperaturen nicht allzu anders als in Reykjavík, wo sie die letzten zwölf Monate einen Teil ihres Jurastudiums verbracht, ein wenig Isländisch gelernt und neue Erfahrungen gesammelt hatte. Die Kälte war sie also so oder so schon lange gewohnt.

»Claire!« Ungeschickt kämpfte sich eine junge Frau mit braunen Haaren und zwei süßen Zöpfen durch eine Gruppe asiatischer Touristen, die ratlos auf die gigantische Anzeigetafel über ihnen blickten. Sie stieß mit den Knien gegen mehrere Koffer und stolperte fast über eine lederne Reisetasche, ehe sie Claire erreichte und stürmisch in ihre Arme schloss.

Tina – ihre beste Freundin und Lebensretterin seit ihrer Schulzeit – hatte versprochen, sie vom Flughafen abzuholen, weil Claires Vater ausgerechnet heute eine unwahrscheinlich große Geburtstagsrunde in seiner Pizzeria bediente – dem *Archer's Pizza Palace*. Vierundsiebzig Pizzen und das, kurz nachdem er seine beiden Angestellten in den Urlaub geschickt hatte. Claire wusste, wie viel Arbeit es war, sein eigenes Geschäft zu betreiben, zumal sie ihm als Teenager an den Wochenenden oft ausgeholfen hatte. Mit ihren zwanzig Jahren nahm sie ihm also nicht übel, dass er die Pizzeria heute nicht schließen und selbst hatte kommen können. Tina würde sie stattdessen direkt zu ihm bringen. Nur gut, dass ihre erste Priorität derzeit ohnehin war, ihren leeren Magen mit einer hausgemachten Pizza zu füllen.

»Ich hab' dich so vermisst«, nuschelte Tina kaum hörbar in Claires kastanienbraunes Haar und drückte sie dabei so fest, dass sie nach Luft schnappen musste.

»Ich dich auch.« Seufzend lehnte sie sich an sie. Sie standen bestimmt mehrere Minuten lang wie zwei Volldeppen eng umschlungen inmitten von genervten Reisenden, ehe sie voneinander abließen und ihr Gepäck zu Tinas gebrauchtem Opel brachten.

Bis zu dem kleinen Vorort von Whitefield, der von seinen Bewohnern liebevoll ›Stone‹ genannt wurde, würden sie zwanzig Minuten unterwegs sein. Genügend Zeit also, um sich von Tina über ihr akademisches Jahr im Norden löchern zu lassen.

Claire kam kaum zum Luftholen, während sie Tina auf den neuesten Stand brachte und ihr von der isländischen Kultur, den gewöhnungsbedürftigen traditionellen Gerichten, der spannenden Geschichte und der Mythologie, auf die die Isländer so stolz waren, und zu guter Letzt von dem flüchtigen Flirt berichtete, den sie an einem Wochenende an der Hrunalaug-Quelle mit einem hübschen Isländer gehabt hatte. Alles, was ihr spontan eben so einfiel und was nicht in die zahlreichen E-Mails und WhatsApp-Nachrichten gepasst hatte, die sie einander in den letzten Monaten geschickt hatten.

»Ich hätte doch mitkommen sollen. Allein der heißen Jungs wegen. Aber die springen doch nicht wirklich alle mit dir ins Bett, bevor sie dich zu Dates einladen?«

»Nicht alle. Aber die Isländer, die ich kennengelernt habe, waren sehr offen, was das Thema angeht. Fast schon ein wenig zu offen.« Sie zwinkerte ihrer besten Freundin zu.

Tinas Augen weiteten sich amüsiert.

Grinsend kurbelte Claire das Fenster herunter und atmete tief ein. Die Luft hier in England schmeckte anders als in Island. Vielleicht aber bildete sie sich das nur ein, um davon abzulenken, dass schon bald wieder Herr Alltag und Fräulein Routine an ihre Tür klopfen würden – auch wenn sie mehr als nur erleichtert war, die wichtigsten Menschen in ihrem Leben, ihren Vater und Tina, nun wieder jeden Tag um sich haben zu können.

»Weißt du, dafür, dass du ein ganzes Jahr lang weg warst, haben wir viel zu wenig miteinander telefoniert«, meinte Tina plötzlich gespielt vorwurfsvoll.

»Als Kompensation dafür habe ich dir mindestens drei Kilogramm isländische Schokolade mitgebracht.«

Tinas Augen leuchteten auf wie die eines kleinen Kindes, das man das erste Mal vor einen leuchtenden Weihnachtsbaum gesetzt hatte. »Etwa die, die du mir zum Geburtstag nach England geschickt hast?«

»Ja, genau die.«

Claire schmunzelte, als Tina sehnsuchtsvoll seufzte. »Wer braucht schon einen Mann, wenn man Schokolade hat?«

»Verrate mir als Allererstes, wie unsere Halloweenparty letztes Jahr gelaufen ist«, wechselte Claire dann das Thema.

Tina zuckte mit den Schultern. »Genial, wie immer. Am Ende waren alle betrunken und der Saustall am nächsten Tag hat sich wie üblich nicht von allein weggeräumt. Dein Dad hat mir viel unter die Arme gegriffen. Aber ohne dich war es nicht dasselbe. Halloween ist unser Ding. Du musst mir versprechen, dass es das einzige und letzte Mal war, dass ich die Party ohne dich schmeißen musste.«

Berührt lächelte Claire ihre beste Freundin an. »Versprochen.«

Sie und Tina hatten sich schon in der Grundschule den Eid geschworen, das schaurige Fest, das sie beide so liebten, ausnahmslos jedes Jahr gemeinsam zu verbringen. An Claires achtzehntem Geburtstag hatte ihr Vater ihr dann erlaubt, eine Party im Keller der Pizzeria zu schmeißen, von der früher oder später ganz Stone Wind bekommen hatte. Seither war ebendiese Halloweenparty im ganzen Vorort zur Tradition geworden – ganz abgesehen davon, dass sie ihrem Vater jeden Oktober Unmengen an Umsatz einbrachte, obwohl er jährlich Freigetränke und gratis Snacks dazu sponserte.

Claire sah durch die Windschutzscheibe hinaus. Das Schild am Stadtrand buchstabierte in großen und verblichenen Lettern ›Whitefield‹; quer darüber war ein roter Streifen. Es steckte schief in der Erde und hatte schon mehrere Hagelschäden, randalierende Jugendliche und knappe anderthalb Meter Schnee überlebt. Dementsprechend sah es auch aus. Nun war Claire wirklich wieder zuhause.

Bis auf den *Archer's Pizza Palace* und ein paar einfache Modegeschäfte hatte Stone nicht allzu viel zu bieten. Es gab zwei Bars in der Stadt. Eine von ihnen war ein gemütliches altes Pub und regelmäßig von den Senioren der Gegend besetzt, die andere war ein Paradies für Billardliebhaber. Die Teenies, die heimlich tranken und rauchten, traf man eher im alten Park an, wenn es bereits dämmerte und außer ein paar Hundebesitzern niemand mehr die frische Luft genoss. Ansonsten verfügte Stone lediglich über einen kleinen Supermarkt, einen Coffee Shop mit einem einladenden Frozen Yogurt Angebot, eine Buchhandlung und ein Kino, wobei Letzteres schon seit Wochen, wie Tina ihr erzählt hatte, kurz vor der Schließung stand. Claire hatte noch während ihres Aufenthalts in Island überlegt, ob sie nach ihrer Rückkehr nicht einfach ins Zentrum von Manchester ziehen sollte. Während dieses einen Jahrs in Reykjavík hatte sie mehr erlebt als zwanzig Jahre zuvor in Stone, von den horrenden Ticketpreisen für den regelmäßigen Zugverkehr zur Universität ganz zu schweigen. Bis sie sich allerdings ein eigenes Apartment leisten konnte, würde es noch eine ganze Weile dauern, zumal sie allein auf ihr Auslandsstudium Jahre gespart hatte. Ein paar weitere Jährchen musste sie noch hier ausharren. Bis dahin hatte sie ihr Studium dann vermutlich schon beendet.

»Hier hat sich wirklich überhaupt nichts verändert«, sagte Claire, als sie in die Straße der Pizzeria einbogen.

»Na ja ...«

Claire schielte alarmiert zu ihr herüber. »Was meinst du mit ›Na ja‹? Was hast du mir denn noch nicht erzählt?«

»Gleich. Lass uns erstmal etwas essen, ich bin am Verhungern.«
»Du bist immer am Verhungern, Tina.«
»Eben.«
Claire schüttelte grinsend den Kopf.
Tina parkte ihren Wagen direkt vor der Pizzeria. Raymond, Claires Vater, hatte ihr den Parkplatz geschenkt, weil sie fast jeden Tag hier zu Mittag aß und ihre beste Freundin öfter als oft durch die Gegend kutschierte. Claire selbst besaß nämlich keinen Führerschein. Für die Fahrstunden hatte das Geld nie gereicht, schon gar nicht, nachdem ihre Mutter kurz nach ihrem siebzehnten Geburtstag gestorben war und Kosten für Bestattung und Trauerfeier angefallen waren. Seither verließ Claire sich auf ihr blaues Fahrrad und ihr Vater war der Einzige in der zweiköpfigen Familie, der ein Auto lenkte.

Das hübsche italienische Restaurant ihres Vaters mit orangefarbenem, wenn auch etwas abgeblätterten Anstrich und einer gigantischen Plastikpizza in Form eines Sechsecks, auf der mit Salamischeiben *Archer's Pizza Palace* stand, stach auf verzückende Art und Weise heraus. Sollten sich ausnahmsweise Touristen nach Stone verirren, stieg automatisch auch der Umsatz der Pizzeria, zumal das Ambiente hier viel netter und heimeliger war als beim kleinen Subway am Stadtrand.

Claire atmete tief ein, als sie die Pizzeria betrat. Genießerisch nahm sie den Duft von gebackenem Teig und Käse in sich auf und deutete mit dem Finger auf einen freien Platz am Fenster, ehe sie zielstrebig die Küche ansteuerte.

Das Lokal hatte sich kein bisschen verändert. Noch immer lud der schwarz-weiß gekachelte Fliesenboden zum Zählen ein, wenn einen die Langeweile plagte und auf den dunkelroten Tischen flackerten Teelichter. Die Wände waren in einem einladenden Creme-Weiß gestrichen, die gepolsterten Stühle und Sessel mit rotem Leder bezogen. Für Akzente sorgten ein paar sattgrüne Pflanzen in schwarzen Blumentöpfen und im Hintergrund dudelte leise italienische Musik.

Claire bewegte sich hinter den Tresen und auf die schneeweiße Küchentür zu, gerade als diese mit einem Ruck geöffnet wurde und ihr Vater mit einem dampfenden Teller Gemüsepizza herauskam. Seine Augen weiteten sich begeistert, als er seine Tochter vor sich stehen sah.

»Meine Claire ist wieder da!«

Seine Stimme echote so laut durch den Raum, dass sich sämtliche Gäste zu ihm umdrehten. Unter der Kochmütze aus Papier, die er aus obligatorischen Gründen in der Küche tragen musste, waren seine braunen Haare, die inzwischen gegen ein mattes Grau ankämpften, kaum sichtbar. Er trug eine mit Tomatenmark und Oregano beschmierte Kochschürze über seiner Jeans und dem weißen Hemd. Seine grünen Augen strahlten, als er Claire von oben bis unten beäugte.

Es waren die gleichen Augen, die auch sie jeden Morgen im Spiegel ansahen, denn Claire war ihrem Vater wie aus dem Gesicht geschnitten. Einzig und allein ihre Nase und die zierlichen Füße hatte sie von ihrer Mutter, auch wenn sie sich manchmal wünschte, dass sie stattdessen ihr voluminöses blondes Haar geerbt hätte, das sie zuhause auf den vielen Fotos im Wohnzimmer noch immer Tag für Tag bewundern konnte.

Raymond stellte die ofenfrische Pizza flink vor den hungrigen Gast auf den Tisch. Sekunden später hatte er Claire bereits in seine Arme geschlossen.

»Mein großes Mädchen! Du bist leichter geworden. Haben sie dir in Island nichts zu essen gegeben?«

Claire schmunzelte. »Ich hatte kaum Zeit zu essen, wir waren ständig unterwegs.«

»Das freut mich zu hören. Sobald die angetrunkene Geburtstagsrunde da hinten satt ist, mache ich zu, dann kannst du mir alles in Ruhe erzählen. Wie ging es mit dem Lernen voran?«, fragte er interessiert.

»Super! Ich habe sogar einiges an Stoff vorausgearbeitet.«

Geistesabwesend räumte Raymond ein paar leere Gläser vom Tisch nebenan und stellte sie auf den Tresen, bevor er Claire zu ihrem Tisch am Fenster begleitete.

Tina nickte besonnen. Es grenzte wahrlich an ein Wunder, dass sie nicht wie üblich in ihr Smartphone vertieft war, sondern sich unterdessen um ihre Getränke gekümmert und zwei Gläser Kirschcola besorgt hatte. Anders als in anderen Restaurants nämlich gab es im *Archer's Pizza Palace* einen Automaten, der zu einem spöttischen Pauschalpreis die ausgefallensten Cola- und Fantasorten anbot – eine von Claires Ideen.

»Eine vegetarische Hawaii?«

»Ich glaube, die habe ich in Island am meisten vermisst.«

Raymond zwinkerte ihr wissend zu.

»Für mich eine Proscuitto mit Rucola, bitte«, schaltete Tina sich dazu.

Lächelnd verschwand er wieder in die Küche. Claire blickte ihm nach. Ein stummes Seufzen entfuhr ihr, als sie mit dem kleinen Salzstreuer auf dem Tisch zu spielen begann und dabei den Kopf schüttelte. Bis eben hatte sie noch gar nicht richtig realisiert, wie sehr sie ihren Vater vermisst hatte. Seit ihre Mutter an Krebs gestorben war, waren die beiden wie Pech und Schwefel. Claire und Raymond gegen den Rest der Welt. Sie waren damals noch enger zusammengewachsen. Es war nicht einfach gewesen, ihn ein ganzes Jahr lang allein in Stone zurückzulassen.

»Immer noch Vegetarierin?«, riss Tina sie aus ihren Gedanken und verzog dabei mürrisch das Gesicht. »Ich weiß doch, dass du die Tiere schützen willst, aber ich verstehe bis heute nicht, wie du auf Fleisch verzichten kannst. Ich meine – Fleisch! Steaks, Schnitzel, Hot Dogs ... du armes Ding.«

Claire verdrehte amüsiert die Augen. »Dein größtes Hobby ist es aber auch zu essen, was?«

Ihre beste Freundin zuckte grinsend mit den Schultern. »Na hör mal, das kann ich wenigstens gut.« Und das war nicht gelogen, denn Tinas Figur war ein Traum. Claire beneidete sie um ihren schlanken Körper, an dem nicht ein einziges Gramm Fett zu sitzen schien.

Tina arbeitete im örtlichen Supermarkt. Sie verdiente genug, um sich ihr eigenes Auto zu finanzieren, das so weit außerhalb von Manchester eine Notwendigkeit war, wenn man Kontakt zur Außenwelt halten wollte. Zu studieren wäre aber auch für sie viel zu teuer geworden. Anstatt sich also, wie sie es sich erträumt hatte, zur Ärztin ausbilden zu lassen, machte sie eine Ausbildung zur Einzelhandelskauffrau. Ein Traumberuf war die Angelegenheit nicht unbedingt, aber solange sie sich damit ein Dach über dem Kopf leisten konnte, war sie zufrieden. Manchmal wünschte Claire es sich regelrecht, so sorglos und unbekümmert wie ihre beste Freundin durchs Leben gehen zu können, denn anders als diese bekam sie nachts kein Auge zu, wenn sie nicht alles haarklein bis ins letzte Detail plante und organisierte. Sie war ein Kontrollfreak, wie er im Buche stand, doch dadurch war auf ihrer beruflichen Laufbahn bisher auch noch nie etwas schiefgelaufen.

»Zumindest habe ich meinen Job noch. Es hat sich ja immerhin einiges verändert, seit du weggegangen bist«, fuhr Tina dann etwas düsterer fort.

Claire hob betroffen die Augenbrauen und nickte verstehend. Tina hatte sie bereits über Skype aufgeklärt, was die Stadt in ihrer Abwesenheit die letzten Monate über so verstört hatte. Polizeiliche Gewalt und Hausdurchsuchungen bildeten da lediglich die Spitze des Eisbergs – die Details hatte ihre beste Freundin allerdings immerzu ausgespart.

»Was macht Jackson jetzt?«, wagte sie zu fragen, obwohl ihr dieser Name inzwischen schon schwer auf der Zunge lag. Nahezu unmöglich war es, sich noch vorzustellen, dass sie einst Nacht um Nacht in seinen Armen eingeschlafen war. Nach dem, was Tina ihr über sein ekelhaftes Verhalten und die vielen Delikte erzählt hatte, schmerzte sie der Gedanke daran.

»Vor der Polizei flüchten? Ich weiß es wirklich nicht. Seine Freunde haben die Kaution für ihn bezahlt, sonst wäre er nicht mehr hier. Er benimmt sich wie ein professionelles Arschloch und macht bei jeder Gelegenheit Ärger.« Sie kräuselte angewidert ihre kleine Nase.

»Er hat mit dem Drogenhandel also nicht aufgehört?«, erwiderte Claire enttäuscht.

Tina schüttelte traurig den Kopf.

»Wenn er so weitermacht, wird es nicht mehr lange dauern, bis er wieder hinter schwedischen Gardinen landet. Ohne Kaution dieses Mal. Ich verstehe einfach nicht, was in ihn gefahren ist.« Claire schnaubte bitter, gerade als ihr Vater, der Rekordzeitbäcker, mit zwei köstlich duftenden Pizzen wieder vor ihnen auftauchte.

Jackson war der freche, grünäugige Schönling mit einer Vorliebe für Chucks und Baseball, den sie auf einem Konzert in Manchester kennengelernt hatte. Er war schon vor knapp vier

Jahren in die Gegend gezogen, richtig aufgefallen war er ihr allerdings erst, als er sie nach dem Konzert auf einen Milchshake eingeladen hatte, weil er sie besser kennenlernen wollte. Von da an waren sie regelmäßig miteinander ausgegangen und zwei Wochen später in seinem Bett gelandet. Er war zu Beginn nahezu alles gewesen, was sie sich von ihrer ersten festen Beziehung gewünscht hatte. Claire hatte übergangsweise sogar schon mit ihm in seiner Wohnung gelebt. Ein paar Monate bevor sie nach Island geflogen war, hatten sie dann allerdings beschlossen, sich voneinander zu trennen. Im Grunde waren sie auch gar nicht im Streit auseinandergegangen, sondern hatten lediglich gemerkt, dass sie doch nicht so gut zusammenpassten, wie sie gedacht hatten. Mittlerweile war sie sich noch nicht einmal sicher, ob sie ihn – von ihrer sexuellen Anziehung abgesehen – je mehr als einen guten Freund geliebt hatte. Aber Claire hatte längst damit abgeschlossen und sich stattdessen auf ihr Studium konzentriert.

»Inzwischen verstehe ich nicht mehr, wie ich mich in ihn verlieben konnte. Er war zwar nie besonders einfühlsam, aber ein Arschloch war er auch nicht.« Seufzend schnappte sie sich Messer und Gabel und bearbeitete damit gnadenlos ihre Pizza, so, als wollte sie dadurch das schwere Gefühl in ihrer Brust vertreiben. Sie stöhnte wohlig auf, als sie sich den ersten Bissen in den Mund schob. Die Kreationen ihres Vaters schmeckten immer noch am besten. Sie würde ihre rechte Hand darauf verwetten, dass da noch nicht einmal die vielen Fünf-Sterne-Restaurants in Italien mithalten konnten, die auf dem Kochkanal im Fernsehen ununterbrochen mit ihren Millionenumsätzen prahlten. Was hatte sie diese kleine Pizzeria vermisst.

Ganz im Gegensatz zu Jackson.

»Ist er noch immer Single?«, fragte sie nonchalant. Ein weiterer Bissen bekräftigte, dass sie nicht mehr an ihm interessiert war. Die Neugierde darauf, ob er inzwischen jemanden gefunden hatte, quälte sie dennoch. Mit einer Freundin an seiner Seite würde er womöglich wieder auf den richtigen Weg zurückfinden.

»Wenn du mich fragst, trauert er dir noch immer hinterher. Ich versuche ja, ihn zu meiden, aber unsere Stadt ist nicht gerade groß. Jedes Mal, wenn er oder einer seiner Freunde mir über den

Weg gelaufen sind, haben sie nach dir gefragt und mich dabei bei jeder Gelegenheit blöd angemacht. Es war fast schon verstörend.«

Claire stieß ein resigniertes Seufzen aus. Sie hatte darauf gehofft, dass ihre Trennung nach dem Auslandsjahr kein Thema mehr sein würde.

»Glaubst du, er hat meinetwegen mit den Drogen angefangen?«, fragte sie unsicher.

Tina presste fest die Lippen aufeinander. »Das glaube ich nicht. Er ist einfach an die falschen Leute geraten, Claire. Dafür kannst du nichts.«

»Aber dann hatte er auch keinen Grund, dich so respektlos zu behandeln, während ich weg war.« Claire vertraute Tinas Urteil. Sie hatte sich gut mit Jackson verstanden, als sie noch zusammen gewesen waren. Bevor er in den Drogensumpf abgefallen war.

»Denk einfach nicht mehr daran, Claire.«

»Hm ... ja.«

In Island hatte sie vor dieser Drogengeschichte sogar kurz daran gedacht, ihrer Beziehung noch eine Chance zu geben, wenn sie erst wieder da war, doch egal, wie sehr sie es auch drehte und wendete, welche Gefühle auch immer sie für Jackson gehabt hatte, sie waren verschwunden. Das bedeutete jedoch nicht, dass er ihr völlig gleichgültig war – noch nicht. Obwohl sie nichts mehr mit ihm zu tun haben wollte, wenn er Drogen nahm und dabei die Leute verletzte, die ihr viel bedeuteten, versetzte ihr der Gedanke daran, dass er sein Leben einfach so wegwarf, einen Stich ins Herz.

»Aber es gibt noch etwas Neues«, wandte Tina ein. »Davon wollte ich dir nicht über Skype erzählen, du regst dich immer viel zu sehr auf und erklärst mich dann wieder für verrückt.«

»Oh?« Das klang vielversprechend.

»Vor ein paar Monaten ist jemand Neues in die Stadt gezogen. Ein junger Mann Mitte zwanzig. Man munkelt, dass er in Jacksons Geschäfte verstrickt war, aber bis auf ein paar kleinere Delikte, sagt mein Vater, kann man ihm nichts nachweisen. Feilschen, Diebstahl und undurchsichtiger Geldtransfer und so ein Zeug.«

Tinas Vater war Polizist. Sie war stets noch vor den Redakteuren der Tageszeitung die Erste, die von Neuigkeiten erfuhr und an Informationen gelangte, die normalerweise sogar Journalisten vor der Öffentlichkeit geheim halten mussten.

»Klingt ja nicht gerade vertrauenserweckend«, murmelte Claire. Von Bandenkriegen und zwielichtigen Scharlatanen hatte sie noch nie etwas gehalten. Sofern sie Jackson und dem geheimnisvollen Unbekannten also nicht über den Weg lief, würde sie sich aus der Sache auch heraushalten. Tinas Vater konnte sie ohnehin immer auf den neuesten Stand bringen und über Gefahren in Kenntnis setzen, vor allem, wann es vielleicht sogar besser war, das Haus nicht zu verlassen.

»Nicht unbedingt. Alle haben Angst vor ihm. Der Typ bringt nichts als Ärger. Wir sollten uns also lieber von ihm fernhalten.«

Claire lachte spöttisch auf. »Na vielen Dank für den Rat.«

»Siehst du, genau das habe ich gemeint. Du nimmst mich überhaupt nicht ernst.«

»Tut mir leid. Aber haben mich deine Geistergeschichten je eingeschüchtert, Tina? Ich bin gerade erst wiedergekommen und du warnst mich vor einem Kerl, dessen Namen du mir noch nicht einmal genannt hast«, brachte sie amüsiert hervor. »Weißt du noch, als dein Vater dir von diesem Dieb erzählt hat, der die Supermärkte in Whitefield unsicher gemacht hat? Du hast mir erzählt, er wäre der schwarze Mann, ein Serienmörder, der mit Diebstahl von seinen Opfern ablenken wollte.«

»Damals war ich dreizehn und ich hatte mich verhört! Meinetwegen, ist ja schon gut. Dann sag mir, was *du* jetzt als Erstes vorhast, du Schlaumeier«, erwiderte Tina gespielt beleidigt. Gierig trank sie einen Schluck von ihrer Kirschcola und blickte Claire erwartungsvoll an.

»Na ja, ich will für die Uni büffeln und mir einen neuen Job suchen, damit ich Dad mit der Pizzeria helfen und mein Jurastudium beenden kann.« *Oder eher, damit wir das Haus behalten können und ich ein Dach über dem Kopf habe,* fügte sie stumm hinzu. Auf der Straße landen wollte sie nämlich beim besten Willen nicht. Raymond hatte schon seit geraumer Zeit Probleme mit dem Schuldenberg, der sich bei ihnen zuhause wie ein Maulwurfshügel türmte.

»Du hattest so ein scheiß Glück mit diesem Stipendium.«

Claire zuckte nichtssagend mit den Schultern. »Glück im Spiel, Pech in der Liebe.« Glück hatte sie allemal gehabt, denn ohne dieses Stipendium, das ihre Mutter damals durch Entschlossenheit und Hartnäckigkeit für sie organisiert hatte, hätte sie sich noch nicht einmal in die Nähe der kostspieligen Universität in Manchester getraut. Claire wusste, dass das Stipendium ein Geschenk war, das sie zu schätzen wissen musste. Ein Mann, der sie von ihren Zielen ablenkte, passte ihr da so gar nicht in den Kram. Zumindest redete sie sich das ein – jedes Mal, wenn sie all die verliebten Pärchen händchenhaltend durch die Straßen schlendern sah. Vor allem Island war voll davon gewesen. An jedem Wasserfall standen sie und schossen unzählige romantische Fotos.

»So geht der Spruch doch gar nicht«, warf Tina tadelnd ein und riss sie aus ihren Gedanken.

»Ist ja auch egal. Auf jeden Fall habe ich mich bereits für Kurse eingeschrieben und die Professoren wissen auch Bescheid, dass ich erst heute zurückgekommen bin. Allzu begeistert bin ich aber trotzdem nicht, mich übermorgen schon wieder ins Lernen stürzen zu müssen.«

Tina seufzte. »Du lebst nur so vor dich hin, Claire.«

Der Alltag in Island war, gelinde ausgedrückt, entspannter abgelaufen. Abgesehen von ihren monatlichen Zahlungen für das Studentenwohnheim und Lebensmittel hatte sie sich lediglich um ihre Schmutzwäsche und ein paar Seminararbeiten kümmern müssen und war nicht von der Sorge geplagt gewesen, ihrem Vater finanziell unter die Arme zu greifen. Somit war ihr tonnenweise Freizeit geblieben, in welcher sie zusammen mit ihren einheimischen Studienkollegen das Land erkundet hatte. Es würde schwierig werden, wieder in die Realität zurückzukehren und sich von diesem traumhaften Jahr im Norden zu verabschieden.

Claire atmete hörbar aus. Der Elan, wieder in den Alltag und ihre strikt geplante Routine zu finden, hielt sich in Grenzen, vor allem, wenn Tina von gefährlichen Fremden sprach, von denen sie auf gar keinen Fall Süßigkeiten annehmen sollte.

KAPITEL 2

Tina erzählte ihr noch am gleichen Nachmittag von einem Juwelier, der in der Stadt neu aufgemacht hatte und nach Angestellten suchte. Nachdem Claire am nächsten Tag also stundenlang ihre Sachen ausgeräumt, sämtliche Koffer geleert und einen Teil ihrer zuletzt getragenen Kleidung in die Waschmaschine gestopft hatte, setzte sie sich unverzüglich auf ihr Fahrrad und fuhr trotz einer Unwetterwarnung in die Innenstadt.

Sie hatte keine Zeit zu verlieren, wenn sie schon am kommenden Montag wieder Kurse und Vorlesungen besuchen wollte und nun, da sie wieder zu zweit waren, konnte ihr Vater jede Unterstützung gebrauchen. Allzu lange würde sie ohnehin nicht unterwegs sein und bevor Jackson oder irgendjemand anderes auf die Idee kommen könnte, sie zuhause willkommen zu heißen, geriet sie lieber in den strömenden Regen. Auf Kaffeekränzchen und Beziehungsdramen hatte sie nun wirklich keine Lust.

Der Juwelier mit dem goldenen Schriftzug *Shepman* war kaum zu übersehen. Nach zehn Minuten und drei Querstraßen später, erblickte Claire auf der linken Seite das hell angestrichene Geschäft mit zwei großen Fenstern, hinter denen sich gläserne, grell beleuchtete Vitrinen befanden. Dutzende von sündhaft teuren Schmuckstücken – von Ohrringen, Armbändern bis hin zu Uhren und Halsketten – lagen einladend auf blauen Samtkissen und funkelten im hellen Licht der Vitrinen, als sie ihr Fahrrad gegen einen Baum lehnte und mit glänzenden Augen das Geschäft betrat.

Wie sich ein solch luxuriöses Unternehmen hier in Stone halten würde, war Claire ein Rätsel, doch wenn sie sich hier tatsächlich monatlich ein paar Pfund dazuverdienen konnte, würde sie sich nicht beschweren – einen Job direkt am Stadtrand zu finden, war schließlich keine Selbstverständlichkeit.

Auch hier drinnen wusste das Auge nicht, auf welches kostspielige Juwel es sich als erstes konzentrieren sollte. Claire blinzelte verdrossen, ehe sie kopfschüttelnd nach vorne schritt.

»Hallo! Wie kann ich dir helfen? Du siehst mir aus wie der Typ, der gerne Halsketten trägt, da hätte ich etwas ganz Hübsches für dich. Oder brauchst du ein Geschenk für eine Freundin oder die Mutter? Eine Uhr für den Vater?« Die dunkelblonde Frau, die sie angesprochen hatte, vielleicht Mitte vierzig, saß selbstbewusst und mit einem freundlichen Lächeln auf den Lippen auf einem Hocker hinter einem gläsernen Tresen.

»Ich will nichts kaufen, danke.« *Noch nicht einmal, wenn ich mein ganzes Erspartes aus dem Fenster hinauswerfen wollen und mein Sparschwein schlachten würde.* »Ich habe gehört, ihr sucht eine Aushilfe. Ich bin auf Jobsuche.«

»Ah! Das ist ja wunderbar. George, Schatz, kommst du bitte?«, rief sie über die Schulter nach hinten. Eine Antwort folgte sofort.

»Ja! Eine Sekunde.« Die moderne Holztür, die in den hinteren Bereich des Geschäfts führte, stand offen. Normalerweise wurde sie wohl durch den roten Vorhang verdeckt, der, im Moment zusammengeschoben, auf einer silbernen Vorhangstange über dem Türrahmen hing. Lautes Rascheln schallte zu ihnen hinüber, bevor ein schwarzhaariger Mann in ihr Blickfeld trat und sie mit schief gelegtem Kopf neugierig musterte.

»Was kann ich für dich tun?«, fragte er freundlich. Seine Stimme klang wie das wohlige Brummen eines Bären, dem man gerade einen Topf Honig geschenkt hatte.

»Diese junge Dame hier möchte gerne bei uns arbeiten«, entgegnete die dunkelblonde Frau an Claires Stelle. An ihrer dunkelroten Weste war sogar ein hübsches Namensschild befestigt.

Anita Shepman stand in goldener Serifenschrift darauf. Der robust gebaute Kollege neben ihr war dann wohl ihr Ehemann.

George lächelte ermutigt. »Na, das hört sich gut an. Wie heißt du denn?«

»Claire. Claire Archer. Meinem Vater gehört die Pizzeria drei Querstraßen weiter. Ich bin gerade erst von meinem akademischen Jahr aus Island zurückgekommen und na ja – ich bräuchte einen Job«, erklärte sie zurückhaltend.

»Der *Archer's Pizza Palace*, wie schön! Das lässt sich doch glatt einrichten. Du studierst also?«

Claire nickte. »Jura. An der Universität in Manchester.«

»Das heißt, dann könntest du nur an den Wochenenden arbeiten?«, bohrte er nach.

»An den Wochenenden, aber in der Regel auch an Donnerstagen und Freitagen. Montags bis mittwochs besuche ich Kurse.«

»So! Das klingt gut.« George lächelte verschlagen, als er ihr die Hand reichte und sie schüttelte. Er quetschte ihr mit seinem festen Händedruck beinahe die Finger ab, sobald sie sein Lächeln erwiderte.

Das war ja sogar noch einfacher, als sie erwartet hatte. Wenn sie jetzt ein wenig Glück hatte, könnte sie schon nächste Woche anfangen und Ende des Monats zur Lebensmittelrechnung ihres Vaters beisteuern, um nicht zu verhungern. Ein Hoch auf Tina!

»Wir brauchen deinen Lebenslauf und dein Abschlusszeugnis, vielleicht auch dein Studienblatt. Wir wollen ja wissen, wen wir bei uns einstellen. Wir rufen dich an, sobald wir uns entschieden haben. Lässt du uns deine Nummer da?«

Claire nickte. Flink notierte sie auf dem kleinen Notizblock, den er ihr reichte, ein paar Zahlen.

»Wir melden uns bei dir.«

»Vielen Dank.«

Claire verabschiedete sich höflich, bevor sie zurück an die kalte Oktoberluft schritt und tief einatmete. Triumph strömte durch ihre Adern.

Der Tag erschien ihr vielversprechend, ein typischer Herbsttag eben. Genießerisch sah sie sich um. Der Ahornbaum, an den sie ihr Fahrrad gelehnt hatte, hatte sich bereits purpurrot und gelb gefärbt. Schon bald würde er seine bunten Blätter fallen lassen und die grauen Straßen verschönern. Das nächste Mal, wenn ihre sechsjährige Cousine sie besuchte, konnten sie womöglich sogar im alten Park Kastanien sammeln und lustige Figuren damit basteln.

Einzig und allein das Wetter schien nicht unbedingt mitspielen zu wollen. Der Himmel drohte wie im Wetterbericht angekündigt schon seit Stunden mit schweren Regentropfen, die Sonne war zur Gänze verdeckt. Es war, als wappnete er sich für eine Sintflut. Mit jeder Minute, die verstrich, wurden die grauen Wolken über ihr dunkler und dunkler, bis sie die ersten Tropfen auf ihrer Haut spüren konnte und machtlos beobachtete, wie sie erst langsam, dann immer schneller, den Asphalt um sie herum tränkten.

Fluchend schlüpfte Claire in den roten Sweater, den sie vorsorglich auf den Gepäckträger geklemmt hatte, und zog sich die Kapuze über den Kopf, ehe sie auf ihr Fahrrad stieg und sich hektisch auf den Weg zurück nach Hause machte. Der monoton sprechende Anzugträger im Fernsehen hatte sie heute Morgen zwar noch gewarnt, dass sie aber schon nach wenigen Minuten klatschnass werden und sich ihre braunen Haare trotz der Kapuze kräuseln würden, hatte sie dennoch nicht erwartet.

Claire trat kräftig in die Pedale. Sie würde eine Abkürzung nehmen und etwas Zeit sparen. Daher steuerte sie geradewegs auf eine ungeregelte Kreuzung zu, die fast niemand mehr benutzte. Inzwischen regnete es so stark, dass sie kaum noch die Straße erkennen konnte.

Blinzelnd sah sie nach rechts und links, bevor sie die gegenüberliegende Straße ins Visier nahm und sich nach vorne stieß – als sie links von sich plötzlich ein lautes Reifenquietschen vernahm und ein schwarzes Auto nur wenige Millimeter neben ihr zum Stehen kam. Erschrocken zuckte sie zusammen, schrie panisch auf und verriss dabei den Lenker so heftig, dass sie beinahe umkippte.

Mit rasendem Puls kämpfte sie auf der nassen Straße um ihr Gleichgewicht, ehe sie sich mit dem Fuß auf dem Asphalt abstützen konnte. Erst dann sah sie auf die Motorhaube und bemerkte, dass ihr Fahrrad zwei tiefe Kratzer im Lack des Autos hinterlassen hatte. Aber dafür, dass er sie fast über den Haufen gefahren hatte, geschah ihm das verdammt nochmal recht. Das Auto sah ziemlich teuer aus.

»Hey, was soll das denn, du Arschloch?« Wutentbrannt blickte sie durch die Fensterscheibe und erkannte mit Mühe eine dunkle Silhouette hinterm Steuer. Schwarze Haare und schwarze Kleidung trugen nicht unbedingt dazu bei, den Fahrer zu identifizieren.

Der Scheißkerl fuhr ohne Licht – und Vorrang hatte sie an dieser Kreuzung auch noch!

»Pass auf, wo du hinfährst, du Hornochse, du hättest mich fast gerammt!«, schrie sie ihm entgegen, gerade als er trotz des Regens die Fensterscheibe an der Fahrerseite herunterließ. Offenbar wollte er sich hinauslehnen, um etwas zu erwidern, als Claire bereits wieder energisch zu treten begann und schnurstracks um die nächste Kurve verschwand. Eine halbherzige Entschuldigung hatte sie nicht nötig. Vermutlich hätte er sie sogar noch beleidigt und ihr die Schuld gegeben.

Ihr Herz klopfte wie eine Dampframme und sie dankte ihrer verstorbenen Mutter im Himmel, dass sie mit dem Schock davongekommen war.

Zähneknirschend und zitternd, wobei sie Letzteres nicht nur der plötzlichen Kälte und ihrer durchnässten Kleidung zuschreiben konnte, fuhr sie schließlich in die Einfahrt ihres Elternhauses auf und stellte das Fahrrad in die überdachte Garage. Eine heiße Dusche, eine Tasse süßer Kakao und ein gutes Buch waren jetzt genau das Richtige, um ihre strapazierten Nerven zu beruhigen.

»Wie siehst du denn aus?« Ihr Vater starrte sie entgeistert an, als sie das Haus betrat. »Bist du in den Fluss gefallen?«

»Alles in Ordnung, der Regen hat mich überrascht«, antwortete sie mit den Schultern zuckend.

Ihr Vater schüttelte ungläubig den Kopf. »Und da bist du einfach weitergefahren?«

Claire nickte und schob sich unauffällig an ihm vorbei. Dass sie beinahe überfahren worden wäre, verschwieg sie ihm. Er machte sich bereits so schon immer viel zu viele Sorgen, vor allem, seit ihre Mutter gestorben war.

»Nichts passiert, Dad, wirklich.«

»Du hättest vom Blitz getroffen werden können!«

»Es regnet nur, kein Donner weit und breit, entspann dich bitte. Mir geht es gut«, bekräftigte sie mit einem leichten Lächeln auf den Lippen. Sie hoffte inbrünstig, dass man ihr nicht ansah, dass sie sich stattdessen lieber auf den Fußboden übergeben hätte.

»Du hättest anrufen und im Café warten sollen. Ich hätte dich abgeholt.«

Claire winkte tadelnd ab. »Und das Fahrrad mitten in der Stadt stehen lassen? Außerdem warst du bei der Arbeit.«

»Mag sein, aber abgeholt hätte ich dich trotzdem. Du hättest wenigstens Tina anrufen können«, sagte er, gerade, als sie sich noch immer zitternd ins nächste Stockwerk kämpfte. Claire schüttelte nur den Kopf und schwieg. Tina hätte sie am Telefon erst einmal ausgiebig ausgelacht.

»Ich muss gleich zurück in die Pizzeria, soll ich dir etwas zum Abendessen mitbringen?«, rief er ihr hinterher.

»Danke, ich komme klar!«, erwiderte sie außer Atem. »Ich habe noch Reste von heute Mittag!«

Aber zunächst einmal würde sie sich etwas Trockenes anziehen, aufwärmen und dieses neue isländische Buch anfangen, das sie sich am Flughafen in Reykjavík gekauft hatte. Ein wenig Ablenkung kam ihr nach dem Zwischenfall mit dem schwarzen Wagen gerade recht.

~ * ~

Eine geschlagene Stunde später hatte sich der Regen etwas gelegt. Claire hatte die Nase in ihrem neuen Buch vergraben, ohne eine einzige Seite richtig gelesen oder verstanden zu haben. Eine warme Dusche hatte tatsächlich geholfen, sie wieder aufzuwärmen, doch ihre aufgewühlten Gedanken hatte das heiße Wasser nicht weggewaschen.

Wieder und wieder stellte sie sich vor, was passiert wäre, hätte der Fahrer es nicht mehr geschafft, rechtzeitig abzubremsen. Sie hätte heute sterben können und das aufgrund des Fehlers eines Unbekannten, der nichts von Verkehrsregeln hielt.

Abfällig schnaubend sprang sie von ihrem Bett auf und schnappte sich ihren Rucksack. Sie packte sich warm ein, ehe sie ihr Fahrrad wieder aus der Garage holte, um zu ihrem Vater in die Pizzeria zu fahren. Sie war noch nie besonders gut darin gewesen, sich in ihren eigenen vier Wänden zu verkrümeln, wenn sie etwas beschäftigte. Sich stattdessen also in Gesellschaft zu stürzen, erschien ihr weitaus verlockender.

Zumindest nieselte es mittlerweile nur noch, sodass sie ihr Ziel einigermaßen trocken erreichte. In der Pizzeria angekommen steuerte sie geradewegs ihren Stammtisch an, der sich abseits von den anderen Plätzen hinter einer Halbwand und einer der hochgewachsenen Pflanzen versteckte.

»Ich dachte, du hast keinen Hunger«, kam es von ihrem Vater, als er ein älteres Pärchen neben ihr bediente und sie im Restaurant entdeckte.

»Habe ich auch nicht. Ich habe noch etwas zu erledigen und zuhause war es so unangenehm still.« Zumindest war das die halbe Wahrheit.

Mit ihrem Laptop bewaffnet beschloss sie, vor Ort an ihrer Bewerbung für das Schmuckgeschäft zu arbeiten und ihr Resümee aufzubessern, bevor sie es dem Ehepaar Shepman präsentierte. Formalitäten mussten sein, egal, wie klein die Stadt war, in der sie sich für einen Job bewarb.

Claire registrierte nur aus dem Augenwinkel, wie eine Weile später eine Gruppe neuer Kunden die Pizzeria betrat und begleitet von lautem und teils unsittlichem Gegröle den größten Tisch für zwölf Personen im Lokal ansteuerte, obwohl sie nur zu viert waren. Der Platz befand sich genau vor der Küche, sodass die unhöflichen Rowdys direkt an ihr vorbeimussten. Entnervt verdrehte sie die Augen, ohne sich die Mühe zu machen, richtig aufzublicken. Sie bemerkte lediglich, dass einer von ihnen in einem blattgrünen Sweater steckte, der ihm fast bis zu den Knien reichte und seine halb zerrissene Jeans verdeckte. Seine Chucks waren so abgetragen, dass sie wohl nur noch durch den Kaugummi unter seinen Fußsohlen zusammengehalten wurden.

Claire zog angewidert die Augenbrauen zusammen, denn wäre das nicht schon Klischee genug gewesen, hatte der Fremde auch noch strohblonde Dreadlocks auf dem Kopf. In dem Moment drehte er sich zu ihr um und fixierte sie mit seinen überraschend hübschen grünen Augen. Dunkle Schatten zeichneten sich darunter ab, als ob er tagelang nicht geschlafen hätte.

Claires Lippen teilten sich erschrocken, ihr Herz machte einen Hüpfer, denn bloß den Bruchteil einer Sekunde darauf realisierte sie, wer ihr da gegenüberstand. *Jackson.*

Seine Gesichtszüge hellten sich merklich auf. Er lächelte.

»Claire. Du bist wieder da«, stellte er regelrecht erleichtert fest. Seine Freunde hielten geduldig den Mund, als er sich ihr näherte und vor dem leeren Platz ihr gegenüber stehen blieb.

»Sag bloß, du erkennst mich nicht? Mann, man möchte meinen, du wärst länger weg gewesen als nur ein Jahr.«

»Jackson ...« Ihre Stimme war überraschend ruhig, fast schon traurig.

»Zehn Punkte für Ravenclaw, Baby«, erwiderte er grinsend – eine Anspielung darauf, wie sie fast jedes Wochenende kuschelnd die Harry Potter Filme geguckt hatten. Tina hatte recht gehabt. Er hing ihr tatsächlich noch immer hinterher.

»Du hast dich verändert«, sagte sie leise. Er sah ... gerädert aus. Erstaunlich, wie schnell Drogen jemandes Körper zerstören konnten. Seine grünen Augen glänzten nicht mehr so frohsinnig wie früher, sie waren matt und trüb und seine Haut war blass, fast schon ein bisschen grau.

Jackson war immer kräftig gebaut gewesen, doch im Augenblick hätte sie Angst, dass sie ihn schon mit einem freundschaftlichen Rückenklopfen verletzen könnte. Der Blonde zuckte nur unbeteiligt mit den Schultern.

»Wir verändern uns alle.«

»Nicht alle zum Guten, ganz offensichtlich.« So langsam fand sie ihre Stimme wieder. »Was ist denn nur mit dir passiert, Jack? Tina hat mir erzählt, was du angestellt hast ... und wie du sie und den Rest der Stadt behandelt hast«, fügte sie vorwurfsvoll hinzu. Sie bemühte sich um einen sanften Tonfall, obgleich ihre Stimme ihre innere Abwertung nicht verbergen konnte. Claire hatte kein Mitleid für unehrliche Rabauken übrig, die mit Drogen, an denen höchstwahrscheinlich Blut klebte, ihr Geld verdienten, und sie war sich ziemlich sicher, dass sich Jackson darüber im Klaren war.

»Angestellt? Der Kindergarten ist vorbei. Mir geht's prima,

Claire. Es wurde lediglich Zeit, dass dieser gottverdammten Stadt mal jemand die Stirn bietet.«

Claire schnaubte abfällig. »Wodurch? Hirnlose Schlägereien und illegalen Drogenhandel?«

»Vielleicht. Aber mir hätte klar sein sollen, dass du das nicht verstehst.«

»Was soll das denn bitte schön heißen?«, erwiderte sie scharf.

»Dass wir uns getrennt haben, lag an dir, Claire.«

»Wie bitte?«

»Na, du wolltest doch die Beziehung beenden, nicht ich.«

»Also gibst du jetzt mir die Schuld? Ich habe dir kein Unrecht getan, Jackson. Wir haben als Paar nicht funktioniert. Das weißt du genauso gut wie ich.«

Und das hatte vielerlei Gründe. Claire wollte beruflich durchstarten, Jackson wollte für alle Zeit in Stone bleiben. Claire wollte keine Kinder, Jackson konnte sich nicht vorstellen, eines Tages keine zu haben. Nie schien er richtig begriffen zu haben, wie sie tickte, konnte ihre Gedanken und Sorgen nur selten teilen und hatte sich kaum darum bemüht, mit ihr gemeinsam eine Lösung für Probleme zu finden, die sie belasteten. Kurzum, Jackson hatte sich eingebildet, dass es bei einer Beziehung nur darum ging, Spaß zu haben und händchenhaltend durch die Straßen zu schlendern – und darin war er auch gut gewesen, hatte ihr jeden Tag ein Lächeln entlockt. Wenn es aber darum gegangen war, ernste Gespräche zu führen und Kompromisse einzugehen, damit sie sich beide wohlfühlten, hatte er stets abgeblockt.

Ganz zu schweigen davon, dass sie auch im Bett nicht besonders gut zusammengepasst hatten, denn da war Claire zumeist leer ausgegangen.

»Klar. Du warst schon immer gut darin, dir Dinge einzureden, Claire. Vielleicht haben wir ja deshalb nicht funktioniert.«

Claire blinzelte ungläubig. Das hatte vor über einem Jahr noch ganz anders geklungen. Damals hatte er ihr weisgemacht, ihre Beweggründe zu verstehen und ähnlich zu fühlen.

»Das denkst du, ja? Also hast du mich angelogen?«

Jackson zuckte mit den Schultern. »Kann schon sein. Wir hätten das vielleicht hinbekommen, wenn du uns nicht weggeschmissen hättest wie Altpapier.«

Zähneknirschend rang Claire nach Luft und ignorierte den Schmerz, den Jacksons harsche Worte in ihr auslösten.

»Und ich hatte mich gefreut, dich wiederzusehen«, bemerkte er trocken. Unberührt vergrub er die Hände in den Hosentaschen und schüttelte gespielt traurig den Kopf. »Wie war es in Island?«

Eigentlich hätte sie sein Verhalten nicht weiter berühren sollen. Warum also machte sich beißende Enttäuschung in ihr breit, je länger sie ihren Ex ansah?

Claire schluckte. Sie wusste genau, wieso, denn ein Teil von ihr hatte wohl gehofft, dass Tina falsch gelegen hatte und Jackson noch immer der nette Junge von nebenan war, der sie samstags mit frischen Muffins zum Skateboarden abgeholt hatte. Und das machte sie unglaublich wütend. Wäre dieses Gespräch anders verlaufen, hätte sie ihm womöglich sogar angeboten, sich mit ihm gemeinsam professionelle Hilfe zu suchen.

»Lass mich einfach in Ruhe, Jackson, bitte. Ich will nichts mit dir und deinen Junkies zu tun haben.«

Der Blonde hob seine dichten Augenbrauen. »Du hast noch nie einen richtigen Junkie zu Gesicht bekommen, Claire.« Sein Gesicht verfinsterte sich. »Wir sehen uns.«

»Sicher«, murmelte sie sarkastisch zu sich selbst, als er zu seinen Freunden zurückkehrte und seinen Tisch ansteuerte. Sie beobachtete lediglich über den Rand ihres Bildschirms hinweg, wie ihr Vater aus der Küche eilte, um widerwillig die Bestellungen aufzunehmen und dabei ein paar leise, warnende Worte mit Jackson wechselte, ehe sie energisch ihr Handy aus dem Rucksack kramte und Tina eine Nachricht schrieb.

Ihre Antwort war ein trauriger, verweinter Smiley. Als wäre eine unglückliche Begegnung heute nicht schon schlimm genug gewesen. Dabei hatte dieser Tag so gut angefangen.

KAPITEL 3

Claire traf sich am darauffolgenden Samstag mit Tina im *Frozen Coffee*. Es war die letzte Gelegenheit, sich das süße Frozen Yogurt Zeug schmecken zu lassen, bevor das kleine Café den Herbst über für ein paar Wochen Betriebsurlaub zumachte. Die Besitzerin war eine alleinerziehende Frau mit vier Kindern. Während der Schulzeit hatte sie vermutlich kaum Zeit, sich um ihren Laden zu kümmern. In Stone liefen die Dinge eben anders.

»Er sieht aus wie ein ... ein, na ja, ein Junkie eben!«

Seit ihrem Wiedersehen in der Pizzeria hatte sie Jackson nicht mehr zu Gesicht bekommen, doch sie wusste, es war nur eine Frage der Zeit, bis es wieder soweit war. Jackson war nie besonders gut darin gewesen, eine Sache auf sich beruhen zu lassen, wenn sie für ihn noch nicht beendet war. Seine Sturheit war eine der wenigen Eigenschaften, die ihn mit ihr verband.

»Claire, ich weiß doch. Aber du regst dich jetzt schon seit gefühlt zwanzig Minuten über ihn auf. Du verschreckst Elizabeth noch die ganze Kundschaft.«

Claire schnaubte stumm in ihren Frozen Yogurt Becher. Das eiskalte Mus landete prompt auf ihren Fingern.

»Was zum Teufel hat er mit seinen Haaren gemacht? Wann in aller Welt sind sie so lang geworden? Trägt er eine Perücke?«

Tina zuckte mit den Schultern. »Extensions. Jedenfalls sieht es so aus. Was hat er denn noch gesagt?«, fragte sie mit vollem Mund.

»Nicht mehr viel, außer ›Wir sehen uns‹«, äffte sie ihn nach.

»Das kann er sich abschminken.« Claire stand energisch auf, um sich am Tresen eine Serviette zu besorgen. »Was bildet er sich überhaupt ein? Glaubt er wirklich, dass er Stone damit einen Gefallen tut?«

»Keine Ahnung, Claire. Sagen wir einfach, er hatte eine Art Nahtoderfahrung. Ich habe dir doch von der Schlägerei kurz vor der Hausdurchsuchung erzählt, bei der er fast draufgegangen wäre. Kann schon sein, dass ihn das irgendwie verändert hat.«

Claire runzelte nachdenklich die Stirn. Eine Nahtoderfahrung hatte immerhin auch sie erst kürzlich erlebt, doch bis auf die gleißende Wut auf den unaufmerksamen Autofahrer hatte sich in ihrem Gemüt rein gar nichts verändert. Sie hatte noch nicht einmal Tina davon erzählt.

»Weißt du was?«, fuhr Tina fort. »Warum gehen wir heute Abend nicht noch ins Pub, damit du auf andere Gedanken kommst? Während des Semesters willst du vom Ausgehen nie etwas wissen. Sie haben übrigens renoviert. Sieht hübsch aus.«

Claire nickte. Die Idee war nicht schlecht.

Gedankenverloren drehte sie sich um, als sie plötzlich mit einem wartenden Kunden zusammenstieß. Ihr Gesicht prallte gegen eine muskulöse Brust, die von einem grauen Kaschmirpullover und einem schwarzen Herbstmantel verdeckt wurde. Blinzelnd wich sie einen Schritt zurück, damit der Fremde ihre Arme wieder losließ. Hätte er sie nicht abgefangen, hätte sie ihn vermutlich umgerannt.

»Na hoppla«, kommentierte er amüsiert.

Claire verdrehte die Augen. Sie wollte sich gerade entschuldigen, sah auf, um ihm ins Gesicht zu blicken – und stockte. Blau. Meeresblau, so tief und unergründlich wie der Ozean selbst. Dunkle Wimpern umrahmten seinen neugierigen Blick, der seine kantigen Gesichtszüge unverhohlen hervorhob. Er schien wie aus Stein gemeißelt mit seinen pechschwarzen Haaren, die ihm ungebändigt in die Stirn hingen. Der kaum sichtbare Bartschatten komplettierte seine einschüchternde Erscheinung. Verdammt …

Claire öffnete unbeholfen den Mund, ohne etwas zu sagen, als der Fremde sie mit einem Mal freundlich anlächelte – nein, nicht freundlich ... boshaft. *Oh Gott.*

»Du schon wieder? Verfolgst du mich etwa?«, fragte er provokant.

Claire hob entgeistert die Augenbrauen. »Bitte? Ich kenne dich doch gar nicht!«

Sie hätte schwören können, dass Tina nach ihr rief, doch ihre Stimme vermischte sich mit der leise rumorenden Kaffeemaschinen zu einem dumpfen Hintergrundgeräusch. Wie hypnotisiert blickte Claire den jungen Mann vor sich an, paralysiert wie eine Motte, die vom Licht verführt und schließlich gegrillt wurde. Eigentlich hätten spätestens jetzt sämtliche Alarmglocken in ihrem Inneren schrillen sollen. Dieser Mann *roch* ja förmlich nach Gefahr. Doch es blieb still. Vielleicht war ihr ja eine Sicherung durchgebrannt.

Der Fremde lachte belustigt in sich hinein. Claire spürte, wie sich eine Gänsehaut auf ihrem ganzen Körper ausbreitete, denn das Geräusch klang wie Musik in ihren Ohren. »Natürlich, wo sind nur meine Manieren? Wir haben uns einander noch gar nicht vorgestellt. Ich bin Ian.«

»Claire«, gab sie skeptisch zurück, ehe sie widerwillig die Hand schüttelte, die er ihr anbot, und sogleich kaum merklich zusammenzuckte, als ihre Finger bei seiner Berührung ein Stromschlag durchfuhr. Sie konnte einen Ring an seinem Daumen spüren. Ein silbernes, schlichtes Schmuckstück, das sich fast schmerzhaft in ihr Fleisch bohrte, bis er ihre Hand wieder losließ.

»Claire«, wiederholte er genüsslich, ließ sich den Namen wie ein Stück Schokolade auf der Zunge zergehen. »Nun, Claire, wann genau hattest du daran gedacht, für den Schaden an meinem Auto aufzukommen?«

Das durfte doch nicht wahr sein. *Er* war der Spinner, der sie beinahe auf seiner Motorhaube mitgenommen hatte? Schwarze Haare, schwarze Kleidung ... ein schwarzes Auto ... Claire warf einen flüchtigen Blick nach draußen. Vor dem Café, direkt vor der Tür, parkte ein auf Hochglanz polierter schwarzer BMW. *Scheiße.*

Wütend bäumte sie sich vor ihm auf. »Wann *ich* vorhabe, für den Schaden an deinem Auto aufzukommen? Sag mal, tickst du noch ganz richtig? Du hast das Stoppschild überfahren, ich hatte also in jedem Fall Vorrang. Noch dazu in einer Dreißigerzone! Wenn jemand für den Schaden an deinem bescheuerten Auto aufkommt, dann bist du das ja wohl selbst!«, spie sie ihm entgegen. Sie verschränkte trotzig die Arme vor der Brust, als er schmunzelte.

»Ist das so, ja?«, erwiderte er.

Claire stieß einen empörten Laut aus. »Ja! Welcher Trottel fährt denn bei Regen ohne Licht?«

»Es ist kaputt.«

»Na, dann steig verdammt nochmal nicht ins Auto! Du hättest mich umbringen können.«

Just in dem Moment tauchte Tina neben ihr auf und legte ihr beschwichtigend eine Hand auf die Schulter. Es wäre nicht das erste Mal, dass ihre beste Freundin ihr dabei half, ihr Temperament in brenzligen Situationen zu zügeln.

»Gibt es hier ein Problem? Ian, ich glaube, dein Kaffee ist fertig. Claire, los komm, lass uns gehen, ich habe noch einen Termin beim Friseur, du weißt ja …«, plapperte sie munter drauf los.

Claire blinzelte verwirrt, doch noch ehe sie etwas entgegnen und darauf hinweisen konnte, dass Tina ihr nicht ein Sterbenswörtchen von einem Friseurtermin erzählt hatte, bugsierte ihre beste Freundin sie bereits zur Tür hinaus und die Straße hinunter – außer Reichweite des Schwarzhaarigen. Claire registrierte lediglich noch aus dem Augenwinkel, wie er ihr verschmitzt hinterherlächelte.

»Sag mal, spinnst du, was war das denn eben?«, rief Claire verstört aus.

Tina hob ihre Hände. »Dasselbe könnte ich dich fragen! Bist du verrückt geworden? Du kannst Ian doch nicht einfach so anschnauzen!«

»Was? Wieso? Wer ist das denn? Bist du noch ganz dicht?«

»Das ist der Neue, von dem ich dir erzählt habe, verdammt!«

»*Das* war der Neue?«, wiederholte Claire ungläubig. Ihre Augen weiteten sich erschrocken, als sie sich daran erinnerte, was Tina ihr am Tag ihrer Rückkehr erzählt hatte. *Feilschen, Diebstahl, undurchsichtiger Geldtransfer* … scheiße. So nonchalant, wie er sie eben auf seinen Autoschaden hingewiesen hatte, war mit dem Typen wohl offenbar tatsächlich nicht zu spaßen. Wie schön, dass sie ihn verärgert hatte.

»Und das hättest du mir nicht sagen können, bevor ich ihn fast umgenietet habe?«

»Ich wusste ja nicht, dass er sich dir in den Weg stellen würde. Glaubst du, ich beobachte alle Leute, die in dieses Café marschieren?«

Claire vergrub überfordert das Gesicht in den Händen. Obgleich sie sich gestern noch über ihn lustig gemacht hatte, packte sie nun mit einem Mal doch ein wenig Angst.

»Und was mache ich jetzt?«

»Erst einmal erzählst du mir, warum und wie genau du sein Auto beschädigt hast.«

Und das tat sie. Sie berichtete, wie sie im Regen mit dem Fahrrad gefahren war, sein Auto übersehen und Ian sie beinahe über den Haufen gefahren hatte – und natürlich, dass es einzig und allein seine Schuld war, dass sie fast ihrer Mutter im Jenseits Gesellschaft geleistet hätte.

»Mann, Claire ...«

»Ich wusste nicht, dass es Ian war! So schlimm kann er doch gar nicht sein, wenn er hier frei herumläuft wie ein herrenloser Hund.« Claire verdrehte die Augen.

»Ich habe dir genau erklärt, warum mein Vater ihn nicht verhaften kann. Außerdem läuft Jackson auch frei herum, Claire. Oh Mann, ich habe dir doch gesagt, du sollst dich von der Schwalbe fernhalten! Wie oft tauchen in Stone denn schon Unbekannte auf? Ich hab' gehört, er lässt die Leute, die ihm Ärger machen, mit ihrem eigenen Blut bezahlen! Genauso wie in diesen schrecklichen vorhersehbaren Horrorfilmen ...«

Im Augenblick erinnerte Tina sie an ein aufgescheuchtes Huhn, so wie sie vor ihr herumfuchtelte, als wäre der Teufel höchstpersönlich hinter ihnen her. Claire jedoch brach urplötzlich in schallendem Gelächter aus.

»Die Schwalbe? Ist das dein Ernst? Wieso um alles in der Welt nennst du ihn ›die Schwalbe‹?«

Tina zuckte unsicher mit den Schultern. »Irgendwie mussten wir einen Weg finden, über ihn zu sprechen, ohne dass er davon etwas mitbekommt. Er hat Jackson vor knapp vier Wochen von einem Deal abgehalten, in den wohl die Mafia oder sonst irgendwer verstrickt war. Das hätte die ganze Stadt in Gefahr gebracht, nicht nur ihn selbst«, erklärte sie mit leiser Stimme.

Claire runzelte die Stirn. »Ich dachte, sie arbeiten zusammen.«

»Nicht direkt. So genau weiß ich das auch nicht, das weiß niemand. Sie sind jedenfalls keine Freunde, so viel ist sicher.«

Sie schluckte, ließ sich genügend Zeit, Tinas Worte zu verdauen, bevor sie ihr antwortete. »Also glaubst du jetzt, er wird sich an mir rächen wollen?«

Tina seufzte verdrossen. »Ich weiß es doch nicht. Bleib die nächsten Tage einfach zuhause und tu nichts Dummes. Du solltest ihn einfach nicht mehr provozieren und ...«

»Zuhause bleiben? Ich kann mich doch nicht in meinem Zimmer verkriechen, Tina. Ich muss ab Montag wieder zur Uni! Abgesehen davon wolltest du heute Abend eben noch ins Pub.«

»Stimmt ... verdammt ... Aber weißt du was, da hab' ich Ian bisher sowieso noch nie gesehen. Wir fahren einfach mit dem Auto, damit wir abhauen können, sollte der schlimmste Fall eintreten.«

Schnaufend blickte Claire gen Himmel. »Scheiße nochmal, wenn er nicht so ein furchtbares Arschloch wäre, könnte er sich doch glatt für ein Date qualifizieren. Gutaussehend wäre er ja«, scherzte sie mit einem halbherzigen Grinsen. Dass ihr in Wahrheit lieber zum Heulen zumute war, verschwieg sie ihrer besten Freundin. Es war schlimm genug, dass sie sich für sie beide Sorgen machte, denn im Moment wollte Claire nämlich nur eines – Ian so kräftig in den Hintern und gegen seinen schicken BMW treten, dass er noch ein paar weitere Kratzer und Dellen abbekam.

»Ja genau«, erwiderte Tina verbittert. »Er ist wie ein Wolf im Schafspelz.«

»Ich bitte dich, jetzt übertreibst du aber.«

»Nein, Claire! Du verstehst das nicht. Ians Akte ist ... undicht. Ich bilde mir das auch nicht ein. Das letzte Mal, als mein Vater so einen Fall vorliegen hatte, ist am Ende herausgekommen, dass der Tatverdächtige drei Morde vertuscht hat. *Morde*, Claire!«

Claire wich ein Stück zurück. War Tinas Panik vielleicht berechtigt? Ian wirkte tatsächlich so, als wäre er in der Lage, jemanden umzubringen; wie ein Mann, der nicht zögerte. Aber wer so schöne blaue Augen hatte, der konnte doch gar nicht böse sein, oder? Kopfschüttelnd biss sie sich auf die Unterlippe. Die Art, wie er sie angelächelt hatte ...

»Du musst ihm aus dem Weg gehen und am allerwichtigsten: Du solltest dich bei ihm entschuldigen!«, schlug sie vor.

Claire schnaubte. »Pah! Wenn sich hier jemand entschuldigen muss, dann ja wohl er. Seinetwegen wäre ich fast im Krankenhaus gelandet! Außerdem könnte ich es mir ohnehin nicht leisten, den Lackschaden an seinem scheiß Auto zu bezahlen. Ich bin Studentin. Ich bin ja schon froh, wenn ich mir etwas zu essen kaufen kann.«

Tina ließ die Schultern hängen und hakte sich kopfschüttelnd bei Claire unter. Schnellen Schrittes zog sie sie den Gehweg entlang. Vermutlich, um so viel Distanz zwischen sie und Ian zu bringen wie nur möglich. Ihren Frozen Yogurt hatte sie auch zurücklassen müssen.

»Jetzt übertreibst *du*, du Dramaqueen. Lass uns nach Hause gehen, bevor Ian noch auf die Idee kommt, dir hinterherzufahren.«

»Na schön ...«

Claire wurde das Gefühl, verfolgt zu werden, auf dem Weg nach Hause allerdings tatsächlich nicht los. Jedes Mal, wenn sie die Augen schloss, sah sie Ians meerblaue Augen vor sich, spürte seine weiche Hand in der ihren. Er war um einiges größer als sie und seinen Gesichtszügen nach zu urteilen, bestimmt auch einige Jahre älter. War ja klar, dass die attraktivsten Männer in Stone auch gleichzeitig kriminell sein mussten. Aber vielleicht war es ja genau das, was sie an ihm so anzog. Ian hatte sie vollkommen überrumpelt und hätte sie mit seinem Charme beinahe aus der Bahn geworfen. Vermutlich saß er auch nur deswegen noch nicht hinter Gittern. Manipulativ und frech, auf eine schmeichelhafte Art und Weise, waren gefährliche Eigenschaften, die die interessantesten Bösewichte erst ausmachten.

KAPITEL 4

Renoviert sah das kleine Pub tatsächlich viel netter aus. Die abgenutzten Stühle und Tische waren allesamt ersetzt worden, die Wände neu gestrichen und mit Gemälden dekoriert. Das gelbliche Licht war gedimmt und passte zu der hölzernen Einrichtung und dem polierten Dielenboden. Vor allem bei der Bar hatte der Besitzer keine Kosten und Mühen gescheut. Unzählige Flaschen thronten auf einem gläsernen und beleuchteten Regal, das fast die Hälfte der Wand einnahm. So viel Auswahl an Alkohol hatte es in Stone bisher noch nie gegeben.

Claire bestellte sich und Tina etwas zu trinken und steuerte wenig später mit zwei vollen Gläsern vorsichtig auf den Tisch zu, den ihre Freundin für sie ausgesucht hatte.

Eine Weile lang unterhielten sie sich entspannt und nippten dabei an ihrem Bier.

»Hattest du mir nicht von einer Beförderung im Supermarkt erzählt?«, fragte Claire. »Wer hat sie bekommen?«

»Clemens, dieser Vollpfosten. Dabei arbeitet er noch gar nicht so lange da wie ich.« Tina schnaubte verärgert und berichtete ihr dann ohne Punkt und Komma, wie ihr die Beförderung durch die Lappen gegangen war. Und obwohl Claire ihr gespannt zuzuhören versuchte, wichen Tinas Worte einem dumpfen Hintergrundgeräusch, als sie nur wenig später bemerkte, wer da hinter ihr das Pub betrat, sich suchend umsah und schließlich entschlossen durch den Raum schritt.

»Da ist Ian«, unterbrach sie Tina jäh und deutete mit einem Nicken in seine Richtung. Dass ihr Herz einen Schlag ausgesetzt hatte, als sie ihn entdeckte, ignorierte sie dabei gekonnt und ertappte sich dabei, dass sie beinahe gehofft hatte, ihn trotz Tinas Warnung und dem mulmigen Gefühl in ihrer Magengrube, wiederzusehen.

Ihre Freundin hielt sofort inne. »Was?«

»Da hinten.«

Tina folgte ihrem Blick. Ian stand mit verschränkten Armen vor einem der Einzeltische und sah abwertend zu einem der Gäste hinunter, der, die Ellbogen auf den Tisch gestützt, ein Bier trank.

»Mit wem spricht er da?«, fragte Claire.

»Keine Ahnung. Ich habe ihn auch noch nie hier gesehen. Schau doch nicht so auffällig hin.«

Claire verdrehte die Augen. Tina hatte einen natürlichen Hang zur Panik – und dazu, restlos zu übertreiben.

»Versteh mich nicht falsch, Tina, ich glaube dir ja. Aber weißt du, ich denke auch, du steigerst dich da zu sehr in etwas rein.« Neugierig riskierte sie noch einen Blick. Worüber auch immer die beiden Männer sich unterhielten, es schien kein freundliches Gespräch zu sein. Ians Gesichtszüge verdunkelten sich mit jedem Wort, das dem Fremden über die Lippen kam, mehr.

Und dann, mit einem Mal, riss Ian ihm das Bierglas aus der Hand und donnerte es mit voller Wucht auf den Tisch, sodass es in abertausend Teile zerbarst. Tina fuhr herum, und Claire zuckte alarmiert zusammen, beobachtete erschrocken, wie Ian seine Hand in das Haar des Mannes krallte, seinen Kopf hob und – schneller, als dieser sich wehren konnte – auf die Tischplatte schlug.

Blut floss aus seiner Nase und einer Platzwunde auf der Stirn, als er sich wieder aufrichtete. Sein linkes Auge hatte er schmerzverzerrt zugekniffen. Claire konnte nur erahnen, dass sich einer der Glassplitter durch den Aufprall in seinen Augapfel gebohrt hatte.

»Na, glaubst du mir jetzt?«, flüsterte Tina ihr mit geweiteten Augen zu. Claire sah sie sowohl ungläubig als auch reuevoll an. Ihr Magen zog sich zusammen. *Scheiße*. Ihre Freundin hatte wohl doch recht gehabt. Ian *war* gefährlich.

Allesamt erstarrt warteten die übrigen Gäste im Pub darauf, was Ian als nächstes tun würde, als der Fremde plötzlich aufsprang und ausholte und nur ein einziger älterer Mann mit Bierbauch und Anzughose dazwischen zu gehen versuchte.

»Claire, lass uns gehen, bevor er uns sieht.«

Tina zog sie auf die Beine und dirigierte sie nach draußen, ignorierte ihren halbherzigen Protest, noch nicht ausgetrunken zu haben. Gerade noch aus dem Augenwinkel registrierte sie, wie der Barmann energisch auf dem Schnurtelefon hinter dem Tresen herumtippte, vermutlich, um die Polizei zu rufen.

~ * ~

Das trostlose Wetter trug nicht unbedingt zu einer Besserung von Claires Laune bei, als sie sich am Montag verschlafen aus dem Bett hievte und sich im Badezimmer für ihren ersten Tag zurück an ihrer Heimatuniversität zurechtmachte. Inzwischen hatte der Oktober den September endgültig vertrieben und prahlte mit durchgehenden Regenschauern und Gewittern, sodass die Sonne keine Chance mehr hatte, sich durch die dichten Wolkenschichten zu kämpfen. An anständiges Tageslicht war seit Sonntag nicht mehr zu denken und die Temperaturen glichen um diese Jahreszeit langsam, aber sicher jenen in Island.

Claire vermummte sich mürrisch mit Wintermantel, Mütze und Schal, bevor sie das Haus verließ und mit dem Zug ins Zentrum von Manchester fuhr, um ihren akademischen Pflichten nachzugehen. Außerdem erwartete sie heute Nachmittag einen Anruf von dem kleinen Schmuckgeschäft. Das reizende Ehepaar hatte ihre Bewerbung noch am Samstag per E-Mail erhalten, weil sie sie, um sich von Ian und Jackson abzulenken, in Windeseile fertiggestellt und abgeschickt hatte.

Mehr als vierundzwanzig Stunden lagen mittlerweile zwischen ihrer Begegnung mit dem Fremden und seiner Schlägerei im Pub und obwohl Claire Meisterin darin war zu verdrängen, ging ihr der schwarzhaarige Schönling nicht mehr aus dem Kopf. Ihr war durchaus bewusst, dass sie sich davor hüten sollte, ihn noch einmal zu treffen. Dennoch erwischte sie sich am Sonntagnachmittag in der Pizzeria wieder und wieder dabei, wie sie sich energisch, ja fast schon panisch, nach jedem neuen Kunden umdrehte, der über die Türschwelle trat.

Tina hatte ihre wachsende Besessenheit bestimmt als unterbewusste Angstzustände abgestempelt und ignoriert, was Claire seit Samstag auf den Magen schlug. Denn trotz seiner eiskalten Brutalität, von der sie Zeuge geworden war, schlich sich der gefährliche Fremde wieder und wieder in ihren Kopf. Dabei täte sie gut daran, ihrem eigenen Rat zu folgen und sich von einem undurchsichtigen Schläger wie ihm fernzuhalten. Und doch … Ians bloße Präsenz hatte sie im Frozen Yogurt Café völlig von den Socken gehauen und beinahe ins Stottern gebracht, und seine meerblauen Augen … sie bargen Geheimnisse. Geheimnisse, die sie nur zu gern aus ihm herauskitzeln wollte – und das, stellte sie verärgert fest, hatte ein Mann bisher noch nie bei ihr geschafft.

~ * ~

Sie war gerade dabei, den Campus zu verlassen und sich auf den Weg zum Bahnhof zu machen, zu sehr in Gedanken rund um den geheimnisvollen Fremden versunken, um die Umgebung um sich herum richtig wahrzunehmen …

Direkt vor dem Gebäude parkte ein schwarzer BMW mit Kratzspuren eines Fahrrads im Lack. Sein Besitzer blickte erwartungsvoll und geduldig zur Eingangstür, so als hätte er alle Zeit der Welt.

Claire blinzelte verstört. Halluzinierte sie etwa? Das durfte doch nicht wahr sein! Da auf dem Parkplatz, der eigentlich für Studierende reserviert war, stand Ian gegen die Motorhaube gelehnt und verschränkte lässig die Arme vor der Brust. Auch heute war er von Kopf bis Fuß in dunkle Kleidung gehüllt. Lediglich an seinen Schuhen – schwarze Sneakers der teuren Sorte – blitzten weiße Sohlen hervor. Allzu oft schien er das Paar noch nicht getragen zu haben.

Ein Schmunzeln breitete sich auf seinem Gesicht aus, als er sie auf ihn zukommen sah. Protzig hob er das Kinn und beobachtete in aller Ruhe, wie sie mit wütendem Gesichtsausdruck und geballten Fäusten auf ihn zumarschierte. Und anstatt ihn respektvoll zu begrüßen, wie Tina es ihr im Falle eines Wiedertreffens geraten hatte, zeterte sie sofort darauf los.

»Bitte sag mir, dass du hier studierst und mich *nicht* verfolgst.«

»Wäre es das, was du hören willst?«, erwiderte er unschuldig.

Claire kniff verärgert die Augen zusammen.

»Ich studiere hier nicht. Wenn du es genau wissen willst, habe ich meinen Abschluss bereits. Einen Master.«

»Ach? Wie alt bist du denn?«, fragte sie spitz, weil sie ihm kein Wort glaubte.

Ian zuckte amüsiert mit den Schultern. »Fünfundzwanzig. Jetzt steig in den Wagen.«

Wieder blinzelte sie, sowohl empört als auch beunruhigt. War es denn möglich, diese beiden Gefühle auf einmal zu empfinden? Für sie offenbar schon.

»Wie bitte?«

»Ich sagte, steig in den Wagen«, wiederholte er lässig, beinahe als ob er sie lediglich darum bitten würde, ihm eine Packung Milch aus dem Supermarkt mitzubringen.

»Sag mal, spinnst du? Ich steige ganz sicher nicht in dein Auto. Ich muss nach Hause, ich habe zu tun!« Und sie hatte sicher nicht das Bedürfnis, gekidnappt und im Wald verscharrt zu werden.

Ian schnaubte. »Ich bitte dich, das Semester hat gerade erst angefangen.«

Da war es wieder. Dieses flaue Gefühl in ihrer Magengrube, das sie fast um den Verstand brachte. Ihr Herz schlug ihr bis zum Hals, als sie zögerlich auf die Beifahrerseite seines Autos zuging und ihre Tasche dabei so fest umklammerte, dass ihre Knöchel weiß hervortraten. Oh nein ... das war bestimmt keine gute Idee. Warum tat sie dann trotzdem, was er verlangte?

»Tu, was ich dir sage, Claire. Ich werde dich schon nicht entführen. Meinetwegen kannst du auch deinen Vater und deine kleine Freundin anrufen und ihnen Bescheid geben, dass du mit mir unterwegs bist«, versuchte er es beschwichtigend. Dieses Mal war es an Claire zu schnauben.

»Wirklich sehr komisch. Weil es sie natürlich zutiefst beruhigen wird, wenn ich mich mit einem Kriminellen herumtreibe.«

Ians Schmunzeln wurde noch breiter. »Ich bin kein Krimineller.«

»Klar. Kannst du mich dann nicht wie jeder andere Mann auch ganz höflich nach einem Date fragen, anstatt mich wie ein pubertierender Prolet auf dem Parkplatz zu überfallen?«

Ian zog amüsiert die Augenbrauen hoch. »Wo wäre denn der Spaß dabei? Jetzt steig ein.«

Auf einer Skala von eins bis zehn, wie dumm wäre es wohl, ihm zu gehorchen? Claire biss sich unschlüssig auf die Zunge. War der Schwarzhaarige denn noch sauer auf sie? War er es jemals gewesen? Im Café hatte er trotz allem relativ ausgeglichen gewirkt, bis Tina ihr eine Szene gemacht hatte. So oder so – irgendetwas in ihr riet ihr, jetzt besser nicht vor dem geheimnisvollen Fremden davonzulaufen, um die Gelegenheit, die sich ihr bot, nicht zu versäumen.

»Meinetwegen«, murrte sie.

Ian nickte triumphierend, als er sich neben sie auf den Fahrersitz fallen ließ und das Auto startete. Der Schlüssel steckte bereits und auf dem silbernen Schlüsselring hing eine Gussfigur in Form einer Schwalbe, die leicht zu vibrieren begann, als er den Rückwärtsgang einlegte und das Auto zurück auf die Straße lenkte.

Claire schüttelte kaum merklich den Kopf. *Die Schwalbe.* Wie ironisch.

»Was ist?«

»Gar nichts. Also?«, begann sie dann vorsichtig.

Ian hatte eine Hand entspannt auf den Schaltknüppel gelegt, mit der anderen lenkte er das Auto mit so geübten Handgriffen, dass sie glatt neidisch wurde.

»Also was?« Neckisch warf er ihr einen kurzen Blick zu.

»Also ... wer bist du wirklich?« Einen Versuch war es immerhin wert, auch wenn sie bezweifelte, dass er ihr Antworten geben würde.

»Das sagte ich doch schon. Ich heiße Ian.«

»Schön. Und dein Nachname?«

Der Schwarzhaarige schmunzelte. Am liebsten hätte sie ihm dieses dämliche Grinsen aus dem Gesicht gewischt. Mit ihren Fäusten, verstand sich.

»Ist das denn wichtig?« Er hielt kurz inne. »Mein Nachname ist Conroy.«

»Aha. Du tauchst also urplötzlich in unserer Stadt auf und alle haben Angst vor dir. Wenn man sie danach fragt, wieso, wissen sie es selbst nicht – wenn man einmal davon absieht, dass du offenbar wahllos Bürger von Stone verprügelst.« Schaudernd erinnerte sie sich an Tinas Reaktion zurück. Ian hob eine Augenbraue. »Was bist du? Ein Mafiaboss? Oh, und verzeih mir meine Neugierde. Du bist schließlich derjenige, der mich gerade in sein Auto gezwungen hat.« Ian schmunzelte spitzbübisch. »Ich will außerdem hoffen, dass du inzwischen dein Licht repariert hast. Nicht, dass du *noch* jemanden fast über den Haufen fährst«, meckerte sie gleich weiter. Wenn sie nervös war, fiel es ihr schwer, den Mund zu halten.

»Habe ich. Und ich bin kein Mafiaboss. Man muss nicht gleich zum Äußersten gehen, um einen ordentlichen Batzen Geld zu verdienen. An meinen Ersparnissen klebt kein Blut, mach dir darum also keine Sorgen. Ich habe lediglich ergiebige ... Kontakte«, erklärte er ausweichend.

»Ich habe dich gestern gesehen. Im Pub.«

Ian blickte sie stumm an, so als würde er gespannt darauf warten, was sie zu erzählen hatte.

»Du hast jemandes Gesicht von jetzt auf gleich auf einen Tisch voll Glasscherben gedonnert. Nenn mir einen Grund, warum ich mich nicht von dir fernhalten sollte.« Denn das machte ihn unberechenbar. Ian hatte im Pub nicht ein einziges Mal die Stimme erhoben – ganz im Gegenteil – trotz ihrer Bemühungen, seine Lippen zu lesen, hatte sie nicht ein einziges Wort verstanden. Woher konnte sie nun wissen, dass sie früher oder später nicht auch etwas zu ihm sagte, das ihn dazu bringen würde, auszuflippen? »Was hat er dir getan?«

Ian ignorierte ihre Frage. »Verurteile niemanden, dessen Geschichte du nicht kennst, Claire«, erwiderte er stattdessen.

»Willst du mir damit sagen, er hätte es verdient? Glaub mir, ich bin mehr als nur dafür, dass Untaten bestraft werden sollten, aber das? Deinetwegen ist der Mann jetzt vermutlich halb blind! Von einer Platzwunde und der Gehirnerschütterung ganz zu schweigen.«

»Ich hatte in der Vergangenheit mit ihm zu tun. Das ist alles, was du wissen musst.«

Claire zog misstrauisch eine Augenbraue nach oben. »Tina sagt, dass du Jackson von einem Drogendeal abgehalten hast.«

Ian lachte leise in sich hinein. »Hat sie dir auch erzählt, dass ich ihn fast umgebracht habe, nachdem er beinahe einen meiner Leute getötet hätte?«

Claire stockte. »Äh ...« Nein. Das hatte sie ihr nicht erzählt.

»Woher kennst du Jackson?«, fragte er nonchalant. Es klang nach einer beiläufigen Frage, doch das Interesse dahinter war kaum zu überhören. Claire musste nicht zweimal überlegen, um sich dazu zu entschließen, Ian gegenüber besser nicht zu erwähnen, dass Jackson ihr Exfreund war.

»Stone ist klein, hier kennt jeder jeden. Wir waren zusammen in der Schule und so weiter ...«

Sämtliche Konversation in diesem Auto war ihr ein einziges Rätsel. Fragezeichen über Fragezeichen ploppten in ihrem Kopf auf, mit jedem Wort, das Ian sprach. Es war durchaus ein Talent, ihr Dinge zu erzählen, ohne ihr tatsächlich etwas über sich zu verraten. Wer waren seine Leute? Was tat er beruflich? Wie kam er an so viel Geld, das er ganz offensichtlich so haufenweise besaß? Warum hatte er Jackson von diesem Deal abgehalten und warum um alles in der Welt saß sie mit ihm in seinem gottverdammten Auto?

Ians Hand krallte sich angespannt ums Lenkrad. »Diese Typen sind ... mies«, fuhr er schließlich fort. »Er und seine ganze Gang von Schluckern und Möchtegernknackis.«

Claire atmete hörbar ein. »Willst du mir damit sagen, dass du das geringere Übel bist?«

»Ganz genau.«

Schön. Themenwechsel – am besten noch, *bevor* sie den Verstand verlor. Nach Beherrschung ringend sah sie aus dem Fenster und beobachtete ein paar Sekunden lang, wie die Bäume und Sträucher wie eine orangebraune Wand an ihr vorbeirauschten.

»Und was hast du jetzt mit mir vor?«

Ian grinste erneut, dieses Mal noch breiter und diabolischer als zuvor. Ihr Herz drohte, einen Schlag auszusetzen, während ihren ganzen Körper ein Schauder durchlief. Ob vor Angst oder

der unwiderstehlichen Anziehungskraft, die dieser Mann auf sie ausübte ... sie wusste es nicht. Möglicherweise aber hätte sie ihre Frage etwas anders formulieren sollen. Sie konnte förmlich spüren, wie sich ein versauter Gedanke nach dem anderen in seinen Kopf schlich.

»Ich führe dich aus. Ich nehme an, du kennst den Billardclub in Stone?«

»Billard? Ist das nicht ein ziemliches Klischee für jemanden wie dich?«

Ian gluckste, ehe er den Blinker setzte und einen Augenblick später nach rechts abbog. »Schon. Redest du immer so viel?«

»Wenn dir etwas nicht passt, kannst du mich sofort aussteigen lassen.«

»Vergiss es. Ich mag Frauen, die etwas zu sagen haben.«

»Na, dann ist ja gut.« Dass ihr diese Aussage gefiel, behielt sie an dieser Stelle für sich. Jackson hatte immer nur überfordert die Augen verdreht, wenn sie den Mund aufgemacht und etwas kritisiert hatte. Sie hatte schließlich nicht umsonst Sprechen gelernt. Genau genommen war Jackson, was das betraf, regelrecht sexistisch.

Ian parkte seinen Wagen mühelos in eine enge Parklücke vor dem Billardclub. Der Himmel drohte bereits wieder mit Regen, doch zumindest waren die Wolken nicht mehr allzu schwarz wie noch heute Morgen. Etwa ein Dutzend anderer Autos parkten ebenfalls vor dem unscheinbaren Gebäude, was für diese Uhrzeit – und vor allem diese Gegend – höchst untypisch war. Claire verzog verwundert das Gesicht.

»Na los«, forderte Ian sie auf. Seine meerblauen Augen glänzten vor Vorfreude. Es fehlte nur noch, dass er die Hände wie eine Fliege voll Hohn aneinander rieb. »Lass uns reingehen.«

KAPITEL 5

Obgleich Claire schon seit zwanzig Jahren in Stone lebte, hatte sie diese Billardbar noch kein einziges Mal betreten. Wozu auch? Das Spiel mit den bunten Kugeln und die altmodische Musikauswahl interessierten sie herzlich wenig. Wenn sie mit Tina ausgehen und ein wenig tanzen wollte, fuhren sie mit dem Taxi zusammen nach Manchester.

Entgegen ihren Erwartungen allerdings hielten sich in der Bar keineswegs nur Rentner auf, die ungezügelt Bier tranken oder angeregt die letzten Fußballergebnisse diskutierten. Stattdessen traf sie auf einen Haufen junger Männer, die sie noch nie gesehen hatte, alle etwa im gleichen Alter wie Ian. Sie wollte gerade fragen, ob er die fremde Bande denn kannte, als er bereits auf einige von ihnen zuging und sie gelassen begrüßte. Kurz flüsterte er ihnen etwas zu, das sie, unschlüssig am Eingang stehend, nicht hören konnte, doch es war unverkennbar, über wen er sich mit ihnen unterhielt. Bereits den Bruchteil einer Sekunde später wanderten neugierig sämtliche Blicke zu ihr hinüber, gefolgt von einem flüchtigen, ja fast schon gehorsamen Nicken. Claire widerstand dem Drang, ihnen den Mittelfinger zu zeigen.

»Lass mich raten. Deine Leute?«, stachelte sie mit verschränkten Armen, als Ian sie zur Bar brachte und ihr bedeutete, sich auf einen der ledernen Hocker zu setzen.

Widerwillig machte sie es sich bequem.

»Ein paar davon. Was willst du trinken?«

Alkohol am Nachmittag? Claire drehte sich fast der Magen um. Sie bezweifelte, dass sie hier auch etwas zu essen bekommen würde, doch an Bier oder etwas anderes Alkoholisches war nicht zu denken.

Unbeholfen hob sie die Schultern. Ihr war vermutlich anzusehen, dass sie gerade lieber ganz wo anders wäre, Ian jedoch quittierte ihr störrisches Verhalten nur mit einem frechen Lächeln. So leicht ließ er sich offenbar nicht abschrecken. Ian sah aus wie jemand, der Herausforderungen liebte.

»Cola?«, antwortete sie schließlich nach einer langen Pause.

Verdattert zog er eine dunkle Augenbraue nach oben. »Wirklich? Nur Cola? Nicht mit Whisky oder Wodka? Nur Cola?«

»Ja. Ich trinke keinen harten Alkohol mehr. Aber selbst wenn ich das tun würde, dann ganz sicher nicht am helllichten Tag.« Den letzten Tropfen hatte sie angerührt, bevor sie nach einer übertriebenen Partynacht ohnmächtig im Krankenhaus aufgewacht war. Damals war sie erst sechzehn gewesen und ihre Eltern waren ausgeflippt. Seither rührte Claire keine Flasche mehr an. Lediglich ein Bier gönnte sie sich ab und an.

»Wie kann man denn ohne Alkohol Spaß haben, Häschen?«

»Glaub mir, es ist weitaus unterhaltsamer, anderen dabei zuzusehen, wie sie … hast du mich gerade Häschen genannt?«

Ian schmunzelte und starrte sie dabei unverhohlen an. Claire konnte nur erahnen, dass er sich sie wohl gerade in so etwas wie einem engen Latexkostüm, das absolut nichts der Fantasie überließ, und einem Paar süßer Hasenohren auf dem Kopf vorstellte.

Er verzichtete auf eine Antwort und winkte stattdessen wie selbstverständlich den Barmann zu sich heran. »Eine Cola und ein Glas Whisky.«

»Sir Edwards, wie üblich?«

Ian nickte, woraufhin sich der grauhaarige Barmann mit Halbglatze sofort an die Arbeit machte. Wenige Sekunden später standen eine Flasche Cola mit rotem Strohhalm und ein Glas mit einer braunen, klaren Flüssigkeit auf der Theke.

»Hey, Ian, wie sieht's aus? Spielst du eine Runde mit uns?«, kam es von seinen Freunden. Seine Antwort war ein anzügliches Zwinkern.

»Sieh zu und lerne«, raunte er Claire zu.

Als würde ihm die Bar gehören, stolzierte er anschließend über die matten Holzdielen zu einem der Billardtische, die wie die Fünf auf einem Würfel symmetrisch angeordnet waren. Die Musik, die im Hintergrund dudelte, war noch erträglich, etwa eine Mischung aus Rockmusik und modernem Rap, und Claire hatte irgendwie das Gefühl, dass Ian sich diese ausgesucht hatte. Sie selbst bevorzugte zwar Popmusik mit schnellen Beats, zu denen man tanzen konnte, und mit einem Bass, der einem den Brustkorb vibrieren ließ, aber zugegeben, verglichen mit dem, was sie hier erwartet hatte, fühlte sie sich gar nicht einmal so unwohl.

Trotzdem fragte sie sich noch immer, warum Ian sie überhaupt hierhergebracht hatte. Herr Gott, sie fragte sich auch, wieso er ihr nach ihren Kursen vor der Uni aufgelauert war. Bisher war er mit seinen Erklärungen noch nicht besonders großzügig gewesen. Dass er sich allerdings für sie interessierte, konnte sie nicht verleugnen. Die Vorstellung beflügelte sie, doch obwohl sie ihm den Beinahe-Unfall inzwischen schon fast verziehen hatte und auch über die Sache im Pub hinwegsehen konnte – schließlich wusste sie nicht, was zwischen den beiden Männern zuvor vorgefallen war –, war das Bedürfnis, ihm für seine Selbstgefälligkeit eine Ohrfeige zu verpassen, noch immer viel zu groß. Er war sich so sicher, dass er alles bekam, was er nur wollte, sie offensichtlich eingeschlossen. Doch da würde sie nicht mitspielen. Sie würde sich nicht erobern lassen wie eine holde Jungfer. Dafür würde er sich schon etwas mehr anstrengen müssen ... Dennoch kam sie nicht umhin, sich von der Dominanz, die er ausstrahlte, angezogen zu fühlen.

Grübelnd beobachtete sie, wie er den Queue in seinen langen Fingern drehte und mit Leichtigkeit gleich drei Kugeln gleichzeitig versenkte. Der Teufel war verflixt gut.

Claire war ein großes Risiko eingegangen. Sie hatte gewusst, wie gefährlich es war, bei einem Fremden einzusteigen und sich von ihm weiß Gott wohin kutschieren zu lassen. Er hätte sie tatsächlich entführen und womöglich zum Flughafen bringen können, um sie in Mexiko als Sexsklavin zu versteigern oder womit auch immer der Schwarzhaarige sein Geld nun verdiente. Die Neugierde juckte wie Giftefeu auf ihrer Haut. Gleichzeitig war sie sich gar nicht mal so sicher, ob sie überhaupt wissen wollte, weshalb diese Gruppe von Männern ihn wie ein Rudel Tiere als ihren ›Anführer‹ akzeptierte. Sowie er sich benahm, war er das geborene Alphatier und Claire ein mehr oder weniger unschuldiges Wölflein, das er besitzergreifend unter seine Fittiche genommen hatte.

Das Spiel dauerte nicht lange. Claire beobachtete fasziniert, wie Ian eine Kugel nach der anderen in die vergilbten Auffangnetze beförderte. Als er dann ein einziges Mal nicht traf und seinem Kollegen das Spielfeld überließ, schaffte dieser es prompt, die schwarze Kugel in eines der Löcher zu schießen. Selbst sie wusste, dass Ian das Spiel damit gewonnen hatte. Klatschen würde sie aber ganz bestimmt nicht.

Abwesend nippte sie an ihrer Cola, als Ian sich wieder zu ihr gesellte und seinen Whisky in einem Zug leerte. Ein arroganter und zugleich stolzer Ausdruck huschte über sein Gesicht. Dabei zögerte er nicht, ihr wieder sein zügelloses Schmunzeln zu schenken. Es musste ihm wirklich Spaß machen, sie so in der Hand zu haben. Aber ... hatte er das denn? Wenn sie jetzt aufstehen und gehen würde, würde er sie aufhalten und zum Bleiben zwingen? Die Tatsache, dass er ihr immer noch ein klein wenig Angst machte, war wohl der Hauptgrund, weswegen sie erst einmal beschloss, mitzuspielen. Gott, was würde Tina nur dazu sagen?

»Was studierst du?«, fragte er sie plötzlich.

Claire öffnete den Mund und brauchte ein wenig zu lang für ihre Antwort. »Jura.«

Ian nickte anerkennend. »Deshalb also das Auslandsjahr? Wo warst du?«

»Reykjavík. Was hast du studiert?«

»Artificial Intelligence.«

»Oh«, murmelte sie beeindruckt.

»Ich bin gleich wieder da.«

Nicht gerade die Art von Konversation, die sie erwartet hatte. Wenn er wusste, wann ihre Kurse zu Ende waren, warum musste er dann fragen, was sie studierte? War das ein Trick? Eine Ablenkung? Ein harmloser Versuch, Small Talk zu betreiben? Claire schielte ihm misstrauisch hinterher, als er sein Whiskyglas auf der Theke abstellte und hinter ihr um die Ecke verschwand. Vielleicht war das alles hier ja auch nur lediglich ein Vorwand gewesen, um sie vor seinen Freunden wie einen dicken Fischfang zu präsentieren? Ihre Art von einem großartigen ersten Date war das hier nicht unbedingt.

Sie seufzte frustriert, als sich die quietschende Eingangstür zur Bar öffnete und neue Gäste hereinschneiten. Claire drehte den Kopf, um Ian nicht länger hinterher zu blicken und sich fragen zu müssen, wohin er nun wohl wieder verschwinden würde. Aber ihr gefror das Blut in den Adern, als sie realisierte, wer da mitsamt seiner furchteinflößenden Gang von Schluckern und Möchtegernknackis, wie Ian sie genannt hatte, den Raum betreten hatte.

Jackson stolzierte direkt auf sie zu, als er sie an der Bar entdeckte. Seine trüben Augen funkelten, während er seinen Blick über ihren Körper gleiten ließ.

»Claire, Baby. Was machst du denn in meiner Bar?«

Das ›meiner‹ ignorierte sie gekonnt. Feindselig verschränkte sie die Arme vor der Brust. Wenn das, was Ian ihr über seine Konfrontation mit Jackson erzählt hatte, stimmte, dann wäre es wohl besser, jetzt zu flunkern.

»Mir war nach ein wenig Billard.«

Der Blonde gluckste belustigt. »Du warst schon immer eine schlechte Lügnerin, aber ich kann mir auch so denken, weswegen du hier bist. Früher oder später hätte ich ja auftauchen müssen, was?« Er legte ihr dreist eine Hand auf den Oberschenkel, die andere stützte er lässig an der Bar ab und begann schelmisch, mit seinen Fingern über ihren Ellbogen zu streichen.

Claire stieß erbost den Atem aus und zog ihren Arm weg. »Bitte? Du glaubst, ich bin deinetwegen hier? Träum weiter, Jack.« Sie wusste selbst kaum, woher die plötzliche Feindseligkeit kam, mit der sie ihm so unverblümt begegnete. Etwas an dieser neuen schmierigen Art, die er an den Tag legte, rieb wie eine Käsehobel über ihre ohnehin schon angeschlagenen Nerven.

»Claire ... Willst du mir nicht doch noch eine Chance geben, Baby? Ich schwöre dir, ich werde auch auf dich und deine Wünsche eingehen, nicht so wie letztes Mal, ja?«

Claire schüttelte stumm den Kopf. Zähneknirschend rang sie nach den richtigen Worten. »Du hattest deine Chance. Ob du es nun verleugnest oder nicht, wir haben *beide* beschlossen, dass unsere Beziehung uns nirgendwo hinführt. Dieser Zug ist abgefahren. Meinst du denn ernsthaft, ich würde es noch einmal mit dir probieren? Ausgerechnet jetzt, wo du Drogen schluckst und stolz dein Strafregister füllst? Hörst du dir denn überhaupt noch zu, wenn du redest? Du warst mal ganz anders.«

Er grinste unverhohlen, so als ob ihn ihre Worte noch nicht einmal ansatzweise berührt hatten. Unverschämt schob er sich näher an sie heran, sodass er fast zwischen ihren Schenkeln zum Stehen kam. »Wetten, ich kann dich noch umstimmen?«

»Sag mal, was stimmt denn nicht mit dir?«, fauchte sie ihn an und schlug dabei energisch seine Hände weg. »Lass mich einfach in Ruhe!«

Verflixt, warum tat denn niemand von Ians unheimlichen Leuten etwas? Mit ihren Bärten und Lederjacken wirkten die meisten von ihnen wie brutale Biker, die mit Baseballschlägern als Waffe in der Gegend herumliefen. Zumindest einer von denen musste doch bemerken, dass sie hier gerade bedrängt wurde!

»Komm schon, Baby, das wäre doch nicht das erste Mal, dass ich dir so nah komme, oder?«

»Hast du dir mit deinen Drogen das Hirn weggepustet? Wieso hast du überhaupt damit angefangen? Hast du keinen mehr hochgekriegt?«

Jacksons Miene verfinsterte sich augenblicklich. Seine Anhängsel hinter ihm hatte alle Mühe, sich ein spöttisches Lachen zu verkneifen. Einer von ihnen scheiterte kläglich, was Jacksons Wut nur noch steigerte.

»Wag es nie wieder, mich vor meinen Jungs so bloßzustellen, kapiert? Das wird sonst Konsequenzen haben, Baby.«

»Bestimmt.« Sie wusste, sie goss leichtsinnig Öl ins Feuer. Stoppen konnte sie ihr Mundwerk vor Rage dennoch nicht. »Ich habe übrigens noch ein Paar Boxershorts von dir in meinem

Schrank liegen. Du weißt schon, die mit den gelben Entchen drauf. Willst du die eigentlich wiederhaben?«

Das Lachen im Hintergrund wurde lauter. Jackson ballte knurrend die Hände zu Fäusten, Claire jedoch lächelte ihn nur bösartig an. *Na? Wir wollen mal sehen, wer zuletzt lacht.*

»Du gehst zu weit. Warum gehen wir beide nicht nach draußen und ...«

»Lass sie sofort in Ruhe«, ertönte hinter ihr plötzlich eine rauchige Stimme. Sofort setzte ihr Herz einen Schlag aus. Ian stellte sich neben sie. Claire musste ihn nicht einmal ansehen, um die Gefahr zu spüren, die er wie ein Atomkraftwerk ausstrahlte. Einen Moment lang schien es fast so, als wollte er ihr einen Arm um die Taille legen. Seine Hand zuckte verräterisch. Doch er ließ es bleiben. Die Luft brannte ohnehin schon fast, so heiß war Claire plötzlich.

Jackson schnaubte verächtlich. »Du schon wieder, Conroy?«

»Was willst du hier?«, erwiderte der Schwarzhaarige düster.

»Das ist meine Stadt – und das ist meine Bar. Ich würde dir also raten, dich mit deiner wahnwitzigen Gruppe von Buhmännern schleunigst aus dem Staub zu machen.«

»Ich rieche aber gar nichts außer deinem Angstschweiß. Hast du denn nicht in die Ecke gepisst, um dein Revier zu markieren? Nein? Dann fürchte ich, kann ich nichts für dich tun.«

Der Blonde knurrte erneut, dieses Mal noch lauter. Er klang dabei jedoch eher lächerlich als einschüchternd.

»Willst du noch einmal halbtot im Krankenhaus mit Schläuchen an Maschinen angeschlossen aufwachen? Lass dir versichert sein, das kann ich arrangieren. Claire, wir gehen.« Weder bezahlte Ian für die Getränke noch warf er ihr einen Blick zu, als er entschieden nach ihrem Handgelenk griff und sie mit sanfter Gewalt aus der Bar zog.

Sie spürte Jacksons giftigen Blick auf sich, eine unausgesprochene Frage auf seinen Lippen. *Was in aller Welt hast du mit dem zu schaffen?* Sobald sie eine Antwort darauf wusste, würde sie sie ihm simsen, doch im Moment war sie nur froh, von hier zu verschwinden.

Ian bugsierte sie fordernd in sein Auto, ohne noch einmal zurückzuschauen. Offenbar vertraute er darauf, dass seine

Jungs Jackson und dessen Gang daran hindern würden, ihnen hinterherzulaufen.

»Vielen Dank auch«, brachte sie patzig hervor, sobald sie beide im Wagen saßen. Schließlich hatte er sie ohne Erklärung an der Bar sitzen lassen. In dem Laden, der offenbar Jacksons Stammkneipe war, verdammt.

Ian atmete tief ein und schloss eine Sekunde lang die Augen. Er zitterte förmlich vor Wut. »Ich wusste nicht, dass er es noch einmal wagen würde, hier aufzutauchen. Das war so nicht geplant.«

Wie schön. Wenn das seine Art war, sich bei ihr zu entschuldigen, konnte er es auch gleich bleiben lassen.

»Hast du etwas zu ihm gesagt? Jackson schien ziemlich wütend. Es wäre dumm von dir, ihn zu provozieren. Ich habe dir doch erklärt, dass mit dem Kerl nicht zu scherzen ist.«

Stumm musterte sie ihn. Ob er bereits etwas ahnte? Dass Jackson und sie eine lange Vergangenheit miteinander teilten? Sie hoffte inbrünstig dagegen. Hatte er das mit den Entchen-Boxershorts gehört? So wie sie Ian einschätzte, würde er ausflippen und womöglich zu Ende bringen, was er vor ein paar Monaten angefangen hatte – und dann würde Jackson nicht wieder im Krankenhaus, sondern auf dem Friedhof landen.

»Aber mit dir, oder was?«, gab sie statt einer Antwort unwirsch zurück. »Kannst du mich bitte einfach nach Hause fahren? Ich nehme an, du weißt, wo ich wohne.«

Ian presste die Lippen zu einer dünnen Linie zusammen. Zwei volle Sekunden verstrichen, bis er schließlich nickte und das Auto startete, um auszuparken.

Während der Fahrt herrschte eisiges Schweigen. Claire weigerte sich, auf seine Fragen einzugehen oder seine Versuche, ein Gespräch anzufangen, mit Worten zu belohnen. Hätte sie sich doch nur geweigert, überhaupt erst bei ihm einzusteigen, dann wäre ihr diese Konfrontation jetzt erspart geblieben. Doch sie dumme Kuh hatte sich von Ians guten Aussehen und seinem unverschämten Charme blenden lassen.

»Ich bin nicht schuld daran, dass du ihn verärgert hast«, sagte er plötzlich in die angespannte Stille hinein.

Claires Kopf fuhr augenblicklich herum. »Wie bitte? *Du*

warst doch derjenige, der darauf bestanden hat, mich in diese gottverdammte Bar zu bringen!«

»Jackson ist übel. Verdammt nochmal, er hätte vor vier Wochen fast jemanden umgebracht!«

»Glaubst du denn, das weiß ich nicht? Ihr habt es alle erwähnt! Ich kenne ihn schon um einiges länger als du, weißt du?« Genervt schnaubend lehnte sie sich zurück. »Tina hat gesagt, dass du genauso bist wie er. Dass du die Leute, die sich mit dir anlegen, mit ihrem eigenen Blut bezahlen lässt.« *Wie in einem gottverdammten Thriller*, fügte sie stumm hinzu.

Ian verkrampfte sich merklich. »Ich bin nicht wie Jackson«, erwiderte er ruhig. Zu ruhig. »Aber deine kleine Freundin hat Recht. Mit mir legt man sich nicht zwei Mal an.«

Mit einem Schlag wurde er todernst und blickte ihr so intensiv in die Augen, dass sie dem Drang widerstehen musste, hysterisch aus dem Auto zu springen. Sie bemerkte noch nicht einmal, dass er inzwischen direkt vor ihrer Haustür stehen geblieben war.

»Du hast Glück, dass du mir gefällst, Claire.«

Sonst was? War das eine versteckte Drohung? Ihr entglitten sämtliche Gesichtszüge. Darauf wusste sie nun wirklich keine Antwort. Unschlüssig öffnete Claire den Mund, um etwas zu erwidern, doch bis auf ein paar eingeschüchterte Laute verließ kein einziges Wort mehr ihre Lippen.

Unbehaglich packte sie stattdessen ihre Tasche und presste sie fest an sich, während sie nach dem Türgriff suchte. Sie ließ Ian nicht aus den Augen, bis sie aus dem Wagen gestiegen war. Auf eine Verabschiedung pfiff sie dabei. Schnell eilte sie ins Haus, bedacht darauf, auf dem nassen Asphalt nicht auszurutschen.

Sie hörte Ians BMW erst dann wieder anfahren, nachdem sie die Haustür hinter sich geschlossen hatte.

KAPITEL 6

Es war kurz vor sechs. Ihr Vater war um diese Uhrzeit noch immer in der Pizzeria und bediente fleißig hungrige Gäste. Er wusste, wann Claire normalerweise von der Uni kam, und sie war froh, dass ihr ein vorwurfsvolles und besorgtes »Wo warst du?« erspart blieb.

Müde und erschöpft von den Ereignissen schleppte sie sich in ihr Zimmer und ließ sich wie ein Sack Kartoffeln ins Bett fallen, den Blick ausdruckslos an die Decke gerichtet, während ihr wieder und wieder durch den Kopf ging, was Ian zu ihr gesagt hatte.

Du hast Glück, dass du mir gefällst, Claire. Was hatte das zu bedeuten? Dass er sie unter anderen Umständen ebenfalls bezahlen lassen würde? Oder dass er sie nun beschützen würde wie ein dominantes Alphamännchen? Die Vorstellung davon war zwar ein wenig verstörend, gleichzeitig aber auch ... erregend. Ian hatte ihr bereits klargemacht, dass dieses Theater nach seiner Pfeife tanzte, und obwohl die Vernunft in ihr danach geschrien hatte, hatte sie sich nicht gewehrt. In seiner Nähe war sie überhaupt schon froh, ihm Kontra geben zu können, wenn er sie herausforderte.

Wieso um alles in der Welt hatte dieser unverschämte Kerl eine so anziehende Wirkung auf sie? Sie hatte das Gefühl, wie Eiscreme in der Sonne neben ihm zu schmelzen. Die Art, wie er sie vor Jackson verteidigt hatte, fast so, als ob er jeden Augenblick auf ihn losgehen wollte ... Claire hatte das Testosteron in der Bar förmlich gerochen.

Seufzend schüttelte sie den Kopf und stand widerwillig wieder auf, um sich umzuziehen. In enger Röhrenjeans und BH im Bett zu entspannen, war nicht sonderlich bequem. Sie kämpfte sich mit ungeschickten Verrenkungen aus ihrer Hose und warf sie achtlos auf ihren Schreibtischstuhl, durchquerte den Raum, um ihren Schrank zu öffnen, und wollte sich gerade das T-Shirt über den Kopf ziehen, als ihr Handy auf dem Nachttisch vibrierte.

Stöhnend ging sie darauf zu, blickte auf das Display und erstarrte. Eine unbekannte Nummer hatte ihr eine Nachricht geschrieben.

Du solltest nachts die Jalousien schließen, wenn du nicht willst, dass man dich heimlich beim Umziehen beobachtet.

Was ...? Vorsichtig schielte sie aus dem Fenster. Inzwischen dämmerte es draußen bereits. Die halbkahlen Äste der Bäume, die im sanften Wind leise raschelten, waren nur noch Umrisse in der Dunkelheit. Perfekt für einen Spanner oder gar Schlimmeres, sich in einem Auto oder im Gebüsch zu verstecken.

Claire schluckte wiederholt, um gegen den dicken Kloß in ihrem Hals anzukämpfen, und schlüpfte rasch in eine bequeme Jogginghose, ehe sie das Licht löschte, mutig zum Fenster schritt und mit zusammengekniffenen Augen hinausblickte.

Ein schwarzer BMW parkte auf der gegenüberliegenden Straßenseite und gab ihr soeben die Lichthupe, damit sie ihn identifizieren konnte. *Arschloch.* Schnaubend riss sie an ihren Vorhängen und schaltete ihr Licht wieder an. Den Bruchteil einer Sekunde später tippte sie eine empörte Antwort in ihr Handy.

Sollte ich fragen, woher du meine gottverdammte Nummer hast?

Die Antwort folgte prompt, gerade als sie dabei war, sich Ian als Kontakt zu sichern, um nicht noch einmal von ihm überrumpelt zu werden.

Nein. Wir gehen morgen essen. Ich hole dich nach deinen Kursen an der Uni ab. Mach dich ein wenig schick.

Claires Herz setzte einen Schlag aus, als sie seine Nachricht las. Er wollte sie zum Essen ausführen? Obwohl der Abend heute so mies geendet hatte? Jackson hatte sie fast nie zum Essen eingeladen ... aber jetzt bestimmte er ja schon wieder!

Grummelnd warf sie ihr Handy aufs Bett. Was sollte sie darauf auch großartig erwidern? *Danke, ich freue mich?* Ein Nein würde der Schwarzhaarige vermutlich ohnehin nicht akzeptieren. Das hatte er ihr heute mehr als zu genüge klargemacht. Außerdem, und das war das Irritierende dabei, hatte sie keinerlei Interesse daran, ihm abzusagen.

Das konnte ja noch heiter werden.

~ * ~

Claire fühlte sich wie eine verwöhnte Arzttochter im Chanelkleidchen, als sie sich inmitten von halbschlafenden Studenten in einem Vorlesungssaal halbherzig Notizen dazu machte, was der Professor auf dem Podium vor sich hin brabbelte. Was sie da eigentlich aufschrieb, verstand sie selbst nicht.

Der Vormittag wollte einfach nicht vergehen und nachdem sie heute Morgen eine Viertelstunde lang vor ihrem Kleiderschrank gestanden und überlegt hatte, was sie denn anziehen sollte, fühlte sich nun jede Minute wie eine ganze Stunde an. Sie steckte für Ians ›Date‹ in einem schwarzen Lederrock, einer roten, fast durchsichtigen Bluse und schwarzen Stiefeln, die ihr bis zu den Knien reichten und zu ihrer schwarzen Strumpfhose passten – für einen Tag an der Uni also mehr als nur overdressed. Die warme Winterjacke, die sie darüber angezogen hatte, um ihr aufreizendes Outfit zumindest ein bisschen zu verstecken, half nur mäßig, zumal sie sie wegen der beheizten Räume ohnehin hatte ausziehen müssen.

Ian hatte sie dazu angehalten, sich schick zu machen, und diese Anweisung hatte sie mehr oder weniger bereitwillig befolgt. Wenn er schon darauf bestand, sie in ein Restaurant auszuführen, würde sie sich ihre Reize auch zunutze machen und Ian gehörig provozieren. Das Spiel, das er mit ihr spielte, lief vielleicht nach seinem Regelhandwerk – doch auch sie hatte den einen oder anderen Trick auf Lager.

Als sie um halb eins dann endlich aus der Uni flüchten konnte, ließ Ian nicht lange auf sich warten. Dabei verstand sie noch immer nicht, woher er ihren Stundenplan kannte. Wie versprochen parkte sein schwarzer BMW genau wie am Tag zuvor auf dem Studentenparkplatz. Wieder lehnte er mit einem Schmunzeln lässig an der Motorhaube, als Claire auf ihn zukam. Ihr Blick war starr auf seine meerblauen Augen gerichtet, versucht, in ihnen zu lesen, was er wohl gerade dachte. Doch ihr Anliegen löste sich wie von selbst. Ian sah wie magnetisch angezogen nach unten. Seine Lippen öffneten sich leicht, als er ihren schwarzen Lederrock und die kniehohen Stiefel bemerkte, in die sie sich gezwängt hatte. Bereits den Bruchteil einer Sekunde später begann er schelmisch zu lächeln.

»Du siehst ... heiß aus«, stellte er sichtlich zufrieden fest. Er nickte flüchtig Richtung Auto, damit sie einstieg, und Claire entging zu ihrer eigenen Belustigung nicht, wie sein gieriger Blick ihr folgte. Sie konnte förmlich spüren, wie er mit sich rang, seine Hand nicht auf ihren Oberschenkel zu legen, als er sich ans Steuer setzte.

Der Gedanke kribbelte bis in ihre Zehen. Ob sie es zulassen würde, wenn er es täte? Oder wenn er seine Hand in ihren Nacken legen, sich vorbeugen und mit einem verräterischen Schmunzeln »Küss mich« hauchen würde? *Nein.* Noch nicht. Erst würde sie ihn zappeln lassen und ihn für seine Unverschämtheit gehörig ärgern. Das war weitaus einfacher, als sich vor ihm und dem, wozu er fähig war, zu fürchten und sich vor ihm zu verstecken, wie Tina es ihr geraten hatte.

Tina. Was würde sie nur darüber denken, dass sie sich so willenlos von Ian herumführen ließ? Erst die Bar, jetzt das Mittagessen. Was kam als Nächstes? Ein gemeinsamer Urlaub? Zutrauen, dass er heimlich Flüge buchte und sie in ein anderes Land entführte, würde sie ihm auf jeden Fall. Nur, dass sie inzwischen nicht mehr glaubte, dass er sie verraten und verkaufen, sondern eher ... verführen würde?

Was sollte sie ihrer Freundin also erzählen? *Die Schwalbe macht mir den Hof?* Wohl kaum. Unschlüssig biss sie sich auf die Zunge. Gott, was wenn er sie nur ins Bett bekommen wollte? Eine schnelle Nummer, eine weitere Eroberung auf seiner bestimmt endlos langen Liste? Daran hatte sie noch gar nicht gedacht, wobei ... Ian erschien ihr nicht wie jemand, der irgendwelche Frauen abschleppte, schon gar nicht, wenn er sich so um sie bemühte. Oder etwa doch? Nein, da steckte hoffentlich mehr dahinter und Claire war fest entschlossen, ihn irgendwie zu durchschauen, vor allem, wenn das bedeutete, dass sie ihn weiterhin treffen konnte.

»Du bist so still. Ist alles in Ordnung?«

Aus den Gedanken gerissen neigte sie den Kopf. »Wieso tust du das?«, fragte sie zusammenhanglos.

Ian runzelte die Stirn. »Was genau?«

»Na ... das. Das alles hier. Du holst mich von der Uni ab und bringst mich in eine Bar, führst mich zum Essen aus – ohne mich überhaupt zu fragen, ob ich Lust dazu habe, wohlgemerkt ... was soll das Ganze?« Claire schnappte leise nach Luft.

»Das habe ich dir doch schon gesagt. Du gefällst mir.«

»Hättest du mich in Ruhe gelassen, wenn ich dich darum gebeten hätte?«

Dieses Mal grinste er verwegen. »Nein.«

Es war zum Haare raufen.

Ian blieb wenige schweigsame Minuten später vor einem etwas abgelegenen Restaurant stehen. Mit einem zufriedenen Grinsen zog er die Handbremse an. Sie kam noch nicht einmal dazu, den Namen des Restaurants von dem imposanten Schild über der verglasten Eingangstür zu lesen, da nahm der Schwarzhaarige sie bereits an der Hand und führte sie mit schnellen Schritten hinein und dann ... verschlug es ihr den Atem.

Anstatt von gewöhnlichem Tageslicht, das den riesengroßen mit rotem Teppich ausgelegten Raum durchflutete, erhellten tausende von Kerzen ihre Umgebung. Sie hingen auf eleganten Halterungen von der Decke, steckten in dafür vorgesehenen Kerzenständern oder dekorierten die weiß gedeckten runden Tische, die sogar mit roten, orangefarbenen und weißen Rosen verziert waren. Mit Leder bezogene Stühle und ein gigantischer Springbrunnen inmitten des Raumes komplettierten die Ausstattung des Restaurants. Der in einen maßgeschneiderten Anzug gehüllte Kellner, der prompt zu ihnen eilte, um sie mit einer leichten Verbeugung zu begrüßen, bestätigte endgültig, dass sie sich in diesem luxuriösen Laden vermutlich noch nicht einmal ein Glas Wasser leisten könnte.

Sie schluckte beeindruckt. Das Ambiente, die leise Klaviermusik, die im Hintergrund aus Lautsprechern dudelte … nein, keine Lautsprecher. Da saß ein Pianist an einem Flügel, ganz hinten vor einem der wenigen Fenster, das nicht hinter schweren Samtvorhängen versteckt war.

Ian schmunzelte wissend, als er ihre leuchtenden Augen bemerkte, die jedes noch so kleine Detail wie ein Schwamm in sich aufsaugten. Ihm schien klar zu sein, dass sie noch nie in einem derart noblen Restaurant zu Mittag gegessen hatte und das Gefühl der Überlegenheit, das sich deshalb vermutlich gerade in ihm ausbreitete, trieb Claire trotz allem fast zur Weißglut.

Der Kellner führte sie mit einer einladenden Handbewegung an ihren Tisch, der auf Ians Namen reserviert worden war, und reichte ihnen mit einem freundlichen Lächeln den Menüplan, ehe er sie sich selbst überließ.

»Ich habe gestern noch ein paar Anrufe getätigt. Für gewöhnlich essen hier nur Promis, Schauspieler und Politiker zu Mittag. Gut, meinetwegen auch verliebte Pärchen, die es sich leisten können. Beeindruckt?«, stachelte er mit einem arroganten Funkeln in den Augen. Er wackelte provokant mit den Brauen, als Claire ihre Karte aufschlug und auf die verschiedenen Gerichte blickte. Einige von ihnen waren auf Französisch, doch die Bilder, die sich auf jeder Seite befanden, erklärten ihr, was sie nicht verstand.

»Ja. Ja, das bin ich«, gab sie geschlagen zurück. Sie seufzte. Es war irgendwie … romantisch. Ein delikates Essen bei Kerzenschein, Rosen, Klaviermusik … jetzt fehlte nur noch, dass Ian über den Tisch hinweg nach ihrer Hand griff und ihr zärtlich in die Augen sah. Einen kurzen Augenblick lang erwischte sie sich sogar dabei, dass sie sich ebenjene Vorstellung herbeiwünschte.

Sie räusperte sich verlegen. Den Blick auf die Preise wagte sie gar nicht erst und suchte stattdessen fieberhaft nach einem vegetarischen Gericht. Sie ahnte, dass Ian für das Ganze hier keinen Penny springen lassen musste. *Arschloch. Romantisches, unverschämtes, beeindruckendes Arschloch.*

»Nimm doch die Nummer vierzehn.«

Claire hob die Augenbrauen. *Medium-Steak in Barbecuesoße und Gemüseauflauf.* Also wusste er doch nicht alles über sie.

»Das ist ein Fleischgericht.«

»Ja?« Er zog das Wort fragend in die Länge. »Nahrhaft, proteinreich, gesund ...«

»Ich bin Vegetarierin. Ich bevorzuge es, die armen Tiere, die für so ein Ding geschlachtet werden, zu verschonen.«

Ian gluckste amüsiert. »So ein ›Ding‹ ist ein Steak, und zwar das teuerste in ganz Manchester.«

»Du musst doch sicher eh nicht dafür bezahlen.«

Zwinkernd tippte er sich auf die Nasenspitze. »Du lernst schnell. Ich sagte doch, ich habe ein paar Anrufe getätigt. Ich habe einige nützliche Beziehungen, die mir das hier ermöglichen. Genieße das Privileg.«

»Wenn die Tiere umsonst sterben und nicht einmal der Koch davon profitiert? Wohl kaum.«

Ian verdrehte die Augen. »Dann iss ein Nudelgericht oder einen Salat. Oder tut dir der etwa auch leid?«

Claire reckte trotzig das Kinn. »Meinetwegen.«

Der Kellner brauchte keine zehn Minuten, bis das Essen auf ihrem Tisch stand – vielleicht aber kam es ihr auch nur so kurz vor, weil Ian ihr interessiert eine Frage nach der anderen stellte, über alles, worüber er durch seine ›Beziehungen‹, wie er sie nannte, nicht bereits informiert war.

»Wie steht es um dein Liebesleben?«, fragte er gerade, als der Kellner einen dampfenden Teller mit Steak und Gemüseauflauf vor Ian abstellte. Er nickte ihm kurz zu, ehe er Messer und Gabel in die Hand nahm. Claire tat es ihm gleich.

»Ich wüsste nicht, was dich das angeht«, gab sie abweisend zurück. Konzentriert spießte sie eine Tomate auf und inspizierte sie genüsslich, bevor sie sie in ihren Mund schob.

Ian schmunzelte bübisch. »Eine ganze Menge sogar. Also. Wie sieht es aus, bist du derzeit an jemandem interessiert? Jetzt gerade?«

Ja, an dir. Claire blinzelte verdattert. *Vergiss nicht, dass er dich beinahe überfahren hätte!*

»Überzeugter Single. Ich habe durch die Uni nicht sonderlich viel Zeit für eine Beziehung«, antwortete sie schließlich schulterzuckend.

»Und deinen zusätzlichen Job, nehme ich an.«

»Ach, davon weißt du also auch?«

»George Shepman ist mein Onkel.«

»Oh.« Claire hatte am Montag noch einen Anruf vom Juwelier erhalten. Er hatte ihr mitgeteilt, dass sie Mitte Oktober bei ihnen anfangen könnte, weil das Ehepaar noch auf ein paar Papiere vom Finanzamt wartete. Offenbar würde sie Ian dann des Öfteren bei der Arbeit sehen, wenn er bis dahin denn aufhören würde, sie jeden Tag zu entführen.

»Was war vor der Uni?«, bohrte er dreist nach.

Claire rollte mit den Augen. »Was soll vor der Uni gewesen sein? Ja, ich hatte Beziehungen.« Eine, um genau zu sein. Zumindest eine richtige, die zu mehr als nur ungehobeltem Fummeln und ein paar verbotenen Küssen auf dem Schulklo geführt hatte. »Was ist mit dir?«

Ian grinste höhnisch. Sogar seine Zähne waren perfekt.

»Mit mir?«

»Ich komme mir vor wie bei einem Verhör. Erzähl mir etwas über dich.« *Und fang am besten mit deinem Liebesleben an*, fügte sie stumm hinzu. Schnell stopfte sie sich ein Salatblatt in den Mund, damit sie den Gedanken nicht aussprechen konnte.

»Über mich gibt es nicht viel zu erzählen. Ich habe lange Zeit in Manchester gelebt, davor in London. Ich bin ein Einzelkind, habe keinen Kontakt mehr zu meinen Eltern und war in der Schule immer ein Einserschüler.«

Kein schwieriger Teenager mit mindestens zwei Verweisen also? Claire nickte sprachlos.

»In Manchester habe ich mit zweiundzwanzig meinen Master in Artificial Intelligence abgeschlossen und mein Wissen seither sinnvoll verwendet«, fuhr er dann fort. *So jung?* Sie war nicht sicher, worum genau es in diesem Studium ging, doch dass er viel mit Mathematik und Computerprogrammierung zu tun gehabt hatte, war klar.

»Wo arbeitest du?«

»Ich bin selbstständig. Gelegentlich nehme ich Aufträge an, aber das ist alles, was du wissen musst, Häschen.« Er zwinkerte ihr spielerisch zu. Inzwischen hatte er sein Steak schon fast verputzt, Claire versuchte unterdessen mit aller Mühe, die letzten Reste ihres Salats, der bereits im Dressing ertrank, mit ihrer Gabel zu erdolchen.

»Hör auf, mich Häschen zu nennen. Ich bin ganz bestimmt keine von deinen flüchtigen Eroberungen.«

»Eroberungen? Wie kommst du darauf?«

»Du bist sehr selbstbewusst ... und arrogant. Ich habe das Gefühl, dass du dir einbildest, du könntest jede kriegen, wenn du sie nur lange genug bezirzt.«

Ian lachte auf. Laut. Es war ein nahezu herzerwärmendes Geräusch und es brauchte eine ganze Weile, bis er sich wieder beruhigt hatte. Der Kellner, der soeben ihren Tisch hatte abräumen wollen, wartete verhalten.

»Möchten Sie noch ein Dessert, Sir?«

Ian blickte zu Claire, doch sie schüttelte nur den Kopf und verschränkte die Arme vor der Brust.

»Danke, wir sind satt. Nur um es klarzustellen, Claire, ich habe keine ›flüchtigen Eroberungen‹, höchstens gute Freunde mit gewissen Vorzügen und genug Geld für Privatclubs, wenn du verstehst, was ich meine. Meine letzte richtige Beziehung ist vier Jahre her. Es gibt also keinen Grund, eifersüchtig zu sein.« Er zwinkerte erneut. Eine simple Geste, die Claire fast in den Wahnsinn trieb.

»Eifersüchtig? Spinnst du? Ich bin doch nicht eifersüchtig. Ich habe lediglich so etwas wie Würde. Ich lasse mich nicht abschleppen wie ein billiges Flittchen, *nur um es klarzustellen*«, äffte sie ihn mit zusammengekniffenen Augen nach.

Ian schüttelte grinsend den Kopf, ehe er aufstand und ihr Handgelenk umfasste, um sie auf die Beine zu ziehen.

»Würde ich dich in so ein teures Restaurant ausführen, wenn ich dich bloß abschleppen wollte?«, fragte er leise.

Der Schwarzhaarige machte sich gerade noch die Mühe, dem Kellner ein saftiges Trinkgeld zuzustecken. Sekunden später bereits fand Claire sich in seinem Auto wieder und beobachtete die triste Straße vor sich, während sie sich seine Worte durch den Kopf gehen ließ.

Gute Freunde mit gewissen Vorzügen ... war doch klar, dass er nicht vier Jahre lang komplett enthaltsam gelebt hatte.

Aber er hatte zugegeben, dass er nicht darum bemüht war, sie in sein Bett zu bekommen. Zumindest noch nicht. Wenn sie ihn weiterhin traf ... lange würde sie ihre eiserne Barriere der Gefühllosigkeit nicht mehr aufrechterhalten können und sie würde lügen, wenn sie verleugnete, diesen Scheißkerl entgegen jeder Vernunft irgendwie zu mögen zu beginnen.

Ian bog unvermittelt nach rechts ab. Stirnrunzelnd wandte sie sich zu ihm.

»Ähm ... nach Whitefield geht es geradeaus.«

»Ich weiß. Ich habe noch etwas zu erledigen. Geht ganz schnell.«

Sie nickte skeptisch. »Na schön ...«

Sie bogen bei der nächsten Kreuzung nach links ab, dann wieder nach rechts, dann wieder nach links. In dem verworrenen Straßennetz von Manchester hatte Claire schon bald vergessen, wie sie aus dem Zentrum heraus und zurück nach Stone finden würden, doch als der Schwarzhaarige schließlich stehenblieb, klappte ihr die Kinnlade herunter. Rote Lettern prangten über der Außenfassade des Geschäfts. *Forbidden Fruit*. Ein Erotikshop. Hatte er jetzt endgültig den Verstand verloren?

»Ist das dein verdammter Ernst? Ian, ich gehe da ganz bestimmt nicht rein.«

»Na komm, wie schlimm kann es schon werden? Spring über deinen Schatten. Ich will dich nicht im Auto warten lassen.«

Claire verdrehte die Augen. »Dann warte ich eben *vor* dem Auto.«

»Keine Chance. Bist du denn gar nicht neugierig, was dich da drinnen erwarten könnte?«

Doch. Genau das war ja das Problem. Sie brauchte ganz bestimmt keinen Anreiz dazu, ihre sexuellen Fantasien mit Ian noch weiter anzufachen, aber *das* würde sie ihm sicher nicht unter die Nase reiben.

»Nein! Was hast du denn überhaupt da drin zu suchen, huh?«

»Ich besorge etwas für die Freundin meines besten Freundes.«

»Natürlich.«

»Sie ist Stripperin und ein Playboymodel, wenn du es genau wissen willst und auch sehr ... experimentierfreudig, was Sex angeht«, erläuterte er ihr mit einem hämischen Grinsen auf den Lippen.

Claire stieß einen gepeinigten Laut aus. »Bitte, keine Details.«

Mit Jackson war es im Bett immer recht langweilig gewesen. Schön und zärtlich, ja, aber mehr als unschuldiger Blümchensex war es nie geworden, sofern Sex denn unschuldig sein konnte. Ein einziges Mal hatten sie es mit Handschellen versucht, doch selbst dafür war Jackson damals zu feige gewesen. Von Dominanz und ein wenig Verspieltheit war bei ihm keine Spur. Da war der quietschpinke Vibrator, den sie von Tina zu ihrem achtzehnten Geburtstag geschenkt bekommen hatte, aufregender gewesen. Claire fragte sich unwillkürlich, wie Ian sich wohl anstellen würde, wenn sie nackt ans Bettgestell gekettet unter ihm liegen würde ... ihm vollkommen ausgeliefert und hilflos ...

Sie schüttelte nach Fassung ringend den Kopf, um ihre unzüchtigen Gedanken zu vertreiben. War es ihre Energie wert, mit ihm zu diskutieren? Nein, natürlich nicht. Seufzend stieg sie aus dem Wagen und erntete dafür ein zufriedenes Grinsen.

Sie lief hochrot an, als sie Ian in den Shop folgte. Dabei wagte sie es gar nicht, den Kopf zu heben und sich die Produkte richtig anzusehen. Ian schien seine obszöne Umgebung jedoch absolut nicht zu stören. Zielstrebig verschwand er zwischen den Regalen, sodass Claire ihm hastig hinterherlaufen musste, um ihn einzuholen. Allein wollte sie hier ganz bestimmt nicht gesehen werden.

Ian stand vor einer Reihe von bunten Vibratoren in allen möglichen Farben und Formen, direkt hinter ihm posierte eine Schaufensterpuppe in einem Latexkostüm, das ihren Körper mehr zur Schau stellte als verdeckte. Stirnrunzelnd fragte Claire sich, welche Frau in so ein enges Kleidchen passen würde.

Sie bemerkte nicht, dass Ian sich in der Zwischenzeit so dicht hinter sie gestellt hatte, dass sie seinen heißen Atem in ihrem Nacken spüren konnte.

»Na, willst du dir auch etwas aussuchen?«, stachelte er amüsiert. Seine rauchige Stimme war direkt an ihrem Ohr und jagte ihr unwillkürlich Schauer über den Rücken.

Claire schnaubte und drehte sich zu ihm um. Ian stand mit einem spöttischen Grinsen auf den Lippen und zwei Kartons in den Händen vor ihr. Was genau er vorhatte zu kaufen, wollte sie lieber gar nicht wissen. »Sicher doch.«

Ein Räuspern ließ sie herumfahren. Sie hatte gar nicht bemerkt, dass sie beobachtet wurden. Die Verkäuferin lächelte sie höflich an, fast so, als hätte sie lediglich vor, ihnen die heutige Tageszeitung zu verkaufen. »Kann ich euch helfen?«

Claire öffnete den Mund, um zu verneinen. Ihr verschlug es

allerdings die Sprache, als Ian plötzlich einen Arm um ihre Taille schlang.

»Lasst mich raten, ihr wollt es eher ruhig angehen lassen. Keine Sorge, da seid ihr nicht die Einzigen. Wie wäre es mit einem Paar hübscher Handschellen? Es gibt sehr viele Dinge, die man mit denen anstellen kann.«

Einladend winkte sie die beiden zu sich heran. Claire warf Ian einen tödlichen Blick zu, als er Anstalten machte, ihr zu folgen, doch er zuckte bloß bübisch grinsend mit den Schultern, ehe er die Kasse ansteuerte und sie eiskalt ihrem Schicksal überließ. Sie grummelte beleidigt.

»Wie sieht es denn bei euch aus? Wer würde sich eher knebeln lassen?«, begann die Verkäuferin frohen Mutes. Claire blickte hilfesuchend gen Himmel.

»Ähm ... also ... ich ...« *Gott, Ian, leg einen Zahn zu!*

»Das dachte ich mir. Das Wichtigste ist natürlich das Vertrauen. Du musst dich voll und ganz darauf einlassen können, vor allem als Anfängerin. Ich weiß, das mit den Safewords ist so ein langweiliges Klischee, aber nur so könnt ihr euch sicher sein, dass ihr nicht zu weit geht.«

Um Himmels Willen, wurde das ein Vortrag über gesunde BDSM-Beziehungen? Claire widerstand dem Drang, ihr inzwischen bestimmt hochrotes Gesicht in den Händen zu vergraben, und atmete erleichtert auf, als Ian endlich in Richtung Eingangstür nickte.

»Danke. I-ich ... muss gehen.«

Sobald sie wieder im Auto saß und der Schwarzhaarige neben ihr einstieg, zögerte sie nicht, wie eine Furie auf Ian einzuschlagen.

»Wieso tust du das, verdammt? Das war total peinlich! Die Verkäuferin dachte, wir wären ein Pärchen.«

»Kannst du ihr das verübeln?«, gab er unbekümmert zurück.

»Du bist unmöglich.«

»Und doch sitze ich hier direkt neben dir. Soll ich dich zu dir nach Hause oder in die Pizzeria bringen?« Sein Grinsen wurde noch breiter.

»Nach Hause, bitte«, knurrte sie mit verschränkten Armen. Den Rest der Fahrt über fixierte sie stumm die graue Gummimatte zu ihren Füßen.

~ * ~

Schon wie am Tag zuvor kutschierte Ian sie direkt vor die Haustür. Schweigend stellte er den Motor ab und zog die Handbremse an, bevor er sich in ihre Richtung drehte.

»Danke für das Mittagessen«, brachte sie trotzig hervor.

Der Schwarzhaarige nickte. »Hör mal, es tut mir leid wegen eben. Konnte ich denn ahnen, dass du so verklemmt bist?«

Empört riss Claire die Augen auf. »*Ich* bin verklemmt?« Doch egal, wie sehr sie sich auch dazu zwang, wütend auf ihn zu sein, es gelang ihr nicht. Tina hatte ihr bei einem Skype-Gespräch vorletzten Monat genau dasselbe gesagt, als ein Isländer sie schamlos auf einer Party angegraben hatte.

»Schön, vielleicht bin ich verklemmt. Aber das rechtfertigt nicht, dass du mich in einen Sexshop geschleppt hast.«

Ian zog schmunzelnd eine Augenbraue nach oben und beugte sich mit einem geheimnisvollen Funkeln in den Augen nach vorne. »Habe ich dich denn gezwungen?«

Claires Herz setzte einen Schlag aus. Sein Blick wanderte zu ihren leicht geöffneten Lippen, die sie nervös mit der Zunge befeuchtete.

Küss mich ... bitte, küss mich! Sie wollte wissen, ob sein Mund wirklich so weich war, ob sein Dreitagebart an ihrem Kinn kratzen würde und ob er so gut schmeckte, wie sein Parfüm roch – bestimmt eine sündhaft teure Marke wie Dior oder Chanel ...

Verdammte Scheiße. Sie sollte sich doch nicht so schnell und vor allem so leichtgläubig von diesem blauäugigen Schönling um den Finger wickeln lassen! Sie hatte nicht vergessen, was Tina ihr über ihn erzählt hatte – ganz zu schweigen davon, dass er im Pub eine Schlägerei angezettelt hatte – und trotzdem war sie gerade dabei, etwas überaus Dummes zu tun und das, obwohl er sie gerade so blamiert hatte!

Ian rückte noch näher an sie heran, so nah, bis sie seinen warmen Atem auf ihren Lippen spüren konnte. Und dann packte sie die Wut auf sich selbst wie ein kräftiger Seitenhieb. Wie von der Tarantel gestochen wich sie vor ihm zurück und donnerte dabei mit dem Kopf fast gegen die Scheibe der Beifahrertür.

Panisch schnellte ihre Hand nach vorne und traf mit einem lauten Klatschen auf Ians linke Wange. Schockiert starrte sie ihn an und beobachtete, wie sich seine Haut ein wenig rot färbte. Oh Gott. Was hatte sie da gerade getan? Gestern noch hatte sie sich beschwert, dass er im Pub handgreiflich geworden war und nun hatte sie *ihm* eine verpasst.

»Lass dir eines gesagt sein, Ian. Ich bin nicht wie andere Frauen und ich lasse mir auch verdammt nochmal von niemandem etwas gefallen! Schon gar nicht von dir!«, spie sie ihm mit zittriger Stimme entgegen, ehe sie hastig die Autotür aufstieß und über die Straße ins Haus flüchtete.

Erst als sie die Tür hinter sich geschlossen hatte, wagte sie es, wieder zu atmen, doch als sie aufsah, erschrak sie sofort. Tina starrte sie mit weit aufgerissenen Augen und geöffnetem Mund, in den sie eine Zahnbürste gesteckt hatte, an. Ihre Freundin blinzelte derartig verstört, dass Claire irritiert zurücktrat.

»Was zum Teufel war das denn gerade eben?«

KAPITEL 7

»W-was machst du hier? Wieso bist du nicht auf der Arbeit? Und seit wann putzt du dir mittags die Zähne?« Claire kaute ertappt auf ihrer Unterlippe herum, Tina jedoch schüttelte bloß unnachgiebig den Kopf, nuschelte etwas Unverständliches und starrte sie weiterhin mit aufgerissenen Augen an. Mit einer hastigen Handbewegung bedeutete sie Claire, auf sie zu warten, und verschwand kurz in der Küche, wohl um die Zahnpasta auszuspucken. Währenddessen stand Claire unschlüssig im Flur und versuchte zu verarbeiten, was da gerade in Ians Auto passiert war.

Kaum war Tina zu ihr zurückgekehrt, legte sie sofort los.

»Ich hatte Spinatpizza zu Mittag. Lenk jetzt bloß nicht ab! Wieso zum Teufel bist du gerade eben aus Ian Conroys Auto gestiegen und ... und ... hast du ihn etwa geohrfeigt? Bist du geisteskrank?«

»Das hast du gesehen?«, gab sie unsicher zurück.

»Ich stand an der Spüle, direkt vor dem Küchenfenster.«

»Warum putzt du dir in unserer Küche die Zähne?«

»Beantworte meine Frage!«

Claire holte tief Luft. »Er wollte mich küssen ...«

Tina wedelte völlig außer sich mit ihrer Zahnbürste herum, die sie noch immer in der Hand hielt. »Das wirft mehr Fragen auf, als es beantwortet, Claire!«

»Ist ja gut, ich … erzähle dir alles.« *Aber ich glaube nicht, dass du mir irgendetwas zu sagen hast, was ich nicht selbst schon weiß*, fügte sie stumm hinzu.

Tina verschwand kurz im Badezimmer, bevor sie Claire schließlich auf die Couch im Wohnzimmer jagte. Seufzend begann Claire zu erzählen.

»Das ist eine ganz, ganz schlechte Idee, Claire. Ich sagte doch, du sollst dich von ihm fernhalten. Er ist gefährlich!«, rief Tina aus, sobald sie fertig war.

»Denkst du, das weiß ich nicht? Er hat mir ja nicht gerade eine Wahl gelassen«, schwindelte sie. »Außerdem … hat es nie so ausgesehen, als ob er mir das mit dem Lackschaden irgendwie heimzahlen wollte oder so etwas Hirnrissiges. Das hatte ich sogar schon ganz vergessen.« Dass er praktisch zugegeben hatte, dass sie ihm gefiel, ließ sie dabei geflissentlich aus. Kein Grund, ihre beste Freundin noch mehr zu beunruhigen. Oder sich selbst.

»Weiß dein Dad davon?«

»Nein und er wird es auch nicht erfahren. Er macht sich so schon viel zu viele Sorgen. Wenn er erfährt, dass ich ausgerechnet den Mann treffe, der dem Polizeirevier zurzeit so viel Kopfzerbrechen bereitet, steckt er mich in eine Gummizelle.«

Tina hob eine Augenbraue. »Dann wärst du zumindest sicher vor Ian.«

»Tina!«

»Was denn?«

»Seit wann bist du überhaupt hier?«, versuchte Claire es dann versöhnlich. Ihre Freundin kräuselte die Lippen.

»Seit drei Stunden. Raymond hat mich reingelassen, bevor er los ist. Ich habe auf dich gewartet. Hast du die Halloweenparty jetzt etwa schon wieder vergessen? Vor ein paar Tagen noch hast du mir versprochen …«

»Herr Gott, Tina, wir haben noch über zwei Wochen Zeit.«

»Das hast du vor zwei Jahren auch gesagt und dann hast du tagelang nicht mehr geschlafen.«

Perfektionismus hatte eben leider auch Nebenwirkungen. Claire zuckte mit den Schultern. Sie war ohnehin viel zu aufgewühlt, um an etwas anderes als Ian zu denken.

Ob sie ihn mit ihrer spontanen Backpfeife verärgert hatte? Ob er jetzt wütend auf sie war, weil sie handgreiflich geworden war? Aber wem machte sie etwas vor? Sie hatte nur Angst davor, dass er nun das Interesse an ihr verloren haben könnte. Unauffällig schielte sie auf ihr Handy.

Nichts. Keine einzige Nachricht. Hoffentlich hatte sie es nicht vermasselt.

~ * ~

»Vielleicht sollte ich ihm ja eine Nachricht schreiben«, überlegte Claire ein paar Tage später im Pizzeria-Keller laut. Der Schemel, auf dem sie saß, knarzte laut, als sie sich umdrehte, um gähnend die nächste Kiste mit Halloweendekoration in Angriff zu nehmen. Sie saß schon viel zu lange hier herum.

Tina schnalzte erbost mit der Zunge. »Auf gar keinen Fall! Du kannst froh sein, wenn er dich jetzt endlich in Ruhe lässt. Er hatte seinen Spaß und er hat gemerkt, dass er nicht bei dir landen kann und damit basta.«

»Aber genau das ist ja das Problem, Tina!« *Er* kann *nämlich bei mir landen.* »Scheiße, ich habe die letzten vier Tage an nichts anderes mehr gedacht. Wieso meldet er sich nicht? Habe ich ihn in seinem Stolz etwa so sehr gekränkt, dass er mich jetzt völlig abgeschossen hat?«

Vielleicht war ihm aber auch etwas passiert? Wenn er tatsächlich in illegale Geschäfte verstrickt war, lebte er bestimmt kein besonders sicheres Leben. Was, wenn er erschossen worden war und nun in der Gosse dahinsiechte? Oh Gott! Sie wusste ja noch nicht einmal, wo er wohnte. Wie würde sie sich da vergewissern, dass es ihm gut ging? Und weshalb wollte sie das überhaupt?

»Du spinnst doch, Claire. Wenn überhaupt, solltest du dir eher Gedanken darüber machen, was er dir antun könnte, wenn er dich wiedersieht. Ich kann mir nicht vorstellen, dass er dich für diese Ohrfeige nicht büßen lassen würde. Männer wie er lassen sich bestimmt nicht gern von Frauen schlagen. Ich sollte meinem Dad Bescheid geben …«, grummelte Tina mürrisch. Sie fummelte mit herausgestreckter Zunge an einer verknoteten Girlande, die sie seit einer geschlagenen Viertelstunde in dem geräumigen Keller des *Archer's Pizza Palace* aufzuhängen versuchte.

»Danke, das beruhigt mich wirklich«, erwiderte Claire sarkastisch. Genervt rollte sie mit den Augen. Doch wenn Ian ihr noch irgendetwas zu sagen hätte, dann würde er das wohl auch tun. Wie würde sie denn dastehen, wenn sie ihm zuerst schrieb? Wie eine verzweifelte Hausfrau oder ein trainiertes Schoßhündchen.

Sie schniefte resigniert. »Weißt du was? Ich sehe nur noch Kürbisse. Ich mache für heute Schluss, es ist ohnehin schon viel zu spät. Schließt du ab, wenn du gehst?«

Ihre beste Freundin nickte, ohne aufzusehen. »Bis morgen!«

»Ja, mach's gut.« Müde griff sie nach ihrer Tasche, stapfte die Treppen nach oben ins Restaurant und bewegte sich an den speisenden Gästen vorbei nach draußen. Sie hatte ihr Fahrrad an einen Hydranten gekettet, sodass es in der völligen Dunkelheit um sie herum eine ganze Weile dauerte, bis sie es wieder befreit hatte und schließlich kräftig in die Pedale trat, um schleunigst nach Hause zu kommen. Nachts allein unterwegs zu sein, war ihr mit Jackson auf freiem Fuß nicht unbedingt geheuer. Sie würde ihm durchaus zutrauen, dass er ihr auflauerte, und darauf konnte sie im Moment getrost verzichten.

Vielleicht war es ja wirklich am besten, sich Ian einfach aus dem Kopf zu schlagen und ihn zu vergessen, so gut es ging. Solange sie genug zu tun hatte, würde sich ihr – und sie weigerte sich, es Liebeskummer zu nennen – *Unwohlsein* auch in Grenzen halten. Sich in die Vorbereitungen für die jährliche Halloweenparty zu stürzen, war also nicht die schlechteste Idee.

Claire verzichtete darauf, vor dem Schlafengehen den Fernseher anzuschalten und sich die Nachrichten anzusehen, als sie zuhause ankam und das Fahrrad in der Garage parkte. Kraftlos ließ sie sich ins Bett fallen und schaffte es gerade noch, sich ihre Klamotten abzustreifen, ehe sie sich die Decke über den Kopf zog und trotz ihrer nicht ruhen wollenden Gedanken um Ian einschlummerte.

~ * ~

Das Klingeln ihres Handys riss sie wenige Stunden später aus dem Schlaf. Claire schreckte verwirrt hoch. Scheiße nochmal, eben hatte sie noch von Ian geträumt. Er hatte sie auf ein Date ausgeführt und anstatt ihn zu schlagen, hatte sie am Ende des Abends zugelassen, dass er sie küsste ... Ihre Finger tasteten halbherzig nach dem Lichtschalter. Sie stöhnte auf, als sie auf die Uhr sah. Doch gleich danach war sie hellwach. Ihr fiel nur eine einzige Person ein, die sie um drei Uhr morgens anrufen würde, eine Person, die noch nicht wusste, dass sie die Leute, die ihr den Schlaf raubten, lynchte. Augenblicklich schlug ihr Herz schneller und sie richtete sich kerzengerade auf, bevor sie abnahm.

»Ian?«

»Hallo, Häschen. Schläfst du?«

Verdammt, es tat richtig gut, seine rauchige Stimme zu hören ... und das obwohl er es nicht lassen konnte, sie mit diesem dämlichen Kosenamen anzusprechen. *Nein, ich habe ihn nicht vermisst. Absolut nicht.*

»Ja, jetzt nicht mehr. Ist etwas passiert?«

»Warst du denn besorgt um mich?« *Ja, du Penner. Ich dachte, dir wäre sonst was passiert, verdammt und das verwirrt mich!*

»Das hättest du wohl gern.«

Er lachte leise in den Hörer. »Nein. Ich konnte nur nicht schlafen, also bin ich spazieren gegangen.«

»Spazieren gegangen? Was ... wo bist du denn?«

»Guck aus dem Fenster.«

»Was?« Ihr Zimmer befand sich im ersten Stock. Sie hatte gar keinen Balkon, auf welchen er ... skeptisch warf sie einen Blick auf ihre Vorhänge.

»Nur ein kleiner Scherz. Ich stehe vor deiner Haustür.«

Claire riss die Augen auf. »W-was? Verdammt, Ian, es ist mitten in der Nacht! Wag es bloß nicht zu klingeln.«

Rasch hievte sie sich aus dem Bett und warf sich ihren dünnen Morgenmantel über, bevor sie nach unten ging, um dem Störenfried zu öffnen. Wenn das überhaupt eine gute Idee war. Gott, was wenn er wirklich noch sauer wegen der Backpfeife war? Oder wenn Tina Recht hatte und er, abgesehen von seinem Hang zur Gewalt, ein gefährlicher Krimineller war, den sie jetzt mitten in der Nacht in ihr Haus ließ?

Befangen biss sie sich auf die Unterlippe. *Nein, Blödsinn.* Er hätte sich nicht vorher angekündigt und sie angerufen, wenn dem so wäre ... richtig? Stattdessen breitete sich in ihrer Magengrube also ein ganz anderes Gefühl aus. Ein Gefühl, das ihre Furcht vor dem Schwarzhaarigen um einiges milderte. Flugzeuge. Flugzeuge, die in ihrem Bauch Loopings drehten und sie bösartig daran erinnerten, weshalb Ian ihr die letzten Tage nicht mehr aus dem Kopf gegangen war.

Claire holte tief Luft, bevor sie ihm öffnete.

»Hallo, Claire.«

»Wenn mein Vater mitbekommt, dass du hier bist ...«

Er sah so gut aus wie immer. Das schwarze Haar hing ihm verwegen ins Gesicht, seine meerblauen Augen bohrten sich in die ihren, als könnte er damit erahnen, was sie gerade dachte, und als er zu schmunzeln begann und die Flugzeuge sich noch schneller drehten, verkniff sie sich ein leises Aufstöhnen.

»Das bezweifle ich, solange er nicht mit dir in einem Zimmer schläft«, gab er mit einem Zwinkern zurück und jagte ihr damit einen wohligen Schauer über den Rücken, ehe er wie selbstverständlich den ersten Stock ansteuerte. Claire folgte ihm, bis er in ihr Zimmer marschiert war und sich interessiert umsah.

Er begutachtete jedes einzelne Möbelstück, als wollte er es bewerten. Claire schüttelte ungläubig den Kopf.

»Hast du von mir geträumt, Häschen?«, fragte er plötzlich.

»Das hättest du wohl gerne, was?«

Er grinste verschlagen, während seine Finger über ihr Bücherregal strichen und er den Kopf leicht schief legte, um die Titel zu lesen. »Liest du viel?«

»Hm ...« Nervös verschränkte sie die Arme vor der Brust. Ian stand in ihrem verflixten Zimmer und inspizierte ihre Einrichtung wie ein Immobilienmakler mit Dollarzeichen in den Augen. Möglicherweise wäre sie in jeder anderen Situation verzückt darüber gewesen ... doch um drei Uhr morgens war sie es trotz der verfluchten Schmetterlinge in ihrem Bauch definitiv nicht. Was wollte er hier? Diese Frage in ihr nahm langsam Überhand.

»Wer ist das?«, bohrte er weiter.

»Wer?« Stirnrunzelnd folgte sie seinem Blick zu dem gerahmten Foto auf ihrem Bücherregal. Es war ein Schnappschuss von ihrer Mutter und ihr selbst kurz nach ihrem Schulabschluss, als ihre Mutter platzen ließ, dass sie ein Stipendium für Claire ergattert hatte. Ihre Mutter war so stolz auf sie gewesen. Claire lächelte traurig. Es war das erste echte Lächeln, das sie vor Ian zeigte.

»Meine Mutter. Sie ist vor vier Jahren an Krebs gestorben.«

»Tut mir leid.«

»Danke. Hör mal, ich bin müde. Was willst du hier? Es ist drei Uhr morgens und ich muss morgen früh raus.«

Ian wandte sich mit hochgezogener Augenbraue zu ihr um.

»Lügnerin«, säuselte er amüsiert. »Morgen ist Sonntag.«

»Na und? Es gibt Leute, die haben noch andere Verpflichtungen.« Die Halloweenparty zum Beispiel. Eine gute Ausrede.

»Schön, dann lass uns schlafen gehen. Ich lasse mir doch nicht vorwerfen, dass ich dich die ganze Nacht wachhalte. Zumindest noch nicht.« Da war es schon wieder. Dieses provokante Zwinkern, das ihr Herz zu Rekordgeschwindigkeiten und zur gleichen Zeit ihr Gemüt zur Weißglut trieb. *Verdammt nochmal.*

»Das ist jetzt nicht dein Ernst, oder? Hast du kein eigenes Schlafzimmer? Ich lasse dich doch nicht hier übernachten. Wir kennen uns kaum.«

Grinsend – und all ihre Proteste ignorierend – stolzierte der Schwarzhaarige auf ihr Bett zu und entledigte sich seines Mantels. Er kickte sich die teuren Schuhe von den Füßen und streifte kurzerhand seine Hose ab, um ein Paar muskulöser, blasser Beine zu entblößen, als wäre er bei sich zuhause. Danach ließ er sich zufrieden aufs Bett fallen.

Claire schnappte nach Luft. Er trug schwarze Calvin Klein Boxershorts. Als er sich dann auch noch den dünnen grauen Pullover über den Kopf streifte und ihr eine Reihe Bauchmuskeln präsentierte, begann ihr Herz zu galoppieren. Sie wagte nicht, sich bildlich vorzustellen, wohin diese sexy dünne Linie aus dunklen Haaren unter seinem Bauchnabel führte.

»Wie du siehst, schon.«

»Ian«, krächzte sie.

»Ja, Häschen?«, fragte er unschuldig.

»Ich bin müde, ich habe keine Lust, jetzt mit dir zu diskutieren. Bitte.« Ganz abgesehen davon wurde ihr langsam klar, dass es wohl auch sinnlos war, ihm etwas auszureden. Und auf dem Boden schlafen wollte sie auch nicht.

»Dann tu es nicht«, erwiderte er amüsiert.

Claire stöhnte genervt auf, vielmehr deswegen, weil es einem verruchten Teil von ihr gar nicht missfallen würde, wenn er hier übernachtete, als wegen seiner Sturheit.

»Na schön. Aber wehe, du versuchst irgendwas.«

»Ich will nur schlafen.«

Prüfend sah sie ihn an, doch er schien es ernst zu meinen.

Einen Augenblick noch zögerte sie, dann legte sie sich neben ihn und zwang ihn dazu, ihr ihre Decke wiederzugeben. Ian lachte leise in sich hinein, bevor er das Licht löschte und sie in vollkommene Schwärze gehüllt wurden.

»Willst du wirklich im Morgenmantel schlafen?«, fragte er dann kaum hörbar.

Knappe Unterwäsche oder Morgenmantel? Darüber musste sie noch nicht einmal nachdenken. Sie brauchte so viele Stoffschichten wie möglich, um sich vor ihm zu schützen.

»Ja.« Sie hielt kurz inne und presste die Lippen aufeinander. Ob es denn ... angebracht war, sich bei ihm zu entschuldigen? Immerhin hatte sie ihn geschlagen. »Ich dachte, du planst ein Attentat auf mich, weil du dich nicht gemeldet hast«, gab sie schließlich kleinlaut zu.

Ian prustete kurz. »Hast du denn wirklich solche Angst vor mir?«

Wenn du wüsstest, was Tina von dir hält ... Doch sie ignorierte seine Frage verbissen. »Es ... jedenfalls ... es tut mir leid, dass ich dich geohrfeigt habe. Nein zu sagen, hätte reichen müssen«, flüsterte sie stattdessen, doch entgegen ihrer erwarteten Antwort, spürte sie plötzlich, wie er seinen Arm um sie legte und sein Gesicht in ihrem Nacken vergrub. Claire verkrampfte kurz, bis sie merkte, wie er dabei entspannte.

»Ist gut ... Vielleicht hab' ich die Ohrfeige ja auch verdient, dafür, dass ich dich in diesen Erotikladen entführt habe, hm? Schlaf jetzt, Häschen ...«

Ihr Herz setzte einen Schlag aus, noch während sein Atem immer ruhiger und gleichmäßiger wurde. Sie schluckte, schloss ihre Augen so fest, dass sie Sterne vor ihren Lidern tanzen sah.

Sie musste noch immer träumen. Und wenn ihr Vater morgen früh in ihr Zimmer käme, um ihr einen schönen Sonntag zu wünschen und ihr frisch gepressten Orangensaft zu bringen, wie ihre Mutter es früher immer getan hatte, war sie wohl endgültig erledigt.

KAPITEL 8

Ein schöner Traum ... Claire seufzte wohlig auf und drehte sich auf die andere Seite des Bettes. Ihre Hand suchte ganz automatisch nach Ian, der gestern Nacht noch erschöpfter als sie selbst gewesen zu sein schien. Ein schüchternes Lächeln umspielte ihre Lippen, als sie sich daran erinnerte, wie sein warmer Atem ihren Nacken gestreift hatte. Ein *wirklich* schöner Traum.

Als sie die Augen schließlich aufschlug, wurde ihr allerdings schlagartig bewusst, dass der Tunichtgut letzte Nacht tatsächlich bei ihr zuhause aufgetaucht war und es sich in ihrem Zimmer gemütlich gemacht hatte, als ob er schon tausendmal hier gewesen wäre. Ruckartig setzte sie sich auf. Sie blinzelte nervös. Das Bett zu ihrer Linken war leer. Hatte sie etwa doch nur geträumt? Nein, das konnte gar nicht sein. Zu solch realistischen und detailreichen Bildern war ihr Unterbewusstsein gar nicht in der Lage. Ian war hier gewesen. Sein Duft hing noch in den Laken. Er musste nur bereits gegangen sein.

Enttäuschung machte sich in ihr breit. Eine Sekunde lang hatte sie gehofft, sie würde ihm heute Morgen eine Weile beim Schlafen zusehen können, einen kurzen Augenblick lang erhaschen, wie seine attraktiven Gesichtszüge sich vollends entspannten und er nicht mehr der einschüchternde Fremde, sondern einfach ein junger Mann aus Manchester war.

Murrend blickte sie auf ihren Wecker. Es war schon zehn Uhr vormittags. Zu Mittag war sie mit Tina in der Pizzeria verabredet, um weiter über den Vorbereitungen für die Halloweenparty zu brüten. Ob Ian von der Feier wusste? Möglicherweise könnte sie ihn einweihen und dazu überreden, auch zu kommen. Für welches Kostüm er sich wohl entscheiden würde? Und was noch viel wichtiger war – würde es zu ihrem passen? Sie hatte ja noch nicht einmal eine Idee, als was sie sich dieses Jahr verkleiden wollte!

Claire schüttelte tadelnd den Kopf, als sie realisierte, wohin ihr rasend schneller Gedankenzug sie da gerade führte. Stellte sie sich etwa tatsächlich vor, wie sie ganz Stone zeigen könnte, dass sie mit Ian etwas am Laufen hatte? Das tat sie nicht! Noch nicht ... nicht ... oh, um Himmels Willen.

Wütend auf sich selbst stemmte sie sich aus dem Bett und stolperte dabei fast über ihre eigenen Füße. *Vertrau ihm nicht*, schalt sie sich selbst. *Er ist ein Krimineller*. Blöderweise aber schmeckten die verbotenen Früchte bekanntlich immer am süßesten ... und sie Dummkopf hatte ihm eine verpasst, als er sie küssen wollte!

Im Grunde war es ja eigentlich nicht ihre Schuld. Seit Jackson war sie wählerischer, was ihren Männergeschmack betraf, außerdem wollte sie partout nicht zu der Sorte Frau gehören, die sich nach dem ersten Date bereits verliebte. Damit wollte sie verhindern, dass sie ihr Herz an jemandem verlor, der ihr wehtun würde ... und bis jetzt hatte Ian ihr noch keinen anständigen Grund gegeben, ihm zu vertrauen. Also würde sie sich weiterhin zieren und sich weigern, Gefühle für ihn zu entwickeln ... falls es dafür noch nicht zu spät sein sollte.

Claire zog verblüfft die Augenbrauen zusammen, als sie auf ihrem Nachttisch einen Zettel vorfand. Es gab keinen Zweifel daran, wer ihn hinterlassen hatte. Augenblicklich packte sie der Neid auf Ians hübsche Handschrift. Welcher Mann schrieb bitte so ordentlich?

Heute um Mitternacht im alten Park. Ich hole dich an der Kreuzung vor der Hauptstraße ab. Sei pünktlich, Häschen.

Direkt darunter hatte er mit dem Kugelschreiber eine prachtvolle Rose gezeichnet.

Um Mitternacht? Und das im Herbst? Sie würde erfrieren, ehe sie im alten Park ankam und doch ... drängte sie ihre Neugierde, dort aufzutauchen. Seine Worte klangen immerhin nicht so, als würde er ihr eine Wahl lassen. *Ist das in Horrorfilmen nicht immer die Stelle, an der das Mädchen kaltblütig ermordet wird und die Polizei am nächsten Tag ihre Leiche findet?* Claire schüttelte sich. Tina würde ausrasten, wenn sie davon erführe. Aber das würde sie nicht.

~ * ~

»Wollt ihr etwas zu trinken haben? Du hast den Schlüssel für die Pizzeria. Nehmt euch eine Flasche Cola oder Sekt oder was auch immer ihr wollt.«

»Danke, Dad, wir kommen klar. Wenn ich bei jeder Übernachtungsparty deine Vorräte plündere, musst du die Pizzeria bald schließen.« Grinsend drückte sie Raymond einen Kuss auf die Wange, bevor sie sich die Mütze über den Kopf zog und sich ihren Schal bis unter die Nase wickelte.

Sie hatte ihrem Vater erzählt, dass sie heute Nacht bei Tina bleiben und sie sich gemeinsam einen Film angucken würden, damit er sich keine Sorgen machte, wenn sie um Mitternacht verschwand. Auf die Frage hin, warum ihre beste Freundin sie nicht wie üblich mit dem Auto abholte, schob sie vor, dass der Tank schon fast leer war und sie sich diesen Monat kaum noch Sprit würde leisten können. Die Ausrede war ihr glaubhaft erschienen, blieb also nur noch, mit dem Fahrrad mitten in der Nacht quer durch die Stadt zu fahren.

Stone war ein ruhiges Örtchen. Verbrechen geschahen hier nur selten, weshalb es die Einwohner auch so verstört hatte, als Jackson mit dem Drogenhandel angefangen hatte. Und genau deshalb war ihr auch so mulmig zumute. Sie hatte absolut keine Lust darauf, ihrem Ex um diese Uhrzeit allein zu begegnen, geschweige denn, wenn er in Begleitung seiner lächerlichen Kumpanen war.

Sei es drum. Ian würde nur ein paar Querstraßen weiter an der Kreuzung zur Hauptstraße auf sie warten. Der Gedanke beruhigte sie ein wenig, als sie ihr Fahrrad aus der Garage schob, das Tor hinter sich sorgsam verschloss und sich auf den Weg machte.

Das Licht, das ihr Dynamo beim Treten produzierte, war bei Weitem nicht hell genug, um den Weg vor sich ausreichend auszuleuchten, doch bis zum alten Park musste es reichen. Zu so später Stunde fuhren auf den Straßen sowieso keine Autos mehr. Stirnrunzelnd fragte sich Claire, wieso Ian sie ausgerechnet an der Kreuzung treffen wollte – wohlgemerkt genau dort, wo sie seinem Auto zwei Kratzer verpasst hatte – anstatt sie einfach in der Nähe ihres Hauses abzuholen. Angesichts der Tatsache, dass ihr Vater allerdings misstrauisch geworden wäre, wenn er irgendwie mitbekäme, dass sie mitten in der Nacht in ein fremdes Auto stieg, war es so vielleicht ohnehin besser. Ian schien an alles gedacht zu haben.

Claire bearbeitete ihre Pedale so fieberhaft, dass sie der Kälte erst gar keine Chance gab. Sie hatte ihre Füße in warme Socken und ihre Finger in ihre wärmsten Handschuhe, die eigentlich für den Winter gedacht waren, gesteckt und solange sie sich nur ausreichend bewegte, würde sie auch nicht frieren. Nur um sicherzugehen, hatte sie in ihren Rucksack noch eine warme Decke und sogar eine Thermoskanne mit Tee mitgenommen. Sie wusste zwar nicht, was Ian vorhatte, aber sofern er nicht dazu in der Lage war, die vier Gezeiten zu beeinflussen, bezweifelte sie, dass ihr sogenanntes ›Date‹ im Park besonders warm werden würde. Es sei denn ... es sei denn, der Schwarzhaarige würde einen weiteren Versuch unternehmen, sie zu küssen.

An der Kreuzung angekommen blickte sie sich unter dem gelblichen Licht der Straßenlaternen mit zusammengekniffenen Augen um.

»Ian?«, versuchte sie es leise. Als Antwort folgten lediglich Schritte auf dem Asphalt.

»Ian?« Ihre Stimme wurde etwas lauter. Nervös biss sie sich auf die Unterlippe und starrte ins Halbdunkel. Was, wenn er sie veräppelt hatte und gar nicht gekommen war? Gott, dafür würde sie ihn *umbringen*!

»Hey, Häschen ...«

Gott sei Dank. Claire atmete erleichtert aus. Ian tauchte gänzlich in Schwarz gehüllt neben ihr auf. Offenbar hatte er an sein

Auto gelehnt auf der anderen Straßenseite auf sie gewartet, wo er von der Dunkelheit nahezu verschluckt worden war. Sie wartete, bis er sie erreicht hatte, bevor sie die Arme vor der Brust verschränkte und ihn vorwurfsvoll ansah.

»Du hättest den Motor anlassen können, anstatt mir so einen Schrecken einzujagen.«

»Ich wollte in der Nachbarschaft mitten in der Nacht keine Aufmerksamkeit erregen. Setz dich schon einmal in den Wagen, ich verfrachte dein Fahrrad in den Kofferraum.«

Claire nickte und stieg ab, um seiner Aufforderung nachzukommen.

Wenig später gesellte Ian sich wieder zu ihr und startete den Motor. Mit dem Auto war es bis zum alten Park nicht weit. Sie würden nur ein paar Minuten unterwegs sein.

»Verrätst du mir, was du vorhast?«, fragte sie ihn. Ian warf ihr schmunzelnd einen Blick zu.

»Nein«, erwiderte er zufrieden.

Claires Mundwinkel zuckten. Kopfschüttelnd blickte sie aus dem Fenster an der Beifahrerseite, während ein angenehmes Kribbeln in ihr aufstieg. Es war ein gutes Gefühl, nach all den Tagen Funkstille wieder mit ihm im Auto zu sitzen. Zumindest bis sie geschockt feststellte, dass Ian an der Fahrverbotstafel vorbei über den Rasen fuhr und schließlich ein paar Meter vor dem kleinen See in der Mitte des Parks stehenblieb. Er war tief genug, um im Sommer darin zu baden und das Wasser war – zumindest tagsüber – so klar, dass man den erdigen Grund sehen konnte.

Ian zog die Handbremse an und schaltete das Parklicht ein. Den Motor ließ er laufen, vermutlich, damit es im Inneren des Wagens warmblieb.

Claire schüttelte sprachlos den Kopf, wusste aber, dass jede Entrüstung zwecklos war. Ian zwinkerte ihr zu, als ahnte er, was in ihrem Kopf vorging, bevor er ausstieg, um ihr die Tür zu öffnen.

Nahezu ehrfürchtig sah Claire sich um. Sie war noch nie zu so später Stunde hier gewesen.

Die dicken Kastanienbäume, die hier im Park seit Jahrzehnten in den Himmel wuchsen, wirkten nachts fast ein wenig bedrohlich. Früher war sie immer gerne hergekommen, um im Herbst in den bunten Blätterhaufen zu spielen. Direkt neben dem kleinen See stand ein Apfelbaum, dessen Früchte für jedermann zur freien Mitnahme zur Verfügung standen. Sie hatte Stunden damit verbracht, mit Tina auf seinen Ästen herumzuklettern und so viele Äpfel zu ernten, wie sie nur tragen konnten, die ihre Mutter zuhause dann zu einem köstlich duftenden Apfelkuchen verarbeitet hatte. Tinas Tante hatte ihnen einmal sogar selbstgemachten Apfelsaft daraus gezaubert.

Stumm erlaubte Claire, dass Ian sie an der Hand nahm und näher ans Ufer des Sees führte. Der Motor ratterte hinter ihnen leise in der friedlichen Stille des Parks, und das Licht des Wagens spendete genügend Helligkeit, damit sie nicht über den unebenen Boden stolperten.

Claires Blick wanderte weiter. Sie entdeckte einen flauschigen Deckenhaufen direkt unter dem Apfelbaum, daneben einen Korb gefüllt mit … Äpfeln? Hatte er Äpfel vom Baum gepflückt? *Klischee, komm raus, du bist umzingelt* … und doch klopfte Claires Herz mit jedem Schritt, den sie machte, schneller.

»Du bist ja ein richtiger Romantiker«, stellte sie amüsiert fest, als sie sich auf den Deckenhaufen setzte und er ihr den Rucksack abnahm. Die Decke, die er darin vorfand, legte er ihr unverlangt um die Schultern.

»Oh, du kennst mich gar nicht. Ich kann auch anders«, gab Ian mit einem Zwinkern zurück. »Du hast an alles gedacht, was?« Grinsend holte er die warme Thermoskanne hervor.

»Wieso bist du heute Morgen einfach abgehauen?«, wollte sie wissen. »Hat mein Vater dich gesehen?« Im Nachhinein betrachtet hätte dieser sie längst darauf angesprochen, wäre ihm die Präsenz eines schwarzhaarigen Fremden in seinem Haus aufgefallen. Aber sie war neugierig und durfte es auf keinen Fall so aussehen lassen, als bedauerte sie Ians plötzliche Flucht heute Morgen. Leider schien Ian sie sofort zu durchschauen, selbst wenn sie dies unter Folter nicht zugeben würde.

»Wenn ich gewusst hätte, dass du mich so gerne in deinem Bett hast, wäre ich geblieben.« Er schmunzelte verspielt. »Dein Vater hat mich nicht gesehen. Ich bin gegangen, noch bevor sein Wecker geklingelt hat.«

Also war auch ihm bewusst, dass es für alle das Beste war, wenn sie ihrem Vater fürs Erste nichts von ihren Treffen erzählten. Woher er wusste, um welche Uhrzeit der Wecker ihres Vaters klingelte, wollte Claire lieber gar nicht erst wissen. So sehr es sie auch ärgerte, sie hatte es inzwischen aufgegeben, sein unergründliches Wissen über ihr Leben zu hinterfragen – fürs Erste. Stattdessen fragte sie sich immer noch, weshalb er sie um Mitternacht in den alten Park bestellt hatte. Wollte er sie beeindrucken? Ihr zeigen, dass auch er eine sanfte Seite besaß und sich wie ein Gentleman um eine Frau bemühen konnte? War das seine Art, sich dafür zu entschuldigen, dass er sie in einem verdammten Erotikshop blamiert hatte?

Beeindruckt hatte er sie bereits mit dem Fünf-Sterne-Restaurant, in das er sie so mir nichts dir nichts ausgeführt hatte, auch wenn es ausschließlich sein Ziel gewesen war, mit seinem Einfluss zu prahlen. Nur irgendwie ... irgendwie gefiel ihr, dass er sie so verwöhnte. Mit einem kuschligen Plätzchen unter ihrem Kindheitsbaum und frisch gepflückten Äpfeln war das romantische Date perfekt und sie fragte sich unwillkürlich, wie viele Facetten er noch vor ihr versteckte. Wenn sie mit jedem Tag, den sie sich nun mit ihm traf, mehr über ihn und seine Beweggründe erfuhr, wäre sie doch glatt versucht, seinen unermüdlichen Anstrengungen nachzugeben. Aber wem machte sie etwas vor? Das tat sie trotz Tinas Warnungen und ihrer verbissenen Sturheit ohnehin bereits.

»Gut ... wirst du ... mir erzählen, wo du die letzten Tage über warst?«

»Nicht in der Stadt, ebenso wie heute Morgen. Ich hatte zu tun. Vor ein paar Tagen habe ich meine Großmutter im Altenheim besucht.«

Claire zog fragend eine Augenbraue nach oben. Nie und nimmer kaufte sie ihm diese abgedroschene Ausrede ab. Aber wenn es stimmte? Er hatte schließlich auch einen Onkel, der hier Wurzeln geschlagen hatte und für den sie ab nächster Woche arbeiten würde. Claire hatte noch immer nicht entschieden, ob sie sich damit ihr eigenes Grab schaufelte oder den Jackpot geknackt hatte. Höchstwahrscheinlich beides gleichzeitig.

»Okay.« Sie nickte zaghaft. Ihr Blick wanderte nach oben in den Nachthimmel. Keine Sterne. Es war bewölkt. »Und was genau hast du jetzt vor? Wollen wir hierbleiben, bis wir zu Eisskulpturen erstarren?«

»Wir gehen schwimmen«, beschloss er ernst.

Claire riss die Augen auf. »Was? Bist du wahnsinnig? Wir haben Oktober!«

»Wir bleiben nicht lange im Wasser und wärmen uns auch sofort im Auto wieder auf, keine Panik. Viele Leute gehen im Herbst noch schwimmen und wenn sie es richtig machen, werden sie auch nicht krank.« Er zuckte mit den Schultern, als wäre nichts weiter dabei, sich bei diesen Temperaturen ins kühle Nass zu stürzen. »Ich komme deshalb oft nach Einbruch der Dunkelheit hierher.«

Claire verzog das Gesicht. »Aber doch nicht um Mitternacht! Mir ist doch so schon kalt. Tu mir das nicht an.«

»Nein? Schade. Womöglich hätte ich dir dann ja noch die ein oder andere Kleinigkeit über mich verraten«, ließ er beiläufig verlauten und lehnte sich lässig zurück, bis er mit dem Rücken gegen den Baumstamm stieß.

Schachmatt. Claire fluchte leise. Er wusste ganz genau, dass sie diese Informationen brennend interessieren würden.

Knurrend knirschte sie mit den Zähnen. Ian machte ein Tier aus ihr. Ein rolliges, hungriges Tier, das hilflos zwischen Zutraulichkeit und Feindseligkeit hin und her sprang. Sie war sich ihren Entscheidungen doch sonst immer so sicher. Woran lag es, dass ihr Gehirn den Dienst versagte, sobald es um diesen hübschen Fremden ging? Vielleicht machte Liebe ja wirklich blind. Tina würde ihr niemals wieder brühwarm aufzutischen versuchen, dass ihr zukünftiger Freund das Beste in ihrem Charakter hervorbringen würde, wenn es Claire schon nicht mehr gelang, rational zu denken.

Aber sie war auch neugierig. Viel zu neugierig, als dass sie sein Angebot hätte ausschlagen können. Ian war so undurchsichtig wie eine meterdicke graue Steinmauer, über die sie nicht klettern, aber unter der sie auch nicht durchkriechen konnte. Noch nicht einmal Tinas Vater wusste, was es mit dem geheimnisvollen Schwarzhaarigen auf sich hatte, und Claire würde lügen, wenn sie verleugnet hätte, dass sie genau das so sehr an ihm faszinierte.

Ihr eigenes Leben war schließlich immerzu bis ins kleinste Detail geplant. Ihr Stipendium, ihr akademisches Jahr in Island und ziemlich bald auch ihre berufliche Laufbahn ... es tat regelrecht gut, jemand anderem die Kontrolle zu überlassen und sich von Ian wieder und wieder überraschen zu lassen, zumal er ja so offensichtlich Gefallen an ihr gefunden zu haben schien. Ein Risiko eingehen, sich in Gefahr begeben und von der Autobahn abfahren, um neue, unergründete Schleichwege zu erkunden ... war das eine gute Idee? Tina hätte sie in die Klapse eingeliefert, hätte sie die Gedanken, die ihr in eben diesem Moment durch den Kopf gingen, laut ausgesprochen.

Seufzend streifte sie Handschuhe, Schal und Mütze ab und wurde augenblicklich von beißender Kälte begrüßt. *Na schön*, dachte sie mürrisch. *Ich tu's.*

»Meinetwegen.«

Sie würde in Unterwäsche baden müssen und im wahrsten Sinne des Wortes ins eiskalte Wasser springen. Zumindest hatte Ian nicht spezifiziert, wie lange sie in dem pechschwarzen See schwimmen musste, um ihm sein Druckmittel zu entlocken. Diesen Umstand würde sie sich zunutze machen. Doch zuerst würde sie sich aus dem Scheinwerferlicht flüchten, damit er ihren kirschroten BH und ihr blaues, farblich überhaupt nicht abgestimmtes Höschen nicht zu sehen bekommen würde. Sie hatte ja auch kaum geplant, sich heute für ihn auszuziehen.

Claire klapperten die Zähne, doch das Geräusch wurde verschluckt von einem dumpfen, bedrohlichen Donnergrollen über ihr. Na toll, auch das noch. Ihr Herz setzte beinahe einen Schlag aus, als sie beobachtete, wie Ian bereits aus seinem schwarzen Sweater schlüpfte und ihn achtlos zu Boden warf. Mit dem Licht seines Autos im Rücken konnte sie seine Züge nur schwer erkennen, doch sie hätte, nachdem er ungefragt bei ihr übernachtet hatte, damit rechnen müssen, dass er ihr halbnackt fast den Atem rauben würde. Er war zwar kein braungebrannter Chris Hemsworth – um genau zu sein, war er sogar ziemlich blass – doch, dass er ausgesprochen gut gebaut war, bestätigte sich ihr auch im Halbdunkel. Zum wiederholten Male. Die Muskeln, die bei jeder seiner geschmeidigen Bewegungen tanzten, sprachen für sich.

Ian schälte sich zum Schluss aus seiner Hose, die ebenso wie seine Schuhe und Socken auf einem Haufen im Gras landeten, bis er nur noch die Calvin Klein Boxershorts am Leibe trug. Claire schluckte den plötzlichen Kloß in ihrem Hals hinunter, um die Fassung zu behalten und sah schnell zur Seite.

Ob das der Grund für seinen fragwürdigen Treffpunkt mitten in der Nacht war? Wollte er sie mit seinem Körper beeindrucken, wie er es schon bei ihr zuhause getan hatte, als er sich wie selbstverständlich in ihr Bett gelegt hatte? Wenn dem so war, so war ihm die freche Aktion ohne Zweifel gelungen.

Er grinste verschmitzt, bevor er sich über den hölzernen Steg mit einem gewagten Sprung in die Mitte des kleinen Sees beförderte, offensichtlich wohlwissend, was für unzüchtige Gedanken ihr da gerade durch den Kopf gingen. Er verschwand gänzlich unter der undurchsichtigen Wasseroberfläche und verschmolz mit dem eiskalten Nass, das einzig und allein durch das fahle Mondlicht beschienen wurde. Mit den dicken Regenwolken, die den funkelnden Sternen die Sicht versperrten, kämpfte sich auch der Mond nur schwach an den mitternachtsblauen Himmel.

Claire biss sich unentschlossen auf die Unterlippe, als Ian wieder auftauchte und sie zwinkernd zu sich heranwinkte. Höchst widerwillig begann sie sich aus ihrer warmen Kleidung zu schälen. Jetzt war wohl sie dran.

»Dreh dich um!«, rief sie ihm zu, obwohl sie absichtlich im Schatten stand. Ian lachte bloß und sie ließ mit klopfendem Herzen ihre Jacke fallen. Es folgten Stiefel, Handschuhe, Mütze, Schal ...

Obwohl Ian sie unmöglich richtig sehen konnte, spürte sie mit jedem Kleidungsstück seine neugierigen Blicke auf ihr. Einmal mehr wünschte sie sich, heute etwas reizvollere Unterwäsche gewählt zu haben. Allein, um ihm heimzuzahlen, wie heiß ihr bei dem Gedanken daran wurde, dass er ihr vermutlich heimlich zusah.

Claire holte tief Luft und zog sich nach einem kurzen Zögern den Pullover über den Kopf.

»Beeil dich, Häschen!«, wehte Ians Stimme zu ihr hinüber.

»Ich habe gesagt, du sollst wegsehen!«

Wieder lachte er amüsiert. »Tu ich doch!«

Das wollte sie auch hoffen, denn sich aus Röhrenjeans zu kämpfen, war vor allem im Stehen nicht besonders sexy.

Ein zweites Donnergrollen ließ sie zusammenzucken, während sie wenig später schließlich zaghaft auf den Steg des Sees zuging und sich allein bei dem Gedanken an das kalte Wasser schüttelte.

»Ist dir denn überhaupt nicht kalt?«, rief sie ihm misstrauisch zu. »Was bist du, ein Eisriese?«

Ian hob beeindruckt die Augenbrauen. »Du siehst dir Marvelfilme an?«

»Wag es bloß nicht, jetzt einen sexistischen Kommentar abzugeben!«, erwiderte sie warnend.

»Hatte ich nicht vor. Jetzt komm rein, es ist auch gar nicht so schlimm, wie du denkst, versprochen.«

Sie würde sich eine Erkältung holen, wenn sie noch länger in ihrer Unterwäsche im Park herumstand – sie hatte ja noch nicht einmal etwas zum Wechseln eingepackt!

»Zwing mich nicht, zu dir zu kommen und dich reinzuholen«, drohte Ian. Ein spielerischer Unterton schmeichelte seiner rauchigen Stimme, als sie über die glitzernde Wasseroberfläche zu ihr hinüberwehte. Claire zweifelte dennoch nicht, dass er seine Warnung schneller wahrmachen würde, als das nächste Donnergrollen Zeit hatte, über den schwarzen Himmel zu dröhnen.

Denk daran, was er dir angeboten hat.

Just in dem Moment, in dem sie die Luft anhielt und mit fest zusammengekniffenen Augen zu Ian in den See sprang, begann es zu regnen. Erst waren es nur schwache, einsame Tropfen, die um sie herum kreisförmige Spuren auf die Wasseroberfläche malten. Im Gegensatz zur Temperatur des Sees waren die klaren Perlen, die über ihre Haut sickerten, beinahe warm. Sekunden später jedoch schüttete es so heftig, dass das beständige Prasseln auf ihren Schultern regelrecht schmerzte.

Die Wasseroberfläche vibrierte. Der weinende Himmel ließ ihr keine andere Wahl, als sich dem Wetterumschwung zu ergeben. Claire blinzelte. Der Regen wurde so dicht, dass sie kaum noch die eigene Hand vor dem Gesicht erkennen konnte, geschweige denn Ian oder den Park um sie herum. Die stetigen, wenn auch plumpen Bewegungen, zu denen sie sich zwang, halfen nur mäßig dabei, ihre steifen Gliedmaßen zu wärmen. Claire schwamm rasch in die Mitte des Sees, wo das Wasser so tief war, dass sie sich gerade noch mit den Zehenspitzen über Wasser halten konnte. Blind klammerte sie sich an Ian, den sie einen Augenblick später in dem Versuch, nicht erbärmlich zu ersaufen, wie ein rettendes Stück Holz zu fassen bekam.

Der Schwarzhaarige lachte auf und obwohl es in dem strömenden Platzregen beinahe unterging, setzte der Laut sich tief in ihrer Brust fest. Er klang irgendwie ... anders. So unbeschwert und kindlich und nicht so kontrolliert und kühl wie üblich und unerwarteter Weise ... versetzte ihr das nahezu niedliche Geräusch einen warmen Stich ins Herz. Es gab ihr die Hoffnung, dass Ian vielleicht doch nicht der skrupellose und blutrünstige Kriminelle war, für den Tina ihn hielt.

Lächelnd sah sie zu Ian auf und versuchte angestrengt, seine wohl definierten Gesichtszüge durch ihre nassen Wimpern auszumachen. Er hatte sein provokantes Schmunzeln aufgesetzt, beobachtete jede ihrer unbeholfenen Bewegungen, als würden sie ihn köstlich amüsieren. Vermutlich taten sie das auch, aber Claire war zu sehr damit beschäftigt, nicht zu ertrinken, als dass sie wütend auf ihn sein konnte. Ganz plötzlich war ihr trotz des Regens und des eiskalten Sees gar nicht mehr so kalt.

»Wenn ich jetzt versuche, dich zu küssen, wirst du mich dann wieder ohrfeigen, Häschen?«

Claire presste fest die Lippen aufeinander. Ihr Herz schien einen Schlag auszusetzen, als sie registrierte, wie nahe sie Ian inzwischen gekommen war. Sein meerblauer Blick fixierte ihre kalten Lippen.

»Nenn mich nicht Häschen ...«, hauchte sie tonlos zurück. Sie gab sich die allergrößte Mühe, nicht ebenfalls auf seine Lippen zu starren und sich um einen strengen Tonfall zu bemühen, doch sein sinnlicher, zu einem frechen Schmunzeln verzogener Mund zog sie an wie ein Magnet, der ihr sämtliche Kräfte raubte.

Widerstandslos ließ sie zu, dass Ian seine Hand in ihrem Nacken vergrub, um sie an sich zu ziehen. Den Bruchteil einer Sekunde später konnte sie seine Lippen auf ihren spüren. Er küsste sie zärtlich, federleicht, als hätte er Angst, sie zu verletzen, wenn er es überstürzte.

Sie kostete jede Sekunde, in der er seinen Mund leidenschaftlich gegen den ihren bewegte, zur Gänze aus, während sie ihre Fingernägel in seine nackten, warmen Schultern grub.

Claire zog sich erst wieder zurück, als er mit der Zunge sanft über ihre Unterlippe strich, um den Kuss zu vertiefen. Augenblicklich kehrte die beißende Kälte zurück.

»Ins Auto?«, fragte er knapp. Er hatte aufgehört zu lächeln, doch das zufriedene Funkeln in seinen meerblauen Augen sprach für sich. Ian hatte seine Triumphkarte ausgespielt, seine Taktik geändert. Und es hatte funktioniert. Claire war in seinen Armen geschmolzen wie warme Butter und Tina würde ihr den Kopf abreißen, wenn sie ihr davon erzählte. Andererseits konnte sie ihrer besten Freundin vielleicht ja schon bald erklären, dass Ian gar nicht der war, für den sie ihn hielt, wenn es auch nur das war, was sie sich selbst so sehnlichst wünschte. Zumindest hatte der Schwarzhaarige ihr Antworten versprochen.

Noch während er sie aus dem Wasser und zu seinem beheizten Auto führte, kroch ihr mit einem Mal Unsicherheit in die halb gefrorenen Gliedmaßen.

KAPITEL 9

Er hatte das alles geplant. Natürlich hatte er das.
»Kein W-Wort«, warnte sie ihn, als er sie auf den Beifahrersitz bugsierte und seinen Blick dabei über ihre klatschnasse Unterwäsche gleiten ließ, die im Licht des Autos nun deutlich zu sehen war.

Mit einem breiten Grinsen auf den Lippen wickelte er Claire in ein warmes Frotteehandtuch, das er auf dem Rücksitz seines Wagens bereitgelegt hatte, und reichte ihr dann noch ein zweites Handtuch, damit sie sich abtrocknen konnte.

Claire zitterte am ganzen Körper so heftig, dass sie hoffte, er würde die Entscheidung, sie zu dieser Stunde in den See zu jagen, bereuen, als er ihr die Autotür vor der Nase zuknallte. Sie beobachtete, wie er zurück zum Apfelbaum rannte, um Decken, Korb und Kleidung einzusammeln, die er achtlos in seinen Kofferraum warf, um sich dann schleunigst wieder anzuziehen. Auch wenn seine Klamotten mittlerweile bestimmt genauso durchnässt waren wie er selbst.

Der Regen hatte ihm ohne Zweifel einen Strich durch die Rechnung gemacht. Bestimmt hatte er nicht geplant, den Park so früh wieder verlassen zu müssen. Aber sein Ziel hatte er zumindest erreicht. Für diese eine Nacht hatte er Claire für sich gewonnen. Mit klopfendem Herzen dachte sie daran, wie sie ihn von sich weggedrückt hatte, als er ihre Zunge mit der seinen necken wollte.

Claire steckte ungeduldig den Kopf aus dem Fenster, das sie gerade so weit geöffnet hatte, dass sie nach draußen blicken konnte.

»Hast du auch vor, irgendwann einzusteigen? Du holst dir noch den Tod!«, rief sie ihm durch den strömenden Regen zu. Ihre Worte wurden von den rauschenden Wassermassen beinahe verschluckt.

Sekunden später warf Ian sich auf den Fahrersitz und griff nach dem zweiten Handtuch neben sich. Stumm beobachtete er, wie Claire neben ihm ihre braunen Haarspitzen trocken rubbelte.

»Ich bringe uns zu mir nach Hause«, teilte er ihr mit. Er ließ ihr keine Zeit zum Antworten, als er den Motor startete und sein Auto geschickt aus dem Park zurück auf die Straße lenkte.

»Okay.«

Grübelnd sah sie aus dem Fenster und beobachtete schweigsam, wie Dutzende von Regentropfen zu einem schmalen Rinnsal zusammenliefen und die kalte Scheibe hinabrannen. Sie war von der Wärme im Inneren des Autos beschlagen. Claire musste an sich halten, nicht mit den Fingern ein hübsches Muster darauf zu zeichnen. Sie musste wirklich verrückt geworden sein. Kein gesunder Mensch würde spätnachts im Herbst in einem See baden, noch dazu mit einem Fremden, der unter polizeilicher Beobachtung stand. Island musste ihr ein paar Gehirnzellen abgefroren haben.

»Deine Sachen liegen im Kofferraum. Es wäre wohl besser, wenn du dich erst bei mir umziehst«, sagte der Schwarzhaarige irgendwann abwesend. Seine Augen waren starr auf die kaum sichtbare Straße vor sich gerichtet. Nickend kaute sie auf ihrer Unterlippe herum. Die Heizung im Auto wärmte sie schnell wieder auf und doch hatte sie das Gefühl, dass ihr aus einem ganz anderen Grund heiß wurde. Ein Teil von ihr wollte ihn dafür ohrfeigen, dass er sie dazu gebracht hatte, sich halbnackt in seinen Wagen zu setzen, ein anderer brachte sie auf Gedanken, die sie erröten ließen.

Ian hielt schon wenig später am Stadtrand in einer schmalen Straße namens Whitechapel Street. Claire erkannte den Stadtteil sofort. Die meisten Häuser, die in dieser Straße gebaut worden waren, standen seit Jahren leer, weil sich die happigen Preise hier niemand leisten konnte.

Claire verdrehte abfällig die Augen. Natürlich hatte dieser Mistkerl sich die einzig luxuriöse Unterkunft ausgesucht, die Stone trotz seiner Größe zu bieten hatte. Sie war also kaum noch überrascht, als er sie mit seinem Schlüssel ins Haus schickte und versprach, mit ihren Sachen nachzukommen.

Widerstrebend tat sie wie geheißen. Das eigene Heim war eine private und sehr intime Angelegenheit. Es barg Hinweise auf jemandes Persönlichkeit. Neugierig biss sie sich auf die Unterlippe. Sie war nicht ganz sicher, was sie erwartete, als sie umsichtig durch einen dunklen Flur tappte, die Finger über die Wand gleitend, um einen Lichtschalter zu ertasten. Sekunden später wurde sie fündig und starrte in einen halbleeren Flur, der einzig und allein mit einer Garderobe und einer grauen Holzkommode ausgestattet war. Stirnrunzelnd betrat sie Ians Wohnzimmer.

Ihr Wohnzimmer zuhause hatte ihr Vater mit Erbstücken seiner Großeltern, Bilderrahmen und bunten Blumen dekoriert. Auf dem Beistelltisch brannten täglich die Kerzen, die zur Andacht ihrer Mutter dienten, und an einer der Wände stand ein ebenholzschwarzes Klavier, das seiner Schwiegermutter – Claires Großmutter – gehört hatte. Es war persönlich und heimelig, ein Ort zum Wohlfühlen.

Ian hingegen hatte auf Dekoration gänzlich verzichtet. Sein Haus war, soweit sie es bisher beurteilen konnte, sauber und aufgeräumt. Sämtliche Möbel wirkten neu, als wären sie gerade erst gekauft und zusammengebaut worden, doch bis auf ein graues Ecksofa, das glatt die Hälfte des Raumes einnahm, einen gläsernen Kaffeetisch, auf dem sich nicht mehr als eine Fernsehzeitung und eine Fernbedienung befanden, sowie eine teure Stereoanlage und eine Wohnwand mit großem Flachbildfernseher war der Raum leer. Vielleicht wirkte er auch einfach nur groß, weil eines der Fenster die gesamte Außenwand einnahm und einen atemberaubenden Blick auf die dunkle Regenlandschaft bot.

Ob die anderen Räume ebenfalls so steril eingerichtet waren? Ian lebte, wenn sie Tinas Erzählungen glaubte, seit bald einem

Jahr in Stone. Hatte er lediglich kein Interesse daran, es sich etwas gemütlicher zu machen oder plante er, schon bald wieder umzuziehen? Hatte er überhaupt schon einmal jemanden zu Besuch gehabt? Damenbesuch vielleicht? *Ich habe keine flüchtigen Eroberungen*, hatte er gesagt.

Claire stand unschlüssig im offenen Torbogen, das den Flur mit dem Wohnzimmer verband. Sie wollte sich nicht setzen, solange Ian nicht auch hier war. Andere Räume zu erkunden, erschien ihr ebenso unhöflich.

Zum Glück ließ der Schwarzhaarige nicht allzu lange auf sich warten. »Deine Kleidung ist nass, also habe ich dir etwas von mir rausgesucht. Ich habe im Auto immer ein paar Klamotten als Reserve liegen.« Er reichte ihr ihren Rucksack, einen seiner schwarzen Sweater und eine Jogginghose, ehe er die Tür zu ihrer Linken öffnete. Das Badezimmer. Achtlos warf er die nassen Decken und sämtliche ihrer Kleidungsstücke in den metallenen Wäschekorb neben der Badewanne und deutete dann mit einem Kopfnicken darauf.

»Wirf deine Unterwäsche einfach da rein.«

Claire verkniff sich einen schnippischen Kommentar.

»Auf dem Regal neben der Toilette liegen frische Handtücher. Du kannst auch duschen gehen, wenn du möchtest. Ich mache uns inzwischen einen Tee zum Aufwärmen.«

»Hast du oft Besuch?«, platzte sie unverblümt heraus.

Ian hob amüsiert eine Augenbraue. »Nicht von schönen Frauen.« Er zwinkerte ihr verschwörerisch zu und verschwand schmunzelnd in dem Raum gegenüber.

Claire atmete tief ein, bevor sie das Badezimmer betrat und die Tür hinter sich abschloss – nur um sicherzugehen.

~ * ~

»Wie viele Räume hat dieses Haus?«, fragte Claire interessiert. Ihre noch immer kalten Finger umklammerten verkrampft die Tasse mit heißem Früchtetee, den Ian ihr aufgegossen hatte. Aufmerksam ließ sie ihren Blick durch das Wohnzimmer schweifen. Sie hatten sich, nachdem auch Ian geduscht hatte, auf der Couch niedergelassen. Die Jogginghose hatte sie hochkrempeln müssen, damit sie ihr passte, und der warme Sweater reichte ihr bei ihrer Körpergröße bis knapp über die Oberschenkel. Obwohl er frisch gewaschen aussah, roch er nach ihm – und zwar verflixt gut.

»Nur vier, den Flur nicht mitgezählt. Außerdem gibt es noch den Keller, hinter dem Haus befindet sich die Tür. Sie ist immer abgeschlossen, damit meine Geiseln nicht entkommen können«, scherzte er boshaft.

Claire murmelte verärgert unanständige Flüche in sich hinein. »Wirklich sehr witzig«, erwiderte sie. Ihre Stimme triefte vor Sarkasmus, doch Ian lachte nur amüsiert auf. An das Geräusch könnte sie sich glatt gewöhnen.

»Weißt du, warum ich dich im alten Park treffen wollte?«, fragte er dann plötzlich.

Stumm schüttelte sie den Kopf.

»Weil du mir nicht vertraust. Ich glaube, das war auch der Grund, weshalb du mich geschlagen hast, nicht wahr? Du bist wütend auf dich selbst, weil ich dir genauso gefalle wie du mir. Und weil du das nicht wahrhaben willst, bist du zornig auf mich.«

Er las sie wie ein offenes Buch, blätterte mit Freuden durch die Seiten, als wäre ihr Kopf eine öffentliche Bibliothek. Zähneknirschend ballte sie die Hände zu Fäusten. Er hatte recht. Jedes einzelne Wort, das seinen verdammt schönen Mund verließ, war nichts als die Wahrheit. Das war nicht fair.

»Hör auf, dich dagegen zu wehren, Claire. Ich werde dich nicht in Ruhe lassen, egal wie sehr du dir das auch zu wünschen versuchst. Zumindest nicht, solange jeder Blinde erkennen würde, dass du mich nicht hasst.«

»D-du hast mir Antworten versprochen«, stammelte sie, um das Thema zu wechseln. Sie wollte viel lieber über ihn reden als über ihre Gefühle. Abgesehen davon war er ihr die Antworten schuldig.

»Das habe ich.« Schmunzelnd starrte er sie an, bis sie blinzelte und den weichen Teppichboden zu ihren Füßen fixierte. Was erwartete er? Dass sie sich wieder von ihm küssen ließ, damit er nicht zu antworten brauchte? Seinen nächsten Kuss würde er sich verdienen müssen, sobald sie wieder dazu in der Lage war, einen klaren Gedanken zu fassen.

»Zieh jetzt bloß nicht den Schwanz ein«, grummelte sie zerknirscht.

Ians Augenbrauen schossen amüsiert in die Höhe. »Ich hatte eigentlich gedacht, dass du mich besser kennenlernen willst, bevor du nach meinem Schwanz fragst.«

Claire schoss die Hitze in die Wangen. »Du weißt genau, was ich gemeint habe«, nuschelte sie.

»Natürlich weiß ich das«, gab er neckend zurück. Claire verdrehte die Augen. »Na schön. Einer meiner besten Freunde war bei der Kriminalpolizei. Er ist vor ein paar Jahren ausgestiegen und arbeitet seitdem als Privatdetektiv. Ich musste nur mit den Fingern schnippen, damit er auf deine Daten zugreift, ohne Spuren zu hinterlassen. Unsichtbar zu sein, ist praktisch. Besonders wenn man mit Leuten zu tun hat, die einem nur zu gerne ein Messer in die Schulter rammen möchten, sobald man ihnen den Rücken zukehrt.«

»Privatdetektiv?«, wiederholte Claire skeptisch. Ian nickte. »Was sind das für Leute, mit denen du arbeitest? Was tust du? Du hast Dreck am Stecken, Ian, das weiß ich. Warum hält dich die Polizei für einen Verbrecher?«

Ian stand seufzend auf. »Ich denke, das waren genug Antworten für heute«, wich er ihrer Frage aus.

Claire ließ schnaufend die Schultern hängen, ehe sie sich ebenfalls erhob. Irritiert schüttelte sie den Kopf. Das sollte jetzt schon alles gewesen sein?

»Was soll das denn, Ian? Warum verarschst du mich so? Ich will dich verstehen. Ich will verstehen, warum du das alles hier tust, ich will verstehen, wer du wirklich bist. Du hast recht, Ian, ich bin wütend. Ich fange trotz deiner dämlichen Geheimniskrämerei und deines arroganten, aufgeblasenen Gehabes an, dich zu mögen, aber weißt du was? Zuneigung und Vertrauen beruhen auf Gegenseitigkeit. Du scheinst binnen kürzester Zeit alles über mich herausgefunden zu haben und ich weiß noch immer einen feuchten Dreck über dich; und anstatt aufzumachen und ehrlich zu mir zu sein, wirfst du mir nur armselige kleine Brocken hin, die ich wie Puzzleteile selbst zusammensetzen soll. Macht dir das Spaß, mich so zu verwirren? Machst du das bei jeder Frau, die dir ›gefällt‹?« Atemlos schnappte sie nach Luft. »Tinas Vater sagt nicht ohne Grund, dass du gefährlich bist. Ganz abgesehen von der Aktion, die du im Pub gebracht hast. Wer weiß, was du sonst noch vor mir verheimlichst. Aber solange du nicht endlich mit der Sprache herausrückst, wäre ich dir sehr dankbar, wenn du mich nach Hause bringst. Ich habe keine Lust mehr, mich an der Nase herumführen zu lassen.«

Der Schwarzhaarige funkelte sie zornig an. »Hast du schon einmal daran gedacht, dass ich gar nicht anders kann? Dass das hier die einzige Möglichkeit für mich ist, deine Aufmerksamkeit zu erregen? Indem ich sie mir einfach nehme? Ich *bin* gefährlich, Claire. Wenn ich dir nur einen Bruchteil dessen erzählen würde, was in meinen Akten steht, würdest du dich bekreuzigen und rückwärts aus dem Raum sprinten. Was genau ist es, das du von mir willst? Dass ich den Kriminellen spiele, den du zurück auf den richtigen Weg bringst? Dass ich der Mann bin, von dem sich alle fernhalten, weil er ein hoffnungsloser Fall ist und dem du beweisen willst, dass er sich ändern kann? Lass dir versichert sein, Häschen, ich werde mich nicht ändern. Nimm dir nicht zu viele Freiheiten heraus, erinnere dich daran, was Klein-Tina gesagt hat. Meine Feinde bezahlen mit ihrem eigenen *Blut*.« Er betonte das Wort mit schaurigem Unterton. »Das war keine stumpfsinnige Metapher. So läuft es in meinem Leben und du gewöhnst dich besser daran. Ich habe Geheimnisse vor dir, um dich zu schützen«, fauchte er ihr aufbrausend entgegen.

Claire öffnete schockiert den Mund. Sie würde schon bald an Herzversagen sterben, wenn er sich nicht wieder beruhigte. Mit einem Mal wurde sie daran erinnert, aus welchem Grund Tina ihr geraten hatte, sich von ihm fernzuhalten. Sie kannte ihn seit Monaten, sie wusste, dass mit Ian nicht gut Kirschen essen war – und dass sie auf keinen Fall vergessen sollten, zu welcher Brutalität er fähig war, wenn ihm etwas nicht passte.

»Drohst du mir etwa? Was willst du mir antun, wenn ich nicht nach deiner Pfeife tanze? Ich könnte auch einfach die Polizei rufen und dem Ganzen ein Ende setzen, noch bevor es anfängt«, gab sie zitternd von sich. Sie wich dennoch nicht zurück, lehnte sich stattdessen sogar noch ein Stück nach vorne, um ihm prüfend in die Augen zu sehen. Sie musste den Kopf in den Nacken legen, um seinen plötzlich eiskalten Blick zu erwidern.

»Es hat doch schon längst angefangen, Claire, schon seit ich dich zum ersten Mal gesehen habe. Du bist zu tief drin, um noch irgendwie wieder herauszukommen.« Er schmunzelte nahezu boshaft, was ihr einen unangenehmen Schauer über den Rücken jagte. »Ich werde dich nicht kampflos wieder gehen lassen. Nur zu. Ruf die Polizei. Aber wenn du mir Probleme machst, wird euch das Echo meiner Leute wie ein Presslufthammer in den Boden stampfen. Ein Telefonat, Claire, und dein Vater verliert seine heißgeliebte Pizzeria *und* das Haus. Überleg es dir gut.«

Sie zog zischend die Luft ein.

Reue spiegelte sich in seinem Blick, sobald er die Worte ausgesprochen hatte. Doch Claire war zu aufgewühlt, um seinem plötzlichen Gewissen Beachtung zu schenken.

»Warum, Ian?« Verzweiflung lag in ihrer Stimme. Ein leises Flehen, wie ein zartes Flüstern, das sich hinter diesem einen Wort verbarg. *Warum ich? Warum so? Warum wir?*

»Ich will nicht, dass du mir gehorsam hinterherstolzierst«, fuhr der Schwarzhaarige etwas ruhiger fort. »Dein Temperament und deine Sturheit gefallen mir. Du bist furchtbar egoistisch, du tust nichts, ohne dass ein Vorteil für dich dabei herausspringt. Das macht dich anders als so viele andere Frauen, die ich kenne. Die, die nie den Mund aufkriegen, wenn ihnen etwas nicht passt.«

Claire rümpfte erbost die Nase. »Ich bin nicht egoistisch.«

»Nein? Dann hilfst du deinem Vater finanziell also nur deshalb aus, weil du ihn so lieb hast?«, spottete er. »Oder vielleicht, weil du dir dadurch die Kosten für ein überteuertes Studentenwohnheim ersparst? Ich mag schlimm sein, Claire, aber unschuldig bist auch du nicht.«

»Wenigstens bin ich nicht kriminell!«

»Meine Geschäfte sind ... bis auf weiteres jedenfalls, legal, zum Teil sogar staatlich geprüft und zulässig. An meinem Geld klebt kein Blut, verdammt nochmal, das alles haben sich die Leute zuzuschreiben, die sich trotz ausführlicher Warnungen mit mir anlegen.«

Frustriert schüttelte sie den Kopf. »Bring mich einfach nach Hause.«

»Nein. Bleib heute Nacht hier, bitte«, fuhr er sanfter fort.

»Bring mich nach Hause, Ian!«

Er runzelte die Stirn. »Nein.«

»Dann fahre ich eben selbst«, fauchte sie.

»Dein Fahrrad ist noch in meinem Kofferraum. Wo willst du denn hin? Willst du um diese Uhrzeit allein durch Stone laufen?«

»Ist mir egal, wohin ich laufe, ich will sofort weg von dir!«

Ian schürzte gelassen die Lippen. »Nein. Du bleibst. Ich will dich jetzt nicht allein lassen. Dir passiert hier nichts, Claire. Ich weiß nicht, was für Schreckensszenarien du dir ausmalst, aber wenn ich dich umbringen oder entführen wollte, hätte ich das längst getan. Und dazu hätte ich mir nicht die Mühe gemacht, dich vorher nett zum Essen auszuführen oder mit dir in einem See zu schwimmen.«

Tränen sammelten sich in ihren Augen. Heiße und salzige Tropfen, die ihr die Sicht verschleierten und ungehemmt über ihre warmen Wangen rollten.

»Warum weinst du, Häschen?«

Warum? Sie wusste es nicht. Hatte er sie verängstigt? Ja. Aber es ging um so viel mehr als das. Es ging um das hysterische Klopfen, das ihr Herz überkam, wann immer er in ihrer Nähe war, um den berauschenden Adrenalinschub, wenn er sie berührte. Das betörende Gefühl von Waghalsigkeit, wann immer er sie ausführte, gepaart mit der gleißenden Wut, die sie wie heiße Stromschläge durchfuhr, weil sie ihn einfach nicht durchschauen konnte.

»Vertrau mir. Ich passe gut auf die Dinge auf, an denen mir etwas liegt. Die zu mir gehören. Vertrau mir, Claire, bitte.«

Behutsam, vermutlich um sie nicht noch mehr zu verschrecken, trat er näher an sie heran und zog sie gebieterisch in seine Arme, bis ihr Gesicht gegen seine muskulöse Brust prallte.

»Ich habe morgen Kurse.«

»Ich bringe dich hin.«

»Aber meine Sachen …«, wimmerte sie.

»Können wir morgen früh holen«, unterbrach er sie. »Und ich kümmere mich um dein Fahrrad.«

Er hielt sie fest, regungslos, bis ihr ein Schluchzen entfuhr und sie widerstandslos ihre Augen schloss und ihre Arme schlaff zu ihren Seiten hinabhängen ließ.

Die Dinge, die zu mir gehören. War es das, was sie für ihn war? Ein Spielzeug, auf das er Anspruch erhoben hatte, weil sie ihm gefiel oder ... oder war sie mehr als das? Wie konnte sie ihm vertrauen, wenn er solche Dinge sagte? Wenn er ihren Vater bedrohte? Das hier – was auch immer es war – es war nicht ihre Welt. Sie kannte Ordnung und Durchblick, Sicherheit und Disziplin und weder Chaos noch Zwielichtigkeit oder Konsequenzen für gerechtfertigte Neugierde. Autoritäten waren ihr fremd, sie konnte keine Anweisungen und Befehle von jemandem hinnehmen, der sie wie ein hübsches Prinzesschen in einem Puppenhaus verwöhnen wollte.

Es war falsch. Und sie weinte, weil ihr Herz das irgendwie anders sah.

KAPITEL 10

Woher sie die Motivation nehmen sollte, die sie am nächsten Morgen für ihre Kurse brauchen würde, war Claire ein Rätsel.

Miteinander zu streiten erforderte eine ganze Menge Kraft. Kraft, die sie gebraucht hätte, um noch weiter darauf zu beharren, von Ian zurück nach Hause gebracht zu werden. Aber sie war ausgebrannt und in sich zusammengesackt wie eine schmelzende Eisskulptur in der Sonne. Ihr Verstand hatte sie angebrüllt, getobt wie eine Furie und sich vergrämt das Gesicht zerkratzt. *Verschwinde von hier!*, hatte ihre Vernunft geschrien. *Bring dich in Sicherheit, ruf die Polizei, verstecke dich!*

Kein einziger Vorschlag, der eine riskanter als der nächste, war zu ihr durchgedrungen. Stattdessen hatte sie sich von Ian nahezu wehrlos in sein Schlafzimmer bringen lassen, wo er sie sogleich wie ein kleines Kind in sein Bett geschickt hatte. Schlichte, graue Bettwäsche hatte sie umhüllt wie ein schützender Kokon, der die Außenwelt und den tobenden Sturm vor der Tür von ihr fernhalten würde, und als er sich stumm neben sie gelegt und besitzergreifend einen Arm um ihre Mitte geschlungen hatte, hatte sie trotz des Argwohns, den sie ihm entgegenbrachte, Geborgenheit gespürt.

Dir passiert nichts, Claire. Wieder und wieder hallten seine sanften Worte durch ihren Kopf und jagten sie in ihren Träumen, die sie trotz ihres leichten Schlafs die ganze Nacht wie heiße Nadeln hinter der Stirn plagten, erpicht darauf, ihre Sorgen zu vertreiben.

War es denn sinnvoll, ihm zu glauben? Sie hatte es ihm abgekauft, als er ihr versichert hatte, auf sie aufzupassen, Besitzkomplexe hin oder her. Aber sie wagte es nicht, ihm zu vertrauen. Noch nicht. Schon gar nicht, solange sie sich über ihre eigenen Gefühle nicht richtig im Klaren war.

Ian musste einen Wecker gestellt haben, bevor er sich zu ihr gelegt hatte. Knapp eine Stunde vor ihrem ersten Kurs riss der Alarm sie ungestüm aus dem Schlaf und erfüllte die ruhige Stille mit einem schrillen Klingeln, das die ganze Straße aufgeweckt hätte, wäre sie bewohnt gewesen.

Der Schwarzhaarige rollte sich stöhnend auf die andere Seite, um den Störenfried zum Schweigen zu bringen. Claire hingegen starrte nur mit weit aufgerissenen Augen unentschlossen gen Decke, ehe sie sich schlaftrunken im Raum umsah.

Sie hatte gestern Nacht weder den Elan noch das Interesse dazu gehabt, sein Schlafzimmer genauer in Augenschein zu nehmen. Jetzt allerdings fiel ihr auf, dass auch hier nur wenige Möbel das Zimmer ausfüllten.

Sein Bett stand schräg, passend zu den ungewöhnlichen dreieckigen Nachttischen, auf denen sich nicht mehr als eine Lampe und der analoge Wecker befanden, der sie geweckt hatte. Abgesehen davon entdeckte sie in dem relativ kleinen Raum nur einen Schrank mit Ganzkörperspiegel und eine Kommode mit mehreren Schubladen, allesamt aus grauem Holz gefertigt. Das morgendliche Sonnenlicht kämpfte sich nach dem gestrigen Regenschauer nur mühsam durch die ebenfalls grauen Vorhänge; ein schmaler Lichtstrahl gelangte in den Raum und erhellte sein Inneres so mager, dass er größtenteils trotzdem in Dunkelheit gehüllt blieb.

Claire blinzelte und richtete sich verschlafen auf. Sie wusste, dass sie sich frisch machen und pünktlich die Universität erreichen musste, doch sie hatte nicht die geringste Ahnung, was sie als Nächstes tun sollte. Bruchstücke letzter Nacht blitzten wie das gestrige Gewitter vor ihrem geistigen Auge auf.

Sie zuckte zusammen, als sie Ians Finger auf ihrem Rücken

spürte. Zärtlich strichen sie durch den schwarzen Sweater der Länge nach ihre Wirbelsäule hinab und verharrten schließlich an ihrer Hüfte. Claire schwieg. Ihre Zunge fühlte sich an wie Blei.

»Was willst du frühstücken?«, fragte er leise. Seine Stimme war so zart, dass sie daran zweifelte, ob er überhaupt etwas gesagt hatte. Sie schüttelte verneinend den Kopf. *Gar nichts.* Der Appetit war ihr schon gestern Nacht vergangen und hatte ihr im Austausch dunkle Ringe unter den Augen dagelassen. Wann war sie gestern eingeschlafen? Drei Uhr morgens? Vier Uhr? Müde rieb sie sich über die Augen.

»Du musst etwas essen, Claire.« Da war er wieder. Dieser befehlshaberische und dominante Tonfall, der sie zusammenzucken ließ und gleichzeitig das Potenzial hatte, sie zu verführen. Da war auch schon wieder dieses seltsame Kribbeln in ihrem Bauch. Und was war das? Ein verräterisches Ziehen in ihrem Unterleib? Murrend schlug sie die Decke zurück, ohne etwas zu erwidern, und steuerte geradewegs das Badezimmer an.

Genau das war ihr verdammtes Problem. Sie mochte ihn. Sie mochte ihn sogar noch mehr, als sie es sich zugestehen wollte, sogar nach gestern Nacht. In dem Moment, in dem er sie geküsst hatte, *hatte* sie ihm vertraut. Sie hatte sich an ihn geklammert wie ein verspieltes Äffchen und sie hatte zugegeben, dass sie sich entgegen jeder Vernunft zu ihm hingezogen fühlte.

Vertrau mir, Claire. Wie sollte sie das jemals bewerkstelligen? Gestern Nacht hatte er ihr bewiesen, warum Tina bei ihrer ersten – oder offiziell zweiten – Begegnung so hysterisch und verschreckt wie ein aufgescheuchtes Huhn reagiert hatte. Sie hatte auf die harte Tour gelernt, dass der schwarzhaarige Fremde gefährlich war, und jetzt musste sie in den Konsequenzen baden.

Alles in ihr wehrte sich, flehte sie an, endlich das Weite zu suchen und sich in Sicherheit zu bringen – nur ihr Herz lehnte sich mit halb geschlossenen Augen zurück und klinkte sich mit einem verliebten Lächeln auf den Lippen aus jeglicher Logik aus. Dieses ›Date‹ hatte in einer Katastrophe geendet. Von einem romantischen Kuss im Regen zu … Claire wusste es selbst nicht so genau. Sie war schließlich noch immer hier. Irgendetwas sagte ihr, dass Ian sie gestern Abend doch nach Hause gebracht hätte, wenn sie weiterhin schluchzend darauf beharrt hätte. Aber sie hatte eingewilligt, hier zu schlafen.

Ihr Blick fiel auf ihre nassen Sachen im Wäschekorb. Einzig ihre Schuhe waren größtenteils verschont geblieben. Ihre warme Winterjacke, die Ian in die Garderobe gehängt hatte, musste inzwischen bereits getrocknet sein. Abgesehen davon jedoch hatte sie noch immer weder Unterwäsche noch ein trockenes Shirt zum Anziehen.

»Verfluchter Mist.«

»Du bist keine Frühaufsteherin, was?«

Claire fuhr alarmiert herum. Ian hatte sich sichtlich amüsiert gegen den Türrahmen gelehnt. Sein Blick folgte dem ihren zu all dem nassen Stoff im Wäschekorb.

»Ich werde sie waschen und dir morgen zurückbringen, keine Sorge. Auf dem Regal hinter dir liegt ein Stapel frischer Wäsche. Such dir aus, was dir passt.«

Claire gab ein unterdrücktes Glucksen von sich. »Du wäschst Wäsche, ja klar.«

»Ist das denn so ungewöhnlich?« Ian zog irritiert eine Augenbraue nach oben.

Sie reckte triumphierend das Kinn. Bisher hatte sie es noch nicht geschafft, ihm die gleiche Verwirrung zu entlocken, die sie in seiner Nähe ständig plagte.

»Um ehrlich zu sein, schon. Ich dachte eher an eine hübsche Haushälterin in knappem Kostüm, die dir viermal die Woche hinterherputzt und dir den Arsch abwischt. Eine von der Sorte, mit denen du früher oder später eine heimliche Affäre anfängst«, philosophierte sie keck. Nur einen kurzen Augenblick lang fühlte es sich so an, als wäre gestern Nacht rein gar nichts zwischen ihnen geschehen.

Ians Schmunzeln kehrte wie auf Knopfdruck zurück. »Du hast wirklich eine blühende Fantasie, Häschen. Beeil dich. Wir müssen bald los, wenn wir noch deine Sachen abholen wollen.«

»Bald? Wir müssen sofort fahren! Ich muss mich zuhause auch noch umziehen«, gab sie zurück.

Ian sah zweifelnd auf die Uhr im Flur. »Das sehe ich anders. Erst kürzlich hat mich eine schöne junge Frau in einem Café angeschrien, weil ich zu schnell gefahren bin.« Er zuckte teilnahmslos mit den Schultern, bevor er sie im Badezimmer zurückließ und es sich in der Küche gemütlich machte. Ihr fiel erst jetzt das Rattern einer Kaffeemaschine auf, die im Hintergrund rumorte.

»Du hast sie ja auch fast angefahren, du Idiot!«, rief sie ihm hinterher. Augenrollend schloss sie anschließend die Tür hinter sich und gab sich in Rekordgeschwindigkeit ihrer Morgenroutine hin. Dabei hatte sie noch nicht einmal eine Zahnbürste. Claire stöhnte, und spritzte sich eine Handvoll eiskaltes Wasser ins Gesicht, um wach zu werden, bevor sie sich das lange braune Haar mit dem Haarband, das sie für den Notfall immer um ihr Handgelenk trug, zu einem schlampigen Dutt zusammenband. Nachdem sie sich noch ein Paar Boxershorts von Ian geborgt hatte, damit sie sich nicht ohne Unterwäsche in den Hörsaal setzen musste, gesellte sie sich zu ihm in die Küche.

Der Schwarzhaarige verkniff sich ein Grinsen. Belustigt beäugte er sie von oben bis unten, doch nur dieses eine Mal konnte sie ihm den Spaß, den er zu haben schien, nicht verübeln. Sie musste aussehen wie ein Penner. Eine obdachlose Studentin, die in einem viel zu langen Sweater und einer Jogginghose, in die sie zweimal passte, in einer schmutzigen Seitengasse um Geld bettelte.

Zähneknirschend setzte sie sich zu ihm an den Küchentisch, der so hoch war, dass er anstatt normaler Stühle Barhocker rund um die gläserne Oberfläche aufgestellt hatte.

»Kaffee?«, brachte er gepresst hervor.

Claire warf ihm einen giftigen Blick zu. »Nein, danke. Ich will nichts.«

Er musterte sie warnend, aber dann, plötzlich, wurde seine ernste Miene weicher. »Das mit gestern tut mir leid, Claire«, begann er unverhofft. Überrascht wandte sie sich zu ihm um. »Ich wollte dich nicht so sehr erschrecken, ich habe die Beherrschung verloren.« Sein Mund stand offen und er sah aus, als würde er noch etwas anderes sagen wollen, besann sich dann jedoch eines Besseren. »Aber ich will, dass du weißt, dass ich dir niemals schaden würde, Häschen. Auch nicht, wenn du mir wirklich irgendwann davonhoppelst«, fuhr er leise fort. Sein Gesichtsausdruck war nahezu besorgt, als er sich nach vorne beugte und ihre Hand in seine nahm. Eindringlich bohrten sich seine meerblauen Augen in die ihren, bis ihr schwindlig wurde.

»Ich würde nicht zulassen, dass einer meiner Freunde dir oder deiner Familie auch nur ein Haar krümmt. Ich ... hasse es, mit Fragen durchlöchert zu werden – denn je mehr du weißt, desto mehr begibst du dich in Gefahr. Das betrifft auch meine Freunde. Ich will dich bloß schützen, Claire.«

Und sie glaubte ihm. Womöglich tat sie es, weil sie ihm glauben *wollte*, weil sie nicht wahrhaben konnte, dass sie dabei war, sich in einen Kriminellen zu verlieben, einen gefährlichen Mann, dessen Akte weiß Gott wie undurchsichtig war, aber vielleicht glaubte sie ihm auch deshalb, weil er ihr trotz seiner verdammten Geheimniskrämerei keine erbärmlichen Lügen auftischte. Zumindest keine, die sie nicht bereits durchschaut hatte.

Claire atmete tief ein und nickte stumm. Sie würde nicht die richtigen Worte finden, um ihm zu antworten, doch das war auch gar nicht notwendig, denn nur den Bruchteil einer Sekunde darauf klingelte ihr Handy. Es lag noch in ihrem Rucksack im Wohnzimmer. Ian folgte ihr mit seiner Kaffeetasse, als sie wie von der Tarantel gestochen losstürmte, um dranzugehen.

Es war Tina.

»Guten Morgen«, nuschelte Claire verlegen ins Telefon. Sie konnte förmlich spüren, wie ihre beste Freundin die Augenbrauen hochzog.

»Morgen. Alles klar bei dir?«

»Natürlich, w-wieso auch nicht?«

Ian legte neugierig den Kopf schief.

»Prima. Also kommst du heute Nachmittag?«

»Was? Wohin denn?« Claire runzelte verdutzt die Stirn.

»Zum Jahrmarkt? Whitefield? Dritte Oktoberwoche?«

»Haben wir denn schon ...? Das ... habe ich ganz vergessen.«

»Kann ich mir vorstellen. Raymond hat mich heute Vormittag gefragt, wie unsere Übernachtungsparty war.«

Claire hielt gespannt die Luft an. »Tina ...«

»Ich habe ihm nichts gesagt. Sei bloß vorsichtig, Claire, ja? Ich meine ... habt ihr etwa ...?«

Schockiert riss sie die Augen auf. »Was? Nein, natürlich nicht! Aber ... hör zu, ich kann jetzt nicht darüber reden.«

»Wieso? Steht er etwa neben dir? Wenn ich du wäre, würde ich diesem verlogenen Mistkerl in die Eier treten, bis ihm Hören und Sehen vergeht, Claire! Er hat sich tagelang nicht bei dir gemeldet und dir fällt nichts Besseres ein, als die Nacht bei ihm zu verbringen? Was soll das denn, bist du vollkommen verrückt geworden? Hast du vergessen, von wem wir hier überhaupt reden?«

»Glaub mir, das frage ich mich auch.« *Vertrau mir, Claire.* Möglicherweise war das Problem ja auch, dass sie sich im Moment selbst nicht vertraute.

»Ich bin um circa zehn nach drei dort, ja?«

»Schön. Du hast mir einiges zu erzählen. Bis dann, Claire.«

»Mach's gut.« Seufzend legte sie auf. Sie starrte so lange reglos auf ihr Telefon, bis Ian das Wort ergriff und die angespannte Stille im Wohnzimmer wie ein dünnes Stück Papier in der Luft zerriss.

»Wer war das? Klein-Tina?«

»Nenn sie nicht so. Sie ist nicht klein.«

Ian grinste selbstzufrieden. »Mit ihren Zöpfen könnte man sie glatt mit Pippi Langstrumpf verwechseln. Und sie zieht sich ein wenig an wie Harley Quinn, findest du nicht auch?«

»Ja, was auch immer.« Claire verdrehte genervt die Augen.

»Wo genau bist du um circa zehn nach drei?«, bohrte er nach.

Seufzend stopfte sie ihr Handy zurück in ihren Rucksack. »Auf dem Jahrmarkt. Er kommt jedes Jahr während der dritten Oktoberwoche nach Whitefield.«

Ian nickte. »Ich habe die Flyer gesehen. Klingt gut.«

Claires Augenbrauen schossen beunruhigt in die Höhe. »Ich treffe mich dort mit meiner besten Freundin. Du wirst nicht mitkommen.«

»Ach nein?« Schmunzelnd kam er auf sie zu und zog sie an sich, bis ihre Hüfte gegen seinen Körper stieß. Sie schluckte. »Das werde ich sehr wohl. Wie oft muss ich mich denn noch wiederholen? Du wirst mich nicht so schnell los. Du solltest also langsam aufhören, dir die Mühe zu machen, mir zu widersprechen, Häschen.«

Da war es schon wieder. Dieses verdammte, unanständige Ziehen in ihrem Unterleib. *Ach herrje.* Schamesröte stieg ihr ins Gesicht.

»Glaub ja nicht, du hättest irgendeinen Anspruch auf mich, bloß, weil du mich geküsst hast«, stieß sie mutig hervor und versuchte, ihn ein Stück von sich wegzudrücken. Ihre Handflächen pressten gegen die stählernen Muskeln seiner Brust. Wie erwartet bewegte er sich keinen Millimeter.

»Nein? Das sehe ich aber anders.« Er beugte sich vor und ehe sie sich versah, drückte er gierig seine Lippen auf ihre, um ihren halbherzigen Widerstand im Keim zu ersticken.

KAPITEL 11

Sein Sweater roch nach ihm. Ians maskuliner Duft gepaart mit seinem teuren Parfüm stieg ihr in die Nase, als sie die Ärmel aufrollte, um sich während der Vorlesung Notizen machen zu können. Ärgerlicherweise fühlte sie sich in dem schwarzen und wohlgemerkt viel zu langen Stück Stoff wohler als mit ihrem aufreizenden Outfit von letztem Dienstag.

Ian hatte sie mit seinem überraschenden Kuss lange genug abgelenkt, um zu verhindern, dass ihr genügend Zeit blieb, um sich zuhause noch umzuziehen. Schon den ganzen Tag verbrachte sie wie eine bellende Hündin, die ein Wolf mit seinem Geruch markiert hatte, in seiner Kleidung. Ihr war bewusst, was Ian damit bezweckte, und sie hasste, wie sehr ein Teil von ihr diesen Umstand genoss.

Er wollte ab sofort für sie sorgen, wollte die Kontrolle – und das offenbar auch darüber, was sie anzog, zumindest wenn ihre eigenen Klamotten gerade klatschnass und ruiniert in seinem Wäschekorb herumlagen. Botschaft angekommen. *Vertrau mir, Claire.* Ob sie sich daran gewöhnen könnte? War sie bereit, diesen Preis zu bezahlen, wenn sie sich dem nervtötenden Herzklopfen in Ians Nähe hingab?

Ian hatte darauf bestanden, sie nach ihren Kursen auch wieder abzuholen und inzwischen ihr Fahrrad in Raymonds Garage zu bringen. Er musste ihr versichern, darauf zu achten, dass ihr Vater ihm nicht begegnete, auch wenn er um diese Uhrzeit längst im *Archer's Pizza Palace* die ersten Pizzen in den Ofen schob.

Schließlich, nach ihrem letzten Kurs, hatte sie Ian den Weg zum Jahrmarkt diktieren müssen, denn obwohl er über alles, was in der Stadt vor sich ging, informiert zu sein schien, war ihm der mobile Vergnügungspark fremd. Er hatte davon gehört, sich bisher allerdings nie dafür interessiert. Claire sah einen klitzekleinen Triumph darin. Solange er darauf bestand, sie wie ein Wachhund überall hinzubegleiten, wollte sie zumindest auch etwas davon haben. Ihr blieb ohnehin keine Wahl.

»Pistazien?«

Claire grinste, als Tina sie mit den Augenbrauen wackelnd in die Arme schloss. Sie hatte bereits vermutet, dass sie ihre Freundin an einem der Naschstände vorfinden würde. »Diese ekligen Dinger bietest du mir jedes Jahr an und ich antworte jedes Mal dasselbe: Igitt.«

Tina zuckte unbekümmert mit den Schultern. Genüsslich schob sie sich eine Handvoll der grünen Nüsse in den Mund und gab dabei ein schwelgerisches Stöhnen von sich. Erst dann gefror ihr das breite Grinsen im Gesicht. Sie entdeckte Ian, der mit den Händen in den Hosentaschen und schwarzer Lederjacke schweigsam hinter Claire stand. Sie konnte nur erahnen, dass er schmunzelte, als Tina ihn eingeschüchtert musterte.

»Nee, oder?«, spuckte sie an Claire gewandt.

Sie zuckte bloß kaum merklich mit den Schultern. Ein entschuldigender Gesichtsausdruck huschte den Bruchteil einer Sekunde über ihr Gesicht – die Entscheidung, die *Schwalbe* mitzubringen, bereute sie nicht unbedingt. Wenn sie überhaupt entschieden hatte.

Tina biss sich unbehaglich auf die Unterlippe. »Hallo, Ian«, presste sie dann höflich hervor. Der Schwarzhaarige billigte ihre Begrüßung mit einem knappen Kopfnicken. Claire konnte förmlich spüren, dass ihm ein spöttischer Kommentar auf der Zunge lag, doch ausnahmsweise schien er sich wohl zusammenreißen zu wollen. Sie würde den Frieden genießen, solange er anhielt.

Tina stob nach vorne und hakte sich aufgeregt bei ihr unter, um Ian den Rücken zukehren zu können. Einer ihrer Zöpfe traf

Claire im Gesicht, als sie sich zu ihr hinüberbeugte und ihr so laut ins Ohr zischte, dass sie gequält zurückzuckte.

»Warum ist er hier?«

»Er wollte mitkommen?«, versuchte sie es unschuldig.

Tina schnaubte ungläubig.

Sie sträubte sich dagegen, ihre beste Freundin anzulügen. Das Gefühl nagte an ihr wie Krallen, die über eine Glasscheibe kratzten. Claire aber wollte ihr nicht die Genugtuung gönnen, Recht behalten zu haben. Tina würde Ian den Kopf abreißen, wenn sie davon erführe. Dieses Risiko würde sie ganz bestimmt nicht eingehen.

›Hideaway‹ von Kieza dröhnte aus an hohen Masten angebrachten Lautsprechern, als sie zu dritt über den Jahrmarkt schlenderten und beobachteten, wie sich Besucher aus der ganzen Stadt einem Adrenalinkick nach dem anderen aussetzten. Claire wurde allein beim Zugucken schlecht. Sie genoss auf Jahrmärkten die bunte Zuckerwatte, gelegentlich eine Runde Autoscooter mit Tina und, wenn sie besonders wagemutig war, eine Fahrt mit der Geisterbahn, die eher lustig als gruselig war.

»Ich habe kein gutes Gefühl bei der Sache«, nuschelte Tina vorwurfsvoll in sich hinein.

Claire seufzte. »Ich auch nicht.«

»Na toll. Wann machen wir dann mit den Partyvorbereitungen weiter? Du musst mit mir die Einkaufsliste für Lebensmittel, Süßigkeiten und Getränke durchgehen. Und was auch immer wir sonst noch brauchen. Je länger wir warten, umso teurer wird das ganze Zeug, das Raymond nicht schon in seinem Lager verstaut hat.«

»Natürlich«, entgegnete Claire abwesend. »Tut mir leid, ich war dieses Wochenende irgendwie …«

»Lebensmüde?«, schlug Tina vor.

Claire grummelte etwas Unverständliches als Antwort.

Mit ein paar wenigen Schritten hatte Ian die beiden eingeholt und stapfte nun mühelos neben Claire her. »Worüber sprecht ihr?«

»Über die Halloweenparty in der Pizzeria meines Vaters. Tina und ich übernehmen jedes Jahr die Organisation«, erklärte sie ihm widerwillig. Ian überlegte kurz.

»Kommst du etwa auch?« Es war keine Frage. Tinas Worte klangen wie eine Herausforderung, die anzunehmen er sich hüten sollte, doch der Schwarzhaarige ignorierte ihren eisigen Unterton einfach, so als wüsste er nicht, weshalb das Mädchen ihm so misstraute. Offenbar schien ihn die ganze Situation nur zu belustigen – wie eine lästige Fliege, die man sich unbeteiligt von der Schulter schnippte. Er nickte ernst. Und wieder einmal war ihm anzusehen – er liebte Herausforderungen. »Ja. Claire und ich werden zusammen hingehen.« Schon wieder eine Entscheidung, die er ihr ohne ihre Zustimmung abgenommen hatte. Claire warf ihm einen giftigen Blick zu.

Ob sie wohl mehr Chancen hätte, ihm mit Erfolg zu widersprechen, wenn Tina dabei war? Einen Versuch war es wert. Sie öffnete den Mund und holte tief Luft, doch noch bevor ihr auch nur ein einziges Wort über die Lippen kommen konnte, wurden sie von einer einladenden Männerstimme unterbrochen, die über den halben Jahrmarkt zu ihnen hinüberdonnerte.

»Na, Mädels? Wie wär's mit einer Runde? Drei Schuss nur fünf Pfund!«

Tina winkte grinsend ab. »Danke, aber ich bin nicht besonders gut im Zielen.«

»Ich schieße«, preschte Ian plötzlich vor. Claire warf ihm einen ungläubigen Blick zu. Ihre Augen wanderten unsicher zu Tina, als er die notdürftig zusammengebastelte Schießbude ansteuerte und dem Besitzer einen Fünfpfundschein auf den Tresen knallte. Für ihn offenbar nicht der Rede wert. Diese abgedroschenen Spiele waren doch allesamt gezinkt. Man hatte kaum eine Chance, einen der großen Preise abzusahnen, die verlockend an metallenen Haken von der hölzernen Decke des Stands hingen. Teddybären so groß wie sie selbst baumelten in dem sanften Herbstwind, der über den Platz fegte und vergilbte Blätter über den dreckigen Boden wirbeln ließ.

Ihre beste Freundin sah sie mit hochgezogenen Augenbrauen an; eine Geste, die so viel sagte wie *Ich hab's dir doch gesagt*. »Na, wie schön«, begann sie, sobald Ian außer Hörweite war. »Dann könnt ihr euch ja Partnerkostüme aussuchen.«

»Tina ...«

Ian nahm eine der Waffen entgegen. Sie war klein, schwarz

und handlich und er wog sie prüfend in den Händen ab, bevor er eine standsicherere Position einnahm, um auf die rotweißen Scheiben an der Wand zu zielen.

»Lass stecken, Claire. Ian freut sich bestimmt riesig darauf, dich auf die Party zu begleiten«, bemerkte sie sarkastisch. »Mann, ich hab' total Angst um dich! Sieh dir das doch an! Das ist nicht das erste Mal, dass er eine Waffe in den Händen hält, Claire.«

Claire atmete hörbar aus. Ihr Blick war starr auf Ian fixiert, der wie ein Profi abwog, wie er seinen ersten Schuss abfeuern würde.

»Ich weiß.«

»Er ist ein Krimineller! Mein Vater hat gesagt ...«

»Ich *weiß*, Tina!«, bellte Claire frustriert.

»Gott, Claire, was hat er zu dir gesagt? Was ist zwischen euch beiden passiert? Seid ihr ... ich meine, seid ihr jetzt ein Paar?«

»Keine Ahnung. Nicht direkt. Tina ...« Claire blinzelte. »Wir haben gestern gestritten«, platzte sie heraus.

Der erste Schuss ertönte. Ian hatte direkt ins Schwarze getroffen.

Tina schnappte alarmiert nach Luft. »W-was hat er gesagt?«

»Dass seine Freunde dafür sorgen könnten, dass Dad die Pizzeria und das Haus verliert, wenn ich die Polizei ins Spiel bringe ...«, flüsterte sie atemlos.

»Oh großer Gott, du musst dich von ihm fernhalten, Claire!«

Claire schloss gequält die Augen. »Aber das kann ich nicht.«

»Natürlich kannst du das. Du könntest eine Weile bei mir übernachten. Mein Dad passt auf uns auf.«

»Nein ... Tina ... ich ... ich *will* mich doch gar nicht von ihm fernhalten!«

Der zweite Schuss ertönte. Wieder klaffte ein kugelgroßes Loch direkt in der Mitte der Zielscheibe.

Ihre beste Freundin hielt irritiert inne. »Wie meinst du das?«

»Ich weiß es doch auch nicht«, wiederholte sie. »Genau das ist ja das Problem! Heute Morgen ... hat er sich bei mir entschuldigt, dafür, was er mir gestern an den Kopf geworfen hat ... Ich ... ich denke, dass er es wirklich so gemeint hat. Gott, ich weiß selbst nicht, warum ich ihm glaube, aber sein Gesichtsausdruck war so ... so voller Reue.«

»Das macht die Sache nicht besser, Claire.«

»Ich mag ihn. Ich mag ihn wirklich! Als wir uns geküsst haben ... ich habe noch nie zuvor in meinem Leben etwas Vergleichbares gespürt.«

»Er hat dich geküsst?«, gellte Tina.

Claire warf ihr einen panischen Blick zu, ehe sie sich unauffällig umsah, um sicherzugehen, dass sie niemand gehört hatte – allen voran Ian nicht. Erst dann fuhr sie fort.

»Wenn er mich ansieht, dann habe ich das Gefühl, dass abertausend Sterne in mir explodieren und er kann so ... so charmant sein. Aber er ... er ist auch so herrisch. Es ist, als ob er mich besitzen wollen würde. Das geht mir viel zu schnell, es erdrückt mich.« Dass sie der Gedanke daran sowohl abstieß als auch irgendwie erregte, erwähnte sie Tina gegenüber nicht. Ihre Gefühle waren so schon verwirrend genug, da musste sie nicht auch noch aussprechen, wofür sie sich selbst ohrfeigen wollte.

»Oh Claire, bitte sag mir nicht, dass du dich in ihn verliebt hast.«

Claire stutzte. »Womöglich bin ich gerade dabei.«

Der dritte und letzte Schuss hallte über den Jahrmarkt. Die Kugeln waren zwar nicht echt und konnten keinen großen Schaden anrichten, doch ihre ehrfürchtige Wirkung auf die beiden Freundinnen erzielten sie trotzdem. Ian hatte jedes einzelne Mal getroffen.

Zögernd gesellten sie sich zu ihm.

»Nicht schlecht, junger Mann. So etwas erlebt man auf einem Jahrmarkt nur einmal alle zehn Jahre.« Missgunst schwang in der Stimme des Standbesitzers mit. Er schenkte dem Schwarzhaarigen aber dennoch ein Lächeln. »Such dir aus, was du möchtest.«

Ian wandte sich zu Claire um. Er grinste bübisch. »Welchen willst du?«

Claire riss überrascht die Augen auf. »Ich?« Das war nun schon das zweite Mal, dass Ian sich so verdammt ... süß benahm? Ihr Blick wanderte verstohlen zu dem hellbraunen Teddybären, der ihr etwa bis zur Hüfte reichte. Seine schwarzen Knopfaugen schienen sie förmlich anzulächeln und die grüne Schleife um seinen Hals sah übertrieben niedlich aus.

Ian schmunzelte und deutete auf den Bären, woraufhin der Standbesitzer ihn mit einer Schere von seinem Haken schnitt und an Claire weiterreichte. Dankend nahm sie ihn entgegen. Sie erwiderte Ians herzliches Lächeln, ganz frei von Boshaftigkeit und Hohn.

Siehst du?, wollte sie Tina fragen. *Genau deshalb habe ich Angst, mich in ihn zu verlieben.*

~ * ~

Claire protestierte erst gar nicht, sich in Ians Auto zu setzen, als die drei sich nach geschlagenen drei Stunden dazu entschlossen, sich langsam auf den Heimweg zu machen, und er ihr anbot, sie nach Hause zu bringen. Tina hatte sie bloß missbilligend angestarrt und kaum merklich den Kopf geschüttelt, woraufhin Claire sie mit ihrem riesigen Teddybären gestoßen und dabei beinahe in einen dicken Mast geschubst hatte.

»Lass uns am Mittwoch einkaufen gehen. Für die Halloweenparty. Ich habe noch ein paar Coupons, die bis Donnerstag gültig sind und *bitte*, Claire – komm allein. Ich halte das mit ihm nicht aus«, wisperte ihre beste Freundin ihr gerädert zu, ehe Claire einstieg.

Sie nickte. Irgendwie würde sie Ian schon dazu überreden, ihr etwas mehr Freiraum zu lassen. Ansonsten würde wohl auch sie selbst früher oder später verrückt werden.

»Woran denkst du, Häschen?«, fragte er sie nun während der Fahrt.

Claire holte tief Luft. »Ian? Hast du schon mal jemanden getötet?«

Drei lange Sekunden verstrichen, bis der Schwarzhaarige ihr antwortete. »Was?«

»Du ... das war doch nicht das erste Mal, dass du mit einer Waffe auf etwas ... gezielt hast, oder?«

Ian seufzte angespannt. »Nein.«

»Also, ha-hast du ...«

»Nein.« Beschwichtigend langte er nach ihrer Hand und verschränkte seine Finger unverlangt mit den ihren. »Ich habe Männer krankenhausreif geprügelt, aber ich habe niemanden auf dem Gewissen. Auch wenn ich einmal kurz davor war, einer zu werden, bin ich kein Mörder, Häschen.«

»U-und Frauen?«

»Ich schlage keine Frauen, Claire. Nie. Wer hat dir das eingeredet? Klein-Tina etwa? So langsam wird mir diese Göre unsympathisch. Ich habe dir versprochen, dass ich dir niemals wehtun würde«, bemerkte er trocken.

»Es ist aber nicht so einfach zu vergessen, was du mir gestern angedroht hast.«

Gepeinigt funkelte er sie an, ehe er seinen Blick zwangsläufig wieder auf die Straße richten musste. »Claire, ich habe mich bei dir entschuldigt. Das habe ich nur gesagt, damit du die Polizei aus dem Spiel lässt, nicht damit ... Ich sagte doch, ich würde nicht zulassen, dass sie ...« Einen Augenblick lang schien er mit sich zu hadern. »Wofür hältst du mich denn, Claire? Was glaubst du, was passieren wird? Dass ich dich dazu zwingen werde, mit mir zusammen zu sein und dich irgendwann zum Sex dränge? Das würde ich niemals tun.«

Die Worte auszusprechen, schmerzte ihn, so viel konnte Claire ihm ansehen. Trotzdem jagte ihr das Wort *Sex* aus seinem Mund wohlige Schauer über den Rücken, gefolgt von einem verräterischen Ziehen in ihrem Unterleib.

»Woher soll ich das denn wissen, Ian?«, erwiderte sie sanft. »Du sagst mir ja nie, was du denkst. Mir bleibt keine andere Wahl, als das zu glauben, was Tina mir erzählt. Meinst du denn, ich *will* glauben, weswegen sich die ganze Stadt so vor dir hütet?«

Ian schwieg erneut. Etwa eine Minute verging, erfüllt von zum Zerreißen angespannter Stille, die so laut wie eine Bassgitarre in Claires Ohren dröhnte. Oder war es das Rauschen ihres eigenen Blutes?

»Sag mir, was Tina dir über mich erzählt hat. Alles«, bat er. Abwesend drehte er die Heizung im Auto weiter auf, als er ihr leichtes Zittern bemerkte, dann warf er ihr einen weiteren, abwartenden Blick zu.

Claire atmete tief durch. Wäre es ein Fehler, ihm alles zu erzählen? Was, wenn er zornig wurde, wenn er erst erfuhr, welch finsteren Gerüchten sie Glauben schenkte? Andererseits ...

könnte der Schwarzhaarige sie gegebenenfalls auch über sämtliche Begebenheiten in Stone aufklären, so, wie sie auch wirklich passiert waren.

Also begann sie zu erzählen und holte erst wieder tief Luft, als sie Ian davon berichtete, wie Tina und der Rest der Stadtbewohner ihn heimlich ›die Schwalbe‹ nannten.

Ian gluckste amüsiert, ehe er ähnlich wie sie, als sie das erste Mal davon gehört hatte, in schallendem Gelächter ausbrach.

»Die Schwalbe also, ja? Wirklich sehr interessant. Etwa die Hälfte davon, was Tina dir erzählt hat, ist Unsinn, Claire. Ich war zwar tatsächlich in eines von Jacksons Geschäften verstrickt, allerdings nicht nur der Drogen wegen. Er hat einem meiner Leute Ärger gemacht und mit seiner außer Kontrolle geratenen Sucht die ganze Stadt in Gefahr gebracht. Und wie du bereits weißt, habe ich den Kleinen direkt ins Krankenhaus befördert, nachdem er Anthony fast getötet hat. Er war es, den ich fast erschossen habe«, antwortete er dann etwas ruhiger.

Claire erinnerte sich. Es war der Grund, weshalb sie sich dazu entschlossen hatte, Ian nicht zu erzählen, dass sie viel zu lange eine Beziehung mit Jackson geführt hatte.

»Was ist mit deiner Strafakte?«

»Nicht alles, was meine Leute und ich tun, ist vollkommen legal, Claire. Vielleicht habe ich da gestern ein wenig geflunkert. Ab und zu haben wir das Pech, dass ein paar Informationen durchsickern, die für niemandes Augen außer unsere bestimmt sind. Das gilt auch für Anthonys Bemühen, ein wenig in deinem Leben herumzuschnuppern.«

Also war Anthony der geheimnisvolle beste Freund, der als Privatdetektiv arbeitete und noch dazu der, den Jackson beinahe getötet hätte. Sie fragte sich, ob sie ihn schon einmal getroffen hatte – in der Billardbar, wo Ian sie trotz ihres Widerstands hingebracht hatte, bevor Jackson aufgetaucht war. Ob Anthony wusste, dass sie einander besser kannten, als es Ian lieb war? Wenn er es tat, war der Schwarzhaarige entweder sehr gut darin, sich seine Wut und seinen Ekel nicht anmerken zu lassen, oder aber sein Freund hatte es ihm verschwiegen. Sie würde ihn bei Gelegenheit danach fragen müssen, um unangenehmen Wahrheiten aus dem Weg zu gehen.

»Aber du sagst mir trotzdem nicht, was genau du machst, um Geld zu verdienen«, stellte sie stattdessen fest.

»Zu deiner eigenen Sicherheit. Je weniger du weißt, desto besser«, wiederholte er.

Sie bemerkte erst jetzt, dass Ian längst vor ihrem Haus stehen geblieben war. Erwartungsvoll lehnte er sich nach vorne, doch dieses Mal überlegte Claire nicht lange und beugte sich zu ihm. Ihre Lippen berührten die seinen in einem flüchtigen Kuss, bevor sie sich mit dem Teddybären aus dem Auto kämpfte und Ian durch die Heckscheibe ein letztes Mal zuwinkte, ehe sie im Haus verschwand.

Je weniger du weißt, desto besser. Dieser Mann war wirklich ein einziges Rätsel.

KAPITEL 12

»Wie viele ›Dates‹ hattet ihr jetzt eigentlich schon?« Tina betonte das Wort *Dates* mit derartiger Verachtung, dass Claire glaubte, die Verbindung würde zusammenbrechen. Augenverdrehend biss sie in ihr Brötchen und kaute friedlich, bevor sie ihr in aller Herzensruhe antwortete.

»Ich denke ... drei?« Zumindest, wenn sie miteinbezog, dass er sie am hellichten Tag in eine Billardbar entführt hatte.

Tina zog scharf die Luft ein. »Du weißt, was das bedeutet, oder?«

»Klär mich auf, Sherlock.«

»Sex!«, rief sie panisch in den Hörer.

Claire runzelte skeptisch die Stirn. »Wie bitte?«

»Sex. Nach drei Dates gibt es Sex, ist doch ganz klar.«

»Aus welcher Ratgeberkolumne für verzweifelte Hausfrauen hast du das denn nun wieder?«, prustete Claire kopfschüttelnd in den Hörer und warf einen Blick auf die Uhr. Sie verschluckte sich beinahe an dem letzten Stück ihres Brötchens. Ihre Pause war gleich vorüber. Schnell stopfte sie sich den Rest in den Mund und spülte den Bissen mit einem Schluck Wasser hinunter. »Ich werde ganz bestimmt nicht nach nur drei Dates mit Ian schlafen«, fuhr sie ernst fort. Sie senkte die Stimme, damit das Ehepaar draußen im Laden sie nicht hören konnte.

»Und auch nicht nach vier. Wir sind ja noch nicht einmal offiziell zusammen.«

Tina schnaubte ungläubig. »Das scheint Ian aber anders zu sehen.«

»Ich muss jetzt auflegen. Wir sehen uns nach der Arbeit in der Pizzeria.«

»Siehst du, und jetzt wimmelst du mich ab!«, warf sie ihr trotzig vor.

»*Bis dann, Tina*«, erwiderte Claire eindringlich. Seufzend beendete sie das Gespräch und packte die Überreste ihres Mittagessens zurück in ihre Tasche. Sie wollte sich gerade wieder an die Arbeit machen, als der rote Vorhang zum hinteren Teil des kleinen Schmuckgeschäfts beiseitegeschoben wurde und ihr ein junger Mann in schwarzer Lederjacke entgegentrat – Ian. Wie konnte es auch anders sein?

»Hey, Häschen.«

»Ich wäre ja überrascht, aber ... ich bin es nicht«, neckte sie ihn mit einem frechen Grinsen. Dass Ian früher oder später an ihrem neuen Arbeitsplatz auftauchen würde, hatte sie ohnehin bereits erwartet. George war schließlich sein Onkel.

»Natürlich bist du das nicht.«

Mit klopfendem Herzen ließ sie zu, dass der Schwarzhaarige sie in seine Arme zog und gierig küsste.

Seit er ihr wieder und wieder versichert hatte, dass er ihr niemals etwas zuleide tun würde, hatte sich ihre *Beziehung*, sofern man das, was sie miteinander hatten, als eine bezeichnen konnte, auf unerklärliche Art und Weise ... gebessert und Ian hatte ihren Wunsch nach Privatsphäre auf ihre Bitte hin tatsächlich respektiert. Vier ganze Tage lang war er ihr weder nach ihren Kursen noch zuhause oder in der Pizzeria ihres Vaters aufgelauert, sondern hatte ihr lediglich Nachrichten geschickt, die sie auch ohne zu zögern beantwortet hatte.

Bis sie ihm wirklich vertrauen konnte, würde es noch eine Weile dauern, doch zumindest verging Claire inzwischen nicht mehr vor Angst, wenn er irgendwo auftauchte. Zurück blieb nur noch das angenehme, aufregende Kribbeln, das sich in ihrem ganzen Körper ausbreitete, wann immer der Schwarzhaarige mit ihr sprach. Und wenn er sie berührte, zuckten heiße Stromschläge wie eine durchgebrannte Leitung in einem Wasserbecken durch ihre Gliedmaßen.

Die Anziehungskraft, die Ian allein mit seiner Anwesenheit auf sie ausübte, war schier überwältigend. Eine Reaktion, die Tina überhaupt nicht nachvollziehen konnte. Es war ein Wunder, dass ihre beste Freundin noch nicht den Exorzisten angerufen hatte. Teilweise hatte sie schon fast das Gefühl, als ob sie ihr die Flausen im Kopf wie einen Dämon austreiben wollte. Inzwischen hatte sie sogar damit gedroht, ihrem Vater und der Polizei Bescheid zu geben, um für ihre Sicherheit zu sorgen. Claire hatte eine ganze Weile gebraucht, sie davon zu überzeugen, dass das nicht notwendig war und der Mann, an dessen Körper sie sich wie eine Ertrinkende klammerte und dessen Mund sie soeben wild küsste, trotz allem noch immer viel zu gefährlich und undurchsichtig war, um so weit zu gehen.

Claire hatte beschlossen, ihre Taktik zu ändern, um mehr über Ian zu erfahren und ihm ab und an durch die Blume Informationen zu entlocken. Wenn sie miteinander schrieben, so erkannte sie, war es einfacher, denn wenn sie einander gegenüberstanden, las der schöne Fremde sie immerhin wie ein offenes Buch und deutete jede ihrer Gesten mit einer erschreckenden Leichtigkeit. Ob er das von Anthony gelernt hatte? Eine weitere Frage, die sie ihm irgendwann stellen würde. Die Liste häufte sich mit jedem Tag.

Ian hielt eine braune Papiertüte hoch, als er sich endlich von ihr löste und sie wieder zu Atem kommen ließ. Das schelmische Funkeln in seinen Augen brachte sie beinahe um den Verstand und Claire bemerkte erst jetzt, wie einfach er es sich gemacht hatte, um sie für sich zu gewinnen. Nachdenklich fuhr sie sich mit der Zunge über ihre geschwollenen Lippen.

Er behandelte sie, wenn er nicht gerade seiner bedrohlichen »Ich-bin-böse«-Masche gerecht wurde, wie eine Prinzessin. Sie war ihm binnen weniger Tage verfallen und das, obgleich sie selbst sich darüber ärgerte – eine Tatsache, um die Ian ohne Zweifel wusste und die ihn offensichtlich ganz köstlich amüsierte.

»Deine Klamotten und dein BH. Und deine Decke«, erklärte er, als er ihr die Papiertüte reichte.

Claire zog verwirrt eine Augenbraue nach oben. »Danke ... und mein Höschen?«
»Welches Höschen?« Sein Tonfall triefte förmlich vor Verschmitztheit.
Genervt verdrehte sie die Augen. »Gib es mir zurück, Ian.«
»Ich weiß nicht, wovon du sprichst.«
»Gott, du bist so ... pervers!«
»Bin ich das, ja? Wie geht es dir hier?«, wechselte er nonchalant das Thema. »Fühlst du dich wohl?«
Claire seufzte. Sie wurde vor allem von Anita wie ihre eigene Tochter behandelt. Sie hatten sie an ihrem ersten Tag geduldig in die Gepflogenheiten des Geschäfts eingeschult und brachten ihr sogar das eine oder andere über den Beruf des Juweliers bei. Die meiste Zeit verbrachte sie damit, Schmuckstücke neu einzusortieren, Vitrinen, Fensterscheiben und gläserne Regale zu säubern und dafür zu sorgen, dass die viel zu hellen Lampen auch tagsüber brannten, damit die hübschen Edelsteine und silbernen und goldenen Ketten, Ringe, Armbänder und Uhren auch schön glitzerten.
Claire war so verzaubert gewesen wie eine Walküre, als sie all den Echtschmuck das erste Mal in den Händen gehalten und von Nahem betrachtet hatte. Einmal mehr erinnerte sie sich daran, dass sie etwas derart Wertvolles erst dann besitzen würde, wenn sie im Lotto gewann – ausgesprochen unwahrscheinlich also.
»Ian scheint ja ziemlich einen Narren in dir gefressen zu haben«, bemerkte Anita wissend. Sie brachte gerade den Verschluss einer Halskette an das letzte Glied an, als Claire mit Ian zurück in den Laden schritt. Der Schwarzhaarige gesellte sich ein paar Schritte entfernt zu George, der mit dem Rücken zu ihnen tüchtig an einer kaputten Lampe werkelte, die Claire vorhin entdeckt hatte.
»Er hat sich noch nie so verbissen um eine Frau bemüht. Bisher hatte er das vielleicht auch gar nicht nötig, aber richtig zu gefallen scheint ihm keine zu haben, bis er dich getroffen hat«, flüsterte sie leise.
Claire spürte dennoch Ians heißen Blick im Nacken. Es war, als wusste er ganz genau, dass die beiden sich über ihn unterhiel-

ten. Schluckend ignorierte sie das kribbelnde Gefühl auf ihrer Haut.

»Er kam viel mehr zu mir«, gab sie abwesend zurück. Ihr Blick fixierte die funkelnde Halskette in Anitas Händen. *Bisher hatte er das vielleicht auch gar nicht nötig.* Ian hatte ihr erzählt, dass seine letzte Beziehung mittlerweile vier Jahre zurücklag. Was er in der Zwischenzeit wohl getrieben hatte? Flüchtige Eroberungen hatte er bestritten, aber vielleicht waren seine Freunde mit gewissen Vorzügen ja gar nicht so vorübergehend gewesen, wie er behauptet hatte.

War das etwa ... Eifersucht, die sich da gerade in ihr breit machte? Claire fühlte sich wie auf einem Schiff ohne Segel, das der Wind erbarmungslos auf der Wasseroberfläche hin und her peitschte. Sie schwankte, schluckte salziges Meerwasser. Sie *war* eifersüchtig. Was hatte Ian bloß mit ihr angestellt?

»Auf jeden Fall hast du ihm ganz schön den Kopf verdreht«, ließ Anita sie mit einem frechen Zwinkern wissen.

Das beruht auf Gegenseitigkeit, erwiderte sie stumm. Ian wusste das genau. Sie konnte kaum entscheiden, ob sie ihn dafür ohrfeigen oder an sich ziehen und stürmisch küssen sollte.

~ * ~

Ian begleitete Claire nach der Arbeit zur Pizzeria. Er hatte sich zu ihr in den Keller geschlichen, gleich nachdem Claire ihren Vater um eine große vegetarische Pizza Hawaii gebeten hatte, und half nun, sehr zu Tinas Missfallen, bei den letzten Vorbereitungen für die Party.

Gerade entwirrte er den nervenaufreibenden Kabelsalat einer Kürbislichterkette, während Claire auf einem Hocker ihre provisorische Checkliste durchging und sämtliche Dinge abhakte, die sie mit Tina beim Einkaufen gestern besorgt hatte. Sie war so vertieft in ihren ausgeklügelten Partyplan, dass Tina wohl vermutete, sie würde es nicht mitbekommen, wenn sie den Schwarzhaarigen unter ihre Fittiche nahm und es wagte, ihm gehörig ihre Meinung zu geigen. Claire spitzte ohne aufzusehen die Ohren und lauschte.

»Ich weiß nicht, was du vorhast, Ian, aber wenn du Claire wehtust, dann reiße ich dir die Eier aus und verspeise sie zum

Frühstück«, zischte sie zwischen zwei erschöpften Atemzügen. Angestrengt hievte Tina zwei noch volle Kisten mit Halloweendekoration auf einen der Tische, um ihre Inhalte zu studieren. Claire nutzte den Moment, um unauffällig zu ihnen hinüberzuschielen.

Ian runzelte scheinheilig die Stirn. »Hast du etwas gesagt, Kleines?«

»Ist es, weil sie dein Auto beschädigt hat? Ich kann dafür bezahlen. Ich verdiene im Supermarkt mehr, als sie es tut.«

»Du wärst dazu bereit, einen Dreihundertpfundschaden für Claire zu begleichen?«, fragte Ian verwundert. Noch immer fingerte er an dem unentwirrbaren Knäuel herum. Durch Tinas Geplapper hatte er den Knoten nur noch enger zusammengezogen.

Claires Lippen teilten sich. Tina würde was …?

»Wenn du sie dafür in Ruhe lässt, natürlich. Sie ist meine beste Freundin. Ich habe Angst um sie und ich vertraue dir nicht«, gab sie mit erhobenem Kinn zu.

Ian legte schmunzelnd den Kopf schief. »Es geht um so viel mehr als bloß mein Auto. Glaub es oder nicht, aber ich mag dieses temperamentvolle Mädchen. Ich werde mich nicht von ihr fernhalten, nur weil du nicht damit einverstanden bist, dass ich mir *nehme*, was ich will.«

Claire presste die Schenkel zusammen. Dass Tina sie so in Schutz nahm, berührte sie, und doch fiel ihr schwer zu ignorieren, dass Ians Worte gleichzeitig ganz andere Dinge mit ihr anstellten.

»Ich hasse dich, Conroy. Du manipulierst sie doch. Sie hat mir von eurem Streit erzählt.«

»Dann weißt du ja auch, was dir droht, wenn du mir zu schaden versuchst. Ich behandle Claire gut. Wenn du mir nicht glaubst, frag sie selbst, sie wird nicht lügen. Ich wäre dir allerdings sehr verbunden, wenn du damit aufhören würdest, ihr erfundene Horrorgeschichten über mich zu erzählen. Mehr als die Hälfte deiner idiotischen Gerüchte sind völliger Unsinn.«

»Und was ist mit der anderen Hälfte?«, fauchte sie verärgert.

Na gut, das reichte jetzt. So vielversprechend sie dieses Gespräch auch fand, sie musste dazwischen gehen, bevor die Fetzen flogen.

»Tina.«

Keiner der beiden registrierte, dass Claire aufgestanden war, ihre Checkliste beiseitegelegt und sich mit verschränkten Armen direkt neben sie gestellt hatte. Sie legte ihrer besten Freundin beruhigend eine Hand auf die Schulter, versucht, sie sanft von Ian wegzuschieben, bevor er noch auf die Idee käme, Tina mit der Lichterkette zu erwürgen. Seine Hände umklammerten den Kabelsalat mittlerweile so fest, dass seine Knöchel weiß hervortraten.

Die Angesprochene fluchte leise. »Ich hole noch etwas Klebeband«, beschloss sie zuwider.

Claire sah ihr besorgt hinterher und biss sich verunsichert auf die Unterlippe.

KAPITEL 13

Claire presste sich das Handy fester ans Ohr. Mit jedem Tuten, das zu ihr durchdrang, sank ihr das Herz noch weiter in die Hose und ihre Handflächen schwitzten so sehr, dass sie fürchtete, das Smartphone würde ihr aus der Hand auf den Boden rutschen und kaputtgehen.

Für gewöhnlich meldete Ian sich immer zuerst. Schon mit Jackson war sie nie diejenige gewesen, die in einer Beziehung gerne die Initiative ergriff – zu groß war ihre unterbewusste Angst vor Zurückweisung. Ob man ihre Turtelei mit dem Schwarzhaarigen nun als Beziehung bezeichnen konnte, war zwar noch immer eine andere Frage, die vor allem Tina mit einem entschiedenen *Nein* beantwortet hätte, Ian schien da jedoch anderer Meinung zu sein.

Ich behandle Claire gut, hatte er gesagt. Und das tat er. Claire schwebte, so sehr sie sich auch noch immer dagegen sträubte, auf Wolke sieben. Mit jedem Mal, das sie ihn traf, schwand ihre Angst vor dem Fremden ein wenig mehr. Sie hatte ihren Streit nicht vergessen, ebenso aber hatte er ihr nie einen Grund gegeben, ihn bei der Polizei anzuzeigen.

Ihre Stimme der Vernunft, die verdächtig nach Tina klang, wurde von Tag zu Tag leiser, verschwand in den Tiefen ihres Unterbewusstseins. *Er ist gefährlich.* Das war er vielleicht tatsächlich. Und es machte ihn einfach unwiderstehlich.

»Claire? Was gibt es?« Am Telefon hörte Ian sich anders an. Sanfter. Vielleicht lag es auch einfach daran, dass er es nicht gewohnt war, dass sie ihn anrief. Durchaus ein Argument, oder? Unschlüssig biss sie sich auf die Unterlippe.

»Hey, Ian. Ich, ähm ... kann ich dich um einen Gefallen bitten?«

Pause. »Natürlich.«

Claire atmete erleichtert aus. Es handelte sich lediglich um eine Kleinigkeit, doch sie hatte sich zu Beginn strikt geweigert, ihm diese Genugtuung zu verschaffen. Sie hätte schließlich auch Tina bitten können. Nur hatte diese nicht darauf bestanden, sie heute Abend zur Party in die Pizzeria zu bringen.

»Könntest du vielleicht eine halbe Stunde früher kommen? Ich muss die Bowle vor der Party kaltstellen und das Eis in den Kühlraum bringen. Der Gefrierschrank in der Pizzeria funktioniert nicht richtig, deshalb habe ich die Eiswürfel bei mir untergebracht«, erklärte sie rasch. Abwartend fixierte sie ihre Fingernägel, die sie sich für den schaurigen Anlass heute Abend schwarz lackiert hatte.

»Das dürfte kein Problem sein«, sagte er endlich. Sie konnte förmlich spüren, wie er am anderen Ende der Leitung schmunzelte.

»Danke. Bis heute Abend.«

»Bis heute Abend, Häschen.«

Claire legte auf, ehe er einen seiner neckischen Kommentare abgeben konnte. Seufzend warf sie ihr Handy aufs Bett.

Halloween war tatsächlich der gruseligste Tag im Jahr. Das Chaos, in das sie ihr Zimmer heute stürzen würde, war schlichtergreifend unheimlich. Der gigantische Kürbis, den sie am Tag zuvor bei Tina im Supermarkt gekauft hatte, verlangte beharrlich danach, ausgehöhlt zu werden und mit all der Planung und den verwirrenden Schmetterlingen im Bauch, die Ian in ihr aufscheuchte, war ihr kaum Zeit geblieben, sich um ein Kostüm zu kümmern. Spontanität war angesagt.

Sie nahm sich vor, mit all ihren selbst aufgetragenen Aufgaben fertig zu sein, bevor ihr Vater, der die Pizzeria für die Party heute bereits um acht Uhr schließen würde, nach Hause kam. Mit einem tiefen Atemzug machte sie sich an die Arbeit.

~ * ~

Zwei Stunden. Sie brauchte zwei Stunden, um ihren Kürbis, der sie regelrecht auszulachen schien, auszuhöhlen, damit sie das verdammte Ding als Dekoration heute Nacht vor die Haustür stellen konnte. Etwa ein Dutzend Kinder in niedlichen Kostümen unterbrachen sie gefühlt alle zehn Minuten mit kleinen Eimern und quirligen »Süßes oder Saures«-Rufen, bis sie keine Süßigkeiten mehr übrig hatte.

Grummelnd kämpfte sie sich aus dem Schneidersitz und polterte ins Erdgeschoss, um die Tür zu öffnen, als es zum erneuten Male klingelte. Es war schon fast acht. Die letzten Kinder kamen in Stone für gewöhnlich um sieben, wo sich nur noch ein paar schwache Sonnenstrahlen durch die grauen Wolkenschichten kämpften und die Straßen beleuchteten. Ob Tina etwas vergessen hatte und wie eine Irre hierher gerast war?

Natürlich nicht, korrigierte sie sich selbst, als sie plötzlich ihren vermeintlichen Liebhaber zu Gesicht bekam. Ian steckte in dunklen abgewetzten Stiefeln und weiten Hosen, die an drei Stellen völlig zerschlissen und dreckig waren. Dazu trug er ein weißes Hemd, dessen oberste Knöpfe er offen gelassen hatte, sodass sie sah, wie sich seine Muskeln unter seiner blassen Haut abzeichneten. Kombiniert mit einer schwarzen Augenklappe war sein Freibeuterlook perfekt. Ihm fehlte nur noch ein Schwert. Claire war Tina für die Keine-Waffen-auch-wenn-sie-nur-aus-Schaumstoff-bestehen-Regel auf der Party noch nie so dankbar gewesen.

»Gefalle ich dir, Häschen?« Ian schmunzelte verschlagen.

»Sehr sogar, Captain. Aber du bist viel zu früh dran. Was machst du denn schon hier? Mein Dad wird jeden Moment nach Hause kommen!«

Der Schwarzhaarige zuckte unbekümmert mit den Schultern.

»Er wird das mit uns ohnehin bald herausfinden, Claire. Lass mich schon rein.« *Das mit uns.* Der Ernst in seiner rauchigen Stimme jagte ihr warme Schauer über den Rücken.

Ihr Vater hatte sich erst kürzlich mit Tinas Vater über Ians und Jacksons Akten unterhalten und wie es aussah, war der Pizzeriabesitzer nach wie vor nicht allzu begeistert von dem jungen

Mann, der die ganze Stadt so verunsicherte. Das Drama, das ihr Dad veranstalten würde, wollte sie sich so lange wie möglich ersparen. Es glich einem Wunder, dass Tina bislang den Mund gehalten hatte.

»Meinetwegen.« Zerknirscht erlaubte sie ihm, sich an ihr vorbei ins Haus zu schieben, und steuerte geradewegs ihr Zimmer an. Ian folgte ihr und gluckste amüsiert über das Chaos, das sie dort veranstaltet hatte.

Direkt vor dem Fenster lag ein altes Tischtuch ausgebreitet auf dem Boden, darauf der ausgehöhlte Kürbis inmitten eines Meers aus feuchten Kürbiskernen und Besteck. Der Rest sah allerdings auch nicht viel besser aus. Überbleibsel alter Halloweenkostüme waren auf dem Teppich und ihrem Bett verstreut, darunter Katzenohren, kleine rote Teufelshörner sowie ein glitzernder Dreizack und sogar eine noch halbvolle Flasche voller Kunstblut. Claire improvisierte jedes Jahr aufs Neue und erfand einzigartige Kostüme, die mit wenig Aufwand und vor allem wenig Budget in dem Halbdunkel des Pizzeria-Kellers einfach fabelhaft aussahen. Dieses Mal jedoch war sie unentschlossen. Google spuckte nur wenig brauchbare Anreize aus und ihr selbst fiel langsam auch nichts mehr ein. Vielleicht, weil ihre Ansprüche für ein eindrucksvolles Kostüm mit Ian an ihrer Seite enorm gestiegen waren. Sie wollte ihn provozieren, ihn ärgern und ihm heimzahlen, dass er ... grinsend blickte sie auf, als Ian sich neben einem schwarzen Hexenhut mit aufgenähter Stoffspinne auf dem Bett niederließ. Er hob belustigt die Augenbrauen.

»Alles in Ordnung, Häschen?«

Claire schüttelte ausweichend den Kopf. »Du hast mich nur gerade auf eine Idee gebracht.« Aber darum würde sie sich später kümmern. Scheinheilig schloss sie die Tür hinter sich.

»Also?«, wechselte sie neugierig das Thema. »Wirst du hier nur herumsitzen und mich anstarren oder mir dabei helfen, diesen doofen Kürbis fertig auszuhöhlen?«

Ian grinste verschlagen in sich hinein. »Das kommt ganz darauf an, Häschen. Wirst du dich dabei blöd anstellen, sodass ich was zum Lachen habe?«

»Du bist so ein Arsch, wirklich. Wie bist du überhaupt auf

die Idee gekommen, dich als Pirat zu verkleiden? Ich hätte dich nicht als jemanden eingeschätzt, der sich in ein Kostüm zwängt.«

»Du warst doch diejenige, die auf die Kostümpflicht bestanden hat«, entgegnete er achselzuckend.

»Mag sein. Aber seit wann hältst *du* dich an Regeln? Ausgerechnet ein Pirat.« Claire erwähnte nicht, dass Jackson sich ebenfalls immer als verwegener Freibeuter verkleidet hatte.

Ohne auf eine Antwort zu warten, setzte sie sich wieder auf den Boden und attackierte mit bloßen Händen das Innere des Kürbisses.

»Als was hätte ich mich deiner Meinung nach denn sonst verkleiden sollen, hm?«

»Ich weiß nicht … vielleicht als Gefängnisinsasse?«, warf sie ihm über die Schulter zu. Sie musste sich nicht zu ihm umdrehen, um zu wissen, dass seine Augen bedrohlich zu glitzern begannen.

»Vorsicht, Häschen.«

Claire grinste. Himmel nochmal, es war Halloween und sie hatte gute Laune. Ergeben hob sie die Arme, doch das selbstgefällige Lächeln und der spielerische Hohn waren ihr nicht aus dem Gesicht zu wischen.

Ian erhob sich kopfschüttelnd, ehe er sich zu ihr vors Fenster setzte und mit dem schwarzen Marker, den sie bereitgelegt hatte, begann, ein gruseliges Gesicht auf das ausgehöhlte Gemüse zu malen.

»Hältst du bitte den Kürbis fest, während ich das Gesicht ausschneide?«, fragte sie wenig später.

»Klar.« Nickend tat er, was sie verlangte.

Gedankenverloren bohrte sie das Messer in die harte Schale des Kürbisses und zauberte ihm nach und nach das ausgesprochen gelungene Gesicht, das Ian darauf gezeichnet hatte.

»Na endlich. Ich hole ein paar Teelichter, dann können wir ihn nach draußen stellen«, sagte sie zufrieden, nachdem sie den eckigen Augen den letzten Schliff verpasst hatte.

Etwas tollpatschig, weil ihr durch den Schneidersitz der linke Fuß eingeschlafen war, humpelte sie aus dem Raum, um in der Schublade im Gang nach den Kerzen zu suchen.

Es war draußen inzwischen stockduster geworden. Wenn sie

aus dem Fenster blickte, sah sie bereits die hübschen Kürbisse ihrer Nachbarn auf den Treppenabsätzen oder den Fensterbänken, passend zu Plastikhexen und Grabsteinen aus Pappmaschee, die die Vorgärten schmückten. Ein kühler Wind fegte durch das Städtchen und wirbelte trockene Herbstblätter durch die Straßen. Der Regen blieb glücklicherweise aus. Es war das perfekte Halloweenwetter.

Claire wollte gerade zu Ian zurückkehren, als sie unten im Erdgeschoss die Haustür ins Schloss fallen hörte.

»Claire? Bist du noch zuhause?« Raymond. Fieberhaft überlegte sie, wie sie Ian nachher aus dem Haus schleusen sollte, ohne dass ihr Vater es bemerkte.

»Ja, Dad, ich bin oben!«

Claire eilte hektisch in ihr Zimmer zurück, um den Halloweenkürbis nach draußen zu bringen. Sie erschrak, als sie Ian mit verschränkten Armen im Türrahmen lehnen sah. Amüsiert zog er eine Augenbraue nach oben und drückte ihr ein schwarzes Feuerzeug in die Hand.

»Mein Vater ist zuhause, er darf dich nicht sehen.«

Ian verdrehte die Augen. »Du bist zwanzig Jahre alt, Häschen. Er kann dir nicht vorschreiben, mit wem du zusammen sein sollst.«

Claire schnappte sich den Kürbis. »Mag sein. Eine Moralpredigt bleibt mir aber trotzdem nicht erspart, wenn er es herausfindet. Er macht sich doch nur Sorgen um mich. Seit meine Mum tot ist ... hat er höllische Angst, mich auch noch zu verlieren. Egal, wie.«

Ian klappte seine Augenklappe nach oben und musterte sie stumm. Offenbar versuchte er abzuwägen, inwieweit er Claire ihrem Vater wegnehmen konnte. Ihm war anzusehen, dass er davon, ihre *Beziehung* vor Raymond geheim zu halten, nichts hielt.

»Er wird dich aber nicht verlieren, Claire. Das würde ich nicht zulassen.«

Sprachlos starrte sie ihn an. Einige Sekunden lang verharrten sie in Stille.

»Ähm ... ich gehe noch schnell duschen und ziehe mich dann um, ja?«, ließ sie ihn dann mit leiser Stimme wissen.

Ian nickte stumm und beobachtete, wie sie mit dem Kürbis

nach unten verschwand. Brav verzog er sich dann in ihr Zimmer, als sie zurückkehrte und sich mit ein paar schwarzen Kleidungsstücken in den Händen im angrenzenden Badezimmer einschloss. Nur zu gerne hätte die verruchte Stimme in Claires Kopf ihn dazu eingeladen, ihr dabei zuzusehen, wie sie splitternackt ins Badezimmer tapsen und quälend langsam jeden einzelnen Zentimeter ihres Körpers mit herrlich duftendem Duschschaum bedecken würde. Ihre Schultern ... ihren Bauch ... ihre Brüste, die ihm, wie sie seinen gierigen Blicken manchmal entnahm, ohne Zweifel gefielen. Doch leider zwang sie ihre Vernunft, sich allein im Bad zurecht zu machen. Vor allem jetzt, da ihr Vater zuhause war.

~ * ~

Als Claire eine geschlagene halbe Stunde später wieder in ihr Zimmer zurückkehrte, klappte Ian die Kinnlade herunter. Gier funkelte in seinen meerblauen Augen. Grinsend drehte Claire sich einmal um die eigene Achse. Sie hatte ganze Arbeit geleistet.

Sie war ein Häschen. Auf ihren geglätteten Haaren thronte ein schwarzer Haarreifen, aus welchem zwei süße Hasenohren ragten. Ihre grünen Augen hatte sie mit schwarzem Eyeliner umrandet und sich mit Schminkstiften einen runden Knopf auf die Nase und Schnurrhaare auf die Wangen gemalt. Ihre Oberlippe zierte schwarzer Lippenstift, der zu dem schwarzen Minirock, den Fischernetzstrümpfen und dem knappen Oberteil mit Ärmeln, die ihr bis knapp über die Ellbogen reichten, passten und das ihre blassen Schultern freilegte. Ein gewagter Ausschnitt zog siegessicher seine Aufmerksamkeit auf sich und als sie sich umdrehte, dekorierte ihren Po ein buschiger Schwanz, den sie aus einem schwarzen Katzenschwanz mit zwei Haargummis zu einem Knäuel zusammengerollt hatte.

»Heilige Scheiße, Claire. Du siehst verdammt scharf aus.«

Claire grinste diabolisch. »Ich dachte mir, dass es dir gefällt. Wollen wir los?«

Ian nickte. »Scheiße ... Es wird mich sämtliche Willenskraft kosten, dich heute Abend nicht anzurühren, *Häschen*.«

»Tja ...« Claires Grinsen wurde noch breiter. »Möglicherweise liebst du Herausforderungen doch nicht so sehr, wie du zunächst angenommen hast.«

KAPITEL 14

»Ein Freund von mir wird uns nach der Party abholen und nach Hause fahren«, gab Ian ihr mit einem Wink zu seinem dritten Whiskyglas zu verstehen. Er musste schreien, damit Claire ihn über die laute Musik und das muntere Geplauder der Gäste hinweg verstehen konnte.

Claire brummte zustimmend und schob beeindruckt ihre Unterlippe vor. Das war ... vorbildhaft. Verantwortungsvoll. Sie hatte sich bereits davor gefürchtet, ihm zu erklären, dass sie nicht in sein Auto steigen würde, wenn er so viel Alkohol intus hatte.

»Es sei denn, du willst fahren?«, fügte er mit einem kecken Grinsen hinzu. Dasselbe Grinsen, mit dem er sie nur Minuten zuvor frech auf der Tanzfläche herumgewirbelt und sich an sie gedrückt hatte.

Sie hob vorwurfsvoll eine Augenbraue. »Ich?«

»Du trinkst doch keinen Alkohol.« Er hatte es sich also gemerkt. Nach dem Desaster mit Jackson in der Billardbar und Ians darauffolgenden Wutausbruch hätte sie es ihm nicht verübelt, wenn er es vergessen hätte.

»Ja, aber ... ich habe keinen Führerschein«, gab sie kleinlaut zu. »Das ist mir zu teuer.«

Ian nickte. »Daher also das Fahrrad«, bemerkte er.

»Genau.«

»Ian!« Claire reckte neugierig den Hals, als ihnen jemand in der Menge fanatisch zuwinkte. War das *Anthony*? Sein geheimnisvoller bester Freund, der ihr Leben mit einem einzigen Mausklick wie einen Papierkorb durchwühlen konnte? Dummerweise machte er somit keinen besonders sympathischen ersten Eindruck auf sie.

Der junge Mann erschien wenige Sekunden später, nachdem er sich mit einer hübschen Dame an der Hand durch die tanzende Partymeute gedrängelt hatte, direkt vor Ians Sitzplatz. Sie erkannte ihn tatsächlich von der Billardbar. Er war groß, noch größer als Ian. Seine Haare – pechschwarz und lockig – hingen ihm wild ins Gesicht. Seine Augenfarbe konnte Claire nicht deuten. Er trug anlässlich des spukenden Festes rote Kontaktlinsen und, wie sie bemerkte, als er seinen besten Freund selbstgefällig angrinste, aufsteckbare Vampirzähne.

Seine Begleitung passte zu ihm wie die Faust aufs Auge. Eine junge Frau, brünett und in ein rotes Cocktailkleid gezwängt, glänzte an seiner Seite wie ein hübsches Accessoire. An ihrem sonnenstudiogebräunten Hals klafften zwei falsche Einstichwunden, die sie mit Kunstblut beschmiert hatte.

Anthony zog Ian in eine brüderliche Umarmung, ehe er seiner Freundin erlaubte, ihn links und rechts auf die Wange zu küssen.

Eifersucht durchfuhr sie. War das etwa eine seiner Freundinnen mit gewissen Vorzügen?

»Anthony, Phoebe, das ist Claire.«

»Ah, das ist also das Mädchen, das dir den Kopf verdreht hat. Fühl dich geehrt, meine Süße. Ian ist ziemlich wählerisch und hat hohe Ansprüche, was seine Frauen angeht, nicht wahr, Ian-Schatz?«, säuselte Phoebe kokett.

Der Schwarzhaarige verdrehte die Augen.

»Freut mich jedenfalls, deine Bekanntschaft zu machen. Tonys andere Freunde haben keine festen Partnerinnen, man fühlt sich immer wie das fünfte Rad am Wagen, wenn sie sich zum Billardspielen treffen. Nenn mich einfach Fee.« *Na, zum Glück.*

»Claire. Freut mich auch.«

Selig grinsend legte die Brünette ihre Arme um sie und drückte sie kurz an sich. Den Bruchteil einer Sekunde später klammerte sie sich bereits wieder an Anthony, der ihr freundlich zunickte. Spuren von noch nicht ganz verheilten Verletzungen zeichneten sich in seinem Gesicht ab. Ob das Jackson gewesen war?

Ian beugte sich schmunzelnd zu ihr. Sein Arm umschlang unauffällig ihre Taille, als sein heißer Atem nahezu zärtlich ihr linkes Ohr streifte. »Fee ist ihr Künstlername. Erinnerst du dich daran, dass ich dir erzählt habe, sie wäre Stripperin? Sie war öfter im Evakostüm im Playboy, als sie zählen kann.«

Oh. *Diese* Phoebe war das also. Obgleich Claire einen solchen Beruf für sich selbst von Grund auf ablehnte, fühlte sie sich mit einem Mal eingeschüchtert. Fee strahlte ein Selbstbewusstsein aus, das so gleißend hell war, dass es selbst der Herbstsonne Konkurrenz gemacht hätte. Sie liebte ihren Körper, das konnte sie der Brünetten ansehen. Schüchtern rückte Claire näher an Ian heran. Was war sie dankbar für die kleine Couch, die Raymond beim Entrümpeln ihres Kellers gefunden hatte.

Ian legte sofort seinen Arm um sie, sodass sie erleichtert aufatmete. Ab und an war es gar nicht so unpraktisch, von ihm wie ein offenes Buch gelesen zu werden.

»Gut hinbekommen habt ihr das. Ich war schon lange nicht mehr auf einer Party, bei der man so richtig in Gruselstimmung kommt.«

Claire nickte dankend und ließ ihren Blick in der Hoffnung, wieder auf andere Gedanken zu kommen, durch den Kellerraum schweifen. Die Dekoration sah spitzenmäßig aus. Falsche Spinnweben zierten die Ecken, an den Wänden hingen glitzernde Girlanden in Orange, Schwarz und Violett und von der Decke baumelte eine Diskokugel in Kürbisform, die die farblich abgestimmten Schweinwerfer der gemieteten Lichtmaschine reflektierte und quer durch den Raum warf. Sogar eine Nebelmaschine hatte Tina auftreiben können.

Bis zu den Knöcheln waren die als Werwölfe, Zombies und andere Schauergestalten verkleideten Partybesucher auf der Tanzfläche in weißen Kunstnebel gehüllt. Sogar auf dem Snacktisch thronten die Halloweendekorationen wie Trophäen inmitten der Schüsseln voll mit Chips, Salzstangen, Süßigkeiten und natürlich der alkoholfreien Bowle. Direkt daneben hatten sie eine provisorische Bar aufgebaut, wo der Alkohol gelagert wurde. Tinas Vater hatte sich dieses Jahr freiwillig zur Verfügung gestellt, die Getränke zu mixen und auszuschenken, weshalb der Polizist glücklicherweise auch keine Zeit haben würde, Claire in dem Getümmel wahrzunehmen oder gar mit Ian an ihrer Seite zu erwischen.

Den krönenden Abschluss bildete der DJ, der, vertieft in sein Element, einen Hit nach dem anderen auflegte und peppige Remixe zauberte. Er war ein Freund von Tina, ein Hobbymusiker, der die Gage mit jedem Penny gebrauchen konnte.

Fee quetschte sich mühelos zwischen die Armlehne des Sofas und Claires Körper. Offenbar hatten Ian und Anthony ein Gespräch begonnen und sie ausgeschlossen. Langeweile musste diesem jungen Nacktmodel ein Fremdwort sein. So hyperaktiv hatte sie zuletzt Tinas zwölfjährigen Cousin erlebt, der eine ganze Dose Skittles auf einmal gefuttert hatte.

»Erzähl mir ein bisschen was über dich. Tony verheimlicht mir so gut wie *alles*, was Ian angeht.« *Auch, was seine Geschäfte angingen?*

»Wieso das?«, fragte sie unschuldig.

Fee zuckte mit den Schultern. »Er weiß, dass ich neugierig bin und Ian mag es nicht, wenn man in seinen Angelegenheiten herumschnüffelt. Deswegen vertraut er sich mit seinem OHW-Handelszeugs auch nur Tony an. Ian vertraut niemandem.«

Und doch verlangte er von ihr, dass sie *ihm* vertraute. Claire wurde hellhörig.

»Was bedeutet OHW?«

»Keine Ahnung, den Begriff habe ich zufällig mal aufgeschnappt, als Tony mit Ian telefoniert hat. Wen interessiert's? Sie bringen ja niemanden um und die teuren Geschenke sind ein hübscher Bonus, nicht wahr?«

»Ich bin nicht wegen seines Geldes mit Ian zusammen«, erwiderte sie eingeschnappt, nur um dann blinzelnd festzustellen, dass sie gerade zugegeben hatte, an Ian vergeben zu sein. Wäre Tina jetzt hier gewesen, hätte sie ihr wahrscheinlich den Hals umgedreht.

Erfreulicherweise wurde ihr bissiger Ton von dem dröhnenden Bass im Keller vollständig verschluckt. Diese Fee würde sich womöglich noch als nützliche Informationsquelle entpuppen. Claire beschloss, zu versuchen, sich mit ihr anzufreunden. Allzu schwierig schien dies bei der anhänglichen Brünetten ohnehin nicht zu werden.

Fee winkte ab. »Ich wusste erst auch nicht, dass Tony die Taschen voller Geld hat. Wir geben einen Haufen für Sexspielzeug aus. Was ist mit euch? Ist Ian so gut im Bett, wie er aussieht? Ich habe Tony schon *so* oft um einen Dreier gebeten, aber Ian will nichts davon wissen.«

Hätte Claire ein Getränk in den Händen gehabt, so hätte sie sich spätestens jetzt spuckend daran verschluckt. Ian hatte nicht gelogen, als er meinte, Fee wäre sehr experimentierfreudig. Dass der attraktive Mann neben ihr Anthonys Angebot allerdings ausgeschlagen hatte, erfüllte das kleine grüne Monster in ihr irgendwie mit Stolz. Sie war trotzdem nicht dazu bereit, ehrlich zu antworten.

»Es ist noch alles sehr frisch. Wir sind …«

»Exfreund auf drei Uhr!«, zischte eine dunkle Gestalt ihr im Vorbeigehen zu. Claire erkannte Tinas Stimme. Sie hatte sich als Hexe mit schwarzem Kleid, langen schwarzen Haaren und einem umgedrehten Pentagramm auf der Stirn verkleidet. Ihre Arme zierten abwaschbare Klebetattoos und ihre Füße steckten in Stiefeln mit Absätzen, für die sie einen Waffenschein beantragen müsste.

Claires Blick huschte alarmiert über die tanzende Menge und suchte nach blonden Dreadlocks. Nur wenige Sekunden später wurde sie fündig. *Shit.*

»Ian …«, begann sie nervös. Ohne ihren Blick von ihrem Ex abzuwenden, zupfte sie an Ians Ärmel. »Jackson ist hier.«

Augenblicklich drehte Ian seinen Kopf in ihre Richtung, Anthony hingegen versteifte sich merklich.

»Hat Klein-Tina ihn etwa eingeladen?«

»Das ist eine öffentliche Halloweenparty. Jeder ist eingeladen. Ich konnte ihm nicht verbieten zu kommen«, beschwichtigte sie ihn zurückhaltend.

»Ich will, dass du dich von ihm fernhältst.« Da war er wieder. Dieser herrische, befehlshaberische Ton, bei dem sich entgegen jeder Vernunft Claires Unterleib zusammenzog.

»Glaub mir, ich auch«, nuschelte sie in sich hinein.

Fee zog wissend die Augenbrauen nach oben. Ein dreckiges Grinsen umspielte ihre geschminkten Lippen. »Das mit euch scheint ja was ziemlich Ernstes zu sein.«

»Halt die Klappe, Fee«, fuhr Ian gereizt dazwischen.

Claire schluckte heftig. »Ich gebe Tinas Vater Bescheid. Er wird ihn im Auge behalten«, bot sie ihm versöhnend an.

Seine Wut war ihr nicht geheuer. Obwohl er geschworen hatte, ihr nicht wehzutun, erfüllte sie die Unberechenbarkeit, die ihn wie ein unsichtbarer Mantel umhüllte, mit einer prickelnden Furcht, die sie nicht ganz zu deuten vermochte.

Noch ehe er ihr antworten konnte, stand sie mühselig auf und überprüfte, ob ihr Rock noch immer ihren Hintern bedeckte, ehe sie in der Menge verschwand.

»Claire, lange nicht mehr gesehen!«, begrüßte Tinas Vater sie freundlich lächelnd, als sie bis zum Tresen vorgedrungen war.

»Hallo, Neil.«

»Was brauchst du?« Mit einem Wink auf den Flaschenstapel hinter ihm lehnte er sich entspannt an den Tresen. *Einen Durchblick, bitte.*

»Gib mir ein Glas Cola, wenn noch welche da ist. Neil, könntest du mir einen Gefallen tun?«

Tinas Vater griff nickend nach einer Flasche und einem Glas, in welches er zwei Eiswürfel fallen ließ, ehe er ihr die Cola einschenkte.

»Jackson ist hier. Könntest du ... ihn ein wenig beobachten und dafür sorgen, dass er keinen Ärger macht?«

Augenblicklich verdunkelte sich Neils Miene. Er hob den Kopf in dem Versuch, ihren Exfreund in der Menge auszumachen, doch das Licht im Keller war gedimmt. Von hier aus konnte auch Claire ihn nicht mehr entdecken.

»Ich wollte sowieso gerade eine Rauchpause einlegen. Ich werde mich mal umsehen, kein Problem.«

»Danke, Neil.« Sein Lächeln erwidernd schnappte sie sich ihre Cola, während Neil sich nach draußen kämpfte. Sie wollte gerade zu Ian zurückmarschieren, als sie in einen anderen Partygast stieß, der sich direkt hinter sie gestellt hatte.

»Oh, Entschuldigung.«

»Ist doch nichts passiert.« Der Fremde grinste höhnisch. Eine unappetitliche Alkoholfahne stieg ihr ins Gesicht, als er sprach. Seine Augen waren bereits glasig und er trug trotz der Kostümpflicht auch keine Verkleidung. Auf seinem verschwitzten T-Shirt waren allerdings Blutflecken. Claire betete zu Gott, dass es nur Kunstblut war. Er kam ihr bekannt vor, aber woher?

Kopfschüttelnd wandte sie sich ab, doch der Fremde versperrte ihr den Weg. In einer Hand hielt er lässig eine Bierflasche, die andere hatte er in die Hosentasche geschoben.

»Wohin so eilig?«

»Zurück zu meinem *Freund*«, spie sie ihm entgegen.

Dann plötzlich dämmerte es ihr. Dieser Typ war einer von Jacksons Lackaffen. Er war dabei gewesen, als sie ihn vor vier Wochen in der Pizzeria getroffen hatte.

Verdammte Scheiße.

KAPITEL 15

IAN

Ian ließ seinen Blick suchend durch den Raum schweifen, bis er Claire in der Menge entdeckte. Seine Mundwinkel zuckten nach oben. Mit den Hasenohren und dem kleinen Schwänzchen sah sie verboten heiß aus.

»Ich kann mich nicht entsinnen, wann du zum letzten Mal so in eine Frau vernarrt warst«, gab Anthony grinsend von sich. »Sie ist schön. Sieht aus wie jemand, der dir die Stirn bietet.«

Ian schüttelte den Kopf. Er würde bestimmt nicht zugeben, dass sein Freund damit vollkommen recht hatte. Schweigend beobachtete er sein Mädchen, wie sie sich mit dem älteren Mann an der Bar unterhielt und schließlich mit einem Getränk in den Händen in einen der Partygäste stieß.

Ian runzelte die Stirn. Durch eine Lücke in der Menge konnte er gerade sehen, wie der Kerl Claire einkesselte und dann eine Hand an ihren Hintern legte. Ian zog scharf die Luft ein und richtete sich kerzengerade auf.

»Ian, ich fürchte, dein Mädchen steckt in Schwierigkeiten«, teilte Anthony ihm sachlich mit. Offenbar hatte er die Situation ebenfalls beobachtet.

»Was du nicht sagst ...«

In der nächsten Sekunde war Ian bereits aufgestanden. Er dachte gar nicht erst daran, sich für seine Grobheit zu entschuldigen, als er sich mithilfe seiner Ellbogen durch die tanzende Menge drängte. Die Flüche und Beschwerdelaute der Partygäste ignorierte er gekonnt. Er hatte einzig und allein Claire im Blick, die im Augenblick panisch versuchte, den Fremden, der es wagte, sie anzufassen, mit ihren Händen abzuwehren. Ihr Glas war ihr aus der Hand gerutscht. Abertausend kleine Scherben hatten sich trichterförmig zu ihren Füßen geformt und ihre Beine mit Cola bespritzt.

»Lass mich verdammt nochmal in Ruhe!«

Er hörte sie trotz der Lautstärke, hörte die Verzweiflung, die Wut und die Angst in ihrer Stimme. Er hatte sie fast erreicht und er würde diesem Kerl den Hals umdrehen, allein dafür, dass er sich überhaupt in ihre Nähe gewagt hatte.

»Brauchst du Hilfe, Baby?« *Oh, nein.* Ian würde *zwei* Leuten den Garaus machen. »Du musst mich nur darum bitten. Ich bin für dich da.« Jackson sah sogar noch kläglicher aus als das letzte Mal, als er ihn zu Gesicht bekommen hatte. Die violetten Ringe unter seinen Augen waren dunkler geworden, die Blässe in seinem Gesicht unnatürlich. Ein schimmernder Schweißfilm zierte seine Stirn und seine Oberlippe – Entzugserscheinungen – und jetzt versuchte er, sich trotz seiner ausdrücklichen Warnung an Claire heranzumachen.

Ian verstand sofort. Jackson hatte diese lächerliche Witzfigur darauf *angesetzt*, Claire anzubaggern, damit er den Helden spielen und sie retten konnte. Damit sie erkannte, dass er trotz seiner abgefuckten Drogengeschichte ein anständiger Kerl war, in den sie sich verlieben sollte.

An Claire würde er sich die Zähne ausbeißen, dachte Ian sich mit einem grimmigen Lächeln auf den Lippen. Ein letzter Schritt nach vorne war alles, was ihm noch fehlte, um dem Trunkenbold, der sie gerade angrabschte, seine Faust ins Gesicht zu rammen. Drei. Zwei. Eins. Die Menge fuhr erschrocken auseinander, als er zu Boden ging und sich winselnd das rechte Auge hielt.

Claire starrte Ian mit geöffnetem Mund und weit aufgerissenen Augen an. *Hilf mir.* Und das würde er mit Vergnügen. Nahezu gelassen sah er kurz auf seine Finger und spreizte sie, um die Schmerzen zu vertreiben, die ihm nach dem Schlag in den

Knöcheln saßen, und baute sich dann bedrohlich vor Jackson auf. Bereit, auch ihn zu Boden zu schicken.

»Ich habe dich schon einmal gewarnt. Lass Claire verdammt nochmal in Ruhe«, knurrte er ihm entgegen.

Jackson lachte laut auf. Langsam, damit Ian es auch ja sehen konnte, schlang er einen Arm um Claires Taille, die sich unter seinem klammerhaften Griff augenblicklich zu winden begann.

»Lass mich los, Jackson!«, brüllte sie.

Ian konnte nicht verstehen, was er Claire daraufhin ins Ohr flüsterte. Doch als Jackson dann auch noch eine Hand zwischen ihre Beine schob und sie ihn energisch von sich stieß, sah er rot.

Ohne zu zögern, stürzte Ian nach vorne und packte den offensichtlich lebensmüden Drogenjunkie am Kragen. Vielleicht war es das Adrenalin, das durch seine Adern rauschte, als er ihn hochhob, um ihn in die notdürftig aufgebaute Garderobe zu schleudern. Vielleicht lag es aber auch einfach daran, dass Jackson, mit was auch immer er sich spritzte, enorm an Gewicht verloren hatte.

Ian knurrte regelrecht, als er einen Schritt nach vorne machte, um auf Jackson loszugehen, der sich vor Schmerzen stöhnend inmitten eines Haufens von Jacken und Schals auf dem Boden krümmte. Doch er hielt inne, als er Claires leises Wimmern vernahm und richtete seine Aufmerksamkeit stattdessen auf ihre zitternde Gestalt. Schweratmend ließ er zu, dass sie sich nach Schutz suchend in seine Arme warf. Ian umklammerte sie so fest, dass er fürchtete, sie zu zerbrechen.

Er ballte die Hände zu Fäusten. Die nächste Kugel würde er Jackson direkt ins Herz jagen, so viel stand fest. Es war eine Sache, Anthony blutig zu prügeln, nachdem sie ihn um so viel Geld und Drogen gebracht hatten. Doch Claire zu belästigen, war eine ganz andere. Claire gehörte zu ihm – und jeder, der es wagen würde, sie anzurühren, würde bitter dafür bezahlen.

»Nicht hier, bitte«, flehte sie, wohlwissend, was in ihm vorging. »Tinas Vater ist hier, er ist Polizist.«

Er drückte sie noch enger an sich, ungeachtet ihres Make-Ups, das dabei mit Sicherheit sein weißes Freibeuterhemd versaute.

»Ich bringe dich um, Conroy!«, brüllte Jackson und rappelte sich mühselig auf. »Das letzte Mal bist du mir davongekommen, aber wenn sich jemand an mein Mädchen ranmacht, dann gibt es Krieg. Merk dir meine Worte. *Ich bringe dich verdammt nochmal um!*«

»Wir gehen nach Hause«, flüsterte Ian in Claires braunes Haar, ohne auf Jacksons Worte zu achten. Ebenso ignorierte er sämtliche Partygäste, die die Szene mit blankem Horror mitangesehen hatten. Keiner von ihnen wagte es, sich zu rühren und Jackson oder seinem vor Schmerz stöhnenden Komplizen wieder auf die Beine zu helfen.

Claire nickte widerstandslos. Bereitwillig ließ sie zu, dass Ian sie durch den Keller schob und ein paar Worte mit Anthony und einer sehr verstörten Fee wechselte.

»Ich werde euch fahren«, ließ Anthony Claire wissen. »Ich habe nichts getrunken.«

»Danke …« Ihr Murmeln ging in der lauten Musik im Keller unter. Gemeinsam bahnten sie sich einen Weg zum Ausgang, auch wenn Ian am liebsten zurückgestürmt wäre, um Jackson doch noch zu Brei zu schlagen. Es kostete ihn sämtliche Anstrengung, ruhig zu bleiben und Claire hinauszubringen. Allein bei dem Gedanken …

Ian ballte die Hände zu Fäusten. Als der Fremde sie berührt hatte, wo niemandes Hände außer seine hingehörten … wer weiß, was Jackson nach seinem einstudiert wirkenden Erscheinen sonst noch eingefallen wäre, wenn er ihn nicht aufgehalten hätte. *Du musst mich nur darum bitten*, hatte er gesagt. *Fuck.*

Knapp bat er Fee darum, Claire ihren Mantel zu bringen, als er bemerkte, dass sie zitterte. Ob vor Wut oder Angst konnte er nicht so recht deuten, auch wenn sie sich noch enger an ihn zu klammern versuchte.

Und dann, mit einem Mal, realisierte er, was sie da gerade tat, seit dem Augenblick, in dem sie sich nach Schutz suchend in seine Arme gestürzt hatte: Sie vertraute ihm.

KAPITEL 16

Stumm ließ sich Claire von Ian beobachten, als sie abgeschminkt und mit einer Tube nach Kokosnuss duftender Feuchtigkeitscreme in der Hand aus dem Badezimmer schlich und sie wortlos auf ihrem Nachttisch abstellte.

»Jackson denkt, er hätte irgendeinen Anspruch auf dich, weil er schon länger in dieser Gegend wohnt«, brach er die angespannte Stille.

Claire musterte ihn stumm. Gewissensbisse plagten sie. Sollte sie ihm beichten, welche Geschichte die beiden miteinander verband? Jackson war schließlich sehr lieb gewesen, ehe er sich in das verwandelt hatte, was er jetzt war. Vielleicht würde Ian das verstehen, wenn sie es ihm ausführlich erklärte. Doch die Angst davor, dass er stattdessen toben und sämtliche Möbel in ihrem Zimmer kurz und klein hacken würde, wenn er erfuhr, dass sie mit Jackson monatelang das Bett geteilt hatte, war größer als der Drang, ihm endlich reinen Tisch zu machen. Also schwieg sie, nickte erneut und richtete ihren Blick auf sein weißes Hemd, auf welchem durch ihre Tränen große schwarze Flecken eingetrocknet waren.

»Ich kann dir das Hemd waschen, wenn du willst. Wasserfestes Make-Up aus Kleidung zu entfernen, ist mit einmal in die Waschmaschine werfen nicht getan.«

Damit entlockte sie dem Schwarzhaarigen ein herausforderndes Schmunzeln. »Wenn du mich wieder mit freiem Oberkörper sehen willst, hättest du auch fragen können, Häschen.«
»Wirklich sehr komisch.«
»Vergiss das Hemd. Komm her.« Seufzend klopfte er auf seinen Oberschenkel.
Claire setzte sich direkt auf seinen Schoß, sodass sie mit ihren Beinen seine Hüften umschloss und ihre Finger in seinem Nacken verschränken konnte. Ausgehungert beugte sie sich nach vorne und presste ihre Lippen gegen die seinen. Sie schmolz in dem zärtlichen Kuss und genoss das Gefühl der Sicherheit, die er ihr gab.

Ihre Zungen fochten einen Kampf aus, ihre Münder bewegten sich so forsch gegeneinander, dass ihre Zähne wiederholt aneinanderstießen.

Noch nie hatte sie sich ihm hilflos und bedürftig gezeigt. Für gewöhnlich war sie schließlich nicht auf den Mund gefallen. Doch der Gedanke daran, wie der heutige Abend verlaufen wäre, hätte Ian nicht darauf bestanden, sie auf die Party zu begleiten ... so als ob er denselben Gedanken teilte, ballte Ian die Hände zu Fäusten.
»Ist ... alles in Ordnung?«
»Ja ... Ja, tut mir leid.«
Claire vergrub ihre Hände in seinen Schultern und suchte mit ihren Lippen wieder die seinen. Versunken in der Leidenschaft ihres Kusses begann sie, mit den Hüften zu kreisen. Mit jeder zielstrebigen Rotation streifte ihr Venushügel, der durch ihren hochgerutschten Rock nur noch von ihrem knappen Höschen bedeckt wurde, gegen seinen Schritt. Sie hörte ihn überrascht nach Luft schnappen, während sie eine heiße Welle der Erregung wie ein Stromschlag durchfuhr.

Knurrend krallte Ian seine Finger in ihren Po, animierte sie dazu, bloß nicht damit aufzuhören. Sie konnte spüren, wie sich sein Schwanz gegen den Stoff seiner Hose aufzurichten versuchte.

Erregt stieß Ian mit den Hüften nach vorne, um Claires kreisförmigen Bewegungen entgegenzukommen.
»Gott, ich könnte alleine davon kommen, mich so an dir zu reiben, Häschen.«

Claire antwortete mit einem lüsternen Stöhnen. Sein Kosename für sie spornte sie nur noch mehr an.

»Setz dich auf meinen Oberschenkel«, murmelte Ian mit tiefer Stimme.

Claire löste sich nur kurz von ihm, um seiner verführerischen Aufforderung nachzukommen. Sie spreizte die Beine ein wenig, um einigermaßen bequem auf ihm zu sitzen. Kurz darauf realisierte sie, weshalb Ian sie darum gebeten hatte. Ihre Klitoris drückte durch den dünnen Stoff ihres Höschens direkt gegen seinen muskulösen Schenkel. Mit jeder noch so feinfühligen Bewegung rieb sie ihr empfindliches Nervenbündel an dem Stoff seiner Hose.

»Reite mich, Claire«, hauchte er. Sein Tonfall klang so verrucht, dass sie gar nicht anders konnte, als zu tun, was er von ihr verlangte. Zu Beginn noch zaghaft, wiegte sie sich auf ihm vor und zurück, ohne von seinen Lippen abzulassen. Seinen weichen, süßen Lippen ... Claire stöhnte erneut, zügellos, beschleunigte ihre Bewegungen und schaukelte sich mit jedem Stoß ihrer Hüften näher an ihre Erlösung. Sie spürte bereits, wie feucht sie war, wie sich sogar durch ihre Unterwäsche ein nasser Fleck auf Ians Hose bildete. Hitze schoss durch ihren gesamten Körper, erfüllte sie bis in die Zehenspitzen und Ian ... er musterte sie, als wäre sie für ihn das schönste Geschöpf auf Erden. So ... nahe ...

»Komm für mich, Claire.« Es war keine Bitte. Es war ein *Befehl*. Ihre Mitte zog sich fast schon schmerzhaft zusammen, als sie seine schmutzigen Worte an ihrem Ohr wahrnahm, sein warmer, feuchter Atem ihre Schläfe streifte und sie kopfüber die Klippe hinunterstürzte. Ihr Orgasmus durchfuhr sie wie eine tosende Flutwelle; ihr ganzer Körper stand in züngelnden Flammen. Claire verkrampfte sich genüsslich, löste sich von Ians Lippen, um seinen Namen zu stöhnen, während ihre Muskeln wieder und wieder pulsierten und gelöst zuckten. Nach Beherrschung ringend bohrte sie ihre Fingernägel in seinen Rücken und lehnte dann schweratmend ihre Stirn gegen die seine, um ihren Herzschlag zu beruhigen. Sie drängte sich an ihn, schloss voller Wonne die Augen, als er seine Arme um sie legte, um sie an seinen Körper zu ziehen.

Es würde an ein Wunder grenzen, wenn ihr Dad sie nicht gehört hatte, doch das Verlangen, Ian die Kleider vom Leib zu reißen und ihn ganz ohne den störenden Stoff zwischen ihnen zu reiten, war mit einem Mal stärker als die Angst davor, von ihrem Vater in flagranti erwischt zu werden.

Verstohlen wanderten ihre Hände über seinen durchtrainierten Bauch zu dem versteckten Knopf seiner Hose. Jetzt, in diesem Augenblick, wollte sie ihn. Sie wollte ihn so sehr, dass es wehtat.

»Claire, nicht.«

Claire hielt verwirrt inne, als Ian ihre Handgelenke umfasste und sie sanft von sich schob, sodass sie auf ihrem Bett zum Sitzen kam. Ihr Blick fiel auf den dunklen Fleck, den sie auf seiner Hose hinterlassen hatte. Schamesröte stieg ihr ins Gesicht.

»Ich ... sollte jetzt nach Hause. Geh schlafen, Häschen. Es ist schon nach vier.«

»Warte, was?« Verwirrt, aber auch gekränkt sah sie zu ihm auf, als er aufstand und sich zum Gehen wandte. Hektisch zog Ian sich seine Lederjacke über. »Willst du denn zu Fuß nach Hause?«

»Es ist nicht so weit.«

»Willst du mich eigentlich verarschen? Wir haben doch gerade ...«

»Und wir werden heute Nacht auch nicht weitergehen«, unterbrach Ian sie unwirsch. »Ruh dich aus, Claire. Ich rufe dich morgen Mittag an.«

Mit einem letzten, flüchtigen Kuss auf ihre Stirn stürmte er aus ihrem Zimmer. Sekunden darauf ertönte das Geräusch der Haustür, wie sie ins Schloss fiel.

Claire sank betreten, wütend, aber vor allem enttäuscht in ihre Matratze. Sie hatte sich ihm geöffnet, ihm erlaubt, sie in einem ihrer intimsten Momente zu beobachten, und er hatte sie sehnlich dazu angehalten, für ihn zu kommen, nur um danach einfach abzuhauen. Das hatte sie nun davon, dem Schwarzhaarigen Vertrauen zu schenken. Er hatte ihr ihren schlimmsten Albtraum erfüllt, sie eiskalt abgewiesen, nachdem sie sich auf seinem Bein zum Orgasmus geritten hatte. Er wollte sie doch genauso sehr wie sie ihn! Sie hatte es gespürt! Das kribbelnde Knistern zwischen ihnen, das aufgeladene Funken gesprüht hatte ... von der wachsenden Beule in seiner Hose, die nach Aufmerksamkeit bettelnd gegen ihren Venushügel gedrückt hatte, ganz zu schweigen.

Wieso um alles in der Welt hatte er sie gestoppt? War es, weil er angetrunken gewesen war und nüchtern sein wollte, wenn sie es taten oder gar, weil er erkannt hatte, dass es die Sache nicht wert wäre?

Niedergeschlagen löschte sie das Licht und presste ihr Gesicht mit salzigen Tränen in den Augen in ihr Kopfkissen.

KAPITEL 17

»Wo zum Teufel warst du gestern Abend? Du hast nicht einmal angerufen, als du gegangen bist, Claire!« Tina stemmte vorwurfsvoll die Hände in die Hüften. Sie baute sich wie eine rachsüchtige Furie vor Claires Stammtisch in der Pizzeria auf.

Claire saß mit einer halbaufgegessenen vegetarischen Hawaiipizza und einem leeren Glas Kirschcola wie im Halbschlaf auf ihrem Platz. Ein paar wenige Minuten würden ihr noch bleiben, ehe sie zusammen mit ihrer besten Freundin das Chaos im Keller beseitigen und sämtliche Deko abhängen musste. Motivation sah anders aus.

Hämmernde Kopfschmerzen plagten sie, seit sie heute kurz vor elf wach geworden war und sich grummelnd unter die Dusche geschleppt hatte. Der Schlafmangel, der sie mit nur fünf Stunden Erholung quälte, glich einem Kater. Dazu war gar kein Alkohol nötig. Womöglich lag ihr Missmut aber auch bloß daran, dass Ian sie gestern Nacht so eiskalt abserviert hatte. Die Erinnerung daran ließ sie im Inneren brodeln und drohte damit, die wenigen Stücke der Pizza, die sie geistesabwesend in sich hineingewürgt hatte, in hohem Bogen wieder auf den Teller zu befördern.

»Könntest du bitte etwas leiser sprechen? Mein Kopf explodiert gleich«, beschwerte sie sich mit verzerrtem Gesicht.

Tina hielt misstrauisch inne und setzte sich auf den freien Platz neben ihr. »Hast du gestern etwa getrunken?«

»Natürlich nicht. Ich bin nur etwas geschlaucht, das ist alles. Jackson hat mich gefunden, kurz nachdem du versucht hattest, mich vor ihm zu warnen«, erklärte sie knapp und senkte ihre ohnehin schon leise Stimme.

Tina nickte. »Dass Jackson aufgekreuzt ist, habe ich gerade noch mitbekommen, aber ich war schon viel zu beschwipst. Ich bin danach auf die Toilette und als ich wiederkam, warst du auf einmal verschwunden! Was hat er getan?«

»Nichts. Ian hat ihn und einen seiner Schergen zu Brei geschlagen, *bevor* er etwas tun konnte.«

Tina schnappte nach Luft. Ihre Augen nahmen die Größe zweier Teller an. »Deswegen ist Ian auf ihn losgegangen? Mein Dad hat gesagt, er musste einen der Männer, mit denen Jackson immer unterwegs ist, wegen einer argen Verletzung im Gesicht ins Krankenhaus fahren. Jackson selbst hat den restlichen Abend über getobt und irgendetwas Unverständliches vor sich hin gebrabbelt, von wegen Ian hätte ihm sein Mädchen gestohlen und er würde es sich zurückholen.«

Ein gerissenes Schmunzeln zuckte an Claires Mundwinkel. Eine arge Verletzung im Gesicht, also? Nichts anderes verdiente der Perverse, der es gewagt hatte, sie auch nur anzufassen. Sie war Ian unfassbar dankbar dafür, dass er dazwischen gegangen war.

»Ausnahmsweise hat er da gar nicht so Unrecht. Ein Freund von Ian hat uns nach Hause gefahren, nachdem die Situation ... eskaliert ist.« Dass sie sich anschließend aneinander gerieben hatten wie die Tiere, bevor Ian sie frustriert und verwirrt allein zurückgelassen hatte, erwähnte sie lieber nicht.

»Also geht es dir gut?«, hakte Tina besorgt nach.

Claire widerstand dem Drang, die Augen zu verdrehen. »Ja, es geht mir gut. Dank Ian.«

»Dank Ian? Ohne ihn wärst du in diesen Schlamassel doch gar nicht erst hineingeraten, Claire!« Tinas Stimme durchbohrte ihr Trommelfell wie heiße Nadeln. Gepeinigt kniff sie die Augen zusammen.

»Oh doch. Was gestern Abend eine Schlägerei ausgelöst hat, ist allein auf Jacksons Mist gewachsen. Ian hatte nichts damit zu tun.«

Jetzt verteidigte sie ihn schon zum zweiten Mal. Machte Liebe blind? Wickelte Ian sie derart um seinen kleinen Finger oder meinte ihr Herz es tatsächlich ernst mit ihm?

»Das glaubst du doch wohl selbst nicht.«

Du manipulierst sie doch, hatte Tina ihm wie ein feuerspuckender Drache vor ein paar Tagen entgegengespien.

Tat er das wirklich? Manipulierte er sie? Die Zweifel nagten noch immer an ihr, auch wenn sie inzwischen fast verschwunden waren. Es war unmöglich, jemandem so schnell zu vertrauen, und dennoch hatte sie das gestern getan. Sie hatte Ian ihr Leben anvertraut und er hatte es mit dem seinen beschützt, ohne auch nur mit der Wimper zu zucken.

»Komm schon, lass uns in den Keller gehen und aufräumen.«

Stur erhob sie sich, brachte Teller und Glas zu Raymond in die Küche und trabte dann mit Tina im Schlepptau in den Keller hinunter.

Hatte Ian gewusst, dass so etwas passieren würde? Dass sie sich früher oder später bereitwillig in seine Arme werfen würde? Sich auf jemanden einzulassen, bedeutete letztendlich auch, sich verletzlich zu machen. Deshalb hatte sie wohl auch so panisch reagiert, als er sie das erste Mal küssen wollte.

Die knisternde Anziehung zwischen ihnen ließ sich nicht leugnen. Im alten Park hatte sie sich noch gewünscht, dass er sie erobern würde und seine weichen Lippen hatten nicht zu viel versprochen. Er hatte nach so viel mehr geschmeckt. Inzwischen wollte sie *alles* von ihm kosten, seine Geheimnisse erfahren, seine finstersten Gedanken hören, seinem Herzschlag lauschen ...

»Scheiße ...«, murmelte sie bedrückt.

Tina beugte sich nach vorne. »Was? Was ist denn?«

Claire richtete sich kerzengerade auf. »Ich habe mich in Ian verliebt«, stellte sie ohne weitere Umschweife fest.

»Pah! Das lässt er dich glauben! Man kann sich nicht in nur einem Monat in jemanden verlieben. Das funktioniert nicht.«

»Genau wie du dich in der Schule binnen einer Woche in deinen amerikanischen Austauschschüler verliebt hast?«, schoss es aus Claire angriffslustig zurück.

Ihre beste Freundin biss sich auf die Unterlippe. »Das kann man nicht vergleichen«, stotterte sie wortkarg. »Wir sind zusammen ausgegangen und wir waren beide damit einverstanden. Mein amerikanischer Austauschschüler hat schließlich nicht versucht, mich zu entführen.«

Claire verzog das Gesicht, vielmehr wegen des chaotischen Anblicks, der sich ihr bot, als wegen Tinas übertriebener Wortwahl. Das war der Nachteil, wenn man legendäre Halloweenpartys schmiss. Das Durcheinander am nächsten Tag zu beseitigen, war die reinste Sisyphusarbeit. Mit den leeren Flaschen, orangefarbenen und schwarzen Plastikbechern, Glasscherben auf dem Boden bis hin zu zerbröseltem Knabbergebäck, das überall verstreut herumlag, würden die beiden heute noch eine Menge Arbeit vor sich haben.

»Er hat mich nicht entführt. Nicht direkt.«

Ian hatte versprochen, sie heute anzurufen. War ihr Handy auch auf laut gestellt? Sie war zu gespannt darauf, was er ihr zu sagen hatte, nachdem er gestern wie ein Bankräuber vor ihr geflüchtet war. Ihre Wut auf sein Verschwinden brodelte zwar noch immer dicht unter der Oberfläche, das wachsende Gefühl der Ungewissheit und Unsicherheit jedoch wurde mit jeder Sekunde, die verstrich, stärker.

Claire schüttelte den Kopf und riss eine schwarze Mülltüte von der Rolle, die sie hinter der Garderobe in einer Kiste versteckt hatten. Widerstrebend begann sie, die Glasflaschen aufzusammeln. Tina widmete sich unterdessen stumm den Plastikbechern.

»Weißt du ... ich vertraue ihm jetzt, irgendwie. Ich tue es glaube ich sogar schon länger, ich wollte es bloß nicht wahrhaben.«

»Das klingt ernst«, stellte Tina nachdenklich fest. »Ich habe nur Angst, dass du dir dein eigenes Grab schaufelst, Claire. Ich hoffe, du weißt, was du tust.«

Anthonys Vampirkostüm blitzte vor ihrem inneren Auge auf. Wenn sie zusammen mit Ian in einem Sarg liegen und er jeden Abend von ihrem Blut trinken und sie verführen würde, bis ihr Hören und Sehen verging, wäre die Vorstellung davon, sich ihr eigenes Grab zu schaufeln, gar nicht so schlimm.

Sie rollte mit den Augen, um den lächerlichen Gedanken wieder zu vertreiben. Sollte Tina ruhig das letzte Wort behalten. Im Moment hatte sie ihr nichts mehr zu sagen – sie hätte auch gar nicht gewusst, was.

~ * ~

Am späten Nachmittag, als die Sonne bereits hinter dem Horizont verschwunden war und der Dämmerung Platz gemacht hatte, radelte Claire erschöpft wieder nach Hause. Ihr Rücken schmerzte vom Bodenfegen und ihre Augen brannten von dem Putzmittel, das sie benutzt hatten. An den Fingern hatte sie zwei aufgeplatzte Blasen, die sie sich durch das verkrampfte Halten des Besenstiels zugezogen hatte, und ihre linke Handfläche zierte eine hässliche Schnittwunde. Glasscherben mit den bloßen Händen aufzusammeln, war im Nachhinein betrachtet keine so gute Idee gewesen, und der notdürftig angefertigte Verband, durch den bereits wieder ein wenig Blut sickerte, half nur mäßig.

Müde stapfte sie in ihr Zimmer und warf ihre Tasche in eine Ecke.

Ein heißes Bad. Ein heißes Bad würde ihr guttun. Sie würde sich die Badewanne einlassen und eine ihrer nach Kirsche duftenden Badebomben im Wasser auflösen, um zu entspannen und jegliche Gedanken an Ian zu vertreiben – zumindest für eine Stunde. Sie brauchte Zeit, um zu verstehen, was gestern Nacht passiert war. Und warum er noch immer nicht angerufen hatte. Ihre Gefühle häuften sich, mischten Aufregung mit Angst und Wut mit Erregung, doch egal wie oft sie es drehte und wendete, sie verspürte keinerlei Reue.

Sie war benebelt gewesen von dem Adrenalinrausch, trunken von Ians schierer Anwesenheit, mit der er sie regelmäßig in den Wahnsinn trieb, aber was an Halloween passiert war, hatte sie gewollt.

Genau davor hatte sie Tina gewarnt. *Ich will mich doch gar nicht von ihm fernhalten.* Und jetzt wusste sie auch, wieso. Sie glaubte ihm. Sie glaubte, dass er sie niemals verletzen würde, weder körperlich noch psychisch – nun, mit Ausnahme von gestern Nacht.

»Ist es dafür nicht zu spät?«, murmelte sie resigniert in sich hinein, als sie ins Badezimmer stapfte, um den Wasserhahn in der Wanne aufzudrehen. Nach und nach füllte sie sich mit dampfend heißem Wasser, in welches sie sogleich die blassrote Badebombe fallen ließ. Das Farbenspiel lenkte sie eine knappe Minute lang von ihrer verzweifelt in den Raum geworfenen Frage ab, während sie sich auszog und ihre Kleidung ungeachtet in den Wäschekorb stopfte.

Splitternackt kletterte Claire über den keramikweißen Rand und ließ sich seufzend in die Wanne gleiten, genoss, wie das heiße Wasser ihre bloße Haut umschmeichelte und ihren Körper wärmte. Ihre Zehen und Finger begannen zu kribbeln und nachdem sie den Wasserhahn wieder abgedreht und sich an die Hitze gewöhnt hatte, schloss sie die Augen und gab sich der friedlichen Stille im Badezimmer hin, die sich im ganzen Haus ausgebreitet hatte.

Ihr Vater war vor einer halben Stunde wieder in die Pizzeria gefahren. Es hatte also auch seinen Vorteil, wenn das einzige andere Familienmitglied im Haushalt täglich Abendschichten schob, um den Betrieb aufrechtzuerhalten. Die meiste Zeit über hatte Claire ihre Ruhe, musste sich um niemanden kümmern und konnte sich ganz und gar auf sich selbst konzentrieren.

Ertappt knirschte sie mit den Zähnen. Ian hatte recht, vielleicht war sie tatsächlich ein wenig egoistisch. Sie konnte sich außerdem nicht entsinnen, sich jemals so um Tina gesorgt zu haben, wie ihre beste Freundin es im Augenblick für sie tat.

Ein unheimliches Knirschen der Holzdielen ließ sie aufhorchen. Claire fuhr herum, beförderte dabei fast einen Schwall Wasser aus der Wanne und schielte durch den geöffneten Spalt der Badezimmertür hinaus in ihr Zimmer.

Ein weiteres Knarzen. Diesmal zuckte sie alarmiert zusammen. *Schritte.* Ihr Blick schwankte panisch zum Waschbecken. Sie lagerte in dem Spiegelschrank darüber Rasierklingen. Ob sie sie rechtzeitig erreichen würde?

War jemand bei ihnen eingebrochen? Wenn ja, so rechnete der miese Übeltäter sicherlich nicht damit, die Tochter des Familienvaters zuhause anzutreffen – schon gar nicht nackt in der Badewanne. Wer wusste schon, auf was für Ideen der Einbrecher dann kommen würde. Hilflos, unbewaffnet und allein könnte er sonst etwas mit ihr anstellen.

Claire schauderte trotz des heißen Wassers um sie herum. Sie wappnete sich bereits dafür, aus der Wanne zu springen und zum Badezimmerschrank zu stürmen, als der Eindringling die Klinke hinunterdrückte und die Tür mit seinem Fuß aufschob.

»Oh Gott!« Der Schrecken durchfuhr sie heiß wie eine Wunderkerze, die man in ihrem Bauch angezündet hatte.

Ian lachte bloß dunkel. »Fast«, gab er amüsiert zurück, während Claire ungeschickt versuchte, sich vor ihm zu bedecken. Und sie hatte eindeutig zu wenig Hände dafür. Sie hätte anstatt einer Badebombe ein Schaumbad wählen sollen, denn das rötlich gefärbte Wasser allein verbarg nicht das Geringste.

»Verdammt nochmal, weißt du eigentlich, wie sehr du mich erschreckt hast? Wie bist du hier überhaupt reingekommen?«, blaffte sie verärgert. Noch immer raste ihr Herz wie das eines Hasen, der vom Fuchs gejagt wurde.

Ian schnalzte mit der Zunge. »Durch die Haustür, Häschen.«

»Durch die ... hat mein Vater nicht abgeschlossen?«

»Doch. Aber nur mal unter uns – den Ersatzschlüssel unter dem Blumentopf zu verstecken, ist schon ziemlich peinlich. Ihr müsst besser aufpassen.«

Claire verdrehte die Augen. »Für gewöhnlich gibt es in Stone auch keine ... ach, vergiss es.«

Mit einem Mal verfinsterte sich seine Miene. »Du solltest wirklich vorsichtig sein. Wir können nicht wissen, was für Scherze Jackson noch einfallen.«

Richtig. Jackson. Die Party. Die Schlägerei, der Kuss ... in der Wanne abzuschalten, hatte bis vor dreißig Sekunden tatsächlich funktioniert.

»Ich dachte, du wolltest anrufen.«

Ian setzte sich nickend auf den kleinen Schemel neben dem Wannenrand. Sein Blick glitt mit lüsternem Entzücken über ihren Körper, den sie noch immer zu verstecken versuchte, ehe er ihr wieder in die Augen sah.

»Ich wollte persönlich mit dir sprechen.«

»Wieso, damit ich dich *persönlich* zur Schnecke machen kann?«, erwiderte sie patzig.

Wieder lachte der Schwarzhaarige in sich hinein. »Das habe ich wohl verdient. Hör mal, Claire, du darfst, was gestern passiert ist, nicht falsch verstehen.«

»Aha? Wie soll ich es denn verstehen?«, fragte sie mit hochgezogener Augenbraue. Brennende Wut, die schon beinahe in Vergessenheit geraten war, köchelte in ihrem Magen. Stark genug, dass sie den Drang verspürte, ihm wieder eine saubere Ohrfeige zu verpassen.

Sofern sie sich vor ihm allerdings nicht entblößen wollte, würde diese Vorstellung leider genau das bleiben. Schnaubend lehnte sie sich zurück und blies sich eine ihrer feuchten Haarsträhnen aus dem Gesicht. Es war gar nicht so einfach, entspannt in der Wanne zu liegen, wenn man damit zu kämpfen hatte, Brüste und Scham zu verstecken.

Andererseits ... was, wenn sie ihm einfach zeigte, was ihm gestern Nacht entgangen war? Sie war vielleicht kein Supermodel, doch sie hatte durchaus ihre Vorzüge. Ihre Brüste füllten zwar nicht die Körbchengröße, die sie gerne hätte, Ian jedoch schienen sie zu gefallen.

Langsam glitten ihre Hände zurück an ihren Körper und ruhten dann tatenlos im Wasser.

Ian versuchte gar nicht erst, sein Starren zu verbergen. Sobald sie den Anblick auf ihren Körper freigegeben hatte, wanderte sein Blick von ihrem Gesicht zu ihrer Oberweite. Er leckte sich wie verzaubert über die Lippen, um sie zu befeuchten, betrachtete ihre kleinen Hügel wie ein unbezahlbares Kunstwerk, ehe sein Blick etwas weiter südlich wanderte. Es dauerte ein paar Sekunden, bis er die Fassung zurückerlangt hatte.

»Ich habe auf dem Nachhauseweg die halbe Straße demoliert. Die Müllmänner werden es mir danken, dass jetzt dank mir lauter Abfall auf dem Gehweg herumliegt, weil ich die Plastiktonnen halb auseinandergenommen habe.« Nach Worten ringend fuhr er sich durchs schwarze Haar. »Ich wollte nichts überstürzen gestern Nacht. Du weißt, dass ich dich will. Fuck, ich will dich, seit du mir wie ein Reh vors Auto gelaufen bist und mich in diesem Café ohne jegliche Scheu frech angemacht hast. Aber nach der Party ... warst du fix und fertig. Wenn ich mit dir schlafe, dann, weil du mich anbettelst, meinen Schwanz in dir zu versenken. Nicht, wenn du vor Aufregung halbtot in meinen Armen Trost suchst. Fuck ... deine Augen waren so voller Verlangen. Nach *mir*. Du hast ja keine Ahnung, was das mit mir angestellt hat, Claire. Am liebsten wäre ich sofort über dich hergefallen. Aber du warst viel zu aufgewühlt. Ich wollte, dass du dir zu hundert Prozent sicher bist.«

»Also ging es dir letzte Nacht nur um dein unglaublich riesiges Ego? Du willst, dass ich darum *bettle*? Hast du sie noch alle?«, keifte Claire zurück. Wutentbrannt zog sie die Augenbrauen zusammen. »Du hast mich darum gebeten, dir zu vertrauen und dann bringst du sowas! Hast du auch nur irgendeine Ahnung, wie ich mich gestern gefühlt habe?«

»Nein, Claire, es ging mir nicht um mein Ego. Weißt du, ich glaube, du hältst mich immer noch für einen Schwerverbrecher. Habe ich dir nicht schon oft genug gesagt, dass ich dir niemals wehtun würde?«

»Das hast du aber!«, brüllte sie nun. »Gestern Nacht hast du das, als du einfach abgehauen bist!« Zornig funkelte sie ihn an und spritzte das warme Badewasser auf ihn.

Ian blinzelte, zuckte aber nicht zurück, obwohl der Schwall sein Shirt komplett durchnässte. »Es tut mir leid. Ich hatte nicht zum Ziel, dich zu verletzen. Verdammt nochmal, Claire, am liebsten hätte ich dir die Kleider vom Leib gerissen und dich auf deinem Bett gevögelt, bis du deinen eigenen Namen vergisst. Ich *wollte* es! Aber ich wollte dich auch ganz bestimmt nicht ausnutzen. Deswegen habe ich es beendet, bevor wir weitergehen konnten«, erklärte er ruhig. Er war fast schon zu ruhig, beinahe so, als ließe ein ganz bestimmter Gedanke nicht mehr von ihm ab. »Claire, ich habe Dinge gesehen, die du dir nicht einmal vorstellen willst. Ich bin vielleicht kein Prinz mit weißem Pferd und vorbildhaften Wertvorstellungen, aber ich weiß, wie man eine Frau zu behandeln hat. Ich weiß ja noch nicht einmal, ob du noch ...« Ian hielt inne.

Ob sie noch was? Claire runzelte die Stirn. Etwa, ob sie noch Jungfrau war? *Oh.* So hatte sie das noch gar nicht gesehen. Bisher hatte sie nur im Sinn gehabt, wie frustriert und unbefriedigt er sie trotz ihres Höhepunkts zurückgelassen hatte. *Egoismus*, bellte eine leise Stimme in ihrem Kopf.

»Das ... ich ... oh. Ich meine, ich dachte, du hättest mich vielleicht satt, o-oder, dass ich dir doch nicht so sehr gefalle, wie du zuerst angenommen hast«, brachte sie schüchtern hervor. Und wie es aussah, machte sie sich viel mehr aus Ians Meinung, als sie zunächst angenommen hatte.

Es war ein beflügelndes Gefühl, von jemandem so sehr begehrt zu werden – ein Gefühl, das sie mit Jackson nie gehabt hatte. Ians besitzergreifende Art erregte sie mehr, als sie zugeben wollte, sogar jetzt ... nein, vor allem jetzt, wo sie nackt in der Wanne lag und Ian von dem Anblick ihres Körpers wie von einer Wasserquelle trinken konnte.

Ians Pupillen verengten sich. Es war Lust, die da in seinen meerblauen Augen funkelte.

KAPITEL 18

»Du bist wunderschön, Claire. Wunderschön und sexy. Wenn du das, was du da gerade gesagt hast, auch nur eine Sekunde lang glaubst, werde ich dich an dein Bett fesseln und so oft kommen lassen müssen, bis ich dir diese Gedanken ausgetrieben habe«, knurrte er angriffslustig. »Du hast unglaublich heiß ausgesehen in dem Outfit gestern. Am liebsten hätte ich mein Gesicht in deinem Dekolleté vergraben und deinen Kokosduft inhaliert, bis mir schwindlig wird.«

Claire schluckte. Augenblicklich spürte sie, wie sie feucht wurde. Verräterische Hitze breitete sich zwischen ihren Beinen aus, ihre Klitoris schrie danach, berührt und liebkost zu werden. Es war seine rauchige Stimme, die seinen schmutzigen Worten noch mehr Biss verlieh. Sie wäre zu einer Pfütze geschmolzen, hätte sie nicht bereits in lauwarmem Kirschwasser gelegen.

Sie wollte hier raus. Sofort, um ihm um den Hals zu fallen und zu küssen, bis ihm die Luft wegblieb.

»G-gibst du mir bitte einen Waschlappen? Im Schrank unter dem Waschbecken, ganz links.«

Ian tat, ausnahmsweise ohne einen provokanten Kommentar abzugeben, wie geheißen. Anstatt ihr den mintgrünen Lappen allerdings zu übergeben, behielt er ihn außer ihrer Reichweite, bis sie verwirrt zurück ins Wasser sank. Erst dann erkannte sie, was der Schwarzhaarige vorhatte.

Er schmunzelte, bevor er sich an ihrem Duschgel bediente und begann, sie von Kopf bis Fuß einzuseifen. Besonders viel Aufmerksamkeit schenkte er ihren Brüsten und ihren Nippeln, die er sowohl mit dem Waschlappen als auch mit den Händen so lange verwöhnte, bis sie sich aufrichteten und Claire aufstöhnte, hungrig nach seinen Berührungen den Rücken durchdrückte, um ihm einen besseren Zugang zu gewähren.

Ian umkreiste ihre Brustwarzen, bis sie keuchte. Ob sie davon allein kommen könnte? Mit ihm bezweifelte sie es keine Sekunde lang.

Genießerisch schloss sie die Augen. Er widmete sich, nachdem er ihr langes Haar sachte aus dem Weg geschoben hatte, als Nächstes ihrem Rücken.

Seine kräftigen Hände lösten schon nach wenigen Minuten ihre Verspannungen und massierten die Schmerzen weg, bis sie zufrieden gegen den Wannenrand sank.

Sie öffnete die Augen, als seine Finger plötzlich unter Wasser und direkt zwischen ihre Beine glitten. Federleicht strichen sie über ihre Schamlippen und streichelten sie so quälend langsam, dass sie unruhig hin und her rutschte. Verzweifelt sehnte sie sich nach mehr und biss sich erregt auf die Unterlippe, blickte ihm flehend in die Augen. Da waren meerblaues Verlangen, meerblaue Lust, meerblauer Durst nach Erlösung.

Ian ließ zwei seiner Finger zu ihrem feuchten Eingang gleiten. Neckend zeichnete er den Schlitz nach, während sein Daumen sich gegen ihre Klitoris presste und sie in kreisförmigen Bewegungen massierte, bis sie vor Begehren aufschrie. Das laute Geräusch hallte durch das ganze Badezimmer. Sogar das Wasser vibrierte, jedoch viel mehr durch ihr stetiges Zittern, das ihre steigende Erregung mit sich brachte.

Claire kletterte die Leiter zu ihrem Orgasmus höher und höher. Als Ian zwei Finger in sie hineinschob und schweratmend ihre nasse Höhle erkundete, begann sie unwillkürlich, mit den Hüften gegen seine Handfläche zu stoßen, um ihm entgegenzukommen.

Himmel, er wusste, was er tat. Doch Claire drängte den Gedanken an die Frauen, die er vor ihr so befriedigt hatte, vehement in den Hintergrund. Im Augenblick zählte einzig und allein der Genuss, den er ihr bescherte.

Schnaufend krallte sie ihre Finger in den Badewannenrand und ignorierte dabei, wie ihre linke Handfläche ein stechender Schmerz durchfuhr. Claire stöhnte und warf den Kopf nach hinten, so kurz davor zu kommen und sich die Klippe der Lust hinunterzustürzen ... bis Ian sich plötzlich von ihr löste und seine Hand wegzog.

Claires Mitte pochte unbefriedigt.

»W-warum hörst du auf?«, keuchte sie.

»Komm aus der Wanne«, forderte er sie mit lüsterner Stimme auf. Er klang ... *hungrig*. Claire tat sofort, was er verlangte.

Mit bebenden Gliedmaßen kletterte sie aus dem Wasser und ließ zu, dass Ian sie in ein weiches Frotteehandtuch hüllte, das er im Schrank neben den Waschlappen fand, ehe er seine Finger mit ihren verschränkte und sie zu ihrem Bett führte.

»Claire ... ich muss dich etwas fragen, bevor ich weitermache. Bist du noch Jungfrau?«

Hitze stieg ihr in die Wangen. Ihr hätte klar sein können, dass er die Frage früher oder später ausformulieren würde und sie sich vor einer Antwort nicht drücken konnte.

»Ich muss das wissen, Claire.«

»Nein. Nein, ich bin keine Jungfrau mehr«, nuschelte sie verlegen in sich hinein.

»Okay.« Sanft umfasste er ihr Kinn, um ihren Kopf zu heben und sie dazu zu bringen, ihn wieder anzusehen. Das tiefe Meerblau erfasste sie wie eine tosende Welle mitten im Ozean, wischte sämtliche Gedanken restlos aus ihrem Kopf. Alle, bis auf den Gedanken an *ihn*.

Ian wandte den Blick nicht eine Sekunde lang von ihr ab, als er seine Jacke auszog und achtlos auf den Boden fallen ließ. Er zog sich sein heute ausnahmsweise weißes – und dank Claire nasses – Shirt über den Kopf und warf es hinter sich, bevor er sich nahezu herrisch in Claires Hüften krallte und sie, ohne ihr eine Wahl zu lassen, aufs Bett stieß.

Ihr nasses Haar tränkte das Kopfkissen unter ihr. Nichts kümmerte sie weniger, nichts war wichtiger, als dass Ian wie ein angriffsbereiter Tiger auf allen Vieren zu ihr auf die Matratze kletterte, bis sein blasser Oberkörper sich direkt über ihrem befand und seine Beine zwischen ihren Schenkeln ruhten.

Mühelos stützte er sich mit einer Hand auf dem Bett ab, um ihr eine feuchte Strähne aus dem Gesicht zu streichen.

»Willst du es wirklich, Claire? Ich höre auf, wenn …«

»Ich will es. Ich will dich. Bitte.« Ein zartes Winseln fegte durch ihre Stimme, ähnlich wie die vergilbten Blätter auf den Straßen von Stone, denn das war es, zu dem sie in seiner Nähe wurde. Ein unbeschwertes Blatt im Wind, das sich von seinen Empfindungen leichtfüßig treiben ließ.

Noch nie war sie sich ihrer Sache so sicher gewesen; schon gar nicht, als sie sich dazu entschieden hatte, ihr erstes Mal mit Jackson zu erleben. Nicht ein einziges Mal war die Aussicht auf Sex so aufregend gewesen wie jetzt – besonders, als Ian sie wie ein hübsch dekoriertes Weihnachtsgeschenk behutsam aus ihrem Handtuch wickelte.

Ungeduldig fummelte Claire an seinem Gürtel herum, noch während Ian damit beschäftigt war, ihre Lippen für sich zu beanspruchen. Gierig drängte sich seine Zunge in ihren Mund, um sie zu schmecken, seine Hand umfasste ihren Nacken, um sie noch näher an sich zu ziehen.

»H-hast du e-ein Kondom?«, keuchte sie außer Atem, als er kurz von ihr abließ. Ian nickte. Mit einer flinken Handbewegung zauberte er eine silbrige Verpackung aus seiner hinteren Hosentasche, bevor er ihr dabei half, seine Jeans loszuwerden und aus dem Bett zu werfen.

Claire biss sich auf die geschwollene Unterlippe, denn die Beule, die sich unter dem schwarzen Stoff seiner Unterhose abzeichnete, war gewaltig. Vorfreudig hob sie ihr Gesäß an.

Ian leckte sich wie ein nach Blut lechzender Vampir über die Lippen. Ehe Claire wusste, wie ihr geschah, hatte sein heißer Mund bereits einen ihrer Nippel umschlossen und saugte so wild daran, dass ihr schwarz vor Augen wurde. Ihre andere Brustwarze knetete er eifrig mit den Fingern.

»Ich werde dich so hart kommen lassen, dass du vor Lust schreist, Häschen«, murmelte er kaum hörbar. Claire wimmerte erregt.

Ungezähmt arbeitete Ian sich immer weiter nach unten, verteilte federleichte, feuchte Küsse um ihren Bauchnabel und wiederholte die köstliche Prozedur bei ihren Oberschenkeln, die sie augenblicklich anspannte. Schweratmend vergrub sie ihre Finger in seinem schwarzen Haar, genoss, wie sein heißer Atem über ihre Haut fegte und schließlich direkt über ihrer feuchten Scham ruhte.

Claire stöhnte wohlig auf. Ian leckte genießerisch mit der Zunge der Länge nach über ihre Mitte. Sengende Hitze umfing sie, als er an ihrer Klitoris zu saugen begann und ihre Erregung sein Kinn benetzte, je gieriger er sein Gesicht zwischen ihre Schenkel drängte. Dabei gruben sich seine Fingernägel so tief in ihre Hüften, dass er Spuren hinterlassen würde. Doch da war kein Schmerz, denn allein der Gedanke daran schickte Stromschläge durch ihren erhitzten Körper.

Claire stieß mit den Hüften zu ihm empor, schrie auf, wenn er mit den Zähnen über ihre Schamlippen fuhr und zärtlich hineinbiss. Keuchend umschloss sie sein dichtes Haar noch fester, presste sein Gesicht gegen ihr Lustzentrum, um sich an seinen traumhaft weichen Lippen zu reiben. Ian leckte und saugte, bis sie vor Lust aufschrie.

Sie brüllte seinen Namen, als ihr Orgasmus wie eine heiße Welle aus versengender Leidenschaft über sie hinwegrollte. Hitze durchflutete ihren Körper, ihre Wände zogen sich wieder und wieder rhythmisch um seine Zunge zusammen.

Claires Zehen krümmten sich genüsslich. Woge über Woge puren Genusses fegte über ihre Gliedmaßen hinweg, schickten sie auf eine berauschende Reise der Zufriedenheit.

Als er seinen Mund von ihr löste und sich aufrichtete, schimmerten seine Lippen in dem gelblichen Licht ihrer Nachttischlampe, die mit der einhergehenden Dämmerung ihre einzige Lichtquelle war. Sein Atem ging stoßweise, als er sich zwischen ihre weit geöffneten Beine kniete, um seine Unterhose loszuwerden. Ein einziges störendes Stück Stoff, das ihn noch von ihr trennte und seine Männlichkeit wie ein Käfig einsperrte.

»Ich will in dir sein. *Jetzt*«, knurrte er.

Hastig riss er die Verpackung des Kondoms auf und rollte sich das dünne Gummi mit einer flinken Handbewegung über seine beachtliche Erektion. Claire leckte sich lüstern die Lippen. Sie beobachtete jede seiner Bewegungen mit Argusaugen – fast schon, als würde sie ihn anbeten.

Ian stützte sich mit den Ellbogen auf der Matratze ab, um Claire in die Augen zu sehen. Sie schnappte begierig nach Luft, als sie spürte, wie die Spitze seines steifen Glieds gegen ihren nassen Eingang drängte.

Quälend langsam, um den Moment gebührend zu genießen, glitt er in sie hinein, bis er sich bis zum Anschlag in ihrer Hitze vergraben hatte. Einen Moment lang schien er mit sich zu ringen, fast so, als müsste er an sich halten, sie nicht auf der Stelle mit seinem Samen zu füllen.

»Fuck, du bist so eng ...«, brachte er stockend hervor. Claires Antwort war ein unkontrolliertes Stöhnen. Ihre Fingernägel krallten sich verlangend in seine Schulterblätter, um ihn noch näher an sich zu ziehen und seiner Zunge zu erlauben, ihren Mund zu erkunden. Sie konnte sich selbst schmecken – etwas salzig, gepaart mit dem einzigartigen Geschmack des Mannes über ihr.

Sie keuchte überrascht zwischen seine geöffneten Lippen, als er das erste Mal in sie hineinstieß. Ian zog sich fast vollständig aus ihr zurück, nur um sich dann wieder und wieder in ihr zu versenken. Er ließ die Hüften kreisen, bis Claire nach Luft schnappte.

»G-genau da«, bat sie ihn mit rauchiger Stimme.

»Nochmal?«

Claire nickte eifrig. Die Fähigkeit zu sprechen hatte sie verlassen, seit er seine Zunge in ihre Höhle getaucht hatte.

Schmunzelnd positionierte Ian sich neu, um sie mit jedem gezielten Stoß näher an ihren nächsten Höhepunkt zu bringen. Unauffällig ließ er eine Hand zwischen sie gleiten, wo ihre Körper miteinander vereint waren, und begann verschlagen, ihre Klitoris zu massieren.

»Ian!«

»Ja, schrei meinen Namen, Häschen.«

»Ian! Fuck!«

Darüber, sich zärtlich zu lieben, waren sie inzwischen hinaus. Ian knurrte regelrecht, als er ihre Hüften packte und so schnell in sie stieß, dass ihr die Luft wegblieb und dennoch trieb sie ihn mit einem gehauchten »Fester« noch mehr an, bis sie sicher war, dass er schon bald die Beherrschung über seine Lust verlieren würde.

Ian nahm sie hart und schnell und Claire zog sich immer weiter um ihn zusammen. Wie eine Ertrinkende klammerte sie sich an ihn, bis ihre Muskeln erzitterten und dann, mit einem letzten, gezielten Liebkosen ihrer geschwollenen Lustperle, fiel sie ein weiteres Mal.

Sie stürzte just in dem Moment von der Klippe, als Ian kam. Sein Glied zuckte und pulsierte in ihr, bis er ihr jeden einzelnen Tropfen seiner Erregung geschenkt hatte. Erst danach zog er sich atemlos aus ihr zurück und rollte sich neben sie.

Claire schloss zufrieden die Augen. Ein leichtes Lächeln umspielte ihre Lippen, als sie seine Hand ergriff und ihre Finger mit den seinen verschränkt. Sie lauschte, wie Ian das Kondom wieder loswurde und vermutlich zu Boden fallen ließ.

»Claire ... schlaf noch nicht«, murmelte er plötzlich leise.

»Hm?« Erschöpft blinzelte sie ihn an. Er wirkte nahezu unschuldig mit den geröteten Wangen und den schwarzen Haaren, die ihm zerzaust ins Gesicht hingen, als er sich wieder zu ihr hinüberbeugte.

Seine meerblauen Augen strahlten pure Glückseligkeit aus. Sie hätte alles dafür gegeben, diese Hingebung zu jedem Zeitpunkt, den die beiden miteinander verbrachten, in ihnen funkeln zu sehen. Es ließ ihn jünger wirken. Unbeschwerter und vor allem unschuldiger. Viel zu leicht war dann zu vergessen, dass Ian nur allzu gut wusste, wie man eine Feuerwaffe bediente, von seinem geheimnisvollen Beruf ganz zu schweigen.

»Ich habe etwas für dich.«

Eine Sekunde lang hoffte sie ernsthaft, dass es kein weiterer Orgasmus war, denn wenn sie noch einmal so heftig kam, würde sie vermutlich das Bewusstsein verlieren. Was er ihr stattdessen vor die Nase hielt, war weitaus kleiner und auch wertvoller. Ein zierlicher, silberner Ring, auf welchem ein kleiner Vogel mit ausgebreiteten Flügeln saß.

»Eine Schwalbe?«, fragte sie fasziniert.

Er nickte. »Damit ab sofort auch jeder weiß, dass du zu mir gehörst.«

Claire warf ihm einen vorwurfsvollen Blick zu. »Das ist jetzt aber kein Heiratsantrag, oder?«

»Nein. Du würdest mich köpfen.«

Grinsend zog sie sich die Bettdecke bis zur nackten Brust.

»Dich köpfen, kastrieren, verprügeln ... Such dir etwas aus.«

»Du willst mich verprügeln?« Er grinste ungläubig. »Das will ich sehen.«

»Ach, halt die Klappe. Er ist schön. Sehr schön sogar. Danke, Ian.« Ein seliges Lächeln schlich sich auf ihre Lippen und sie versuchte trotz ihrer Müdigkeit, die vielen Schmetterlinge in ihrem Bauch zu beruhigen. So etwas Romantisches hatte ihr ein Mann noch nie geschenkt. Von Jackson hatte sie am Valentinstag und ihrem Geburtstag zwar einen Strauß Blumen und Schokolade bekommen, doch die Bedeutung, die diesem kleinen Schmuckstück zuteilwurde, ließ sich nur schwer in Worte fassen. *Eine Schwalbe* ... ein unverkennbares Zeichen dafür, dass sie zu ihm gehörte.

Der Schwarzhaarige nickte erneut und steckte ihr den Ring behutsam an den Finger – an der rechten Hand, zum Glück.

Claire bewunderte ihr neues Accessoire. Kaum aber hatte Ian sich wieder neben sie gelegt, gaben ihre Augenlider den Kampf gegen den Schlaf auf und sie kuschelte sich ins Kissen.

»Ich habe ihn von George anfertigen lassen«, flüsterte er kaum hörbar.

»Daher also die Geheimniskrämerei im Schmuckgeschäft.« Ihr war nicht nur einmal aufgefallen, wie die beiden außer Hörweite die Köpfe zusammengesteckt hatten.

»Ja.« Ian hauchte einen federleichten Kuss auf Claires nackte Schulter und zog sie in seine Arme. Sie war eingeschlafen, noch bevor er das Licht gelöscht hatte.

KAPITEL 19

Claire kuschelte sich noch enger an Ian, als ihr Wecker klingelte und sie unsanft aus dem Schlaf riss. Musste sie zur Uni? Nein, heute Abend stand lediglich eine einmalige Blockvorlesung an. Die Notizen könnte sie einer Studienkollegin abschwatzen. Sie würde sich einfach umdrehen und weiterschlafen, den Moment auskosten, nackt an Ian gedrängt in ihrem Bett zu entspannen. Für George und Anita würde sie sich schon eine Ausrede einfallen lassen.

»Du musst aufstehen, Häschen«, hauchte er verschlafen in ihr Haar.

»Nein. Nein, muss ich nicht.«

»Doch. Gut durchgevögelt zu werden, gilt nicht als Entschuldigung und schon gar nicht als Grund zur Krankschreibung.«

»Du kannst so versaut sein«, murrte sie mit geschlossenen Augen. Es war noch viel zu früh, um sich gegenseitig zu ärgern. Außerdem hatte Claire bereits jetzt die Befürchtung, ihre untere Hälfte zu verlieren, wenn sie aufstand. So angenehm wund, wie sie nach gestern Nacht war, hatte sie sich schon viel zu lange nicht mehr gefühlt. Was hatte sie Sex vermisst.

»Gestern warst du diejenige, die wie ein Sukkubus nach Herzenslust meinen Namen geschrien hat.«

Claire schmunzelte über seinen Vergleich.

»Soll ich dir Frühstück machen?« Ein warmer Kuss zwischen ihre Schultern ließ sie widerwillig die Augen aufschlagen.

»Bestimmt ist mein Vater in der Küche. Bleib lieber hier.«

»Wenn du mich noch länger vor ihm verleugnest, werde ich das Ganze selbst in die Hand nehmen, Häschen.« Ein bedrohlicher Unterton schwang in seiner Stimme mit und jagte Claire einen wohligen Schauer über den Rücken.

»Ich verleugne dich nicht. Du weißt ganz genau, warum ich ihm nichts von dir erzähle.« Weg war die Schlaftrunkenheit, die sie zu so früher Stunde betäubt hatte. Als sie sich aufrichtete, um sich zu strecken und herzhaft zu gähnen, wuchs das Bedürfnis nach einer Tasse Kaffee.

»Und vielleicht solltest du es genau deshalb tun. Jetzt steh auf. Ich bringe dich zur Arbeit, wir wollen doch nicht, dass mein Onkel dir peinliche Fragen stellt, oder?«

Claire gab sich geschlagen. Jammernd schälte sie sich aus der warmen Bettdecke und entblößte ihren nackten Körper der kalten Luft um sie herum. Sie hatte vergessen, über Nacht das Fenster zu schließen. Allerdings war das unangenehme Frösteln ein Preis, den sie verkraften konnte, wenn sie dafür Ians heißen Blick auf sich spüren durfte.

Er schien sie förmlich zu verschlingen, als sie langsam zu ihrem Kleiderschrank hinüberschlenderte und sich auf die Zehenspitzen stellte, um dessen Inhalt zu inspizieren. Sie zweifelte keine Sekunde lang, dass Ian ganz genau wusste, dass sie seine Aufmerksamkeit absichtlich auf ihren Hintern lenkte. Sobald sie die Schranktür jedoch wieder geschlossen hatte, begann sie sich anzuziehen, als ob nichts geschehen war.

Schmunzelnd schüttelte er den Kopf. »Die Sonne ist noch nicht einmal richtig aufgegangen und du bewegst dich heute trotzdem schon auf so dünnem Eis, Häschen.«

»Ach ja? Was meinst du, droht mir, wenn ich darauf herumtänzle?«

»Oh, ich weiß nicht. Ich hätte gute Lust, diesen hübschen kleinen Hintern zu versohlen.«

Begierig sah sie auf, um seinem Blick zu begegnen. *Nur zu*, schien er zu schreien. *Fordere mich heraus, Häschen.*

Ihr Körper drängte sie dazu, dem Verlangen nachzugeben, unglücklicherweise aber hatte Ian recht. Sie würde zu spät zur Arbeit kommen – ein Umstand, den sie sich so kurz vor ihrem ersten Gehalt nicht leisten konnte.

»Ich komme heute Abend gerne darauf zurück«, sagte sie also stattdessen. Ian grinste sie diabolisch an.

~ * ~

»Einen wirklich schönen Ring hast du da«, säuselte Anita verschmitzt. Claire antwortete mit einem nervösen Lächeln. Die Ladenbesitzerin hatte sie bereits letzte Woche über ihre Beziehung mit Ian ausgefragt. Ein weiteres Mal wollte sie davor verschont bleiben, zumal George direkt hinter ihr stand und sich ein wissendes Grinsen verkniff.

Sie wusste zwar nicht, wie viel Ian seinem Onkel erzählt hatte, doch darauf ankommen lassen würde sie es nicht. Es war ohnehin gleich Feierabend. Sie brauchte nur noch ihre Tasche zu holen und sich dann hoffentlich in Ians Arme zu stürzen, der pünktlich um achtzehn Uhr vor dem Juwelier auf sie warten würde – und das tat er auch.

»Können wir zu dir nach Hause fahren? Ich habe keine Lust, jetzt noch bis halb zehn in einem Vorlesungssaal zu versauern.«

Der Schwarzhaarige lachte leise in sich hinein, während er das Auto hinaus aus der Stadt Richtung Manchester lenkte.

»Kommt überhaupt nicht in Frage. Du wirst dein Studium nicht meinetwegen vernachlässigen. Ich weiß genau, was du vorhast. Ich merke es daran, wie du die Schenkel zusammenpresst.«

Ertappt setzte sich Claire etwas aufrechter hin. Ihre Finger spielten abwesend mit dem schwarzen Gurt quer über ihrem Brustkorb.

Sie brauchten nicht lange bis zur Universität.

Zerknirscht schnallte sie sich eine Weile später wieder ab. Wie sie es hasste, wenn er sie wie ein offenes Buch las.

»*Danach* zu dir nach Hause?«, probierte sie es wieder.

»Danach.« Er grinste.

Kaum war sie ausgestiegen und hatte sich ihre Tasche umgehängt, hörte sie eine zweite Autotür hinter sich zufallen, kurz nachdem ein Motor aufgeheult und ein Wagen hinter ihr aus der Parklücke gelenkt worden war.

Eine Hand berührte sie am Rücken, hielt sie mit sanfter Gewalt davon ab, weiterzugehen.

»Hast du etwas vergessen?«, fragte sie. *Noch einen leidenschaftlichen Kuss, zum Beispiel.* Claire biss sich erwartungsvoll auf die Unterlippe.

»Ja. Dass ich dich liebe.«

Stirnrunzelnd fuhr sie herum. Diese Stimme gehörte nicht zu Ian. Sie war höher und weitaus weniger rauchig. Sie erschrak, als sie Jackson vor sich stehen sah. Ein panischer Blick zum Parkplatz bewies ihr, dass er gewartet haben musste, bis Ian verschwunden war, ehe er aus seinem Versteck gekrochen war. Er war ihr aufgelauert. Wütend ballte sie die Hände zu Fäusten.

»Was willst du von mir, Jackson?«

Vorsichtig umfasste er ihr rechtes Handgelenk. »Hör mir zu, Baby. Was an Halloween passiert ist, tut mir furchtbar leid. Ich dachte vielleicht, wenn … wenn du siehst, dass ich für dich da bin, dann … Der Schuss ist total nach hinten losgegangen und dafür will ich mich entschuldigen.«

»Meinst du nicht, dass es dafür ein wenig zu spät ist?«

»Vielleicht. Ich war wütend, verstehst du? Als du mich in der Billardbar so dumm angemacht hast, hast du mich vor meinen Kumpels bloßgestellt und ich bin ausgetickt. Ich würde dir niemals etwas antun, Claire. Das waren leere Worte, das schwöre ich dir.«

Etwas Ähnliches hatte auch Ian zu ihr gesagt. Ihr versprochen, dass er ihr niemals Leid zufügen würde. Sie hatte lange genug gebraucht, um ihrem jetzigen … ihrem jetzigen Freund – ja, er war ihr jetziger Freund – zu vertrauen. Bei Jackson war es anders. Ein Blick in seine trüben grünen Augen genügte ihr, um zu beschließen, dass sie auf ihr Bauchgefühl hören musste. Sie glaubte ihm nicht. Um genau zu sein, war sie sogar fest davon überzeugt, dass er ihr frech ins Gesicht log.

»Und ich schwöre dir, dass ich dir Ian auf den Hals hetze, wenn du mich nicht sofort loslässt, Jackson. Wir haben vor über einem Jahr Schluss gemacht. Ian und ich sind ein Paar und was du dir alles geleistet hast, seit ich wieder hier bin, ist unverzeihlich«, zischte sie.

Ihr Gegenüber zuckte kaum merklich zurück. Sein Griff um ihr Handgelenk lockerte sich etwas, er gab sie jedoch nicht frei.

»Ich weiß, wie du tickst, Claire. Du willst jemanden, der nach deiner Pfeife tanzt und trotzdem für dich sorgen und dich beschützen kann. Alles muss bei dir nach Plan laufen und perfekt sein. War es das nicht, als du noch bei mir gewohnt hast?«

Ian tat alles andere, als nach ihrer Pfeife zu tanzen, genau das machte ihre Beziehung ja so aufregend. Es war erstaunlich, dass sie sich zu Beginn dagegen gesträubt hatte und seine dominante Ader nun so genoss, vor allem, weil es noch immer ebenso spannend war, sich ihm zu widersetzen. Verstohlen blickte sie auf den silbernen Ring mit der Schwalbe an ihrem Finger. *Damit ab sofort auch jeder weiß, dass du zu mir gehörst.*

Allein der Gedanke daran ließ sie trotz Jacksons Anwesenheit fast schon wieder feucht werden.

»Du weißt überhaupt nichts. Lass mich los, Jackson, es ist vorbei.«

Der Blonde drückte ihre Hand noch fester. »Was hat Ian mit dir gemacht? Welcher verfluchten Gehirnwäsche hat er dich unterzogen? Er ist gefährlich, Claire. Was auch immer er dir vorspielt, es ist gelogen. Wenn ich erst einen Weg finde, ihn und seine hübsche kleine OHW-Firma in Grund und Boden zu stampfen, wird ihm das Lachen schon vergehen. Ich beweise es dir.«

Da war schon wieder diese merkwürdige Abkürzung. Misstrauisch erinnerte Claire sich an Fees Worte. *Den Begriff habe ich zufällig mal aufgeschnappt, als Tony mit Ian telefoniert hat.*

»Was bedeutet OHW?«

»Claire ... bitte hör mir zu, ich werde nicht zulassen, dass Conroy mir mein Mädchen wegschnappt.« Sein Blick wanderte zu ihren Fingerknöcheln. Er knirschte mit den Zähnen und schnaubte wie ein Pferd, als er den Ring entdeckte.

»Ich bin nicht dein Mädchen, Jackson!« Fluchend riss sie sich los und schickte innerlich ein Stoßgebet gen Himmel, dass er ihr nicht ins Gebäude folgen und Stress mit der Security riskieren würde, als sie mit klopfendem Herzen davonstürmte. Er tat es nicht.

»Er manipuliert dich bloß, Claire!«, rief er ihr stattdessen nach. »Und ich schwöre bei Gott, er wird dafür mit seinem jämmerlichen Leben bezahlen!«

Claires wutentbranntes »Fick dich!« hallte über den gesamten Campus.

KAPITEL 20

»Was willst du heute unternehmen?«

»Wow, du lässt mich entscheiden?« Claire wandte sich mit einem frechen Lächeln auf den Lippen vom Fernseher ab und drehte sich zu Ian.

Es war einer dieser seltenen faulen Tage, die sie in seine Klamotten gehüllt mit Ian auf der Couch verbrachte. Sie genoss die Ruhe, den Halt, den er ihr gab – egal, was Tina oder sonst irgendjemand daran kritisierte.

»Lass dir lieber schnell etwas einfallen, bevor ich es mir anders überlege«, neckte er sie. Seine Hand strich behutsam über ihr Haar, mit der anderen bediente er die Fernbedienung und zappte sich gelangweilt durch die Kanäle. Keines der Programme schien seine Aufmerksamkeit länger als fünf Minuten zu halten, was vermutlich daran lag, dass Claires Unterarm gefährlich nahe an seinem Schritt ruhte.

»Hey! Ich hab' mir das angesehen!«, beschwerte sie sich trotzig. Ian zuckte bloß mit den Schultern und entschied dann, das Gerät komplett auszuschalten.

»Komm schon, Häschen, wir werden ganz bestimmt nicht den ganzen Tag auf der Couch verbringen.«

Aber die Vorstellung war verlockend. Sich mit zugezogenen Vorhängen in seinem Haus zu verkriechen und aneinandergeschmiegt wie zwei schnurrende Katzen vor der Welt zu verstecken, war einfach, ihre Sorgen und Pflichten für eine Weile vor die Tür zu stellen, schon fast zu schön, um wahr zu sein.

Claire hatte Ian nichts von ihrer unangenehmen Begegnung mit Jackson am Donnerstag erzählt, ansonsten hätte der Schwarzhaarige vermutlich längst die Jagd auf ihn eröffnet. Ein Blutbad wollte sie trotz ihrer Wut auf ihren Ex dann doch nicht mitansehen, vor allem, wenn Ian dafür zweifellos hinter Gittern landen würde.

Sie glaubte ohnehin nicht, dass Jackson seine Drohung ernst gemeint hatte. Schon während ihrer Beziehung hatte er ihr leere Versprechen gemacht und ihr Gefühle vorgegaukelt, die er selbst nicht verstanden hatte. Dass er sie noch immer liebte, wollte sie ihm zugestehen. Er war lediglich schon immer grottenschlecht darin gewesen, seine Zuneigung auch in Worten auszudrücken.

Ian stieß einen entnervten Laut aus, als sein Handy vibrierte. Widerwillig setzte er sich auf und fischte es vom Kaffeetisch, ehe er den Anrufer wieder eiskalt wegdrückte. Claire erhaschte einen kurzen Blick auf das aufleuchtende Display. Es war Anthony.

»Das ist jetzt schon das dritte Mal, dass er anruft. Vielleicht ist ja etwas passiert. Du solltest rangehen.« *Ich werde euch auch nicht belauschen*, log sie stumm.

»Ja«, er zog das Wort seufzend in die Länge, »Vielleicht ist etwas passiert. Es könnte aber auch daran liegen, dass heute mein Geburtstag ist.«

»Was?« Ruckartig setzte sie sich auf, um ihm in die Augen zu sehen. »Du hast heute Geburtstag? Wieso hast du mir nichts davon erzählt?«

»Mein Geburtstag ist mir nicht wichtig, Claire. Ich bin ein Jahr älter geworden, das ist alles.«

»Da bin ich aber anderer Meinung«, brachte sie schmollend hervor. Wenn sie um seinen Ehrentag früher gewusst hätte, wäre sie in die Stadt gefahren, um ihm ein Geschenk zu besorgen. Was genau sie ihm gekauft hätte, wusste sie selbst nicht. Vielleicht wäre sie ja noch einmal in diesen Erotikladen spaziert und hätte ihm ein Spielzeug für ihr gemeinsames Sexleben besorgt. Sie waren unersättlich, seit sie das erste Mal miteinander geschlafen hatten.

»Ich habe dir doch gesagt, lass uns etwas unternehmen. Worauf hast du Lust?«

»Es ist *dein* Geburtstag, Ian.«

Was sie wollte war, den restlichen Tag lang auf der faulen Haut zu liegen und abends Chinesisch zu bestellen, bevor sie sich gegenseitig die Kleider vom Leib reißen und einander verschlingend in Ians Bett fallen würden.

»Claire ...«, mahnte er warnend.

Sie verdrehte die Augen. »Na schön. Gehen wir ins Kino?«

»Läuft denn ein Film, den du sehen willst?«

Sie zuckte unschlüssig mit den Schultern. »Keine Ahnung, aber ich war schon lange nicht mehr im Kino. Wir sollten die Gelegenheit nutzen, wenn es doch bald zumacht.«

Ian nickte. »Na schön, also ins Kino.«

~ * ~

Claire entschied sich für eine romantische Komödie und bemerkte mit hochgezogenen Augenbrauen, wie Ian sich ein amüsiertes Augenrollen verkniff. Er kaufte ihr Popcorn, Schokorosinen und Eistee, möglicherweise als Kompensation dafür, dass sie sich während der gesamten zwei Stunden nicht auf die Leinwand konzentrieren können würde. Kaum war im Kinosaal das Licht erloschen, wanderten Ians Hände nämlich in ihren Schoß und zwischen ihre Beine und er nutzte die Tatsache, dass sie ihr braunes Oberteil heute mit einem Rock kombiniert hatte, schamlos aus. Eng aneinander gekuschelt ließ sie winselnd geschehen, wie er sie wieder und wieder an den Rand eines Orgasmus trieb, nur um dann innezuhalten und ihr genügend Zeit zu geben, wieder abzukühlen.

Auf diese Weise hätten sie sich auch gleich zuhause einen Film ansehen und dabei wie wilde Tiere vögeln können – ohne lästiges Publikum, vor dem sie ihr heimliches Vergnügen verstecken mussten.

Claire sehnte sich den Abspann herbei. Ihre Wangen waren heiß und vermutlich knallrot, als die Lichter wieder angingen und sie Ian förmlich fanatisch aus dem Kinosaal zog, um den peinlichen Blicken zu entgehen und ihn schleunigst dazu zu bringen, zu beenden, was er im Schutz der Dunkelheit angefangen hatte.

»Gibt es ein Problem, Häschen?«

Das weißt du ganz genau.

Abgeneigt legte sie den Kopf schief, als sie eines der vielen Filmplakate im Hauptsaal betrachtete, auf welchem ein in einen gelben Regenmantel gehüllter kleiner Junge einem roten Ballon nachjagte. Die perfekte Ablenkung, um ihre Erregung zu verstecken.

»Ach, gar nichts«, stammelte sie hitzig. »I-Ich denke nur gerade darüber nach, dass Leute sich nicht ohne Grund wundern, woher diese irrationale Angst vor Clowns kommt, wenn solche Filme im Kino laufen.«

Aber wem machte sie etwas vor? Ian wusste ganz genau, was in ihr vorging ... oder viel mehr in ihrem Höschen.

»Sicher, dass es kein anderes Problem gibt?« Er lachte wissend in sich hinein. »Du hast noch nie einen Stephen King Roman gelesen, oder?«, fügte er dann belustigt hinzu.

»Nein. Nur weil ich gerne lese, heißt das nicht, dass ich mich für jedes Genre interessiere. Krimis und Thriller sind für mich und mein Gemüt tabu, wenn ich die Nächte durchschlafen will.«

»Gut zu wissen. Lass uns nach Hause fahren.« *Nach Hause* bedeutete in diesem Kontext zurück zu Ian. Sie hatte sich seit Tagen kaum bei Tina gemeldet, um ihr Bescheid zu geben. Ihre beste Freundin hätte es nicht gutgeheißen, dass sie binnen kürzester Zeit bei Ian eingezogen war, denn so fühlte es sich manchmal an, wenn er sie nach ihren Kursen wieder nach Stone fuhr. Woher der Schwarzhaarige das Geld für all den Sprit nahm, wollte sie lieber gar nicht wissen, nachdem er ihr bereits mehrmals klargemacht hatte, dass Banknoten keine Rolle für ihn spielten.

»Ich sollte mich morgen wohl bei meinem Vater blicken lassen«, erklärte sie mit erzwungener Ruhe, während er das Auto durch die unbeleuchteten Straßen lenkte. Raymond glaubte noch immer, sie verbrachte die meiste Zeit ihrer Abwesenheit bei Tina, doch wie lange ihre beste Freundin diesen Spaß noch mitmachen würde, war eine andere Frage. »Er wird vielleicht misstrauisch, wenn ich nicht mal wieder in der Pizzeria auftauche. Ich habe ihn die letzten Tage kaum gesehen.«

Ian warf ihr einen missbilligenden Blick zu. »Wir können jederzeit dort zu Mittag essen, Claire. Das Problem liegt bei dir, nicht bei mir, und das weißt du.«

»Gib ihm noch etwas Zeit.«

»Du meinst, gib *dir* noch etwas Zeit?«, fragte er verärgert.

»Hör auf, mit mir zu streiten. Du weißt, wie ich dazu stehe.« *Und wenn du mit mir zusammen sein willst, dann wirst du das verdammt nochmal akzeptieren*, fügte sie stumm hinzu.

Ian nahm einen tiefen Atemzug. Er parkte das Auto in der Einfahrt seines Hauses, stellte wortlos den Motor ab und machte Anstalten, auszusteigen. Claire tat es ihm gleich.

»Du hast mir noch immer nicht gesagt, was du dir zum Geburtstag wünschst«, begann sie dann hoffnungsvoll. Ihn heute wütend zu machen, war das Letzte, was sie sich wünschte – zumal der Schwarzhaarige unausstehlich war, wenn sie ihn in irgendeiner Weise aufgebracht hatte.

Ian ignorierte ihre Frage.

Zielstrebig wanderte er in die Küche und öffnete den Kühlschrank. Er hatte noch eine Flasche Sekt eingekühlt und stellte sie nun zusammen mit zwei dazu passenden Gläsern ins Wohnzimmer.

»Ich dachte vielleicht, wir stoßen zumindest an«, teilte er ihr anstatt einer Antwort mit. Er beobachtete sie mit Argusaugen, als sie sich skeptisch neben ihm auf der Couch niederließ und dabei zusah, wie er die Gläser befüllte. »Da sind nur elf Prozent Alkohol drin. Ist das in Ordnung?«

Claire nickte.

Der Sekt hatte eine goldene Farbe und duftete süßlich. Prickelnde Bläschen stiegen an die Oberfläche und luden dazu ein, getrunken zu werden.

»Auf deinen Geburtstag«, bot sie versöhnend an, als ihre Gläser aneinander klirrten. Ian nickte stur.

Es schmeckte vorzüglich. Wie teurer Champagner, wenn auch nicht so bitter.

»Du hast meine Frage nicht beantwortet.«

»Ich will nichts, Claire.«

»Sicher?« Ungläubig zog sie eine Augenbraue nach oben und verschränkte die Arme vor der Brust.

»Ganz sicher.«

Für gewöhnlich hätte sie es auf sich beruhen lassen. Tina hatte sich an ihrem achtzehnten Geburtstag auch nichts von ihr schenken lassen, also hatte sie ihren Wunsch respektiert und sich von dem gesparten Geld stattdessen eine neue Jacke gekauft.

Bei Ian war es anders. Der Drang, ihm eine Freude zu machen, war merkwürdig überwältigend und die Tatsache, dass er sie wieder und wieder abblockte, brachte sie regelrecht zur Weißglut.

»Oh, Ian, bitte. Niemand will ›nichts‹ zum Geburtstag.«

Sein Blick fiel auf ihre Lippen, noch während sie sprach. Einen Augenblick lang wirkte er irgendwie abgelenkt, ehe er sich blinzelnd dazu zwang, ihr wieder in die Augen zu sehen.

Ian zeigte nie offen, was in ihm vorging. Er besaß ein unerklärliches Talent dafür, seine Gefühle und Gedanken vor der Welt zu verstecken, egal, wie oft Claire ihn auch darum bat, ihr im Austausch für ihr Vertrauen etwas Aufgeschlossenheit zu schenken.

»Es tut mir leid«, begann sie plötzlich. Ein schwacher Versuch, ihn irgend möglich zu besänftigen. »Wegen meines Vaters ...«

»Lass es bleiben, Häschen. Viel Zeit, mich vor ihm zu verstecken, bleibt dir sowieso nicht mehr.«

Sie nickte. Seufzend trank sie ihr Glas aus und ließ sich von ihm nachschenken, während sie überlegte, wie sie aus ihm herauskitzeln konnte, was er sich wünschte. Sein schmachtendes Starren auf ihre Lippen eben war ihr nicht entgangen. Was war es, woran er gedacht hatte? An einen leidenschaftlichen Kuss? Davon bekam er täglich eine viel zu hohe Dosis.

Einen Blowjob? Ian würde mit Sicherheit nicht mit einem zurückhaltenden Lächeln nach ihrer Zustimmung fragen, sondern sie stattdessen entweder packen und ihr Gesicht fordernd in seinen Schritt drücken oder sie mit einem verschmitzten Grinsen auf den Lippen sanft auf die Knie zwingen. Aber vielleicht wollte er sie beim ersten Mal einfach nicht drängen?

Claire wollte kaum glauben, dass sich hinter diesem geheimnisvollen Bad Boy ein wahrer Gentleman versteckte. Der Gedanke erregte sie ungemein.

Lüstern leckte sie sich über die Lippen und beugte sich leicht nach vorne, gewillt, sich der feurigen Leidenschaft, die mit einem Mal wie ein Zündholz in ihr auflodert, hinzugeben.

Sie dankte Ian still für die Flasche flüssigen Muts, die inzwischen halbleer auf dem Tisch stand, und trank einen letzten Schluck.

Ian würde nicht der erste Mann sein, den sie mit dem Mund verwöhnte. Die meisten Männer waren recht einfach gestrickt – früher oder später äußerten sie ihre sexuellen Wünsche, die einen geradeheraus und ungeniert, andere zurückhaltend und distanziert. Jackson hatte zu ersterer Sorte gehört und sie mit schmieriger Stimme zwischen seine Beine bugsiert, ohne sie nach seinem Höhepunkt mit einer Gegenleistung zu beglücken. Nicht, dass sie nach einer verlangt hätte. Sie wusste allerdings, dass Ian sich keine Zeit damit lassen würde, sich an ihr zu *rächen*.

Das Klingeln ihres Handys riss sie aus ihren unanständigen Gedanken, noch bevor sie sich an Ians Hose zu schaffen machen konnte. Ihre Finger kribbelten vor Verlangen danach, ihm das lästige Kleidungsstück vom Körper zu schälen.

»Willst du denn nicht rangehen?«, neckte Ian. Ihre plötzliche Aufregung war ihm bestimmt nicht entgangen, doch ob er realisiert hatte, dass sie ihn durchschaut hatte, ließ er sich nicht anmerken.

»Eigentlich nicht.«

»Häschen ...«

»Fein.« Claire rollte mit den Augen, ehe sie sich abwandte, um ihr Handy aus der Tasche zu kramen. Auf dem Display prangte der Name ihres Vaters. Na, zumindest war es nicht Tina, die sich einmal mehr darüber beschweren wollte, dass sie ›die Schwalbe‹ datete.

»Hey, Dad.«

Ian nickte zufrieden, als sie abnahm.

»Claire. Wo bist du gerade?«

»Ähm ... bei Tina ...«

»Das ... Tina hat mich eben angerufen ...«

»Oh.« *Scheiße.* »Also, ich bin auf dem Weg zu ihr.«

»Claire, komm bitte nach Hause. Wir müssen unbedingt reden.«

Verdammt, das klang ganz und gar nicht gut. Wenn ihr Dad sich bereits mit Neil ausgetauscht hatte, würde er alles daran setzen, sie zuhause in ihrem Zimmer zu verbarrikadieren, um sie vor Ian zu schützen. Vielleicht wäre es letztendlich doch eine gute Idee gewesen, ihm auf eigene Faust von ihrem neuen Liebhaber zu erzählen.

Seufzend schloss sie die Augen, um sich zu sammeln. »Worum geht es?«

»Wir sprechen zuhause darüber, bitte. Nicht am Telefon.«

»Jetzt sofort?«

Raymond hustete unbehaglich in den Hörer. »Ja, Schatz. Bitte.«

»Na schön, ich bin in zehn Minuten da.«

Ian verschränkte misstrauisch die Arme vor der Brust. »Du musst weg?«

Ihre Mundwinkel rutschten nach unten. »Ich fürchte ja. Mein Vater klang … ich weiß nicht, irgendwie besorgt. Er sagt, er muss mit mir sprechen.«

»Hört sich nicht gut an«, bemerkte der Schwarzhaarige bitter. Claire nickte abwesend. Jegliche Lust in ihr war schlagartig erloschen.

»Bringst du mich nach Hause?«

»Klar. Lass uns fahren.«

~ * ~

Ian gab sich keinerlei Mühe, seinen schwarzen BMW vor Raymonds Augen zu verstecken, als er in Claires Straße einbog und wie sonst auch direkt vor ihrer Haustür stehen blieb. Claire betete, dass ihr Vater nicht in dieser Sekunde aus dem Küchenfenster sehen würde. Dann, mit einem letzten Kuss und dem Versprechen, seinen Geburtstag nachträglich noch einmal gebührend mit Ian zu feiern, verschwand sie im Haus.

Sie erwartete das Schlimmste, als sie ihren Vater mit einer Tasse Kaffee in den Händen am Küchentisch sitzen sah, die Stirn in Falten gelegt und die Lippen geschürzt. Er blickte niedergeschlagen auf, als sie den Raum betrat und sich neben ihm auf einem der Holzstühle niederließ.

»Wenn ich dich frage, wo du wirklich warst, wirst du mir dann antworten?«, begann er.

Claire zuckte mit den Schultern. Ihr Herz raste wie das eines gejagten Hasen. »Vermutlich schon, allerdings könnte ich dir nicht garantieren, dass die Antwort der Wahrheit entsprechen würde. Mach dir bitte keine Sorgen, es ist ... kompliziert.« Das war es allerdings. Und dass ihr Vater sich nun erst recht den Kopf zerbrechen würde, war unausweichlich.

»Was ist los, Dad?«

»Sie nehmen uns das Haus weg.«

»Wie bitte?« Schockiert lehnte sie sich nach vorne und krallte sich am glatten Holz des Tisches fest.

»Der Schuldenberg ist zu hoch. Ich schaffe das nicht mehr und die Bank hat mir den Geldhahn jetzt auch noch zugedreht. Bis Mitte dieses Monats muss ich es aus dem Minusbereich herausgeschafft haben, ansonsten wird das Haus als Pfand einbehalten.«

Zitternd rang Claire nach Worten. »Aber ... hast du ihnen denn gesagt, dass ich Ende dieses Monats mehr verdienen werde als den Monat zuvor? Ich habe erst Mitte Oktober angefangen, da konnte ich ja noch nicht ...«

»Das habe ich, Claire. Aber das ist ihnen egal. Selbst wenn du doppelt so viel verdienen würdest wie jetzt, wäre es nicht genug, um die Schulden zu begleichen, die wir mit der Pizzeria haben. Du bist eine geringfügige Arbeitskraft und das ist unserer Bank zu wenig. Sofern kein Wunder geschieht, müssen wir nächste Woche unsere Sachen packen«, gab er entmutigt zu.

»Warum erzählst du mir erst jetzt davon?«

»Ich wollte dich nicht beunruhigen. Du bist gerade erst aus Island zurückgekommen und jetzt erfahre ich, dass du mich anlügst. Du warst in letzter Zeit kaum zuhause. Du weißt, wie besorgt ich um dich bin. Was hast du auf dem Herzen, Claire?«

»Nichts«, würgte sie sporadisch hervor. »Es geht mir gut.«

KAPITEL 21

Natürlich ging es ihr alles andere als gut. Viel zu viele Stunden bereits hatte sie damit zugebracht, wie ein gehorsames Hausmädchen Glasvitrinen blitzblank zu putzen, um nun zuzulassen, dass ihre Bemühungen umsonst gewesen waren. Eine Zweizimmerwohnung, die groß genug für sie beide war, konnten sich weder ihr Vater mit seiner Pizzeria noch sie selbst leisten und sofern sie sich nicht dazu entschloss, auf eigene Gefahr eine Bank auszurauben, würden sie in so kurzer Zeit niemals genügend Geld auftreiben können.

Claire war die ganze Nacht wachgelegen, hatte fieberhaft überlegt, welche Möglichkeiten ihr blieben. Ein Studentenwohnheim? Zu teuer. Eine WG? Undenkbar. Wenn sie nicht bald zu einer Lösung kam, würde sie, um sich eine Unterkunft zu finanzieren, ihr Studium abbrechen müssen. *Verdammt nochmal.* Erst Jackson und nun auch noch das.

Ein furchtbarer Gedanke jagte den nächsten. Was, wenn Ian etwas damit zu tun hatte? Er hatte sie davor gewarnt, was passieren würde, wenn sie ihn wofür auch immer verpfiff. Claire hatte ihm gehorcht. Sie hatte weder die Polizei noch sonst irgendjemanden informiert und wenn Neil Wind von der Sache bekommen hatte, dann war nicht sie, sondern seine Schlägerei mit Jackson daran schuld. Er hatte sie doch so gut behandelt, hätte er sie denn nicht wissen lassen, wenn sie aus Versehen Mist gebaut und ihn in Gefahr gebracht hatte ... oder war das einfach bloß seine Taktik? Sie einzulullen, nur um ihr dann eiskalt das Messer in den Rücken zu rammen?

Sie ignorierte, ihr schlechtes Gewissen verdrängend, Ians Anruf und ließ ihn mit einer knappen SMS wissen, dass sie ihre Kurse heute ausfallen lassen und zuhause bleiben würde. Auf seine eindringlichen Fragen konnte sie auch heute Abend noch antworten. Zunächst tat sie blind das, was sie immer tat, wenn sie in Schwierigkeiten steckte – zitternd vor Kälte stand sie vor Tinas Haustür und wartete darauf, dass ihre beste Freundin auf ihr fanatisches Sturmklingeln reagierte.

Seit dem Tag nach der Halloweenparty hatten die beiden einander nicht mehr gesehen und weder Tina noch Claire hatten Anstalten gemacht, ihren eisigen Streit aus dem Weg zu räumen. Die für sie übertriebene Besorgnis und der bittere Vorwurf, mit dem sie ihr unentwegt begegnete, weil sie sich mit Ian traf, zupften an ihrem dünnen Nervenkostüm wie ein Harfenspieler, der Mozart zum Besten gab, und doch verstand sie ihre beste Freundin auf eine verkorkste Art und Weise. Sie wusste im Augenblick lediglich nicht mehr, wer von ihnen beiden nun im Unrecht lag.

»Claire!« Überrascht öffnete Tina die Tür und schielte durch den Spalt. Sie trug nicht mehr als einen viel zu großen Sweater und kuschelige Winterpantoffel, die sie sich bei Primark gekauft hatte, und ihre Haare sahen aus, als hätte sich ein Uhu ein gemütliches Nest darin gebaut. Für ihre Verhältnisse war es tatsächlich noch sehr früh. Tina musste gerade erst aufgestanden sein. Es war einer ihrer seltenen freien Vormittage, bevor die Arbeit nach ihr verlangte.

»Hey ... können wir reden? Bitte?«

Woher die plötzliche Verzweiflung in ihrer Stimme rührte, konnte Claire selbst nicht ganz deuten. Ihre Unterlippe zitterte, mehr vor unvergossenen Tränen als vor Kälte, als Tina sie eintreten ließ und ihr ihre Winterjacke abnahm.

Es dauerte keine zwei Sekunden, bis Claire sich ihr in die Arme geworfen hatte. Ian hatte Recht behalten, sie war furchtbar egoistisch. Viel zu selten hatte sie zu schätzen gewusst, dass Tina zu jeder Tages- und Nachtzeit für sie da war, sogar, wenn sie miteinander stritten.

Tina strich ihr versöhnend über den Rücken. »Ist das deine Art, ›Entschuldigung‹ zu sagen? Bist du deshalb hier und weckst mich an meinem einzigen freien Vormittag unter der Woche auf?«

»Das und ... um zu trinken«, nuschelte sie in ihren braunen Sweater und seufzte so laut, dass Tina erschrak. Misstrauisch schob sie ihre beste Freundin eine Armlänge von sich weg, um ihr prüfend in die Augen zu blicken.

»Claire, ist alles in Ordnung?«

»Gib mir eine Minute. Ich erzähle dir alles. Ich hoffe, dein Vater hat noch diese Flasche Wodka, die er von seinem russischen Arbeitskollegen bekommen hat.«

»Falls du die meinst, die im Keller verstaubt, ja. Sagst du mir jetzt bitte, was passiert ist? Hat Ian dir irgendetwas getan?«

»Um Gottes Willen, nein. Fang nicht wieder damit an. Es geht um etwas völlig anderes.« *Hoffe ich.*

Tina nickte verständnisvoll, ehe sie widerwillig die Kellertreppe nach unten trottete. Hochprozentiger Alkohol, noch dazu am Vormittag ... eine ganz furchtbare Idee. Sie war wohl wirklich ziemlich verzweifelt.

Claire seufzte, als Tina wenig später mit der Wodkaflasche und zwei Gläsern in der Hand wieder auftauchte.

Eins davon füllte sie in der Küche mit kaltem Wasser, ehe sie zu ihrer besten Freundin zurückkehrte und sie es sich gemeinsam auf der Wohnzimmercouch gemütlich machten.

Noch immer sichtlich skeptisch stellte Tina dann die Lautstärke des Fernsehers auf stumm und verschränkte abwartend die Arme vor der Brust.

Claire hüstelte peinlich berührt. »Wir verlieren das Haus«, murmelte sie bedrückt. Energisch krallte sie sich die Wodkaflasche, befüllte ihr Schnapsglas bis zum Rand und schüttete den hochprozentigen Alkohol ihren Rachen hinunter.

»Hey! Mach mal langsam, Claire. Du trinkst doch nie«, verlangte Tina vorwurfsvoll. »Was meinst du mit ›ihr verliert das Haus‹?«

»Dad kann die Schulden nicht mehr bezahlen. Er muss die Pizzeria schließen. Die Bank will das Haus als Pfand.«

»Warum nehmen sie stattdessen nicht die Pizzeria?«

»Die ist durch ihre Lage nicht viel wert. Wer kann hier in Stone schon richtig Fuß fassen? Sieh doch, was mit dem Kino passiert ist und wie sich der Subway am Stadtrand hält, ist mir ein Rätsel.«

»Ehrlich gesagt, soll der auch bald in Konkurs gehen«, warf Tina mit besorgter Miene ein.

Claire stieß ein mutloses Seufzen aus. »Was soll ich denn tun, Tina? Ich kann mir ein Studentenwohnheim nicht leisten und eine eigene Wohnung erst recht nicht. Und was macht mein Vater? Ohne Pizzeria ist er arbeitslos. Ich verdiene bei Weitem nicht genug, um uns beide durchzufüttern.«

Claire schenkte sich mit gekräuselten Lippen nach. Der Geschmack war grauenhaft. Wieso um alles in der Welt betranken sich Leute, wenn sie ihre Probleme vergessen wollten? Allein das Brennen in ihrer Kehle, das sie mit jedem Schluck plagte, war unerträglich, von dem Kater und der intimen Beziehung, die sie morgen früh zu ihrer Kloschüssel aufbauen würde, ganz zu schweigen.

»Jetzt ... beruhige dich erst einmal. Wenn es hart auf hart kommt, kannst du eine Weile bei mir wohnen. Hat dein Vater schon versucht, bei einer zweiten Bank anzufragen? Eine zweite Hypothek aufzunehmen?«

»Mit welchen Sicherheiten, Tina?«, erwiderte sie resigniert.

»Wir finden schon eine Lösung.«

Claire seufzte.

~ * ~

Zwei Stunden und eine fast halbleere Wodkaflasche später war ihnen allerdings noch immer kein Einfall gekommen. Tina würde im Gegensatz zu Claire nicht allzu lange brauchen, um das bisschen Alkohol, das sie zusammen mit ihr geext hatte, wieder abzubauen, ehe sie zur Arbeit musste. Gemeinerweise war ihre beste Freundin kaum angetrunken.

Claire kicherte, als ihr Handy vibrierte, doch ihr Gesicht verdunkelte sich augenblicklich, sobald sie den Namen und die dazugehörige Nachricht auf dem Display las.

»Dein Dad?«, fragte Tina mit geschürzten Lippen.

Claire schüttelte halbherzig den Kopf. »Ian. Er steht vor meiner Haustür. Er will wissen, wo ich bin. Ich sollte ...« Sie hielt inne. Selbst in ihrem beschwipsten Zustand wusste sie, was sie von Tina zu erwarten hatte, wenn sie diesen Satz beendete. Ihre Antwort überraschte sie allerdings.

»Ja. Schon gut. Geh schon. Aber sei vorsichtig, Claire.«

»Du hältst mich nicht davon ab?«

»Was soll ich denn tun? Ich werde dir nicht in den Rücken fallen und dir meinen Dad auf den Hals hetzen. Ich habe dich gewarnt und dir geraten, dich von ihm fernzuhalten. Du weißt, dass ich es nicht gutheiße. Scheiße, ich glaube nicht einmal, dass ihr beide eine Zukunft miteinander habt, geschweige denn, dass diese Beziehung in irgendeiner Weise gesund für dich ist, aber du bist meine beste Freundin und ich hab' dich lieb. Ich werde nicht diejenige sein, die auf deiner Hochzeit Einspruch erhebt. Aber wenn Ian dir jemals wehtut, werde ich die Erste sein, die zu Mistgabel und Fackel greift.«

Claire hätte ihr widersprochen, wäre da nicht dieses flaumige Gefühl von Taubheit, das sich von Kopf bis Fuß in ihren Gliedmaßen ausbreitete. Sie fühlte sich wie eine Schlafwandlerin, als sie sich vom Sofa kämpfte und blinzelte, um ihr Gleichgewicht wiederzuerlangen.

»Sicher, dass ich dich nicht nach Hause fahren soll? Du hast ziemlich viel getrunken.«

»Ich wohne fünf Gehminuten von dir entfernt. Solange ich noch nach Hause finde, ist doch alles gut.« Sie unterstrich ihre Aussage, indem sie zielstrebig zurück in den Flur stapfte, um sich anzuziehen. Geschickt ging anders. Claire fummelte wie eine Blinde an ihrem Reißverschluss und konzentrierte sich so verbissen auf ihre Winterjacke, dass sie über die Stufe vor der Haustür stolperte.

»Okay. Ich begleite dich trotzdem. Du läufst mir noch vor ein Auto, wenn du so weitermachst.«

KAPITEL 22

IAN

»Tina.« Ian begrüßte sie mit einem knappen Nicken. Lässig lehnte er gegen den hölzernen Zaun, der den grünen Garten rund um Raymonds Haus umrahmte. Ein Bein hatte er dagegengestemmt, die Arme mit hochgezogenen Augenbrauen verschränkt. Er stieß sich kraftvoll ab, als er Tina mit seiner Freundin unter dem Arm auf ihn zukommen sah. Ihr Blick war eisig, doch sie erwiderte seinen Gruß kühl.

»Wirst du auf sie aufpassen?«

»Natürlich. Was ist passiert?«, erwiderte er scharf.

Claire verdrehte bloß die Augen. »Mir geht es gut.«

»Hast du etwa getrunken?« Ungläubig musterte er sie von Kopf bis Fuß.

Schulterzuckend formte Claire mit den Fingern einen Abstand von einem Zentimeter, nur um kurz darauf wie ein Rehkitz das Gleichgewicht zu verlieren. Ian fing sie mühelos auf.

»Wieso hast du das zugelassen, Tina, verdammt nochmal?«

»Du müsstest doch eigentlich am besten wissen, wie stur sie sein kann!«, spie sie ihm entgegen.

Wütend schüttelte er den Kopf. »Na schön. Ich bringe sie rein.«

»Jetzt hört doch damit auf, so zu tun, als wäre ich gar nicht hier! Ich bin kein kleines Kind!« Claire krallte sich in Ians Wintermantel, als hinge ihr Leben davon ab. Dass sie ihm dabei fast die Knöpfe aus der Naht riss, fiel ihr wahrscheinlich nicht einmal auf. Stattdessen tanzten ihre Finger über seine festen Bauchmuskeln.

Ian erschauerte unter ihrer neugierigen Berührung. Verdammt. Alles in ihm schrie danach, sie sich über die Schulter zu werfen, in ihr Schlafzimmer zu tragen und sie dafür, dass sie sich in Gefahr begeben hatte, übers Knie zu legen, bis sie darum bettelte, dass er sie hart und schnell nahm.

Doch er beherrschte sich, nickte Tina zum Abschied knapp zu und führte Claire, die Arme um sie gelegt, ins Haus und hinauf in ihr Zimmer. Es dauerte eine ganze Weile, bis sie in ihrem Zustand die vielen Stufen bewältigt hatte.

»Dein Vater wird gleich zuhause sein, ist dir das bewusst, Häschen?«, säuselte er ihr ins Ohr. Sie drückte daraufhin den Rücken durch, um ihre Schultern gegen seinen Oberkörper zu pressen. Die Frage, wie Claire sich wohl verhalten würde, wenn sie betrunken war, hatte er sich nie gestellt – umso amüsanter war nun die Antwort, die bewies, dass sie ihn wie eine rollige Katze bestieg, als er sie auf ihr Bett bugsierte und ihr die Schuhe auszog, damit sie sich hinlegen konnte.

»Soll er doch, solange er noch kann«, gab sie schnippisch zurück. Spielerisch zupfte sie an seiner Winterjacke. Ian runzelte verwirrt die Stirn.

»Du steckst in großen Schwierigkeiten, Häschen. Verstehe ich das richtig, du hast deine Kurse geschwänzt, um dich mit Tina zu besaufen? Was ist denn bloß los mit dir?«

Claire schnurrte und zuckte mit den Schultern. »Alles, woran ich gerade denken kann, ist, dass ich dich mit meinem Mund verwöhnen will, bis du vor Lust schreist.«

»So verlockend das auch klingt, Häschen, du hast mich mit einer kurzen Nachricht abgespeist. Ich dachte, du willst darüber nachdenken, dass du und ich, also dass wir ...« Es war das erste Mal, dass er vor Claire ins Stottern geriet. Nach Fassung ringend nahm er einen tiefen Atemzug und massierte sich mit geschlossenen Augen die Nasenwurzel, ehe er weitersprach und sich zu ihr aufs Bett setzte.

»Du erzählst mir jetzt ganz genau, was passiert ist. Du trinkst nie harten Alkohol.«

Sie gehorchte. Mit lallender Stimme berichtete sie ihm bis ins kleinste Detail, was sie heute Vormittag vermutlich auch Tina aufgetischt hatte, während Ian ihre Hand in die seine nahm und kleine, unsichtbare Kreise darauf malte.

»Ha-hast du ...« Sie schluckte. »Hast du irgendetwas damit zu tun?«, fragte sie kleinlaut.

Womöglich hätte er sie, wäre sie nüchtern gewesen, dafür geköpft, im Moment aber genügte ihm, dass sie wehrlos und erschöpft einschlief, nachdem er ihr ein entsetztes, aber aufrichtiges »Natürlich nicht« zugeflüstert hatte.

Schon in ein paar Stunden würden sie grausige Übelkeit und ein marternder Kater plagen und sie für ihre Leichtsinnigkeit von ganz allein bestrafen. Bis dahin würde er dafür sorgen, dass sie, sobald sie aufwachte, keinen Grund mehr dazu haben würde, sinnlos weiterzutrinken.

Kopfschüttelnd schlich er zurück ins Erdgeschoss. Er hatte gehört, wie die Tür ins Schloss gefallen und eine dritte Person das Haus betreten hatte, und es war an der Zeit, dass er selbst in die Hand nahm, was Claire seit Wochen zu verstecken versuchte.

Wie hoch konnten die Schulden ihres Vaters schon sein? Er hatte weitaus furchteinflößendere Zahlen gesehen, mit Nullen, die sich mit bloßem Auge kaum zählen ließen.

Ian machte sich nicht die Mühe zu klopfen, als er die Küche betrat und Raymond dabei überraschte, wie er in Gedanken versunken aus dem Fenster starrte und sich eine Tasse Tee zubereitete.

»Mr. Archer.«

Raymond zuckte zusammen. Erschrocken drehte er sich zu dem Unbekannten in seinem Haus um und öffnete entsetzt den Mund. Seine Augen verengten sich zu feindseligen Schlitzen. Ian konnte anhand des Zuckens seiner Finger erkennen, dass er durchaus dazu bereit sein würde, sich mit dem erstbesten Küchengerät, das ihm in die Hände kam, zu verteidigen.

»Was soll das? Was wollen Sie in meinem Haus? Verschwinden Sie oder ich rufe augenblicklich die Polizei!«

»Das wird wohl kaum nötig sein, Mr. Archer. Ich denke, wir sollten einander endlich richtig vorgestellt werden. Ich bin Ian Conroy.«

Ian konnte Raymond förmlich schlucken hören. »Wissen Sie denn, was man sich hier über Sie erzählt? Sie sind in dieser Stadt nicht willkommen.« Claires Vater lehnte sich abwesend gegen die Küchentheke. Der Teekessel hinter ihm brodelte und zischte eigensinnig, doch Ian ließ sich nicht davon beirren.

»Das ist wirklich schade, denn ich fühle mich sehr wohl hier«, antwortete er unbeeindruckt.

Raymond biss ungeduldig die Zähne zusammen. »Verschwinden Sie. Sofort, oder ich kann Ihnen für nichts garantieren!«

Ian schmunzelte. Mit jedem Wort, das er sprach, behielt er die Oberhand. Hin und wieder ein wenig Macht auszuüben und seine Mitmenschen einzuschüchtern, fühlte sich unglaublich gut an.

»Sie sollten mir nicht drohen. Die Leute, die das getan haben, bereuten es bitterlich. Mr. Archer, ich bin hier, um Ihnen zu helfen«, fuhr er dann etwas sanfter fort. »Claire hat mir erzählt, dass Ihnen die Bank ziemlich viel Druck macht. Es wäre doch ein Jammer, wenn Sie die Pizzeria schließen und dieses wundervolle Familienhaus hier aufgeben müssten. Claire scheint es nämlich viel zu bedeuten.«

»Claire? Woher kennen Sie meine Claire?«

Ian erkannte sofort, dass seine Freundin nicht gelogen hatte. Raymonds Beschützerinstinkt erwachte wie ein bissiger Wachhund und schlug ihm wie eine Mauer aus heißer, trockener Luft entgegen, als er einen Schritt auf ihn zumachte.

»Ich verbringe schon seit einer Weile sehr viel Zeit mit Ihrer Tochter. Sie hat sich nur nicht getraut, Ihnen davon zu erzählen.«

»Was ... was soll das heißen? Warum?« Langsam schien er eins und eins zusammenzuzählen. Weshalb Claire in letzter Zeit kaum Zeit zuhause verbracht hatte. Weshalb sie ihn gestern am Telefon sogar angelogen und Tina als Ausrede vorgeschoben hatte.

»Können Sie sich das nicht denken?« Sein Schmunzeln wurde noch breiter.

»Wo ist sie? Wo ist sie jetzt gerade?«, schnappte der Pizzabäcker fanatisch.

»Sie schläft in ihrem Zimmer ihren Rausch aus, mit den Nerven am Ende, weil Sie als Hauptverdiener, wohlgemerkt, nicht mehr dazu in der Lage sind, Ihre Schulden abzubezahlen.« Ians Worte klangen wie ein scheltender Vorwurf. Erst nachdem er sie laut ausgesprochen hatte, realisierte er, wie unnötig Claires Sorgen waren. Sie hätte ihm sofort davon erzählen sollen, anstatt sich mit Klein-Tina sinnlos zu betrinken. *Stures Häschen.*

Raymond knurrte argwöhnisch.

»Wieso um alles in der Welt würden Sie mir helfen wollen?«

»Claire ist mir sehr wichtig. Ich würde sie mit meinem Leben beschützen, selbst wenn Sie mir das nicht glauben wollen. Ich würde sie natürlich nur zu gerne bei mir zuhause aufnehmen ... aber Ihre Tochter kann, wie Sie sicherlich wissen, sehr stur sein.« Tatsächlich hatte er bisher noch gar nicht daran gedacht, Claire bei sich wohnen zu lassen. Wenn er sie dazu anhalten würde, ihre Sachen zu packen und offiziell auszuziehen ... er wusste, er würde sie dazu überreden können, er konnte schließlich sehr überzeugend sein. Gleichzeitig aber wollte er auch, dass sie glücklich war. Sie hatte inzwischen akzeptiert, dass er sie immer und überall hin begleiten wollte. Wenn er sie allerdings bei sich zuhause einsperrte ... nein, das war zu viel, sofern sie sich nicht aus freien Stücken dazu entschloss, mit ihm zusammenzuziehen. Er würde sie bei Gelegenheit danach fragen.

»Außerdem wäre da dann ja noch das Problem, dass Sie selbst wie ein begossener Pudel auf der Straße landen würden. Eine Herberge für geplatzte Träume und alleinstehende Männer in ihrer Midlife-Crisis bin ich nicht. Also werde ich Ihnen helfen. Wie viel brauchen Sie?«, folgerte er siegessicher.

Raymond wich verdattert zurück. »Das können Sie nicht ernst meinen. Was lässt Sie glauben, ich würde Ihnen überhaupt vertrauen?«

»Nichts. Rein gar nichts. Aber Ihre Tochter tut es und ich bin, wie es aussieht, Ihre einzige Hoffnung, oder etwa nicht?«

Der Pizzabäcker stieß ein verzweifeltes Seufzen aus. Er schien mit sich zu ringen, doch Ian wusste, es war nur eine Frage der Zeit, bis er seinen Stolz hinunterschlucken und sich geschlagen geben würde.

»Na schön. Setzen Sie sich«, lenkte Claires Vater mürrisch ein. »Trinken wir eine Tasse Tee.«

KAPITEL 23

Ian hatte sie allein gelassen. Zugegeben, das geschah ihr recht, nachdem sie aus einer so blinden Vermutung heraus seine Anrufe ignoriert hatte.

Mit zittrigem Atem hievte sie sich aus dem Bett und keuchte auf. Sie war am Verdursten, von dem steigenden Gefühl der Übelkeit ganz zu schweigen. Um Gottes Willen, wieso war sie bloß davon ausgegangen, ihre Probleme in Alkohol ertränken zu können? Wann hatten sich solche hirnrissigen Einfälle jemals als hilfreich erwiesen?

Schweißgebadet verschwand sie im Badezimmer und schälte sich aus ihrer Kleidung, die sie durch ihren gemütlichen Morgenmantel ersetzte. Sie wusste nicht, wie lange sie geschlafen hatte. Eine Stunde, vielleicht zwei. Sie hatte nicht auf die Uhr gesehen, bevor sie eingedöst war.

Dass der Wodka noch immer durch ihr Blut sauste, merkte sie, als sie sich auf den Wannenrand setzte, um die Übelkeit zu vertreiben. Einatmen, ausatmen. *Gleich wird es besser*, versuchte sie sich selbst zu überzeugen, auch wenn sich der Raum wie ein Hamsterrad zu drehen schien.

Wasser. Sie brauchte unbedingt Wasser. Claire weigerte sich strikt, ihren Zahnputzbecher als Trinkglas zu benutzen, also zwang sie sich mit vorsichtigen Schritten ins Erdgeschoss hinunter.

Sämtliche ihrer Gliedmaßen schienen einzufrieren, als sie plötzlich Ians Stimme vernahm, der sich scheinbar mit ihrem Vater unterhielt. *Scheiße.*

»Wenn ich das Geld annehme ... woher weiß ich, dass es keinen Haken bei der Sache gibt?«

»Können Sie nicht.«

Geld? Welches Geld? Was tat er denn nur? Wusste ihr Vater von ihnen und wenn ja, was hielt ihn davon ab, Ian hochkant aus dem Haus zu werfen?

Vermutlich dasselbe wie dich einst, flüsterte eine leise Stimme in ihrem Kopf, die verdächtig nach Tina klang. Er hatte Angst. Mit Sicherheit würde Ian auch Raymond mit seinen Leuten drohen, wenn er den Zeigefinger und die Stimme hob. So gut kannte sie ihn mittlerweile.

»Ich tue das für Claire«, fuhr Ian ruhig fort. »Das ist mein einziger Beweggrund.« Für sie? Er bot ihrem Vater Geld ... für sie? Was passierte da gerade? Dieses Gespräch entwickelte sich in eine gefährliche Richtung. Einen kurzen Augenblick lang war sogar ihre Katerstimmung wie weggeblasen. Zu interessant waren die beiden Stimmen, die da aus der Küche kamen, eine Kombination, die sie liebend gerne um alles in der Welt verhindert hätte. Claire hielt gespannt den Atem an.

»Das würde ich gerne glauben. Aber ich kenne Sie«, hörte sie Raymond diplomatisch sagen.

»Ich kann Ihnen versichern, Sie kennen mich nicht. Also. Sind wir uns einig?«

Eine Sekunde verstrich. Zwei, drei, vier, fünf. Der Pizzabäcker seufzte ergeben.

»Meinetwegen. Ich danke Ihnen, Ian. Ich würde Ihnen anbieten, mich irgendwann zu revanchieren, aber ...«

Ian schmunzelte mit Sicherheit. Herr Gott, sie *spürte* regelrecht, wie seine Lippen sich verzogen.

»Ich weiß.«

Claire holte tief Luft und überbrückte die letzten Meter bis in die Küche. Die Tür knarzte, als sie sie weiter aufschob und den Raum betrat und das Bild, das sich ihr bot, sich mit dem Belauschten zusammenfügte. Ian saß Raymond mit dem Rücken zu ihr gegenüber. Seine Beine, die er heute in eine schwarze, etwas enger anliegende Jeans gehüllt hatte, hatte er lässig übereinandergeschlagen. Vor ihnen auf dem Tisch standen zwei leere Teetassen.

Beide drehten sich blitzartig zu ihr um, als sie das Knarzen der Tür hörten. Sie erwiderte stumm den Blick ihres Vaters, in dem sowohl Reue und Erleichterung als auch gleichzeitig ... ein sanfter Hauch von Wut lagen. *Richtig.* Sie würde ihm in aller Ruhe erklären müssen, dass sie hinter seinem Rücken eine neue Beziehung mit ausgerechnet dem Mann angefangen hatte, den die Stadt am liebsten mit Mistgabeln und Fackeln fortjagen würde.

»Ich, ähm ...«

»Wie geht es dir?« Ian machte keine Anstalten, die merkwürdige Lage weiter zu erklären, geschweige denn ihr mitzuteilen, worüber er mit ihrem Vater gesprochen hatte. Stattdessen war seine erste Sorge, wie sie auf den viel zu hochprozentigen Alkohol reagiert hatte.

»Miserabel. Dad, wir ... wir sollten reden.«

»Das sollten wir.« Raymond nickte ernst. »Aber jetzt setz dich erst einmal. Ich denke, ich habe gute Neuigkeiten.«

Neuigkeiten, die mit Ian und einer wahrscheinlich hohen Summe Geld zu tun hatten. Nervös biss sie sich auf die Unterlippe und kam seiner Aufforderung nach. Sie wählte absichtlich den Sitzplatz, der es ihr ermöglichte, Ian mühelos im Auge zu behalten. Sie würde zumindest versuchen, seine Gedanken von seinem Gesicht abzulesen, außerdem wäre ihr Vater sicher nicht sonderlich davon begeistert, sie nach dieser unerwarteten Bombe mit Ian herumturteln zu sehen. Schon gar nicht in ihrem jetzigen Zustand.

»Ich habe deinem Vater soeben versprochen, seine Schulden für die Pizzeria zu begleichen. Zinsen inklusive. Wir haben uns eine Weile darüber unterhalten, wie furchtbar dumm es war, das Haus der Bank als Pfand anzubieten und dass es überaus schade wäre, wenn ihr ausziehen müsstet.« Seine meerblauen Augen funkelten verschwörerisch.

Claire schluckte entsetzt. Sämtliche Schulden? Wie viel hatte Ian Raymond angeboten? Nur einen Wimpernschlag später brannten heiße Tränen in ihren Augen. *Ich tue das für Claire.*

»Ist das ... meinst du das ernst? Du willst einfach so ... die Schulden meines Vaters begleichen?«, würgte sie mühselig hervor.

»Nicht einfach so. Deinetwegen. Du hättest sofort zu mir kommen sollen, Claire. Dachtest du denn wirklich, ich hätte etwas damit zu tun gehabt, dass die Bank euch plötzlich Druck macht?«

Scham kroch ihre Eingeweide hoch. Sie konnte inzwischen wieder klar genug denken, um zu verstehen, dass sie falsch gelegen hatte. Eine Entschuldigung war mehr als bloß angebracht.

Noch vor ein paar Wochen hätte sie nicht eine Sekunde gezögert, Ian um Geld zu fragen. Wenn er sie nett zum Essen ausführen, ihr Geschenke machen und in einem teuren Luxushaus wohnen konnte, dann konnte er auch ein paar Pfund für die Schulden ihres Vaters springen lassen.

Was also hatte sich geändert? Wieso war ihr der Gedanke gar nicht erst gekommen?

Claire biss sich auf die Unterlippe. Sie kannte die Antwort. Sie mochte Ian viel zu sehr, als dass sie ihn für so etwas Dummes wie Geld ausnutzen würde, ob er nun in sie verliebt war oder nicht.

»Es tut mir leid, Ian ... ich bin ausgeflippt. Mir sind letzte Nacht hunderte von Szenarien durch den Kopf gegangen, eines schlimmer als das andere. Bist du mir böse? Ich wollte dir niemals vorwerfen ...«

Ihr Seufzen verwandelte sich in ein trockenes Schluchzen, sodass ihr Vater ihr beruhigend eine Hand auf die Schultern legte.

»Claire, beruhige dich, Schatz.«

Einen Moment lang sah Ian sie nur schweigend und durchdringend an. Seine meerblauen Augen schienen ihren gesamten Körper zu versengen.

»Ich bin dir nicht böse«, beschwichtigte er sie dann mit weicher Stimme. Er stand auf, noch bevor sie etwas erwidern konnte. »Es ist alles in Ordnung. Ich bin sicher, du hast im Augenblick eine Menge mit deinem Vater zu besprechen. Ich habe ohnehin noch etwas zu erledigen. Ich rufe dich heute Abend an. Vielen Dank für den Tee, Mr. Archer.« Der Spott in seiner Stimme war klar hörbar, doch Raymond presste bloß die Lippen aufeinander.

»Trink viel Wasser und Kaffee und vermeide Zucker, bis du wieder ausgenüchtert bist«, sagte er an Claire gewandt.

Sie nickte wie ferngesteuert, ließ wie in Trance zu, dass Ian sich vorbeugte, ihr einen kurzen Kuss auf die Lippen drückte und dann schmunzelnd das Haus verließ.

»Ich wollte dich nicht anlügen«, begann sie, nachdem die Tür ins Schloss gefallen war und sich zum Zerreißen angespannte Stille in der Küche ausbreitete.

Raymond räusperte sich.

»Was hat er dir erzählt?«, fragte sie vorsichtig.

»Nur, dass du mir schon sehr viel länger verschweigst, mit wem du dich triffst.« Also blieb es ihr überlassen, ihm sämtliche – nun, *fast* sämtliche – Details aufzubereiten.

Claire holte tief Luft. Sie weihte ihn in die Geschichte mit dem Beinahe-Unfall, den zu Beginn mehr oder weniger unfreiwilligen Dates nach ihren Kursen und der Halloweenparty ein, erklärte ihm, dass Tina Bescheid wusste, ihre Entscheidung missbilligte und Jackson sich von absurder Eifersucht auffressen ließ. Auch ihrem Vater gegenüber hielt sie dicht, was die bitter schmeckende Drohung ihres drogensüchtigen Exfreundes anging, und als sie fertig war, atmete der Pizzabäcker überfordert aus.

»Was ... was sagst du dazu?«, schloss sie. Was sie erwartete, war eine Standpauke. Eine Predigt und der Vorwurf, so leichtsinnig und lebensmüde gehandelt zu haben. Ihren Vater mit all den Lügen, die sie ihm über die letzten Wochen hinweg aufgetischt hatte, zu enttäuschen, löste ein ekelhaftes Gefühl, das sogar ihre Übelkeit übertrumpfte, in ihrer Magengrube aus.

»Was soll ich denn sagen? Ich bin nicht begeistert. Claire, ich bin ganz und gar nicht begeistert. Du hast Neil gehört, dieser Mann ist gefährlich. Aber ... du bist eine erwachsene Frau und du bist in der Lage, deine eigenen Entscheidungen zu treffen. Ich werde ihn im Auge behalten und Gott steh ihm bei, wenn er dir wehtut. Ich war ... *bin* wütend, dass du mich angelogen hast. Ich bin wütend, dass er so selbstverständlich in diesem Haus aufgetaucht ist, verdammt. Aber er scheint es ... ziemlich ernst mit dir zu meinen.«

Dem stimme ich voll und ganz zu, pflichtete sie ihm stumm bei.

»Dad ... wie viel hat Ian dir versprochen?«

Raymond hielt kurz inne und fixierte seine leere Teetasse mit Argusaugen. Als er wieder aufblickte, funkelten Verwunderung und Ungläubigkeit in ihnen.

»Er will mir eine halbe Million Pfund überweisen.«

KAPITEL 24

Eine halbe Million Pfund. Woher kam das viele Geld? Dass es für Ian keine Rolle spielte, hatte er ihr schon zu Beginn klargemacht, als er sie in dieses teure Fünfsternerestaurant ausgeführt hatte, um sie zu beeindrucken und ihr wie eine Figur aus Star Wars seine wahnwitzige Macht zu demonstrieren.

In letzter Zeit hatte sie kaum noch darüber nachgedacht, doch nun, nachdem ihr Vater seine Schulden bereits am nächsten Tag auf einen Schlag abbezahlen und sowohl die Pizzeria als auch das Haus behalten konnte, schlich sich einmal mehr die nervenaufreibende Frage in ihren Kopf, welchem Beruf ihr Freund denn nun tatsächlich nachging.

Sie war zu eingeschüchtert, um ihn schon zum wiederholten Male danach zu fragen, nicht nachdem sie ihn beschuldigt hatte, Raymond den Schlamassel mit der Bank überhaupt erst eingebrockt zu haben; dennoch erinnerte sie ein stechendes Gefühl in ihrem Herzen ungewollt daran, dass sie rein gar nichts über Ian wusste.

Wenn er nun doch gegen das Gesetz verstieß? Oh, mit Sicherheit. Jackson hatte er schon einmal beinahe umgebracht und sie bezweifelte nicht, dass er zögern würde, den Abzug zu drücken, wenn es darauf ankam. Er hatte es sogar selbst zugegeben, als er ihr am Jahrmarkt den riesigen Teddybären gewonnen hatte, der seither Quartier in der Ecke ihres Betts bezogen hatte und ihr Trost spendete, wenn Ian die Nacht nicht mit ihr verbringen konnte.

Was er wohl tat, wenn sie nicht zusammen waren?

Ich habe ohnehin noch etwas zu erledigen, hatte er vor knapp zwei Wochen gesagt.

Noch dazu kam Raymonds neuste geheuchelte Begeisterung für Ian. Die beiden nahezu ständig dabei zu beobachten, wie sie Claire zuliebe versuchten, miteinander klarzukommen, war die pure Folter. Ian entgegnete den widerwilligen und kühlen Begrüßungen ihres Vaters, wann immer er Claire von Manchester nach Hause fuhr und in ihr Zimmer begleitete, nie mit mehr als einem spöttischen und überlegenen Grinsen, wohl wissend, dass ihr Dad ihm eine Menge zu verdanken hatte.

»Mir war gar nicht bewusst, dass der Stoff für Prüfungen neuerdings auf Bäumen wächst.« Tadelnd strich Ian ihr über den Oberschenkel, sodass sie wohlig erschauerte. Das Buch auf ihrem Schoß war schon nach wenigen gelesenen Zeilen vergessen. Angestrengt blickte sie seit geraumer Zeit aus dem Fenster, als ob die knorrigen Äste des alten Baums, der bis zum Dach emporragte, Antworten bärgen.

»Tut mir leid, hast du etwas gesagt?«

Er schmunzelte amüsiert, ehe er ihr die schwere Lektüre abnahm und auf den Schreibtisch legte. Er wusste, dass sie für schon bald anstehende Prüfungen zu lernen hatte, also hatte er es sich offenbar zur Aufgabe gemacht, dass sie sich den Stoff gut einprägte. Claire war klar, er kannte sie mittlerweile gut genug um zu wissen, dass sie ihm die Schuld dafür geben würde, wenn sie das Semester nicht mit guten Noten abschloss.

Während sie lernte, verbrachte er die Zeit damit, von seinem Mobiltelefon aus seine Geschäfte zu regeln. Claire jedoch hatte noch nichts herausfinden können – und das würde sie vermutlich auch nicht, solange sie es nicht hinbekam, ihm dabei über die Schulter zu spähen.

Ian zog tadelnd eine Augenbraue nach oben und steckte sein Handy zurück in seine Hosentasche. »Ich habe gefragt, ob du heute Abend mitkommen willst. Ich treffe mich mit Anthony in der Cloud.«

»Wo?«

»In der Cloud. Cloud 23. Eine sagenhafte Bar in Manchester. Willst du mitkommen?«

Claire zog misstrauisch eine Augenbraue nach oben und verschränkte die Arme vor der Brust. »Seit wann fragst du mich? Für gewöhnlich schleppst du mich doch auch einfach mit«, warf sie ihm mit einem Zwinkern vor.

»Ich *schleppe* dich nicht mit, ich führe dich aus. Und ich frage, weil du die Zeit zum Lernen brauchst. Ich will am Ende des Semesters nicht der Grund für schlechte Noten sein.«

Ich nehme an, du warst auch ein Einserschüler an der Uni. Claire widerstand dem Drang, die Augen zu verdrehen, freute sich aber dennoch. Für gewöhnlich war Ian schließlich in der Tat sehr dominant, was ihre gemeinsamen Unternehmungen anging. Außerdem, so beschloss sie, würde ein Abend weniger Zeit zum Lernen das Wasser auch nicht zum Überlaufen bringen. Vor ihrer ersten Abschlussprüfung lagen schließlich noch immer die gesamten Weihnachtsferien.

Zugegeben, eine Bar klang nach dem Trauma, das sie sich mit dem Wodka von Tinas Vater selbst beschert hatte, nicht unbedingt nach dem idealsten Aufenthaltsort für einen entspannten Abend, doch solange sie die Finger vom Alkohol ließ …

»Na gut. Gibt es denn einen bestimmten Grund für das Treffen?«

»Es geht um etwas … Geschäftliches. Phoebe wird auch da sein, du wirst dich also nicht langweilen.«

Phoebe also. Das quirlige Sexbündel. Ihre Liebe zum Tratsch kam Claire gerade recht. Wenn sie sich geschickt anstellte, könnte sie sie womöglich ein wenig über Ians und Tonys geschäftliche Angelegenheiten ausfragen. Nach einem Martini oder zwei würde sich ihre Zunge vielleicht lockern.

Sie nickte entschlossen. »Ich komme mit.«

»Schön. Aber ich warne dich, Claire, wenn du auch nur einen Schluck Alkohol trinkst, wirst du es bitter bereuen.« Ians Augen funkelten verschwörerisch, als sie nickte und die Lippen aufeinanderpresste, um nicht zu grinsen.

»Versprochen.«

~ * ~

Ian bestand auf eine formelle Garderobe und durchsuchte ihren Kleiderschrank nach dem schwarzen Cocktailkleid mit freiliegendem Rücken, das er ihr letzte Woche gekauft hatte, während sie sich im Bad frisch machte.

Claire war noch nie in der Bar gewesen – wenn es aber keinen Dresscode gab, war der einzige Grund für Ians pingelige Bitte, dass er mit ihrer Anwesenheit prahlen wollte. Er war besonders gut darin, mit ihr anzugeben, wenn sie auf seine Freunde trafen, meist in der kleinen Bar in Stone, wo selbst der Besitzer ihn inzwischen den Billardchampion nannte.

»Schön, du hast mir ein Kleid herausgelegt. Meine Unterwäsche hast du aber rein zufällig vergessen?« Sie schmunzelte, als sie mit nichts weiter als einem Handtuch bekleidet in ihr Zimmer kam und das schwarze Stück Stoff auf ihrem Bett beäugte.

»Aber nicht doch.« Ian grinste schelmisch. »Du brauchst keinen BH für dieses Kleid.« Kaum hatte er die Worte ausgesprochen, zauberte er hinter seinem Rücken einen Stringtanga hervor. Dünner schwarzer Stoff aus Seide schmiegte sich in ihre Handfläche, als er ihn ihr überreichte.

»Ich schulde dir noch ein Höschen, schon vergessen?«

Ihre Augen weiteten sich erschrocken. »Das sieht aber nicht wie mein Höschen aus.«

»Ist es auch nicht. Es ist neu. Trag es für mich.«

Kopfschüttelnd tat sie wie geheißen und warf ihr feuchtes Handtuch achtlos aufs Bett. Der Stoff fühlte sich merkwürdig schwer an, als sie ihn über die Beine streifte. Claire zögerte trotzdem nicht. Es passte perfekt.

Ian nickte zufrieden. Gierig wanderte sein Blick über ihren halbnackten Körper, ehe er nach vorne schritt und sich hinter sie stellte. Sie quiekte unverwandt auf, als er seine Hand in das Höschen schob und quälend langsam ihre Schamlippen teilte, bis sie realisierte, *weshalb* der Stoff so schwer war.

Der Vibrator schmiegte sich augenblicklich an ihre enthüllte Klitoris.

Sie konnte Ians verschmitztes Grinsen an ihrem Nacken förmlich spüren, noch während seine andere Hand abwesend über ihre Brüste strich. Claires Nippel richteten sich freudig auf, hungrig nach seinen Berührungen. Ihr Körper war ein mieser Verräter.

»Bitte sag mir, dass das, was ich da anhabe, nicht das ist, wovon ich glaube, dass es das ist.«

Der Schwarzhaarige lachte leise in sich hinein und trat wieder nach vorne, um ihr ins Gesicht zu blicken.

»Du erinnerst dich noch an unseren Besuch in dem Erotikshop?« Das tat sie allerdings. Er hatte zwei Packungen zum Bezahlen auf den Tresen gelegt, nicht bloß eine.

»Selbstgefälliger Mistkerl«, grummelte sie, halb verärgert, halb verspielt. Ian grinste sie erwartungsvoll an.

»Das verspricht doch ein interessanter Abend zu werden, oder nicht? Mit dieser kleinen Fernbedienung ...« – gelassen holte er ein schwarzes Kästchen aus seiner Hosentasche – » ... habe ich heute Abend deine Lust in der Hand. Im wahrsten Sinne des Wortes. Wenn ich auf diesen unscheinbaren kleinen Knopf hier drücke ...«

Claire zuckte erschrocken zusammen, als der Vibrator zum Leben erwachte und leise vor sich hin summte. Direkt an ihrer Klitoris fühlte sich das Spielzeug verboten gut an und stimulierte sie so köstlich unauffällig, dass sich ihre Erregung sogar noch steigerte. Lange würde das Höschen nicht trocken bleiben. Mit einem leisen Klicken der Fernbedienung stellte er die Vibrationen wieder aus.

Ian hatte recht, heute Abend würde er mit ihrer Lust spielen wie auf einem Saiteninstrument – es war ihr kleines, schmutziges Geheimnis und sie verfluchte sich für die unerklärliche Aufregung, die ihren Körper allein bei dem Gedanken daran durchströmte.

Mit zittrigen Fingern schlüpfte sie in ihr Cocktailkleid und vervollständigte ihr Outfit mit schwarzen High Heels und einer grauen Clutch.

Keiner der beiden verlor ein Wort über die magische Fernbedienung in Ians Hosentasche, während sie die Treppen nach unten schritten und auf die Haustür zusteuerten.

»Dad, ich gehe mit Ian aus.«

Claire wartete kaum seine Antwort ab. Sie fröstelte trotz ihres Wintermantels auf der kurzen Strecke bis zu Ians Auto. Sobald er sie auf den Beifahrersitz bugsiert und ihr amüsiert dabei zugesehen hatte, wie sie sich anschnallte, startete er den Motor und lenkte das Auto Richtung Manchester.

»Du wirkst so angespannt, Häschen«, bemerkte er spöttisch über das leise Gedudel des Radios hinweg.

»Ach was?« Claire war bewusst, dass ein einzelner Knopfdruck genügte, um sie in aller Öffentlichkeit in pure Wonne zu versetzen. Was, wenn er sie so weit trieb, dass sie kam? War das denn möglich oder würde sie es verhindern können?

Nervös biss sie sich auf die Unterlippe. Der Gedanke daran war zugleich furchteinflößend als auch aufregend.

KAPITEL 25

Die Aussicht war bombastisch. Vom gefühlt zehnten Stockwerk aus überblickte Claire nahezu ganz Manchester mit abertausend Lichtern, die mit den Sternen am Himmel konkurrierten und die Schwärze der Nacht punktierten. Es war atemberaubend schön – die perfekte Umgebung für eine derart luxuriöse Bar. Die bequemen Sessel und Sofas fühlten sich an wie echtes Leder und schmiegten sich butterweich an ihre Handflächen, als sie darüberstrich und einem der Kellner erlaubte, ihr den Wintermantel abzunehmen. Das schwache Kerzenlicht auf den Tischen erinnerte sie an das gemütliche Ambiente in dem Restaurant, in das Ian sie vor ein paar Wochen ausgeführt hatte.

»Claire! Oh wow, du siehst hinreißend aus!« Phoebe riss Claire in eine stürmische Umarmung. Mit ihren übertrieben hohen High Heels überragte sie Claire um ganze zehn Zentimeter, von ihrer aufwendigen, aber hübschen Hochsteckfrisur ganz zu schweigen.

Sie musste den Kopf in den Nacken legen, um ihr in die Augen zu sehen und schließlich einen großen Schritt zurücktreten, um auch Anthony begrüßen zu können, der ihr mit einem freundlichen Funkeln in den Augen die Hand reichte.

»Lass uns gleich zur Sache kommen, ja? Ich will diesen Abend auch noch ein wenig genießen«, hörte sie Ian zu seinem besten

Freund sagen. Seine linke Hand berührte ihren nackten Rücken und schob sie sanft nach vorn. Claire wurde das Gefühl nicht los, dass er damit die kleine Fernbedienung in seiner Hosentasche meinte. Bisher hatte er sie noch in Frieden gelassen, doch das Wissen, dass er jederzeit auf diesen verfluchten kleinen Knopf drücken und sie vor Fee, Anthony und all den anderen elegant gekleideten Gästen in der Cloud blamieren könnte, setzte ihren ohnehin schon viel zu erregten Körper unter Strom. Jedes Mal, wenn der Schwarzhaarige sie berührte, loderte ihre Haut wie griechisches Feuer.

»Lass die Männer reden. Du kommst mit mir, setzen wir uns an die Bar. Meine Füße bringen mich jetzt schon um!«

Flüchtig warf Claire einen Blick auf Fees Schuhe. Rote High Heels mit so dünnen Absätzen, bei denen es einem Wunder gleichkam, dass sie das Gewicht einer erwachsenen Frau tragen konnten.

»Worauf hast du Lust? Martini? Sekt? Champagner?« Mit den Augenbrauen wackelnd zog Fee das letzte Wort in die Länge, scheuchte sie Richtung Bar und stahl mit ihrem tief ausgeschnittenen roten Kleid sofort die Aufmerksamkeit des Angestellten dahinter.

Claire schürzte die Lippen. »Mineralwasser.«

»Nur Mineralwasser? Ohne Wein? Oder Wodka? Ganz sicher?«, erwiderte das Nacktmodel regelrecht brüskiert.

»Ganz sicher.«

»Na schön. Ein Mineralwasser und einen Cosmopolitan, bitte.« *Was für ein Klischee.* Claire widerstand dem Drang, die Augen zu verdrehen, und schenkte Fee stattdessen ein falsches Lächeln. Sie mochte den Playboystar zwar auf eine verkorkste Art und Weise – ihr aufgedrehtes Verhalten allerdings ging ihr trotz ihrer Vorliebe für Klatsch gegen den Strich.

Der Barkeeper stellte zwinkernd die bestellten Getränke vor ihr ab. Womöglich erhoffte er sich, dass ihm Fee einen verführerischen Blick zuwerfen würde, doch ihr Interesse galt bereits wieder Claire. Sie rechnete es Fee hoch an, trotz ihres aufreizenden Aussehens nicht mit Fremden zu flirten, um zu bekommen, was sie wollte. Vermutlich auch deshalb, weil Anthony es ihr bis dahin schon längst auf einem Silbertablett serviert hatte.

»Hab dich nicht so, Claire, setz dich.«

Das Sitzen gestaltete sich mit dem kleinen Vibrator zwischen ihren Beinen allerdings gar nicht so einfach. Bereits im Auto war sie planlos mit den Pobacken über den Sitz geschabt, dabei war das kleine Spielzeug gar nicht angeschaltet gewesen. Ian hatte ihren stillen Kampf nur glucksend beobachtet. Was lauter Fremde in einer hochnäsigen Bar jedoch von ihrer unruhigen Rutscherei halten würden, wollte sie sich gar nicht erst ausmalen.

Zögernd kletterte sie auf einen der Barhocker und umklammerte mit einer Hand ihr Mineralwasser, das der Angestellte trotz des antialkoholischen Inhalts in ein Weinglas gefüllt hatte.

»Kennst du den Grund für dieses spontane Treffen?«

Fee zuckte mit den Schultern. »Nicht so ganz. Tony war gestern Nachmittag richtig ... besorgt. Weswegen wollte er mir aber nicht verraten.«

»Irgendetwas Geschäftliches?«, bohrte sie nach. Das kühle Mineralwasser fühlte sich wunderbar auf ihrer Zunge an. Eine willkommene Ablenkung zu dem stetigen Prickeln zwischen ihren Beinen. Ob Ian wohl vergessen würde, dass sie das Höschen trug? Er schien sehr beschäftigt, wie er mit Anthony an einem abgelegenen Tisch die Köpfe zusammensteckte und mit einem Glas Whisky in der Hand leise Worte wechselte, die für niemand anderes Ohren bestimmt waren.

Fee schüttelte den Kopf. »Das glaube ich nicht.« Sie unterbrach sich mit einem kräftigen Schluck, ehe sie weitersprach. »Beim Geschäft geht es nur um das eine – Geld. Und kein Geld der Welt ist so wertvoll, dass er sich darüber Sorgen machen müsste. Vielleicht hat er ja endlich eine neue Spur, was die Mörder von Ians Tante angeht. Die beiden sind schon seit Jahren an der Sache dran. Aber genug davon, wie steht es mit euch beiden? Du glühst richtig. Ihr hattet Sex, oder?«

Claire blinzelte verstört. Sie brauchte eine Sekunde, um zu verarbeiten, was Fee ihr da gerade unwissentlich verraten hatte. Vermutlich ging sie davon aus, dass sie bereits Bescheid wusste. Ians Tante ...

»Nein, nein, warte. Die Mörder von Ians Tante? Meinst du etwa Anita Shepman, die Ehefrau des Besitzers des kleinen Schmuckgeschäfts in Stone?« Ihr mitzuteilen, dass sie selbst dort arbeitete, verkniff sie sich.

»Was? Nein, Quatsch. Das kleine Schmuckgeschäft in Stone ist eines von vielen, das George besitzt und verwaltet. Anita ist seine zweite Ehefrau. Seine erste Frau wurde brutal ermordet. Angeblich wurde sie sogar vergewaltigt. Ian und sie standen sich sehr nahe. Er ist seit Jahren auf Rache aus. Hat er dir nichts davon erzählt?«

»N-nicht im Detail«, brachte Claire stockend hervor. Ihre Nase kitzelte von der kleinen Notlüge. »Ich denke, er wollte mich nicht beunruhigen. Was genau ist passiert?«

»Oh ... ich weiß nicht, ob ich diejenige sein sollte, die dir das erzählt, Claire«, druckste sie peinlich berührt herum. »Frag Ian am besten selbst.«

Claire nickte. Das war bereits mehr Information, als sie sich hatte erhoffen können. Dabei hatte sie sich noch nicht einmal Mühe damit gegeben, Fee ein paar schlüpfrige Details zu entlocken.

»Also? Wie läuft es zwischen euch beiden? Ist der Sex gut?«

»Es geht bei uns um mehr als bloß Sex«, verriet sie und nahm schnell noch einen kühlen Schluck, bevor sie mit Details herausrücken musste.

Das Nacktmodel hüpfte grinsend auf ihrem Barhocker auf und ab. »Weiß ich doch. Aber ohne Sex macht das traditionelle Beziehungskonzept ja auch keinen Spaß.«

Da hatte sie irgendwie recht. Es schien, als ob sich die Verbindung zwischen Ian und ihr noch verstärkt hatte, nachdem sie angefangen hatten, miteinander zu schlafen.

»Der Sex ist atemberaubend. Reicht das?«

»Nicht im Geringsten. Ich will saftige Details haben. Habt ihr es schon einmal in der Öffentlichkeit getan? Oh, oder im Freibad? Na, jetzt wohl kaum, es ist tiefster Winter.« Fee plapperte wie ein Wasserfall und nannte Claire unzählige Orte, bei welchen sie von selbst nie darauf gekommen wäre, mit Ian zu schlafen.

»Fee, wir haben lediglich – oh.« Sie unterdrückte ein Stöhnen, als ihr Höschen urplötzlich zum Leben erwachte. Leise und sachte Vibrationen verwöhnten ihre intimste Stelle und spielten mit der steigenden Erregung in ihrem Körper. Claire biss sich fest auf die Unterlippe und überkreuzte die Beine. *Scheiße.*

»W-wir haben lediglich ... hör mal, ich will mit dir nicht unbedingt darüber sprechen, wo Ian und ich bereits Sex hatten.«

Es gab ohnehin nicht viele Orte. *Von diesem einen Mal im Auto abgesehen.* »Ich will überhaupt nicht über Sex sprechen. Bevor ich dich kannte, habe ich das Wort ja noch nicht einmal so oft in den Mund genommen.«

»Stattdessen hast du sicherlich etwas *anderes* in den Mund genommen, hm?« Phoebe kicherte wie eine kleine böse Hexe über ihrem Zauberkessel.

»Phoebe! Ah ...« Hitze stieg Claire in die Wangen, als die Vibrationen sich mit einem Mal verstärkten und in einem stetigen Rhythmus gegen ihre empfindlichste Stelle klopften. Verstohlen warf sie einen weiteren Blick zu Ian – er war noch immer in ein Gespräch mit Anthony vertieft, eine Hand allerdings hatte er unauffällig in seine Hosentasche geschoben. *Mistkerl.*

In ihrem Zimmer war die konstante Stimulation noch erträglich gewesen. Allein, ungestört und ungesehen war es nicht weiter schlimm gewesen, ihre Erregung vor Ian laut zur Schau zu stellen. Je länger sie in aller Öffentlichkeit nun jedoch versuchte, einen viel zu schnell heranwachsenden Orgasmus zu unterdrücken, desto schwieriger wurde es, nicht hemmungslos zu stöhnen.

Dann, zu allem Überfluss, steigerte Ian die Geschwindigkeit der Vibrationen noch weiter. Claire krallte angespannt ihre Finger in die Thekenkante.

»Süße, ist alles in Ordnung? Du bist rot wie eine Tomate. Trink dein Wasser, nicht, dass du mir noch umkippst.« Besorgnis spiegelte sich in Phoebes schwarzumrandeten Augen wider. Alarmiert umfasste ihre Hand ihren Oberarm. Claire schüttelte sie mit einem tiefen Atemzug ab.

»Es geht mir gut, danke. Nicht der Rede wert. Mir ist nur kurz ... schwindlig geworden.« Und genauso schnell, wie Ian ihr Höschen angeschaltet hatte, schaltete er es mit einem Mal wieder ab. Er hatte ihr versprochen, er würde heute Abend ihre Lust in den Händen halten ... Claire begriff erst jetzt, dass er damit auch unausweichlich kontrollierte, ob und wann sie für ihn kam. *Mistkerl. Mistkerl, Mistkerl, Mistkerl!*

Seine süße Folter setzte sich so noch eine ganze Weile fort. Sobald Fee sie in ein ausnahmsweise interessantes Gespräch über ihren Beruf und seine Gefahren und Vorzüge verwickelt hatte oder Claire begeistert von ihrem Studium erzählte, schickte Ian über seine teuflische Fernbedienung wieder und wieder kleine Stromschläge durch ihren gesamten Körper.

Claires Knie waren weich. Vor knapp zwei Minuten wäre sie beinahe auf dem Barhocker gekommen, eine Minute darauf hatte sie damit gerungen, nicht in aller Öffentlichkeit eine Hand zwischen ihre Beine zu schieben und mit ihren Fingern selbst zu beenden, was Ian angefangen hatte. *Nein, nicht hier, wo dich jeder sehen kann. Nicht, wo* er *dich sehen kann.*

Es war keine Wut, die da zusammen mit Erregung durch ihre Adern pulsierte. Claire dürstete es dennoch nach Rache. Wenn sie kurz auf einer der Toiletten verschwand, um sich Erleichterung zu verschaffen ...

Unverhohlen drehte sie den Kopf in Ians Richtung.

» ...also, falls du jemals in China bist, vergiss nicht ...«

»Tut mir leid, Fee, ich müsste mal kurz für kleine Mädchen«, unterbrach sie sie unwirsch, gerade, als Ian das kleine Spielzeug zum wiederholten Male auf die höchste Stufe stellte.

»Oh, ja klar. Die Treppen nach unten, erste Tür links.«

Ein unauffälliges Schmunzeln umspielte Ians Lippen, als sie aufstand und sich ihre Blicke kreuzten. Es verflüchtigte sich allerdings so schnell wie ein Eiswürfel, der in der prallen Sonne schmolz, sobald er registrierte, was sie vorhatte. Das bedrohliche Funkeln in seinen Augen spornte Claire bloß noch mehr an.

KAPITEL 26

»Was glaubst du, wird das?«

Claire kreischte alarmiert auf, als sie Ians rauchige Stimme hinter sich vernahm. Empört fuhr sie herum und stemmte die Hände in die Hüften.

»Ich muss mal. Was tust du hier überhaupt, das ist die Damentoilette!«

»Du musst mal, natürlich. Was hattest du hier drinnen vor, hm? Das Höschen loswerden? Zu Ende bringen, was ich dir vorenthalte?« Er grinste schelmisch. »Wag es bloß nicht.«

»Das ... hatte ich überhaupt nicht vor«, log sie frech.

Ian schwieg einen Moment. »Das will ich auch hoffen.«

Die Emotion, die in seiner Stimme mitschwang, war intensiver als sonst. Was auch immer Anthony in Unruhe versetzt hatte, er hatte Ian damit angesteckt. Kein teurer Whisky der Welt und auch kein irrwitziges Sexspielzeug konnten daran rütteln.

Claires Zunge prickelte von den vielen Fragen, die sie ihm, neugierig und eindringlich, wie sie war, hier und jetzt auf der Damentoilette stellen wollte. Doch sie hielt den Mund.

Er würde sie ohnehin bereits dafür schelten, dass sie Phoebe über seine Vergangenheit ausgequetscht hatte.

Claire atmete erleichtert auf, als Ian seine Hand in die Hosentasche schob und die leisen Vibrationen verstummten. Die verräterische Hitze zwischen ihren Beinen und auf ihren Wangen grenzte zwar noch immer an Unerträglichkeit, aber zumindest gewährte er ihr eine Verschnaufpause.

»Wenn du es nicht mehr erwarten kannst, dann ...« Verschlagen schielte Ian auf eine der leeren Kabinen.

»Ich werde ganz bestimmt nicht auf einer öffentlichen Toilette Sex mit dir haben!«, zischte sie regelrecht angewidert, bedacht darauf, ihre Stimme nicht zu sehr zu heben. »Wer weiß, wer vor uns schon alles hier war ... und wann diese Kabinen zum letzten Mal geputzt wurden.«

Ian lachte amüsiert in sich hinein.

»Dann wirst du dich wohl gedulden müssen. Wir sind bald fertig. Anthony und ich müssen bloß noch ein paar Details besprechen, dann können wir gehen, in Ordnung?«

Sie nickte und gab ihm einen kurzen, doch eindringlichen Kuss auf die Lippen.

»Ich dachte, du musst mal«, bemerkte er tadelnd, als sie anschließend an ihm vorbei zur Tür wollte.

Ertappt schnappte sie nach Luft, ehe sie augenrollend in eine der Kabinen stapfte und energisch hinter sich abschloss. Ians Lachen hörte sie sogar noch, als er die Damentoilette wieder verlassen hatte.

~ * ~

Wie sprach man jemanden am besten auf den brutalen Tod eines Familienmitglieds an? Ian hatte keine Ahnung davon, was Claire heute von Fee erfahren hatte. Schon die ganze Autofahrt nach Hause hatte er keinen Mucks von sich gegeben und starr auf die dunkle Straße vor sich geblickt.

Sein ganzer Körper versprühte eine Frustration, die Claire bis in ihre Zehenspitzen fühlen konnte. Sämtliche Zellen ihres Körpers kribbelten nervös, zwangen sie zu Wachsamkeit und quälten ihren Magen mit einem leichten Gefühl der Übelkeit, schon seit sie ins Auto gestiegen war.

Ihre Erregung von vorhin war inzwischen verraucht und wie ein dünnes Blatt Papier von einer Windböe davongeblasen. Ian hatte die kleine Fernbedienung auch nicht mehr benutzt, seit sie auf die Damentoilette geflüchtet war. Einen Augenblick lang glaubte sie sogar, sie hätte den Schwarzhaarigen irgendwie verärgert, doch gerade, als sie vor seiner Haustür den Mund aufmachen und ihn danach fragen wollte, attackierte er ihre Lippen mit einem groben, leidenschaftlichen Kuss.

»Ich warte schon seit wir das Haus verlassen haben darauf, dir dieses Kleid vom Leib zu reißen«, hauchte er gegen ihren Mund. Sein Atem streifte den ihren, als er kurz von ihr abließ, um aufzuschließen.

Claire holte tief Luft. »Untersteh dich! Du hast mir das Kleid gerade erst gekauft.«

»Dann kaufe ich dir eben noch eines, Häschen. Du hast ja keine Ahnung, wie scharf es mich gemacht hat, dir dabei zuzusehen, wie du dich rot wie eine Tomate auf dem Barhocker gewunden hast.« Ian war gerade noch dazu in der Lage, die Tür mit dem Fuß hinter sich zuzustoßen. Gierig stürzte er sich auf Claire, als wäre sie seine letzte Mahlzeit und schlang seine Arme um ihre Mitte.

Womöglich wusste er bereits, dass sie nur auf eine Gelegenheit wartete, ihn auf das, was sie mit Phoebe beredet hatte, anzusprechen. Oder aber sein kleines Spielzeug hatte auch ihn beinahe um den Verstand gebracht. Claire vermutete letzteres, als seine Erektion gegen ihren Oberschenkel drückte.

Seufzend gab sie sich seinem Kuss hin. Ian verschwendete keine Zeit damit, sie wie eine Braut hochzuheben und in sein Schlafzimmer zu tragen. Sie brachte es gerade noch fertig, sich die Schuhe von den Füßen zu streifen, ehe er sie auf sein Bett stellte, sodass sie ihn um einiges überragte.

Knurrend machte er sich an dem Reißverschluss ihres Kleides zu schaffen und zerrte ihr den schwarzen Stoff unsanft vom Körper, bis sie halbnackt vor ihm stand. Dann widmete er sich ihrem Höschen und streifte es ihr über die Beine, sodass sie beinahe das Gleichgewicht verlor und sich an seinen Schultern festkrallen musste, um nicht umzukippen. Kaum hatte er sie völlig entblößt, beförderte er sie mit einem Ruck aufs Bett, wo sie wehrlos und ungeduldig liegen blieb.

Claire entfuhr ein erstaunter Laut, während sie Ian dabei beobachtete, wie fanatisch er sich darum bemühte, seine eigene

Kleidung loszuwerden. Es war nicht das erste Mal, dass er es kaum erwarten konnte, sich endlich in sie zu schieben. Heute Abend allerdings schien er fast schon verzweifelt, so als ob er sich mit ihrem Körper und den betörenden Endorphinen von irgendetwas ablenken wollte.

»Legst du dich neben mich?«, hörte sie sich selbst fragen. Ihre Stimme klang sanft, ein schwacher Versuch, ihn irgend möglich zu beruhigen. Ian zog schmunzelnd eine Augenbraue nach oben.

Erst nachdem er endlich zu ihr aufs Bett geklettert war und sich wie ein König über sie beugte, die Arme auf die Matratze gestützt, murmelte er eine Antwort.

»Ich muss heute oben sein, Häschen.«

Unschuldig presste Claire die Lippen aufeinander. »Bitte.«

Ian stieß ein ergebenes Seufzen aus und ließ sich neben sie aufs Bett fallen. Seine Erektion hob sich wie ein Zelt von seinen dunklen Boxershorts ab. Claire nahm den Anblick als Einladung, als sie den Kopf senkte und sich auf seine Schenkel setzte, um seine Männlichkeit von dem Stoff zu befreien. Ian verstand sofort, was sie vorhatte.

Schweratmend beobachtete er sie dabei, wie sie seine Erektion begierig beäugte und ihre Finger dabei quälend langsam über seine Oberschenkel gleiten ließ.

Eine Gänsehaut blieb zurück, wo auch immer sie ihn berührte, gepaart mit einem wiederholten, vorfreudigen Zucken seines besten Stücks. Gerade, als er Luft holte, vermutlich, um sie darum zu bitten, ihn mit ihrem Mund endlich aufzunehmen, beugte sie sich nach vorn und verwöhnte ihn mit einem langen Zungenstreich über seinen Schaft.

Ian stöhnte auf. Zufrieden beobachtete sie, wie er den Kopf in den Nacken legte und sich ins Kopfkissen presste, während sie ihn wieder und wieder wie ein Stück Zucker kostete. Obwohl sie es kaum aushielt, ihn in sich spüren zu wollen, nahm sie sich alle Zeit der Welt, so viel von ihm aufzunehmen, wie es ihr möglich war, ehe sie ihren Kopf in einem stetigen Rhythmus auf und ab bewegte, um ihn zu befriedigen.

Ians hemmungsloses Stöhnen spornte Claire nur noch mehr an, als sie ihre Finger mit den seinen verschränkte und noch stärker an seiner Männlichkeit saugte. Ihre freie Hand wanderte in aller Ruhe zu seinen Hoden und massierte sie liebevoll, bis der Schwarzhaarige vor unzähmbarer Lust aufschrie.

»Ich muss ... in dir sein ...«, brachte er keuchend hervor. Seine Stimme erinnerte an das bedrohliche Knurren eines Tigers, als sie mit einem leisen Schmatzen von ihm abließ und zuließ, dass er ihren erhitzten Körper an sich zog.

Mit einer einzigen, gezielten Bewegung beförderte Ian sie auf den Rücken und drängte sich wie besessen zwischen ihre Beine. Sie war dankbar dafür, sich nach einer Weile für die Minipille entschieden zu haben. Hätte sie jetzt darauf warten müssen, wie er sich mit einem Kondom abmühte, hätte sie den Verstand verloren.

Stöhnend drang er in sie ein, und sie genoss das Gefühl, ihn so tief in sich zu spüren. Ian zögerte einen Moment, um ihre Vereinigung vollends auskosten zu können, dann begann er, rhythmisch und wild in sie zu stoßen.

Sämtliche Anspannung schien von ihm abzufallen, während er sich ausschließlich auf sie konzentrierte und sie dabei mit federleichten Küssen auf Stirn, Wange und Nacken verwöhnte.

Claire krallte ihre Fingernägel in seinen Rücken. Betört badete sie in der Intimität, die sie miteinander teilten, und als er eine Hand zwischen sie schob und mit dem Daumen verstohlen mit ihrer Klitoris spielte, brauchte es nur wenige Sekunden, bis auch Claire schamlos seinen Namen in das Schlafzimmer brüllte.

Der kleine Vibrator in ihrem Höschen hatte seinem Zweck gedient und sie den ganzen Abend hierauf vorbereitet. Innerhalb von Sekunden jagte Ian sie wie der Jäger einen Hasen an den Rand eines bombastischen Orgasmus, der sie jeglicher Beherrschung beraubte.

Sie kam kurz vor ihm, so heftig, dass ihr einen Augenblick lang schwarz vor Augen wurde. Vernichtende Wellen puren Genusses, denen sie sich wehrlos beugte, durchfluteten sie. Wieder und wieder zogen sich ihre Muskeln um ihn zusammen, verlangten eifrig nach seinem heißen Samen, mit welchem er sie nach einem letzten, erschöpften Stoß endlich beschenkte.

Ian rollte sich erst einige Atemzüge später schnaufend von Claire herunter und zog sie kurzerhand in seine Arme. Müde von ihrem eigenen Höhepunkt bettete sie ihren Kopf auf seine Schulter und schlang ein Bein um seinen nackten Körper.

Mehrere Minuten lang erfüllte einzig und allein ihr Keuchen die friedliche Stille des Schlafzimmers. Das Bettzeug raschelte leise, als sie sich noch enger an ihn kuschelte und mit ihren Fingern unsichtbare Kreise auf seine Brust malte. Ian erwiderte die zärtliche Geste damit, ihr sanft über ihr kastanienbraunes Haar zu streichen.

»Ian ... ich muss dich etwas fragen«, begann sie vorsichtig. »Phoebe hat mir ... etwas erzählt.«

Der Schwarzhaarige stöhnte auf. »Wenn ein Satz mit ›Phoebe‹ beginnt, kann nichts Gutes dabei herauskommen.«

»Mag sein. Sie hat mir gesagt, dass ... deine Tante ... w-was ... was ist passiert?«

Erneute Stille breitete sich im Raum aus, dieses Mal zum Zerreißen angespannt. Ian atmete tief durch. Seine Hand hielt keine Sekunde lang inne, Claire wie eine verwöhnte Katze am Kopf zu kraulen.

»Du bist ein ganz schön gerissenes kleines Häschen, weißt du das? Wenn du von mir keine Antworten bekommst, manipulierst du also Anthonys vollbusiges Anhängsel?«

Beruhigt stellte Claire fest, dass ein amüsierter Tonfall in seiner Stimme lag. Wenn er nicht wütend war, hatte sie bereits gewonnen.

»Erzähl mir davon. Bitte. Ich will dich besser kennenlernen. Ich will mehr über dich wissen.«

Ian stieß ein weiteres Seufzen aus und gab sich geschlagen.

»Na schön. Ich nehme an, sie hat dir erzählt, dass meine Tante gewaltsam umgebracht wurde.«

»Ja.«

»Mein Onkel ... George ... es gab eine Zeit, in der hat er sich ... Alkohol und Drogen hingegeben. Überwiegend Drogen, die nur schwer zu beschaffen waren. Er hat sich mit Leuten eingelassen, die er unterschätzt hat. Meine Tante – Diana –, sie hat ihn angefleht, damit aufzuhören. Als er den Kontakt zu seinen Dealern abbrechen wollte, steckte er bereits mit mehreren hunderttausend Pfund in der Kreide. Er hat versucht, die Polizei einzuschalten, obwohl er wusste, dass er dabei ebenfalls eine Zeit lang hinter schwedischen Gardinen landen würde. Aber das haben die Schweine mitbekommen ... und es hat ihnen nicht gefallen.«

Seine Geschichte klang wie aus einem Kriminalthriller, der den Zuschauer von der ersten bis zur letzten Sekunde gefangen nahm. Claire hielt gespannt den Atem an.

»Ich war derjenige, der Diana gefunden hat. Sie haben sie mehrmals vergewaltigt, geschlagen und dann Stück für Stück aufgeschnitten, bis sie auf dem Wohnzimmerteppich verblutet ist. George hat sich niemals verziehen und ich habe mir an dem Tag geschworen, jeden einzelnen Drogendealer, der mir in die Finger gerät, persönlich zur Strecke zu bringen. Dadurch habe ich Anthony kennengelernt. Er hat mir geholfen und ist mir seitdem ein guter Freund geworden.«

Tränen verschlechterten Claire die Sicht. Entsetzt stellte sie sich vor, wie Ian seiner Tante nichtsahnend einen Besuch abstatten wollte und stattdessen mit einem so grausigen Bild begrüßt wurde. Ein solches Erlebnis verflüchtigte sich nicht einfach. Es brannte sich ins Gehirn wie ein lästiger Parasit, den man nie wieder loswurde.

»Ich sorge seither dafür, dass die Schweine, die ihr das angetan haben, zur Rechenschaft gezogen werden. Meinem Onkel habe ich dabei geholfen, mit einer Therapie zurück ins Leben zu finden. Deshalb ist er mit einer Bewährung davongekommen. Ein halbes Jahr nach seiner Entlassung hat er Anita kennengelernt und sich mit ihr Tante Dianas größten Wunsch erfüllt – ein eigenes Schmuckgeschäft, das mittlerweile in ganz Großbritannien vertreten ist.«

»Das tut mir so leid … ich hätte nicht fragen sollen.«

»Es ist vorbei, Claire. Meine Tante ist tot. Daran lässt sich nichts ändern. Die einzige Möglichkeit, wie ich dazu beitragen kann, diese Erde zu einem besseren Ort zu machen, ist, dabei zu helfen, solche Mistkerle aufzuspüren und dem Henker zum Fraß vorzuwerfen.«

»Ging es heute Abend darum? Als du dich mit Anthony getroffen hast?«, bohrte sie vorsichtig nach. »Du bist schon den ganzen Abend lang so … still und … ich habe das Gefühl, du tickst wie eine Bombe und explodierst, wenn man dich an der falschen Stelle berührt.«

Ian schüttelte den Kopf. »Jackson plant irgendetwas.«

Augenblicklich gefror ihr das Blut in den Adern. *Jackson?*

»Deshalb hat Anthony mich heute um ein Treffen gebeten. Er hat Jackson und einen seiner Speichellecker bei einem Treffen im alten Park nachspioniert. Ich kenne den Mann, mit dem er verhandelt hat. Sein Bruder war in ein Attentat verstrickt, bei dem über dreißig Menschen getötet wurden«, brummte er. »Ich habe zwar keine Ahnung, was er vorhat – noch nicht –, aber ich werde es herausfinden.«

Claire biss sich nervös auf die Unterlippe. Jackson war ihm also aus einem bestimmten Grund so ein Dorn im Auge. Einmal mehr erinnerte sie sich daran, dass Ian nach wie vor keine Ahnung hatte, dass die beiden ein Paar gewesen waren. Dass Jackson in die Drogenszene abgerutscht war, damit hatte sie noch abschließen können, doch wenn er einen Mord plante, ging das auch sie etwas an. Vor allem, wenn Ian dabei in Gefahr geriet.

Er manipuliert dich bloß, Claire! Und ich schwöre bei Gott, er wird dafür mit seinem jämmerlichen Leben bezahlen!

Claire lief es bei der Erinnerung an Jacksons Worte eiskalt den Rücken hinunter. Er hatte sie gewarnt. Er hatte sie bedroht ... wenn er nun wirklich Ians Tod plante? Wenn sie ihm davon erzählte ... Ian wäre außer sich vor Wut. *Nein.* Er durfte nicht wissen, was sie mit Jackson verband. So lange wie möglich wollte sie es herauszögern. War das schlau? Oder war es bloß egoistisch?

Vermutlich beides, flüsterte eine hämische Stimme in ihrem Kopf.

»Kann ich dir irgendwie helfen?«, erwiderte sie behutsam. »Ich meine ... Jackson kennt mich doch auch, vielleicht kann ich ihm ja ein paar Informationen entlocken und ...«

»Auf gar keinen Fall, Claire. Ich will nicht, dass du dich diesem Typen näherst, geschweige denn mit ihm sprichst.«

Natürlich wollte er das nicht. Ian in ihre eigene Geschichte mit Jackson einzuweihen, würde noch komplizierter werden, als sie es sich ausgemalt hatte.

KAPITEL 27

Claire hatte dank ihres Ausflugs in die Cloud und Ians unersättlichen Hunger auf ihren Körper gestern Nacht kaum ein Auge zugetan. Drei Stunden Schlaf waren definitiv zu wenig, um ausgeruht und erholt in den Tag zu starten.

Ihre ersten beiden Kurse verbrachte sie angestrengt damit, mit viel Kaffee nicht wieder einzuschlafen und sich fleißig – oder eher zwanghaft – Notizen zu machen. Sie genoss gerade einen Bagel aus der Bäckerei in ihrer kurzen Pause vor dem letzten Seminar, als Ian anrief.

»Na?«

»Hey, Häschen. Ich fürchte, du musst heute mit dem Zug nach Hause fahren. Ich habe noch etwas zu erledigen. Anthony wird gleich hier sein. Es ist wichtig.«

»Schon in Ordnung. Mein Zugticket für das Semester soll ja nicht verfallen.«

Ian lachte leise in den Hörer. »Ich melde mich bei dir, sobald wir fertig sind, ja?«

»Ist gut. Bis dann.«

Den ganzen Vormittag über war es ihr nicht gelungen, den Gedanken an Jacksons schmierige Pläne aus dem Kopf zu bekommen und sie rief sich unwillkürlich wieder und wieder ins Gedächtnis, was er zu ihr gesagt hatte. Wenn es auch nur den kleinsten Hinweis darauf gab, was genau er vorhatte, würde sie Ian enorm unter die Arme greifen können – unabhängig davon, wie verstörend und zerstörerisch sein darauffolgender Wutanfall sein würde, wenn er erst herausfand, dass sie einst monatelang eine Beziehung mit Jackson geführt hatte.

Ob das ein Zeichen war? Dass sie sich neben ihrer unablässigen Müdigkeit nur deshalb nicht auf ihre Kurse konzentrieren konnte, weil sie unheimliche Schuldgefühle plagten und ihr Gewissen wie eine Furie in ihrem Inneren tobte?

Dieses Semester war ein totaler Reinfall. Sie konnte sich glücklich schätzen, wenn sie ihre Prüfungen mit C+ abschloss.

Also fasste sie nach seinem Anruf schnell ihren Entschluss. Sie wollte ohnehin wissen, was denn so wichtig war, dass er sie heute nicht abholen konnte. Dann würde sie ihm auch endlich beichten, warum Jackson Ian seit geraumer Zeit noch mehr verabscheute, als er es ohnehin bereits tat. Die Angst vor diesem Gespräch suchte sie auch während ihres letzten Kurses noch heim.

~ * ~

Ian schickte ihr nachmittags eine SMS mit der Mitteilung, dass Anthony soeben gefahren war und bot ihr an, zu ihr zu kommen. Claire lehnte jedoch ab und behauptete, ihrem Vater versprochen zu haben, den Abend mit ihm allein zu verbringen.

Sie war Martin Cooper dankbar für die Erfindung des Mobiltelefons. Es war ihre einzige Möglichkeit, den Schwarzhaarigen anzulügen, ohne dass er sie sofort durchschaute und tadelnd anlächelte. Es war klüger, das heutige Gespräch nicht bei ihr zu führen. Raymond musste nicht mitbekommen, wie Ian seine Möbel kurz und klein schlug oder sie rügte, bis ihr die Schamesröte ins Gesicht stieg, ganz unabhängig davon, ob ihr Geständnis früher oder später zu heißem und durchtriebenem Sex führen würde.

Eine halbe Stunde später stieg sie dick eingepackt auf ihr blaues Fahrrad und radelte tapfer durch die Eiseskälte in der Dämmerung in die Whitechapel Street. Mit jedem Meter klopfte ihr Herz schneller.

Claire lehnte ihr Fahrgestell nach fünfzehn Minuten gegen die

Hausmauer und trippelte die Stufen hinauf zur Tür. Es war eisig kalt, die Strecke auf dem Rad zurückzulegen, glatter Selbstmord. Sie hätte Tina darum bitten können, sie herzubringen, doch sie bezweifelte, dass Ian ihr dafür danken würde, wenn sie ihr verriet, wo er wohnte.

Ian öffnete ihr bereits nach zweimaligem Klopfen. Sobald er realisiert hatte, wer da im Halbdunkel vor ihm stand, wich sein finsterer Gesichtsausdruck einer nahezu unerklärlichen Sanftheit. »Claire? Ist etwas passiert?«

Sie schüttelte den Kopf.

»Ich dachte, du willst den Abend mit deinem Vater verbringen.«

»Ja, was das angeht ...«, begann sie bibbernd. »... habe ich gelogen.«

Ian runzelte die Stirn. »Und wieso das? Bist du etwa mit dem Fahrrad hergefahren? Willst du denn erfrieren? Wir haben bald Dezember!« Kopfschüttelnd zog er sie an sich und befühlte ihre eiskalten Finger, ehe er die Tür mit dem Fuß hinter sich zustieß und sie ins Wohnzimmer führte.

»Ich weiß, ich weiß.«

Claire drückte ihm einen besänftigenden Begrüßungskuss auf den Mund, bevor er in die Küche verschwand, um heißes Wasser aufzusetzen. Auf dem Wohnzimmertisch standen zwei leere Bierflaschen, die Ian wohl nicht gleich entsorgt hatte, nachdem Anthony gegangen war.

»Gibt es etwas Neues?«, rief sie ihm unschuldig hinterher. Sie verzichtete darauf, die Winterjacke auszuziehen. Sie fror trotz der Wärme in dem beheizten Haus und unterdrückte nur mühsam das Zittern, als er zu ihr zurückkehrte und sich neben sie auf die Couch setzte.

Ian schmunzelte. »Du hättest also nicht anrufen können, um mich das zu fragen, nachdem ich dir geschrieben habe?«

Sie widerstand dem Drang, ihm die Zunge herauszustrecken. Schuldgefühle plagten sie, weil sie Ian noch nicht einmal vorgewarnt hatte, was sie ihm zu erzählen hatte. Jeder noch so kleine Krümel an Information, den er ihr wie einer hungrigen Taube zuwarf, würde sie dankbar schlucken, wenn sie dabei nur herausfand, dass keinerlei Verbindung zwischen seiner Drohung und dem Treffen mit diesem vermeintlichen Attentäter bestand.

Allein, um ihr Gewissen zu beruhigen, das sich noch nie zuvor so penetrant beschwert hatte.

Claire stieß ein leises Seufzen aus, anstatt zu antworten.

»Wir glauben, dass Jackson vorhat, die Billardbar anzugreifen. Ein durchaus plausibles Ziel wäre der alte Schuppen jedenfalls. Wenn er uns alle auf einmal erwischt, hätte er schlagartig seine Ruhe und muss sich nicht darum kümmern, sich mit dem Rest meiner Leute die Hände schmutzig zu machen – zumal er das nicht überleben würde. Anthony hat bereits den Besitzer informiert und gemeinsame Treffen werden in nächster Zeit fürs Erste ausbleiben«, erklärte er ihr ruhig.

»Aber wenn der Besitzer die Bar dichtmacht, wird Jackson doch sofort bemerken, dass ihr die Lunte gerochen habt, oder etwa nicht?«

Ian nickte zustimmend. »Deshalb haben wir ihm auch gesagt, er soll nichts weiter unternehmen und zu seinem eigenen Schutz so tun, als ob er nichts befürchtet.«

»Und darauf hört er?«, fragte sie zweifelnd.

»Vertrau mir. Ihm wird nichts passieren. Und mir auch nicht, Häschen.«

Es war still. Ian streichelte beruhigend über Claires Oberarm. Der Wasserkocher brodelte in der Küche und versprach eine heiße Tasse Schwarztee mit Vollmilch und Zucker.

»Ian, ich muss dir etwas sagen. Ich ...«

Der Schwarzhaarige hob unverhofft die Hand, um sie zum Schweigen zu bringen. Er schnupperte, während Claire verblüfft innehielt und ihn zweifelnd anstarrte.

»Riechst du das auch?«

»Was denn?« Ihre Nase war von der Eiseskälte draußen völlig verstopft. Der einzige Geruch, den sie wahrnahm, war der Neue-Möbel-Duft seiner modernen Couch.

»Das riecht wie ... wie Gas.«

»Oh. Wahrscheinlich dein Wasserkocher. Mein Vater hatte dasselbe Problem, du musst beim nächsten Mal-«

»Claire, wir verlassen sofort das Haus.«

Ihr Herz setzte einen qualvollen Schlag aus. »Moment, was?«

»Tu, was ich dir sage!«, schnappte er laut und zerrte sie vom Sofa.

»Ian, du machst mir Angst!«

Seine nächsten Worte wurden von einer ohrenbetäubenden Explosion übertönt, die die Küche und einen Teil des Flurs binnen weniger Sekunden in Schutt und Asche legte.

KAPITEL 28

Feuer. Überall war Feuer. Die schneeweißen Wände waren verkohlt. Was einst ein Kühlschrank, Kücheninseln und ein Herd gewesen waren, glich nun einem geschmolzenen und zersprungenen Haufen von giftigem und gefährlichem Metall.

Die lodernden Flammen blendeten sie und züngelten sich um jedes einzelne Möbelstück, das sie erreichen konnten, und es dauerte nur wenige Sekunden, bis sich der Brand im ganzen Haus ausgebreitet hatte. Vorhänge, Stoffbezüge, die Kissen auf der Couch und der weiche Teppichboden – alles wurde von dem wütenden Feuer vernichtet, das die Gasexplosion ausgelöst hatte.

Jeder einzelne Atemzug schmerzte so sehr wie die plötzliche Hitze, die sich im Haus ausbreitete und mit jedem Augenblick, der verstrich, versuchte, ihnen die Haut vom Körper zu schmelzen. Zu verbrennen musste ein grausamer Tod sein. Claire unterdrückte ein panisches Aufschluchzen. *Ich will noch nicht sterben.*

Ian drückte ihr geistesgegenwärtig einen seiner alten Pullover aus der Garderobe in die Hände und wies sie mit kratziger Stimme an, sich Nase und Mund zu bedecken, damit sie den giftigen Rauch nicht einatmete. Er versperrte ihr die Sicht, sodass sie Ian kaum erkennen konnte.

Das Herz klopfte ihr bis zum Hals, als er sie unsanft am Handgelenk packte und durch den halbverbrannten Flur in Richtung

Haustür zerrte. Er wich brennenden Möbelstücken aus, umging die kleineren Flammen auf dem Boden und hielt wieder und wieder die Luft an. Mit Claire im Schlepptau schlängelte er sich durch das tödliche Feuer, blickte sich wiederholt zu ihr um, um sich zu vergewissern, dass es ihr gut ging, bis er endlich den rettenden Ausgang erreichte, den Türknauf drehte und mit einem schmerzerfüllten Aufschrei die Tür auftrat.

»Ian!«

»Nach draußen, Claire!«

Ihr blieb keine Zeit, um zu antworten. Ian schlang seinen Arm um ihren Oberkörper und zerrte sie ins Freie. Noch immer vom züngelnden Feuer erblindet, stolperte sie orientierungslos über die Stufen und fiel auf die gefrorene Erde. Kalter Frost auf den Grashalmen benetzte ihre Finger und linderte augenblicklich die unerträgliche Hitze auf ihrer Haut. Erleichtert ließ sie sich auf die Wiese sinken. Ian hockte röchelnd neben ihr und umklammerte mit schmerzverzerrtem Gesicht seine rechte Hand.

»Ian ... geht es dir gut?« Trotz des Pullovers, der ihre Lunge geschützt hatte, klang ihre Stimme heiser. Sie hustete gequält und rückte näher an den Schwarzhaarigen heran, der augenblicklich seinen Arm um sie schlang.

»Alles in Ordnung ...«, schnaufte er. Sein Shirt an ihrer Wange fühlte sich unnatürlich warm an – ein schwacher Trost, als wenige Sekunden später ein rotes Feuerwehrauto in die Straße einbog und mit Blaulicht durch die Dämmerung auf sie zuraste.

Gleich ein halbes Dutzend Feuerwehrleute sprang aus dem Wagen und umringte das Gebäude mit dicken Wasserschläuchen. Es war ein eindrucksvoller und gleichzeitig grausiger Anblick. Ein lichterloh brennendes Haus im Halbdunkel, mit eifrigen Flammen, die nach den Sternen zu greifen versuchten. Claire atmete erleichtert auf. Sie hatten Hilfe. Und sie waren noch am Leben. Doch als sie zu Ian sah, blickte dieser noch nicht einmal auf, auch nicht, als zwei Sanitäter auf sie zustürmten und mit Fragen löcherten.

Besorgt knieten sie sich neben Claire ins Gras, hoben sanft ihr Kinn an und schwenkten gezielt mit einer kleinen Taschenlampe vor ihr herum. Das grelle Licht blendete sie, sodass sie wimmernd die Augen zusammenkniff und das Gesicht gegen Ians Brust drückte.

Ihr selbst war klar, dass sie unter Schock stand. Soeben hatte sie einem schmerzhaften Tod ins Auge geblickt, ausgelöst durch ... wodurch? Angestrengt zwang sie sich zu einer gleichmäßigen und ruhigen Atmung. Eine Panikattacke würde die Sache bloß noch schlimmer machen. Sie musste sich beruhigen. Sie waren in Sicherheit. Sie waren am Leben.

»Lassen Sie sie in Ruhe«, knurrte Ian, noch immer schweratmend, an ihrer Seite.

»Sir, wir kümmern uns um Ihre Freundin. Sie haben von uns nichts zu befürchten. Waren Sie beide im Haus?«

»Ja.«

»Als der Brand ausgebrochen ist?«

»Ja!«, wiederholte er bissig.

»Befindet sich noch jemand drinnen?«

»Nein.«

»Wir müssen Sie beide ins Krankenhaus bringen und untersuchen. Sie könnten sich eine Rauchvergiftung zugezogen haben. Was ist mit Ihnen?« Ohne zu zögern, griff der ältere der Sanitäter nach Ians Hand und beäugte sie gründlich.

»Verbrennung zweiten Grades, das muss behandelt werden. Sollen wir irgendjemanden für Sie anrufen?«

Claire öffnete mühsam den Mund. »G-geben Sie meinem Vater Bescheid. N-nehmen Sie mein Handy.« Zitternd befühlte sie ihre Hosentasche, bis sie fand, wonach sie suchte. »Raymond Archer.«

»Der Besitzer der Pizzeria?«

»J-ja.«

Ian richtete sich auf und entzog dem zweiten Sanitäter seine verbrannte Hand. »Wer hat Sie angerufen?«

»Anonym. Wir haben eine Meldung darüber bekommen, dass in der Whitechapel Street ein Haus lichterloh in Flammen steht. Sie wohnen hier?«

»Ja.«

»Zu zweit?«

»Nein. Nur ich«, spie er genervt. Claire klammerte sich noch immer paralysiert an ihn.

»Können Sie sich vorstellen, wie das passiert ist?«
»Eine Gasleitung, vermute ich.«
Claire schnappte nach Luft. Das – wie auch immer es geschehen war – beruhte auf einer vorsätzlichen Tat. Sie beide waren sich dessen durchaus bewusst. Ian hatte viele Feinde und einer davon hatte Claire erst kürzlich bedroht. Ihr Herz setzte einen Schlag aus. Jackson. Ian musste sich das ebenfalls zusammengereimt haben. Weshalb verschwieg er den Sanitätern seinen Verdacht?
»Ian ...«
»Eine Gasleitung. Das würde auch den Geruch erklären«, wiederholte er bestimmt und schob das Kinn vor.
Der Sanitäter nickte.
»Die Polizei wird gleich hier sein und der Sache auf den Grund gehen. Wir bringen Sie jetzt ins Krankenhaus. Es ist alles in Ordnung.«

~ * ~

»Tut Ihnen wirklich nichts weh?«
Claire schüttelte benommen den Kopf.
»Kopfschmerzen? Übelkeit? Schwindel?«
Ein weiteres Kopfschütteln. Seufzend beugte sich der Arzt nach vorn und bat sie, den Mund zu öffnen.
»Irgendwelche Atembeschwerden?«, fragte er, nachdem er ihren Hals begutachtet hatte.
»Mein Hals brennt ein wenig beim Schlucken, aber das ist alles.«
Er nickte. »Sie hatten Glück. Soweit scheint alles in Ordnung zu sein. Sollte allerdings eines dieser Symptome auftreten, kommen Sie sofort wieder zu mir.« Zusammen mit einem tröstenden Lächeln händigte er ihr einen Zettel mit handgeschriebenen Anzeichen für eine Rauchvergiftung aus und erlaubte ihr dann, den Behandlungsraum zu verlassen.
Claire hatte keine Ahnung, auf welcher Station Ian untergebracht worden war. Bis auf seine Verbrennung an der Hand schien auch er unversehrt gewesen zu sein, trotzdem waren sie nach ihrer Ankunft im Krankenhaus getrennt worden.

Auf dem hell beleuchteten Gang roch es nach Desinfektionsmittel und frischer Wäsche. Sie war allein. Erst als sie sich mit wackligen Knien auf einem der grauen Plastikstühle niederließ, begegnete ihr eine dunkelhäutige Krankenschwester in weißer Arbeitskleidung, das schwarze Haar zu einem schicken Dutt hochgesteckt.

»Entschuldigung? Ich warte auf meinen Freund, Ian Conroy. Ist er hier?«

»Miss Archer, richtig?«

Claire nickte.

»Mr. Conroy geht es gut. Der Arzt bandagiert gerade seine Hand. Sie dürfen bald gehen. Hat die Polizei schon mit Ihnen gesprochen?«

»Ja«, log sie rasch. Die Krankenschwester nickte.

»Sollten Sie noch irgendetwas benötigen, wenden Sie sich an meine Kollegin am Ende des Gangs. Ihre Tür ist immer offen.«

»Danke.« Claire fixierte den sterilen Linoleumboden zu ihren Füßen. Draußen war es inzwischen stockfinster. Die Straßenlaterne vor dem breiten Fenster am Ende des Ganges versperrte die Sicht auf die dunkle Straße unter ihr.

Hier mit ihren Gedanken allein zu sitzen, Däumchen zu drehen und nervös darauf zu warten, dass Ian durch eine dieser Türen schreiten und sie in die Arme nehmen würde, war fast noch schlimmer, als aus einem brennenden Haus vor dem Tod zu flüchten.

Er wusste es. Er wusste, dass Jackson dahintersteckte. Das Treffen, von dem Anthony gesprochen hatte ... niemand sonst hätte in so kurzer Zeit eine Explosion auslösen können. Jackson hatte versucht, Ian umzubringen, und beinahe wäre es ihm sogar gelungen.

Claires Atmung beschleunigte sich. Nach Beherrschung ringend krallten sich ihre Finger in das abgenutzte Plastik des Stuhls. Dann, just in dem Moment, öffnete sich die Tür zu einem weiteren Behandlungszimmer.

Ian sah so verwegen aus wie immer. Wirres, schwarzes Haar, ein geheimnisvolles Funkeln in den meerblauen Augen und die bedrohliche Ausstrahlung eines jungen, gefährlichen Mannes mit einem warmen Herzen. Claire bemerkte erst jetzt, dass ein

Teil seines Shirts angesengt war. Seine rechte Hand umhüllte ein schneeweißer Verband.

Ihr wurde kurz schwarz vor Augen, als sie von ihrem Sitz aufsprang und sich schluchzend in seine Arme warf.

»Claire, geht es dir-«

»Er hat mich am Campus abgefangen. Das ist alles meine Schuld!«

»Was? Wer?«

»Jackson. Jackson hat mich am Campus abgefangen. Er hat gedroht, dass er dir etwas antun würde, und ich dumme Kuh habe ihm nicht geglaubt. Nachdem du mir erzählt hast, dass er sich mit einem Attentäter getroffen hat, habe ich rotgesehen. Ich hatte solche Angst, aber ich dachte niemals, dass er so weit gehen würde. Das ist alles meine Schuld, nur meinetwegen-«

»Um Gottes Willen, Claire, hol doch mal Luft.« Ian drückte sie eine Armeslänge von sich und sah ihr tief in die Augen.

»Es tut mir so leid. Ich hätte dich warnen sollen. Ich hätte dir davon erzählen sollen!«

»Claire. Hat Jackson dir irgendetwas getan?«

Sie schüttelte mit fest aufeinandergepressten Lippen den Kopf. *Nicht unbedingt.*

Der Schwarzhaarige seufzte entrüstet. »Gut. Ich habe dein Telefon. Dein Vater hat ein paar Mal angerufen. Lass uns von hier verschwinden. Anthony hat mir meinen Wagen hergebracht.«

»Ist er noch hier?«

»Nicht mehr, er kümmert sich um ... wir reden später darüber. Hier sind mir zu viele Ohren.«

»Du solltest nicht fahren, Ian. Deine Hand ...«

»Es ist nicht weit«, unterbrach er sie rasch. »Ich hasse Krankenhäuser.«

KAPITEL 29

Ian brachte sie in ein Starbucks-Café nördlich von Manchester, das bis spät in die Nacht geöffnet hatte. Das schrille Klingeln eines goldenen Glöckchens ertönte über ihnen, als er die grünlackierte Tür aufschob und Claire ihm ins Café folgte. Die Leuchtstoffröhren an der Decke erhellten den spärlich dekorierten Raum und tauchten ihn in künstliches Licht. Es roch nach frischen Kaffeebohnen und Sahne und nur wenige Tische waren besetzt – die meisten von Workaholics und Studenten, die ihren Laptop mit dem kostenfreien WLAN verbunden hatten, um in Ruhe zu arbeiten.

Ian deutete mit dem Finger stumm auf einen Platz nahe des Ausgangs und stolzierte dann mit hocherhobenem Haupt zum Tresen, um zu bestellen. Ihm war nicht anzusehen, dass er nur wenige Stunden zuvor in ein Feuer geraten war, sich Verbrennungen zugezogen und sein Haus verloren hatte. Stattdessen orderte er mit regelrechter Anmut in der Stimme einen doppelten Espresso für sich und einen Latte Macchiato mit Schokostückchen in der Sahne für Claire.

Verwundert sah sie ihm nach, setzte sich inzwischen an den Platz, den er ausgesucht hatte, und fischte nach ihrem Handy. Zwei neue Nachrichten von Tina, die sie ihr noch vor dem Feuer geschickt hatte, und fünf versäumte Anrufe sowie Dutzende SMS von ihrem Vater.

Jedes Wort, das er ihr geschickt hatte, triefte vor Besorgnis. Wie versprochen hatten die Sanitäter ihn darüber informiert, was passiert war. Jedoch hatte ihm der Sanitäter während all der Hektik wohl nicht mitgeteilt, von welchem Hospital überhaupt die Rede war.

Schimpfwörter an die Ärzte und Feuerwehrleute gerichtet drückten die gleißende Wut und Frustration in seinen Nachrichten aus. Die Pizzeria saß ihm im Augenblick mit über dreißig offenen Bestellungen im Nacken und hinderte ihn so daran, sofort ins Auto zu steigen und jedes einzelne Krankenhaus in Manchester nach ihr abzusuchen.

Claire schickte ihm eine lange und ausführliche Nachricht, in welcher sie erklärte, dass es ihr gut ginge, sie fürs Erste bei Ian bleiben wollte, damit er nicht allein sein musste und sie gerade in einem Café saßen, um sich zu beruhigen – sie war im Augenblick noch nicht in der Verfassung, persönlich mit ihm zu sprechen.

Claire schnaubte. Erst jetzt wurde ihr bewusst, wie absurd die ganze Situation doch war. Ians Haus war soeben durch einen Mordversuch ihres Exfreundes abgebrannt und nun saßen sie nach Einbruch der Dunkelheit tatenlos in einem Starbucks herum und tranken Kaffee.

Doch Raymonds Antwort, gleich dreißig Sekunden, nachdem sie die ihre verschickt hatte, überraschte sie. Er bot ihr an, Ian nachher mit nach Hause zu bringen, damit er bei ihnen übernachten konnte.

Just in dem Moment kehrte der Schwarzhaarige mit ihren Getränken zurück und stellte sie vorsichtig auf dem leeren Tisch ab.

»Mein Vater lässt dich wissen, dass du bei uns übernachten kannst.«

Ian grinste verschlagen und blickte kurz auf sein Handydisplay. »Das tue ich doch schon seit geraumer Zeit immer wieder.«

Sie wollte sein Lächeln erwidern, von ganzem Herzen, doch der Schock saß noch immer tief. Die schwache Andeutung eines zarten Lächelns war alles, was sie zustande brachte, ehe sie an ihrem Latte nippte.

»Du weißt, was ich meine.«

»Richte ihm meinen Dank aus. Aber ich glaube nicht, dass ich heute Nacht überhaupt noch schlafen werde. Ich habe eine

Menge Papierkram zu erledigen. Und ich muss mit Anthony sprechen. Jackson hat heute ganz offiziell sein Todesurteil unterschrieben.«

»Was ... was wirst du jetzt tun?« Sie kannte die Antwort. Ihr Exfreund würde für das, was er getan hatte, bluten. Claire hasste es, zu wissen, dass Ian nicht zögern würde, ihn dieses Mal tatsächlich zu töten. Konnte sie denn mit einem Mörder zusammen sein, wissend, dass er ein Menschenleben genommen hatte? Sie gab Ian recht, dass Jackson dafür büßen musste, sie beide in Lebensgefahr zu bringen ... aber Mord? Ihr Ex hatte sich vielleicht zum Schlechten verändert und unverzeihliche Dinge getan ... trotzdem wollte sie weder, dass Ian für ihn zum Mörder wurde, noch dass Jackson am Ende tatsächlich ums Leben kam.

Ian hatte ihr versichert, noch nie jemanden ermordet zu haben. Wenn sich dies nun änderte ... dieses Mal würde es nicht so einfach werden, seine Spuren zu verwischen, wie er es sonst immer zu tun pflegte. Ein Leben auf der Flucht war noch die gnädigste Bestrafung, die auf ihn wartete, wenn er dem Gefängnis und der Polizei ein Schnippchen schlagen konnte.

Ian senkte seinen Blick. »Ich hadere nicht. Wer mir krumm kommt, bezahlt dafür. Ich spreche keine zweiten Drohungen aus. Mich in Lebensgefahr zu bringen, ist eine Sache. Die Menschen in Lebensgefahr zu bringen, denen ich nahestehe, ist Selbstmord.«

»Mich hast du oft gewarnt ...«, warf Claire mit verschränkten Armen ein, um den Gedanken an Ian mit einer Waffe in der Hand und einem blutrünstigen Ausdruck im Gesicht zu verdrängen.

»In dich habe ich mich ja auch verliebt, Häschen«, sagte er schmunzelnd. Claire blieb fast das Herz stehen.

Er hatte sich *verliebt*? Er hatte ihr soeben gesagt ... Sie öffnete den Mund, um etwas zu erwidern, doch sie war sprachlos. Er *liebte* sie.

Noch immer schweigend beobachtete sie den jungen schwarzhaarigen Mann vor sich. Er nippte gedankenverloren an seinem Kaffee und checkte dabei ein weiteres Mal sein Handy. Ihr eigenes Gesicht trat in ihr Blickfeld, als sie auf das Display schielte. Ein Schnappschuss, den er eines Abends bei sich zuhause von ihr gemacht hatte, während sie die Nase gerade in einem Buch vergraben hatte.

»Ich liebe dich auch«, flüsterte sie ihm zu.

Es war, als fielen sämtliche Puzzleteile endlich an ihren Platz, als ob die Lücken, aus denen ihr Leben bislang bestanden hatte, endlich aufgefüllt würden und sie gefunden hatte, was es ausmachte, Mensch zu sein. Es stimmte. Sie liebte ihn so sehr, dass ihr das Herz aus der Brust zu springen drohte und ihren gesamten Körper zum Beben brachte.

Ian sah wieder auf. Ein glückliches Lächeln breitete sich auf seinen Lippen aus, das geheimnisvolle Funkeln in seinen meerblauen Augen schien regelrecht verträumt.

Nach einer Weile griff er mit seiner gesunden Hand über den Tisch hinweg nach der ihren und drückte sie. So saßen sie eine Weile stumm im Café und verdauten, was heute geschehen war.

Nichts von alledem wäre passiert, wenn sie Ian eher von ihrer Begegnung mit Jackson erzählt hätte und sie wusste, weshalb er diesen Schritt überhaupt erst gegangen war. Claire bezweifelte nicht, dass Ian erfolgreich dabei sein würde, sich an ihm zu rächen, doch bis dahin? Würde es immer so weitergehen? Mordversuche, Brände, Pistolen, ein Leben in Angst?

Dass Ian sie liebte, würde so lange sein Verderben sein, bis Jackson aus dem Weg geräumt war. Wenn sie selbst für eine Weile untertauchte ... vorgab, sich von ihm getrennt zu haben ... würde sie Ian damit helfen? Ihn in Sicherheit bringen, indem sie ihn aufgab?

»Woran denkst du, Häschen?«

Claire schüttelte den Kopf. Im Augenblick war ihr selbst nicht ganz klar, worüber sie da nachdachte.

~ * ~

Claire hatte gefühlt stundenlang in den Armen ihres Vaters gelegen, nachdem Ian sie nach Hause gebracht hatte und zu Anthony weitergefahren war. Raymond weigerte sich, sie freizugeben, bis er sich vergewissert hatte, dass sie auch wirklich in Ordnung war, doch sie verschwieg ihm dennoch sämtliche Details, und war froh, als sie sich erschöpft in ihr Zimmer retten konnte. Tina schickte sie eine Nachricht und bat sie, morgen so früh wie möglich vorbeizukommen. Neil hatte ihr bereits erzählt, was passiert war.

Ian hatte ihr versichert, sie müsse sich keine Sorgen um ihren Job machen, wenn sie morgen fehlte – George würde von ihm erfahren, was heute Nacht vorgefallen war.

Ihre beste Freundin nahm sich wie erwartet am darauffolgenden Morgen frei. Kurz nachdem Raymond zur Pizzeria gefahren war, spülte Claire ihre leere Teetasse und sah durch das Fenster, wie Tinas niedlicher Gebrauchtwagen direkt vor ihrer Haustür stehenblieb. Claire winkte ihr durch das Fenster schwach zu. Das letzte Mal, dass sie so schnell aus dem Auto gesprungen war, hatte sie sich eine Magengrippe zugezogen und war in Lichtgeschwindigkeit ins Haus gestürmt, um sich auf der Toilette zu übergeben. Nun machte sie sich noch nicht einmal die Mühe, den Wagen abzuschließen, ehe sie, ohne anzuklopfen, zu Claire in die Küche raste.

»Oh Gott, Claire, geht es dir gut?«

»Natürlich ... Alles in Ordnung. Ich bin okay.« Ihre Stimme zitterte, als sie ihre beste Freundin auf sich zukommen sah, die Arme ausgestreckt, um sie zu trösten. Kaum hatte Tina sie in eine feste Umarmung geschlossen, begann Claire hemmungslos zu schluchzen und realisierte, dass sie bisher schlichtweg keine Zeit dazu gehabt hatte zu weinen. Das Adrenalin, der Schock und die Furcht hatten ihr über die letzten zwölf Stunden die Kehle zugeschnürt und fest verknotet und erst Tina war nun dazu in der Lage gewesen, den Strick zu zerschneiden.

Claire holte tief Luft. Unzählige Tränen strömten ihr über die Wangen, befeuchteten Tinas Schulter und ruinierten ihre dunkelblaue Strickjacke. Ihre beste Freundin drückte sie bloß noch fester, wiegte sie sanft hin und her und strich ihr übers Haar, bis sie sich weit genug beruhigt hatte, um wieder anständig und regelmäßig atmen zu können.

»Willst du darüber reden?«

Sie zuckte mit den Schultern. »Ich weiß nicht, es ging alles so schnell. Auf einmal gab es einen Knall und es hat gestunken und es wurde heiß und ... dann sah ich plötzlich das Feuer in der Küche. Mir ist klar, wie schnell sich ein Brand ausbreiten kann, aber das ... Tina, das war nicht normal.«

»Denkst du, dass es Jackson war?« Tina strich ihr beruhigend über den Rücken.

»Ich weiß, dass er es war. Und Ian weiß das auch. Er hat der Polizei doch nur nicht davon erzählt, weil er ihn *selbst* ... zur Strecke bringen möchte. Sein dämlicher Stolz ... Gott, Tina, das ist alles meine Schuld!«, brachte sie heulend hervor.

»Deine Schuld? Wieso denn deine Schuld?« Verwirrt hielt Tina sie eine Armlänge von sich und bugsierte sie sanft ins Wohnzimmer, um sich mit ihr auf die Couch zu setzen.

»Jackson hat mich bedroht. Also, nicht mich. Ian. Er hat mir versprochen, er würde ihn mit dem Leben dafür bezahlen lassen, mich ihm weggenommen zu haben, und ich habe ihm nichts davon erzählt, weil ich Angst hatte, wie er darauf reagieren würde, dass Jackson mein Ex ist. Ich bin so dämlich! Beinahe hätte ich ihn umgebracht, Tina! Uns beide.«

»Hör auf, so einen Mist zu reden! Es war nicht deine Schuld. Du hattest Angst.«

»Du meinst, ich war egoistisch. Ich war so egoistisch, dass es Ian beinahe das Leben gekostet hätte. Das hätte ich mir nicht verzeihen können ...«

Tina blickte Claire verwundert an. Noch nie hatte sie ihre größte Schwäche so offen zugegeben.

»Weiß er denn wirklich noch immer nicht, dass ihr ein Paar wart?«

Claire schüttelte den Kopf. »Ich muss das wiedergutmachen, Tina. Ich will ... dein Vater kann mit seinem Computer doch dafür sorgen, dass gewisse Dokumente, Recherchen und Zahlungen nicht öffentlich zugänglich sind, oder?«

»Claire, worauf willst du hinaus?«

»Ich möchte zurück nach Island. Ich werde Jackson erzählen, dass Ian und ich Schluss gemacht haben und für eine Weile verschwinden, damit er keine andere Wahl hat, als mich in Ruhe zu lassen. Dann wird er sich beruhigen. Ian und Anthony könnten eine Buchung von Neils Computer aus nur schwer nachverfolgen, richtig?«

»Claire, das ist doch Unsinn! Denkst du wirklich, dass Jackson und Ian aufhören würden, einander zu bekriegen, wenn du abhaust? Glaubst du, du kannst dein Leben hier einfach so auf Eis legen?«

Konnte sie das denn? Ihr Leben auf unbestimmte Zeit aufgeben und ihr Studium aufs Spiel setzen? Ja. Es war erschreckend, wie einfach ihr die Antwort fiel, denn die einzige andere Möglichkeit, die ihr blieb, war es, zu Jackson zurückzugehen. Sogar das würde sie für Ian in Kauf nehmen, doch sie bezweifelte, dass er das hinnehmen würde. Claire schluckte die Tränen hinunter, die ihr heimtückisch in die Augen stiegen.

»Komm mit mir. Wir gehen zusammen, erkunden das Land, wir nutzen die Zeit.« Verzweifelt biss sie sich auf die Unterlippe. »Einen Versuch ist es doch wert! Tina, ich ... ich liebe ihn. Und ich habe Angst. Ich habe eine scheiß Angst, dass ihm irgendetwas passiert. Gestern ist sein Haus abgebrannt. Wer weiß, was sich Jackson noch alles einfallen lässt. Bring mich zu deinem Vater. Bitte.«

~ * ~

»Claire, das ist doch verrückt. Ian hat uns durchaus bewiesen, dass er auf sich selbst aufpassen kann«, stieß Tina kopfschüttelnd hervor. Ihre Hand umklammerte eine Tafel Schokolade, an der sie nervös knabberte, während Claire Neils Standcomputer dazu nutzte, ein Flugticket nach Island zu buchen. Es war mühsam, so kurzfristig ein Angebot zu finden, das in ihr mageres Budget passte und sie so schnell wie möglich aus dem Land bringen würde.

»Mag sein, aber glaubst du, ich will, dass Ian für mich zum Mörder wird? Bis jetzt hat er noch mit keinem Wort erwähnt, weshalb Jackson ihn tot sehen will, und ich glaube, weder Anthony noch er wissen über seine Beweggründe so richtig Bescheid. Ich kenne den Grund, Tina. Er will mich zurück und er wird alles dafür tun. Verdammte Drogen.«

Ihre beste Freundin verdrehte die Augen. »Jackson ist noch nie ein helles Köpfchen gewesen. Mit den Drogen hat er sich auch noch den Rest seiner Gehirnzellen weggeraucht ... oder gespritzt, wie auch immer.«

Claire nickte zustimmend.

»Claire, Liebling, sicher, dass du nicht auch etwas essen willst?« Greta steckte den Kopf zur Tür herein. Sie war Neils zwei Jahre jüngere Halbschwester, die am Wochenende oft zu Besuch nach Stone kam. Tina hatte sie anflehen müssen, ihrem Vater gegenüber den Schnabel zu halten, sobald er aufgestanden war. Er hatte gestern die Nachtschicht auf dem Revier geschoben – und er durfte auf keinen Fall erfahren, was es mit dem Feuer wirklich auf sich hatte.

Ihren Exfreund – hoffentlich mit genügend Beweisen – hinter Gitter zu bringen, war eine Sache, die Claire nur zu gerne in die Tat umsetzen würde. Ian allerdings mit hineinzuziehen und für ein Verhör auf einer Polizeistation schmoren zu lassen, war eine völlig andere.

Greta erinnerte sich noch an Jackson. Bei ihrem letzten Besuch war Claire noch mit ihm zusammen gewesen und sie hatte ihn auf eine neugierige Frage hin als ihren Freund genannt. Sie war nun angesichts Claires knapper Erklärung, sie hätte sich in ihm getäuscht und wäre nun vor ihm auf der Flucht, sichtlich überrascht gewesen, hatte jedoch nicht weiter nachgebohrt.

»Nein danke, Greta, ich brauche nichts.«

Sie nickte und verschwand wieder. Kurz darauf nahmen sie Neils tiefe Stimme in der Küche wahr.

»Das gibt es doch nicht«, stöhnte Claire. »Der früheste Flug geht morgen früh. Wie soll ich mir das leisten? Sechshundertvierzig Pfund sind viel zu viel.«

»Das haben Last Minute Flüge so an sich. Du kannst mein Sparbuch haben ...«, murmelte Tina leise.

Heiße Tränen verschleierten Claire die Sicht. Ihre Augen brannten noch immer von ihrem Heulkrampf vorhin. Sie war nicht bereit dazu, schon wieder zu weinen.

»Versprich mir, dass du auf meinen Vater aufpasst – und auf dich selbst. Halte dich aus allem raus, sprich nicht mit Jackson und auch nicht mit Ian. Es sei denn, es ist wichtig.«

Sie hatte Raymond im Auto angerufen. Für eine anständige Erklärung war sie zu aufgewühlt gewesen. Sie würde noch immer Zeit haben, ihm später alles ausführlich zu erklären. Im Moment genügte, wenn er wusste, dass sie sich mit Tina für ein paar Tage ... Wochen ... oder *Monate* eine Auszeit gönnen würde – ohne Ian oder irgendwelche Verpflichtungen wie die Arbeit oder Kurse an der Universität. Sie bezweifelte, dass er ihr dieses Mal

Glauben schenken würde, zumal das Semester noch nicht einmal vorbei war, doch ihr blieb keine andere Wahl.

»Claire ...«

Die Haustürklingel riss sie aus ihrer flüchtigen Umarmung. Wie ein Irrer vergewaltigte jemand den kleinen Knopf an der Mauer, bis Greta fluchend durch den Flur eilte, um dem ungeduldigen Störenfried zu öffnen.

»Wo ist sie?«, dröhnte eine laute Stimme durch das Haus.

Claire lief es augenblicklich eiskalt den Rücken hinunter.

»Wer bist du? Bist du Jackson?«

»Was? Nein. Ich bin Ian, ich bin ihr Freund.«

»Von einem Freund hat Claire nichts erzählt!«, rief Greta ihm mahnend hinterher, doch Ian hatte sich wohl bereits an ihr vorbei ins Haus geschoben. Er ignorierte Neils Protest, der ihm sofort wie ein feuerspuckender Drache Drohungen entgegenspie. Claire war an dem Bürostuhl wie festgefroren.

Tina schaffte es gerade noch rechtzeitig, die Tür zu Neils Arbeitszimmer zu schließen und zu verriegeln.

»Und jetzt?«, fragte sie alarmiert.

»Wir buchen den Flug. Ich muss nur ...«

»Claire! Mach sofort auf!« Ian hämmerte gegen das massive Holz. Sein Brüllen war regelrecht angsteinflößend. »Mach auf oder ich trete die verdammte Tür ein!«

Greta stieß einen verängstigten Schrei aus.

»Junger Mann, wenn Sie nicht wollen, dass ich Sie sofort festnehme ...«, drang Neils Stimme zu ihnen durch.

»Nehmen Sie Ihre Hände weg. Claire, ich weiß genau, was du vorhast! Du fliegst mir nicht nach Island, verdammt, wie kommst du auf so eine bescheuerte Idee?«

KAPITEL 30

Claires Finger verharrte nur wenige Millimeter über der linken Maustaste. Tina biss sich auf die Unterlippe, als Claires zögernder Blick den ihren traf.

»Claire, mach jetzt sofort auf!« Wieder hämmerte Ian mit den Fäusten gegen die Tür. Seine verbrannte Hand musste unerträglich schmerzen. Nach einer kurzen Pause folgte ein kräftiger Fußtritt.

»Conroy, hören Sie auf damit!«

Claire erhob sich. Sie nahm einen tiefen Atemzug und überhörte gekonnt Tinas Protest, während sie mit zittrigen Händen die Tür aufschloss.

Ian stolperte ihr entgegen und rammte sie beinahe gegen den Schreibtisch, doch er fing sich schnell wieder und packte sie dann mit weit aufgerissenen Augen an den Armen.

»Du bleibst hier, wo ich dich auch beschützen kann, verstehst du das?«

»Ian, ich muss mit dir sprechen«, begann sie gefasst. »Du musst etwas erfahren, von dem ich dir schon viel früher hätte erzählen sollen.«

»Was? Worum geht es?« Seine rauchige Stimme wurde augenblicklich sanfter.

Claire sah an ihm vorbei zur Tür. Neil stand im Türrahmen,

die Hände um seine Dienstwaffe geschlungen. Erst auf Tinas zustimmendes Nicken hin ließ er die Pistole sinken.

»Tina, würdest du uns einen Moment allein lassen?«, fragte sie ihre Freundin.

Die Angesprochene nickte stumm und bedachte Ian mit einem letzten feindseligen Blick, ehe sie das Arbeitszimmer verließ und leise die Tür hinter sich schloss. Claire wartete ab, bis Tinas und Neils empörten Stimmen verstummten und ihre Schritte sich entfernten.

»Woher wusstest du überhaupt, dass ich hier bin?«, brachte sie leise hervor.

»Ich war bei dir zuhause. Dein Vater hat es mir gesagt.« Natürlich. Raymond hatte keine Ahnung, dass Ian nichts von ihrer überstürzten Reiseplanung erfahren durfte.

Claire nickte. »Na schön. Ian?«

Ihr Tonfall konnte die Verzweiflung und die Furcht in ihrem Inneren nicht verbergen. Der Schwarzhaarige ergriff geistesgegenwärtig ihre Hand und ließ sich auf den Hocker neben dem Schreibtisch nieder. Claire setzte sich wieder auf den Bürostuhl.

»Wenn ich dir gleich erzähle, was ...« Sie hielt unschlüssig inne. »Versprich mir, dass du nicht wütend sein wirst.«

»Claire, was ist passiert?«

»Nichts! Wirklich nichts. Aber ... wenn ich dir das erzähle, wünsche ich mir auch von dir Antworten. Es gibt einen triftigen Grund für meinen Fluchtversuch und ... ich liebe dich. Ich glaube, dass es viel besser wäre, keine Geheimnisse mehr voreinander zu haben. Das gilt auch für dich.«

Ian atmete tief durch und schloss eine Sekunde lang die Augen. Als er sie wieder öffnete, funkelte das tiefe Meerblau in ihnen aufrichtig. Eine weitere Sekunde verstrich, bis er den Mund öffnete. »Du hast mein Wort.«

Claire nickte und holte tief Luft. »Jackson ist mein Exfreund.«

Wie auf Knopfdruck entglitten ihm sämtliche Gesichtszüge. »Wie bitte? Jackson ist ... dein Ex?« Er klang ausgesprochen ruhig. Beinahe zu ruhig.

»Ja. Wir haben uns vor über einem Jahr getrennt.«

»Du ... du hast mit ihm geschlafen?«

»Ian ...«

»Hast du oder hast du nicht?«

Claire schluckte. »Ich ... ja.«

Sein Kiefer arbeitete so heftig, dass sie befürchtete, er würde sich die Zähne ausbeißen.

»Ich ... es ist mir ein Rätsel, wie du nie davon erfahren hast. Du wusstest so viel über mich. Die Stadt ist so klein ... Tina hatte doch Recht, sie alle haben Angst vor dir und nennen dich deshalb nur ›die Schwalbe‹.« Nachdenklich drehte sie den silbernen Ring an ihrem Finger. Jackson hatte wohl völlig den Verstand verloren, nachdem er ihn entdeckt hatte.

»Sie wussten alle, dass ich dem Überbringer so einer Botschaft nicht freundlich gestimmt sein würde. Mit mir ist nicht gut Kirschen essen, das weiß jeder hier in Stone.«

Claire schwieg.

»Verdammt nochmal, Claire ... du hättest mir das schon viel früher sagen sollen.«

»Ich weiß. Ich weiß und es tut mir so leid. Ich hatte Angst, dass du durchdrehen würdest vor Eifersucht. Ich habe immerhin mit eigenen Augen gesehen, was du mit dem Typen angestellt hast, der mich auf der Halloweenparty angegraben hat.«

Er nickte, massierte sich seufzend mit den Fingern seiner gesunden Hand die Nasenwurzel.

»Deshalb hat Jackson dich sein Mädchen genannt. Jetzt ergibt alles einen Sinn. Anthony und ich konnten uns keinen Reim darauf machen, warum er genau jetzt beschlossen hat, einen neuen Streit anzuzetteln ...«

»Streit? Das nennst du einen Streit? Ian, er hat dein Haus niedergebrannt!«

»Ganz genau. Willst du wissen, wo ich heute Morgen war? Anthony hat den Attentäter auf dem Polizeirevier besucht. Er wurde erwischt. Er hat ihm verraten, dass Jackson krank vor Sorge um dich war, als er herausgefunden hat, dass du dich zum Zeitpunkt der Explosion noch im Haus befunden hast. Das hätte nicht passieren sollen. Er war auch derjenige, der die Feuerwehr und die Polizei verständigt und damit den Attentäter verraten hat. Er hat alles zugegeben. Sowohl seine früheren Untaten als auch, dass er mit Jackson in mein Haus eingebrochen ist und die Gasleitungen in der Küche beschädigt und manipuliert hat.«

»Das heißt, die Polizei ist jetzt wegen versuchten Mordes hinter Jackson her?«

Ian nickte erneut. »Er ist untergetaucht. Anthony ist im Begriff, herauszufinden, wohin.« Er hielt kurz inne. »Du meinst also, ich bin nicht der Grund, weshalb du abhauen wolltest?«

»Nein, natürlich nicht. Also nicht ganz. Ich habe Angst um dich. Jackson will dich nur tot sehen, weil er mich zurückwill. Er kann es nicht ertragen, dass ich mit dir zusammen bin. Deshalb hat er mir am Campus auch gedroht und deshalb hat er mich in der Billardbar angesprochen, damals, kurz nachdem wir uns kennengelernt haben, weißt du noch?« Ein trockenes Schluchzen entfuhr ihrer Kehle und unterbrach sie in ihrem Redefluss, sodass sie dazu gezwungen war, energisch nach Luft zu schnappen. »Ian, ich will nicht, dass du für mich zum Mörder wirst und ich will erst recht nicht, dass dir wegen mir etwas zustößt. Ich weiß, dass du dazu fähig bist, Jackson ein für alle Mal aus dem Weg zu schaffen, aber sieh dir doch nur an, was passiert ist. Selbst du hast nicht damit gerechnet, dass er dein Haus in die Luft jagen würde!«

Ian zog sie in die Arme, als ihr die ersten salzigen Tränen über die Wangen rollten und sie erneut unterbrachen.

»Ich ... ich bin doch kein schlechter Mensch, oder? Seit ich dich kenne ... ich weiß doch auch nicht, aber ich bin dazu bereit, mein ganzes Leben für dich aufzugeben, nur damit es dir gutgeht ... und wenn ich mich für eine Weile in Island verstecke, wird Jackson vielleicht etwas anderes finden, womit er sich beschäftigen kann. Eine neue Droge, vielleicht sogar eine andere Frau ... vielleicht kann ich in Island sogar weiterstudieren ...«

»Nein. Jackson hat schon einmal versucht, mich umzubringen. Dass er dein Ex ist, hat der ganzen Sache nur die Krone aufgesetzt. Und du bist kein schlechter Mensch, Claire. Du bist mein Diamant. Mein ungeschliffener hübscher kleiner Rohdiamant mit einem frechen Mundwerk.«

Ein schwaches Lächeln umspielte ihre Lippen, doch ihre Tränen versiegten nicht.

»Bleib bei mir. Du hast keinen Grund, vor Jackson davonzulaufen, Häschen. Glaubst du denn ernsthaft, dass ich dich gehen lassen würde, jetzt nachdem du weißt, dass ich dich liebe?«

Claire schüttelte den Kopf. Ian schenkte ihr sein berüchtigtes Schmunzeln.

»Wirst du mir erzählen, weshalb du in Jacksons Drogenhandel verwickelt warst? Ian, bitte sag mir, woher du so viel Geld hast.« Schniefend lehnte sie sich wieder zurück und bediente sich an der bunten Taschentuchbox auf Neils Schreibtisch. Nachdem sie sich die Nase geputzt hatte, begann der Schwarzhaarige zu erzählen.

»Du weißt, dass ich ein wenig geflunkert habe, als wir uns kennengelernt haben. Was ich mache, ist größtenteils ebenso illegal wie Drogenhandel. Ich manipuliere und hintergehe Menschen, um meine Ziele zu erreichen, aber ich tue es, um andere für ihre Schandtaten bezahlen zu lassen. Anthony hat mein Potential kurz nach meinem Abschluss als Hacker gerochen wie ein Hund einen Knochen und mich angeheuert. Das war nur wenige Wochen nach dem Tod meiner Tante. Seitdem hacke ich mich in strenggeheime Sicherheitssysteme von illegalen Firmen und sogar des Staats und handle mit Unmengen an Schusswaffen und anderen … Hilfsmitteln, die in Großbritannien verboten sind und die Organisationen wie Anthonys dabei unterstützen, Drogendealer aufzuspüren. Seine nennt sich die OHW. Zugegeben, sehr einfallsreich ist der Name nicht, ganz im Gegenteil. Das H steht für Hacken, das W steht für Waffen.«

OHW. Phoebe und Jackson hatten den verdächtigen Begriff beide erwähnt. Claires Augen nahmen die Größe zweier Teller an, doch sie nickte bloß stumm und hielt ihn dazu an, weiterzusprechen.

»Der Staat will von derlei Geschäften nichts wissen. Sie sind sich der Probleme bewusst, möchten sich die Hände aber nicht schmutzig machen. Halte es dir doch vor Augen. Ein Familienvater, der sich im Internet illegal Filme für seine Kinder herunterlädt, wandert bis zu zwanzig Jahre ins Gefängnis. Ich habe von Fällen gehört, in denen Vergewaltiger und Drogendealer schon nach wenigen Monaten wieder freigelassen wurden.«

Sein Hass auf Junkies … der Mord an seiner Tante und die Geldschulden seines Onkels … all diese Ereignisse hatten dazu beigetragen, dass Ian sich zu einem modernen Robin Hood erklärt hatte und wiederholt Gesetze brach, um die noch viel schlimmeren Verbrecher dort draußen für ihre Gräueltaten bezahlen zu lassen. Aufrichtige Bewunderung mischte sich zu den konfusen Gefühlen in ihrer Magengrube. Ians Herz war sogar noch viel größer, als sie angenommen hatte.

»Ich habe dir erzählt, dass wir für gewöhnlich unentdeckt bleiben. Nur selten gelangt eine Information nach außen, sodass die Polizei auf uns aufmerksam wird. Deshalb ist meine Akte auch so ... undicht. In ihren Augen bin ich der böse Bube, für den es zu wenig Beweise gibt, um ihn hinter schwedische Gardinen zu verfrachten.« Ian lächelte sie verschmitzt an. »Dass ich tatsächlich gefährlich bin, will ich nicht abstreiten.«

»Ich auch nicht.«

Er schmunzelte. »Verstehst du das, Claire? Ich war nie der Bösewicht. Und ich will, dass du das weißt. In meinem Leben ist so viel passiert, das mich zu dem gemacht hat, was ich bin, und ich werde mich für keine meiner Taten entschuldigen, auch nicht dafür, dass ich jedes Risiko eingegangen bin, damit du mir gehörst.«

Claire schüttelte energisch den Kopf. »Das musst du auch nicht. So sehr ich dich manchmal auch verfluche, Ian Conroy, ich liebe dich. Und ich hätte nichts daran, wie wir uns kennengelernt haben, anders gewollt. Gut, meinetwegen außer der Tatsache, dass du mich beinahe überfahren hättest.«

Ian lachte leise in sich hinein. »Ich liebe dich auch. Und jetzt gehen wir zu dir nach Hause. Ich will dich küssen. Überall.«

Heiße Erregung durchflutete ihre Gliedmaßen und vertrieb die letzten Tränen, während sein meerblauer Blick zu ihren Lippen wanderte.

»Solange Jackson frei herumläuft, möchte ich, dass du in meiner Nähe bleibst, okay? Er sucht bestimmt nach dir.«

»Okay.«

»Meinst du, Klein-Tinas Vater wird mich gehen lassen, nachdem ich fast sein Haus demoliert habe?«

Claire lachte unkontrolliert auf. »Ich denke, Tina wird ihn dazu überreden können, dich noch einmal laufen zu lassen. Abgesehen davon muss ich erst einmal meinen eigenen Vater beruhigen. Er muss bereits krank vor Sorge sein.«

Der Schwarzhaarige nickte. »Dann lass uns gehen.«

~ * ~

Claire presste ihren nackten Körper noch enger an Ians. Sie liebte das Gefühl seiner entblößten Haut an der ihren, wenn ihre empfindlichen Brüste gegen seinen muskulösen Oberkörper rieben oder ihre vom Sex noch feuchte Mitte lüstern nach mehr gegen seinen Oberschenkel drückte.

Sie hatte Dutzende von Morgen damit verbracht, in dieser Position aufzuwachen, hatte den Trost und die Geborgenheit, die er ihr gab, genossen. Unwillkürlich schlug sie die Augen auf und murrte leise, als das helle Sonnenlicht, das sich durch ihre Vorhänge kämpfte, ihr die Sicht nahm.

Wie auf Knopfdruck prasselten die letzten vierundzwanzig Stunden wieder auf sie ein, der eine Gedanke schwermütiger und gefährlicher als der nächste. Sie fühlten sich an wie steinharte, brennende Meteoriten, die ihren Schädel marterten und ihr Kopfschmerzen bereiteten.

Die Gasexplosion, das Feuer, Jackson. Ihre missglückte Flucht nach Island, Ians Wutanfall und sein Geständnis.

Furcht bohrte sich wie ein lodernder Dolch in ihr Herz und raubte ihr den Atem. Beklommen schnappte sie nach Luft.

Ian hatte einen Arm um sie geschlungen. Für gewöhnlich wachte er immer früher auf als sie, überraschte sie neuerdings mit einem Tee oder frischem Gebäck von der Konditorei im örtlichen Supermarkt. Erst, als sie sanft aufblickte und seine ruhende Gestalt neben sich betrachtete, erkannte sie, wie sehr die letzten Stunden auch ihm zugesetzt hatten.

Selbst im schlafenden Zustand hatte er die Stirn in Falten gelegt und auch wenn er es niemals zugeben würde, wusste sie, dass er litt. Er litt daran, sie beschützen zu wollen. Was Jacksons Mordversuch mit ihm anstellte, wollte sie sich gar nicht erst ausmalen.

Ob er schon lange so lebte? Mit der Angst im Nacken, dass ihm früher oder später jemand versuchte ein Messer in den Rücken zu rammen? Der Drang, sich enger an ihn zu kuscheln und für eine Weile zu vergessen, womit die Realität sie beide plagte, wurde mit jedem ihrer Gedanken stärker. Der Wunsch, das Richtige zu tun und wiedergutzumachen, ihm ihre Vergangenheit mit Jackson verschwiegen zu haben, hingegen schrie wie eine rachsüchtige Walküre.

Sie würde alles dafür tun, ihn von diesem besorgten Gesichtsausdruck zu befreien.

»Ich liebe dich«, wisperte sie leise in die Stille. Er antwortete ihr mit einem Seufzen.

Sie hatte ihm versprochen, nicht nach Island zu flüchten – daran würde sie sich halten. Doch untätig darauf warten, dass Jackson zu einem weiteren Schlag ansetzte, damit Ian seine Chance bekam, konnte sie nicht. Ihr Blick fiel auf Ians dunkle Hose, die er gestern Nacht im Eifer des Gefechts zu Boden gestreift hatte. Sein Handy ...

Vorsichtig, um ihn nicht zu wecken, schälte sie sich aus seiner Umarmung und krabbelte im Schneckentempo nackt aus dem Bett. Der beigefarbene Pullover, der über ihrem Schreibtischstuhl hing, sowie die Hose, die sie gestern Abend angehabt hatte, würden reichen müssen. Schnell sammelte sie sämtliche Kleidungsstücke ein, um sich anzuziehen, und durchwühlte dann mucksmäuschenstill Ians Hosentaschen, bis sie fand, wonach sie suchte.

Sobald sie ihre Zimmertür hinter sich geschlossen hatte, wählte sie die Nummer, die sie benötigte. Er nahm bereits nach einem Freizeichen ab.

»Anthony? Hier ist Claire. Ich brauche deine Hilfe.«

»Claire? Wo ist Ian?«

»Er schläft.«

»Weiß er, dass du sein Handy genommen hast?«

Claire grummelte leise. »Nein. Darum geht es jetzt auch nicht. Ian hat gesagt, dass du versuchst herauszufinden, wo Jackson sich versteckt.«

»Ja?«

»Und hast du?«, bohrte sie nach.

»Claire ... ich weiß genau, worauf du hinauswillst. Vergiss es. Mach keine Dummheiten. Du weißt, wie Ian ist.«

»Ja, das weiß ich.«

»Außerdem würde er das niemals zulassen. Das ist viel zu gefährlich.«

»Für Ian ist die Angelegenheit genauso gefährlich, das weißt du ebenso wie ich. Genau deshalb brauche ich deine Hilfe. Bitte, Anthony.«

Stille. Unerträgliche Stille auf der anderen Seite der Leitung, bis Anthony ein gepeinigtes Seufzen ausstieß.

»Ich weiß bisher nur, in welchem Stadtteil sie sich aufhalten müssten …«

»Ich weiß, wo das ist«, teilte Claire ihm mit, als er ihr die Gegend nannte.

»Lass mich dich begleiten. Ich hole dich ab.«

»Damit du Ian aufwecken kannst und ihr mich davon abhalten könnt, das Richtige zu tun? Ganz bestimmt nicht. Du musst dir keine Sorgen um mich machen. Neil und die Polizei werden die Sache regeln. Ihr werdet schon damit fertig, euren Stolz runterzuschlucken und euch nicht in Lebensgefahr zu begeben, nur weil ihr Jackson selbst zur Strecke bringen wollt.«

Anthony seufzte erneut. »Ian hat dir nicht ohne Grund gesagt, dass du es vermeiden solltest, allein in Stone herumzulaufen, solange Jackson auf freiem Fuß ist.«

»Ich schaffe das schon.«

Wieder herrschte einen Augenblick lang Stille.

»Aber Claire, bitte sei vorsichtig. Ich werde Ian nicht verheimlichen, dass du mit mir gesprochen hast.«

Natürlich würde er das nicht. Aber bis er aufwachte, würde sie hoffentlich bereits erfolgreich gewesen sein. Entschlossen stellte sie Ians Handy auf lautlos und verließ das Haus.

KAPITEL 31

Claire war aufgebrochen, noch bevor die Sonne hoch genug am Himmel stand, um in den Tag zu starten.

Auf ihrer Unterlippe kauend studierte sie den zerknüllten Notizzettel in ihrer Hand, auf welchen sie in krakeligen Lettern den Stadtteil und die Informationen notiert hatte, die Anthony ihr genannt hatte. Mit der anderen lenkte sie ihr Fahrrad durch die noch menschenleeren Straßen.

Sie hätte sich ein Taxi nehmen sollen, selbst wenn die Strecke zum örtlichen Polizeirevier etwas außerhalb von Stone fast lächerlich kurz war. Bis dieses sie allerdings erreicht hätte, wäre Ian bestimmt schon aufgewacht und hätte dafür gesorgt, dass sie gar nicht erst das Haus verließ. Ihr Vater und Tina waren bereits zur Arbeit gefahren und sie musste mit Neil persönlich sprechen, wenn sie Ian vor weiterem Ärger bewahren wollte. Abgesehen davon wusste sie auch, dass Anthony es zu verhindern wüsste, wenn sie Neil oder das Polizeirevier stattdessen telefonisch zu kontaktieren versucht hätte. Wenn sie also vor Anthony bei der Polizei eintreffen wollte, hatte sie keine Zeit mehr zu verlieren.

Wachsam behielt Claire ihre unmittelbare Umgebung im Auge. Zwei Querstraßen, eine Kreuzung, rechts abbiegen. Bald würde sie da sein.

Ihr entfuhr ein Keuchen, als vor ihr mit einem Mal jemand hinter dem Gebüsch hervortrat und ihr in den Weg sprang. Reflexartig zog sie die Bremse, doch die Wucht des plötzlichen Stopps schleuderte sie förmlich vom Fahrrad.

Der Übeltäter fing sie auf, bevor sie den Asphalt küsste, und stellte sie dann nahezu mühelos wieder aufrecht auf die Straße.

»Ups«, säuselte er sarkastisch.

Sie erkannte den Mann sofort. Das grimmige Gesicht, das mit Ians Faust Bekanntschaft gemacht hatte, verdunkelte sich. Es war der Tölpel von der Halloweenparty. *Scheiße.* Claire lief es eiskalt den Rücken hinunter.

»Na, wen haben wir denn da?«, fragte er mit einem Funkeln in den glasigen Augen.

»Du musst ziemlich dämlich sein, wenn du hier einfach durch die Gegend spazierst, während die Polizei nach euch sucht«, versuchte Claire ihre Angst zu überspielen und krallte die Hände in die Lenkstange, um ihr Zittern zu verbergen.

»Sei nicht albern. Wir haben darauf gehofft, dass du hier irgendwo auftauchen würdest. Jackson sucht nach dir, weißt du das denn nicht?« Er grinste hämisch.

»Lass mich vorbei.«

Sein dreckiges Grinsen wurde noch breiter. »Nein. Du kommst mit mir.«

Energisch riss er sie vom Fahrrad, das dabei mit einem Scheppern auf die Straße kippte, und umklammerte ihren Oberarm, um sie mit sich zu ziehen. Panik durchfuhr Claire wie heiße Stromschläge. Sie schlug wild um sich, trat mit den Füßen und versuchte, ihm das Gesicht zu zerkratzen. Erst als sie den Lauf einer Waffe an ihrer Taille spürte, erstarben ihre Versuche, sich zu wehren. Claire schluckte hart. Ihr Herz klopfte wie eine Dampframme.

»Schluss jetzt. Sei still oder ich jage dir eine Kugel in den Kopf«, raunte er ihr zu. »Und dann ist mir scheißegal, dass Jackson gesagt hat, wir sollen dich in einem Stück zu ihm bringen.« Sein schlechter Atem – Drogen und Alkohol – drehte ihr beinahe den Magen um. Hätte sie ein Frühstück zu sich genommen, hätte es spätestens jetzt den Rückweg eingeschlagen.

»Wir wurden einander noch gar nicht richtig vorgestellt. Ich bin Felix.« Spöttisch funkelte er sie an, holte dann sein Handy aus der Hosentasche und tippte kurz darauf herum.

»Ich hab' sie. Lass uns fahren«, sagte er fast schon gelassen in den Hörer. Kaum waren sie um die Ecke gebogen, geriet ein tarngrüner Gebrauchtwagen mit Rostflecken und ohne Kennzeichen in ihr Blickfeld.

Claire biss sich befangen auf die Unterlippe. Sie konnte nur hoffen, dass Anthony wirklich längst in sein Auto gesprungen war, um Ian zu wecken und sie einzuholen. Sie betete, dass sie sie rechtzeitig erreichen würden.

Felix bugsierte sie grob in den Wagen und knallte ihr die Tür vor der Nase zu. Dann schloss er das Auto von außen wieder ab, noch ehe Claire dazu kam, an der Türklinke zu rütteln.

Im Auto war es totenstill. Mit klopfendem Herzen lauschte sie ihrem flachen Atem. *Jetzt oder nie.* Noch war Felix nicht schlau genug gewesen, ihr das Handy abzunehmen.

Er hatte ihr den Rücken zugewandt, als sie es aus ihrer Jackentasche fischte und ihre Live-Location an Ian und Neil verschickte. Keine Sekunde zu früh, denn nur wenige Herzschläge darauf ertönte ein Klicken und die beiden Vordertüren des Autos wurden aufgerissen. Schnell ließ sie ihr Handy wieder verschwinden.

»Hey, Kleine«, witzelte Felix' Begleitung boshaft.

Felix startete den Wagen und fuhr sofort los. Mit jedem Meter, den sie zurücklegten, sank Claire das Herz tiefer. Befangen und schweigend beobachtete sie die beiden Männer. Währenddessen hatten die beiden die Dreistigkeit, sich über die gestrigen Fußballergebnisse zu unterhalten, als würden sie sie nicht gerade kidnappen.

Nur wenige Minuten später erreichten sie am östlichen Stadtrand von Whitefield schließlich ein heruntergekommenes Gebäude in der Nähe eines Schuhgeschäfts.

Efeu kletterte die Backsteinwände nach oben und griff mit seinen giftgrünen Ranken nach den dunkelroten Ziegeln. Einige der Fenster waren verrammelt, zugenagelt mit morschen Holzplatten und die Buntglasscheibe, die in die schwere Eingangstür eingelassen worden war, war an mehreren Stellen zerbrochen. Wie ein Spinnennetz wirkten die einzelnen Splitter und luden nicht unbedingt dazu ein, das Haus zu betreten.

Claire verzog gequält das Gesicht. Die Nummer auf der mit Moos überzogenen Tafel an einer der überwucherten Wände konnte sie nicht ausmachen. Wer weiß, wie viele Mörder und Kriminelle sich hier schon versteckt hatten.

Ihre beiden Entführer stiegen zuerst aus. Claire machte sich schwer, als sie sie aus dem Auto und auf die kaputte Eingangstür zu zerrten.

Felix gab ein Klopfzeichen und wartete, bis sie im Inneren des Hauses ein gedämpftes Poltern hörten. Männerstimmen flüsterten miteinander, dann vernahm sie eine hastige Bewegung durch das Buntglas.

»Na, sieh mal einer an.« Es war ausgerechnet der Fremde, dem Ian vor knapp zwei Monaten im Pub das Gesicht auf die Tischplatte gedonnert hatte, der ihnen öffnete.

»Wo ist Jackson?«, fragte Felix.

Die Angst schnürte Claire die Kehle zu und ihre Zunge schien ihr am Gaumen festzukleben, als der Fremde an ihr vorbei ins Freie blickte und sich prüfend umsah. Schließlich neigte er den Kopf und bedeutete ihnen einzutreten.

Ab jetzt lag alles daran, Zeit zu schinden, auch wenn sie allein der Gedanke an die Idee, die ihr siedend heiß kam, als sie über die Schwelle gestoßen wurde, sauer aufstoßen ließ.

Als Haus konnte man diese provisorische Unterkunft nicht mehr bezeichnen. Nur drei Räume waren noch intakt – das Badezimmer war keines davon. Ein mit Teppich ausgelegtes Zimmer, das mit einem Dutzend Kissen und Decken als Schlafplatz für die Männer diente, und dessen Tür tatsächlich noch brauchbar war, eine Abstellkammer, in der sich eine alte Waschmaschine befand und die Jackson zu einem Vorratslager für Waffen und Lebensmittel umfunktioniert hatte sowie ein Wohnzimmer mit zwei zerschlissenen Armsesseln, aus denen durch zahlreiche Schlitze bereits die Fütterung quoll.

Claire zählte neben dem Rüpel, der sie auf der Halloweenparty belästigt hatte, noch zwei weitere von Jacksons Schergen. Sie hatte sie schon einmal gesehen, damals in der Pizzeria. In ihrer Mitte saß der Teufel höchstpersönlich, umringt von einem Haufen leerer Konservendosen, die sie als Aschenbecher benutzten.

»Und? Waren es die Bullen?«, fragte Jackson spöttisch, ohne aufzublicken, und inhalierte genießerisch den gräulichen Rauch eines Joints.

»Besser!«

Felix setzte ein dümmliches Lächeln auf, das sie viel mehr an ein blutrünstiges Zähnefletschen erinnerte, nachdem er sie endlich losgelassen hatte. Kaum hatte er seine Antwort ausgesprochen, hob Jackson neugierig den Kopf.

»Claire. Baby, da bist du ja endlich.« Ein triumphierendes Grinsen breitete sich auf seinen aufgesprungenen Lippen aus. Er sah sogar noch erschöpfter aus als bei ihrer letzten Begegnung.

Seine blonden Dreadlocks waren stumpf und ungewaschen, seine Wangen eingefallen. Seine matten Augen zierten dunkle Schatten und auf seiner weiten Jeanshose befanden sich mehrere dunkle Flecken. Claire hoffte inbrünstig, dass es bloß Dreck war.

»Ich habe mich von Ian getrennt«, flunkerte sie mit Tränen in den Augen. Hätte sie eine Wahl gehabt, hätte sie sich ganz bestimmt andere Umstände ausgesucht, um ihre schauspielerischen Fähigkeiten unter Beweis zu stellen. Allzu viele andere Optionen blieben ihr im Augenblick allerdings leider nicht. Wenn sie Jackson und seine Kumpane hinhalten wollte, bis Ian und Neil sie fanden, musste sie jetzt in den sauren Apfel beißen.

Jackson jedenfalls schien ihr Glauben zu schenken. Er warf seinen brennenden Joint in eine der Konservendosen und stand hastig auf, ohne sie auch nur eine Sekunde aus den Augen zu lassen. Seine beiden Schergen – die Waffen griffbereit – starrten ihm hungrig nach einem hitzigen Spektakel hinterher.

»Hat er dir etwas getan?«

Nicht er, niemals. Du, jetzt, in dieser Sekunde.

»Zumindest hat er nicht das Haus in die Luft gesprengt, in dem ich mich aufgehalten habe.«

Jackson schloss betroffen die Augen. »Baby, es tut mir so leid. Das war so nicht geplant. Du hättest zum Zeitpunkt der Explosion nicht einmal in der Nähe sein sollen.«

»Du hättest mich umbringen können.«

»Habe ich aber nicht. Ich bin froh, dass es dir gut geht.«

Das Schmunzeln, das sich auf seinen Lippen ausbreitete, war durch und durch abstoßend. Wenn Ian die Mundwinkel kräuselte, weckte er mit spielerischer Leichtigkeit unzählige Schmetterlinge, die wirr durch ihren Bauch flatterten und ihr die Fähigkeit zu denken nahmen. Alles, was sie bei Jacksons Schmunzeln empfand, war pure Abscheu, die sich mit jeder Sekunde, die verging, tiefer in ihre Eingeweide grub.

»Ich hätte mich dafür fast selbst umgebracht, wenn Felix mich nicht davon abgehalten hätte. Wo habt ihr sie gefunden?«, fragte er dann an diesen gewandt.

»Am Stadtrand. Ich gehe mal davon aus, dass sie zu den Bullen wollte.«

»Nein, ich ... ich wollte zu dir«, log sie weiter. »Ian hat nach euch gesucht, ich habe mir die Hinweise zu eurem Standort von seinem Handy geholt, als er noch geschlafen hat.« Ihre Wangen brannten wie Feuer.

»So hat das aber nicht ausgesehen, als ich dich aufgegabelt habe«, erwiderte Felix grummelnd.

»Klappe, Felix. An ihrer Stelle hätte ich auch Angst vor dir.« Jackson grinste. »Was für ein durchtriebenes Luder du doch bist. Scheiße, Baby, ich hab' dich so vermisst«, säuselte er leise und trat auf sie zu. Die letzten Zentimeter zwischen ihnen verpufften, sobald er die Hände nach ihr ausstreckte und sie an sich zog.

Perplex versteifte sie sich.

Seine Lippen waren kalt und trocken, als er sie gierig auf die ihren presste und seine Hände um ihre Hüften schlang. Besitzergreifend drückte er seinen Unterleib dabei gegen den ihren, ungeachtet der Tatsache, dass seine Kumpane ihr Gespräch noch immer wie eine Reality-TV-Show im Fernsehen verfolgten. Wie sie die Berührungen dieses Mannes jemals hatte genießen können, war ihr ein Rätsel, vor allem jetzt, wo sie wusste, dass er dazu bereit war zu töten, um zu bekommen, was er wollte.

»Es tut mir leid. Was ich zu dir gesagt habe ...«, begann sie, nachdem er sich langsam von ihr gelöst hatte. »Das mit den Drogen ... du weißt, dass ich es nicht gutheiße. Aber ich hätte dir glauben sollen. Ich ... ich liebe dich noch immer«, würgte sie gepresst hervor.

Wenn sie nur lange genug mitspielte, würde diese brenzlige Angelegenheit schon gut ausgehen. Und dann, sobald Jackson samt seinen jämmerlichen Freunden hinter Schloss und Riegel schmorte, würde sie versuchen zu vergessen, was für eine schreckliche und riskante Idee es gewesen war, sich hinterrücks von Ian wegzuschleichen.

Unglücklicherweise war auch ihr Exfreund gewieft genug, um Vorsicht walten zu lassen.

»Baby ... allein, weil du hier bist, hab' ich dir schon vergeben. Du hast doch nichts dagegen, wenn ich dich abtaste, um sicherzugehen, dass du keine Waffen bei dir trägst?«

Claire machte unwillkürlich einen Schritt zurück und prallte kurzerhand gegen Felix, der mit verzogenen Lippen die Augen verdrehte.

»Hey, hab' keine Angst vor mir. Du bist mein Mädchen, Claire, ich werde dir nichts tun.«

Sie wich dennoch zurück. Ob es ein unfreiwilliger Instinkt war, der ihre Schwindelei aufzufliegen lassen drohte, oder der Drang zum Selbsterhalt und dem letzten Rest der Würde, die ihr noch blieb, wusste sie selbst nicht.

Ihr flehender Gesichtsausdruck sprach Bände, als sie gegen einen Metalltisch stieß und ihre Hände in die harten Kanten krallte.

Jackson verschwendete keine Zeit damit, seine schwieligen Hände über ihren gesamten Körper wandern zu lassen. In einer der Taschen ihrer Winterjacke fand er ihr Telefon und nahm es lächelnd an sich. Krampfhaft versuchte sie, sich ihre steigende Panik nicht anmerken zu lassen.

Nachdem Jackson auch ihre Beine kontrolliert hatte und sie mit einem flüchtigen Kopfnicken dazu anwies, sich umzudrehen, stieß sie ein wütendes Schnauben aus.

»Jackson, ich bin unbewaffnet ...«, jammerte sie.

»Weiß ich doch. Ich stelle mir nur gerade vor, wie es wohl wäre, dich hier auf dem Tisch zu vögeln.« Sein heißer Atem streifte ihr Ohr. Seine Stimme war so leise, dass weder Felix noch die anderen beiden ihn gehört haben konnten.

Claire gab sich Mühe, ihr Entsetzen zu verbergen. Sie hatte gehofft, dass er nicht sofort über sie herfallen würde wie ein halbverhungerter Aasgeier. Dafür würde Ian ihn erst recht auseinandernehmen.

»H-hier? Nicht hier, bitte ... nicht vor deinen Leuten.«

»Glaubst du denn wirklich, ich will, dass sie sehen, was nur mir gehört?« Claire zuckte zusammen, als er kurz darauf die Stimme hob. »Verzieht euch in die Küche und lasst uns allein.« Ihr Herz setzte einen Schlag aus. »Claire und ich haben einiges nachzuholen.«

Scheiße, wie kam sie da jetzt wieder raus?

KAPITEL 32

Wenn sie die Augen schloss, sah sie Ian vor sich. Ians weiche Lippen, die die ihren sanft streichelten, seine warmen Fingerspitzen, wie sie ihren Körper liebkosten. Ian verehrte ihren Körper wie den heiligen Schrein einer Göttin, als wäre sie seine Religion, die ihn zum Leben erweckte und ihm mit jedem leidenschaftlichen Kuss Kraft schenkte, die ihn vor Energie nur so sprühen ließ.

Claire dachte daran, dass er jeden einzelnen Zentimeter ihres Körpers genüsslich verwöhnen und nicht ruhen würde, bis er ihr zumindest einen Orgasmus entlockt hätte, ehe er sich auf seine eigene Lust konzentrierte – und selbst dann noch hatte Ian eine nahezu hypnotisierende Wirkung auf sie. Mit jeder Berührung schickte er sie auf schwindelerregende Höhenflüge, die sie alles um sie herum vergessen ließen.

Jacksons Küsse hingegen waren ungehobelt gierig. Sie schmeckte die Verzweiflung, mit der er ihre Brüste knetete und sie Stück für Stück rückwärts in das widerwärtige Schlafzimmer bugsierte, bis sie mit den Fersen gegen eine alte Matratze stieß, die unter dem Deckenhaufen begraben war.

Sie schielte hinter sich und stellte fest, dass Jackson aus irgendeinem unerfindlichen Grund seine eigene Bettwäsche auf dem provisorischen Bett ausgebreitet hatte. Als er in seiner weiten Hosentasche nach einem Kondom fischte, hielt sie den Atem an, realisierte angewidert, worauf sie sich da gerade einließ.

Nein. Stopp. Sie konnte nicht mit ihm schlafen, nicht jetzt und nie wieder. Sie war weder eine Hure noch eine Sklavin und ihr Körper gehörte einzig und allein ihr.

»Warte ... Jackson ... ich kann nicht.« Nach Beherrschung ringend presste sie ihre Handflächen gegen seine Brust. Die wenigen Zentimeter Abstand zwischen ihren Körpern waren ihr so willkommen, dass sie beinahe erleichtert aufgeseufzt hätte.

»Wieso nicht?« Sämtliche Gesichtszüge entglitten ihm, noch während Claire ihm einen resignierten Blick zuwarf. »Wieso bist du hier, Baby?«

»D-deinetwegen.« Sie schluckte, gewillt, sich ihre Nervosität nicht anmerken zu lassen. Jackson entging nichts, schon gar nicht, wenn er wie gerade ungläubig die Augenbrauen nach oben zog.

»Wieso willst du dann nicht mit mir schlafen?« Er kannte die Antwort bereits. Jackson war noch nie der intelligenteste Geselle gewesen – ein Blick in Claires Augen jedoch genügte ihm offenbar, um in diesen abzulesen, was sie nicht auszusprechen wagte. Claire versuchte es dennoch weiter.

»Gib mir Zeit. Ist es denn wirklich so wichtig, ob wir jetzt sofort miteinander schlafen? Wir waren über ein Jahr lang getrennt. Du kannst nicht von mir erwarten, mich dir zu öffnen, als ob nichts geschehen wäre, schon gar nicht nach der Sache mit Ian.«

»Scheiße nochmal, du liebst dieses Arschloch wirklich, was?«
Verdammt. Na los, streit es ab, streit es ab!

Doch wie konnte sie etwas so Offensichtliches leugnen? Weshalb sonst würde sie sich freiwillig in dieses dreckige Loch begeben und ausgerechnet den Mann gekünstelt um Verzeihung bitten, der Ian um jeden Preis umbringen wollte? Am liebsten hätte sie ihm die Worte hasserfüllt ins Gesicht gespien.

»Jackson, bitte sei doch vernünftig. Ian und du-«

»Jackson! Jackson, wir haben hier draußen ein verdammtes Problem!«

Alarmiert sah ihr Ex auf, zog die Waffe, die hinten im Bund seiner Hose gesteckt haben musste, und riss die knarzende Tür mit einem Ruck wieder auf, gerade rechtzeitig, um von Neil eine Pistole vors Gesicht gehalten zu bekommen. Erschrocken fror Claire auf der Stelle fest.

Direkt neben Tinas Vater stärkten ihm Anthony und ein halbes Dutzend Polizisten den Rücken, jederzeit dazu bereit, den Abzug zu betätigen und jeglichen Widerstand noch im Keim zu ersticken. *Oh, Gott sei Dank.*

»Scheiße nochmal, Felix, du solltest doch Wache halten!«, brüllte Jackson.

»Sie haben sich reingeschlichen, verdammt! Deine Kleine hat mich abgelenkt.«

Felix' Worte erreichten sie gar nicht erst. Stattdessen schnappte Claire erleichtert nach Luft, als sie hinter den Polizisten schwarze Haare und einen dunklen Wintermantel erspähte und ihr Herz seinen ohnehin schon viel zu schnellen Rhythmus nun endgültig aufzugeben schien.

»Ian!«, rief sie und wollte sogleich nach vorn stürmen.

Sie zitterte am ganzen Leib wie Espenlaub, doch kaum machte sie den ersten Schritt, durchfuhr Ians Stimme sie wie ein frisch geschliffenes Messer. »Claire, bleib, wo du bist!«

Er war nur wenige Schritte entfernt. Nur ein paar Meter vorwärts und sie könnte ihn in ihre Arme schließen, sich in Sicherheit wiegen ... Claire entfuhr ein spitzer Schrei, als Felix sie an den Haaren packte und an seine Brust zog, den Lauf seiner Waffe fest gegen ihre Schläfe gepresst. Im selben Augenblick stürzte Ian zeitgleich mit Jackson nach vorne. Sie drängten die Polizisten beiseite, als wären diese nur unbedeutende Bauern auf einem Schachbrett. Claire blieb vor Angst beinahe das Herz stehen, als Jackson Neil niederschlug.

Mit verschwitzten Händen und klappernden Zähnen beobachtete sie, wie Ians Faust so schnell und schwungvoll auf Jacksons Gesicht traf, dass ein schmerzhaftes Knacken durch den Raum hallte.

»Wag es bloß nicht, du Mistkerl!«, zischte er wütend.

»Mr. Conroy, er hat Sie nicht angegriffen. Unterlassen Sie Gewalt, wenn sie nicht notwendig ist!«, mahnte Neil ihn mit strenger Stimme, während die Polizisten versuchten, die beiden Männer auseinanderzuhalten.

»Felix, wenn du ihr wehtust, reiße ich dir die Eier ab!«, presste Jackson mit blutunterlaufener Nase hervor. Sein eiskalter Blick sprach Bände – weder er noch Ian würden zögern, auf ihn zu schießen, wenn er Claire auch nur ein Haar krümmte.

»Lassen Sie das Mädchen gehen, legen Sie die Waffe auf den Boden, Hände hinter den Rücken. Sie sind umstellt, es ist zwecklos.«

»Fuck ...« Sein schlechter Atem streifte ihr Ohr. Claire roch zum wiederholten Male Nikotin und Alkohol und kniff angewidert die Augen zusammen, um nicht zu würgen, rührte keinen einzigen Millimeter ihres Körpers, während sie damit rang, sich vor Todesangst und Ekel nicht auf Felix' Schuhe zu übergeben. Sie schluckte abgestoßen, um den Geschmack der Magensäure, die sich ihren Hals hinaufkämpfte, wieder loszuwerden.

Die Polizisten taten es ihr gleich. Still wie Statuen und mit erhobenen Waffen ließen sie die Kriminellen keine einzige Sekunde lang aus den Augen. Neil hatte recht. Solange einer von Jacksons Männern nicht zuerst schoss, waren die Polizisten dazu gezwungen, ihnen nur mit Konsequenzen zu drohen.

Doch sie mussten nicht lange warten.

Der erste Schuss fiel. Dann passierte alles so schnell, dass Claire das Geschehen mitansehen konnte, noch bevor ihre Ohren die Geräusche um sie herum verarbeitet hatten. Felix warf sie, als würde sie ihm plötzlich im Weg stehen, mit einem Ruck gegen den Metalltisch, der durch die Wucht ihres Aufpralls prompt kippte, sodass sie ihn mit sich zu Boden riss. Das polternde Geräusch wurde begleitet von nicht enden wollenden Schüssen.

Das Pochen in ihrem Knie und den heißen Schmerz auf ihrer Stirn nahm sie schon nach wenigen Sekunden nicht mehr wahr, beobachtete stattdessen wie betäubt, wie Ian sich durch die tödliche Rangelei hindurch zu ihr drängte und sich besorgt vor sie hinkniete. Ihre Blicke trafen sich wie die zweier Ertrinkenden.

»Ian! Hast du meine Nachricht bekommen?«

Der Schwarzhaarige schnaubte. »Was glaubst du wohl? Anthony hat mich gefühlte hundertmal angerufen. Du hast mein verdammtes Handy auf lautlos gestellt. Scheiße, Claire, was hast du dir nur dabei gedacht?«

»Ich, ich ... wie seid ihr hergekommen?«, stammelte sie halblaut.

»Wir haben uns mit Neil zusammengetan. Er hätte mich fast festgenommen, so sehr habe ich getobt. Tina und Anthony haben eine ganze Weile gebraucht, um ihm das auszureden.«

»Tina? Ist sie auch hier?«

»Sie wartet im Wagen. Na los, schnell raus hier.«

Claire nickte benommen. Dass sie kaum Schmerzen spürte, musste von dem Schock herrühren, der sie wie Schlangengift paralysierte.

Ian knurrte regelrecht, als er sie auf die Beine zog und einen Arm um sie legte. Obwohl die Geste gegen eine Pistolenkugel nicht viel ausrichten würde, durchströmte sie augenblicklich ein Gefühl der Sicherheit. Ihr fiel erst jetzt auf, dass auch Ian eine Waffe in den Händen hielt.

Claire zuckte zusammen, als er ihren Lauf einem von Jacksons Schergen skrupellos über den Schädel zog, als dieser sich ihnen in den Weg stellte. Stöhnend ging er zu Boden und wurde prompt von einem der Polizisten mit Handschellen überwältigt.

Claire richtete ihren Blick auf die sperrangelweit offenstehende und kaputte Haustür, auf die Ian sie zubewegte. Dann schubste er sie regelrecht nach vorne.

»Geh! Lauf! Bring dich in Sicherheit! Steig in den vordersten Wagen, dort wartet Tina auf dich.«

Claire nickte mit Tränen in den Augen, ehe Ian sie sichtlich widerwillig losließ und sich abwandte, um Anthony, Neil und den anderen Polizisten zu helfen.

Felix brüllte. »Jackson, deine Schlampe will abhauen!«

Claire rannte wie ein vom Fuchs gejagtes Kaninchen los und hetzte über die Schwelle ins Freie, wo sie fast im feuchten Gras des Vorgartens ausrutschte, um schnellstmöglich zu Tina zu gelangen.

»Waffe fallen lassen, sofort!«, rief Neil irgendwo hinter ihr.

Ihre beste Freundin schrie wie eine Furie durch die halboffene Fensterscheibe ihren Namen.

Schon ein einziger Blick zurück genügte. Felix lehnte mit blutigem Hosenbein gegen den Türrahmen, den rechten Arm weit von sich gestreckt, in seiner Hand seine Waffe. Sie würde es nicht ins Auto schaffen, nicht bevor er sie mit einer Kugel durchlöchert hatte.

»Claire!« Ians Stimme zerriss ihr fast das Herz.
Denk nach, denk nach!
Claire sah panisch wieder nach vorne. Felix schoss. Der Knall hallte über die gesamte Nachbarschaft hinweg. Wie auf Knopfdruck gaben ihre Beine nach und sie ging unter Tinas entsetztem Gesichtsausdruck mit einem Ruck zu Boden.

KAPITEL 33

Eine warme Nässe befeuchtete ihren Handrücken, als sie die Augen aufschlug. Es war hell – das strahlende Weiß der Möbel und der kahlen Wände um sie herum blendete sie. Sie brauchte eine ganze Weile, um zu verstehen, wo sie sich befand.

Es war ein Krankenhaus. *Schon wieder.* Die tief wimmernde Gestalt neben ihr hielt ihre Hand fest umschlossen, die Stirn auf ihren Handrücken gebettet. Heiße Tränen tropften auf ihre Haut, wieder und wieder, bis sie besorgt den Mund öffnete.

»Dad?«

Raymond sah auf, sein verweinter Blick traf den ihren. Er schluchzte noch lauter. »Claire ... meine Claire ...«

Beißende Schuldgefühle schwemmten über sie hinweg. Nur ein paar Tage zuvor war sie schon einmal zu einem Krankenhausaufenthalt gezwungen gewesen. Ihr Vater musste sich schrecklich gefühlt haben, nicht zu wissen, ob es ihr gut ging. Umso mehr traf sie jetzt sein aufgelöster Anblick.

Wie ein Häufchen Elend hockte er auf einem der Besucherstühle und umklammerte ihre Hand noch fester.

»Ich schwöre bei Gott, tu so etwas nie wieder. Nie wieder, hörst du? Erst gerätst du bei einem Hausbrand in Lebensgefahr, dann teilst du mir ohne weitere Erklärung mit, mit Tina nach Island zurückkehren zu wollen und landest anschließend in einer Schießerei … Seit wann ist es dir so wichtig, die Heldin zu spielen, Claire? Ist dir klar, wie viel Sorgen ich mir gemacht habe, als ich erfahren habe, dass du bei Jackson bist?«, zeterte er halblaut.

Claire schloss betroffen die Augen.

»Sie hätten einander irgendwann umgebracht …«, jammerte sie leise. »Ian hat mich davon abgehalten, England zu verlassen, also habe ich mich am Morgen weggeschlichen, um dem Ganzen endlich ein Ende zu setzen.«

Erst jetzt wurde ihr bewusst, wie sehr sie ihrem Vater damit wehgetan hatte. Über so viele Wochen hinweg hatte sie kleinlich versucht, ihn mit der Gefahr, der sie durch Ian und Jackson ausgesetzt war, nicht zu belasten, ihm keinen Grund zu geben, ihr mit seiner Sorge in den Ohren zu liegen. Sie konnte sich kaum noch erinnern, wann sie das letzte Mal in der Pizzeria zu Mittag gegessen hatte. Und nun hatte sie alles bloß noch schlimmer gemacht.

»Es tut mir so leid, Dad.«

»Ich dachte, du wurdest erschossen. Als Neil mich angerufen hat, war er selbst ganz aufgelöst. Er hat dich fallen sehen …«

Es war die einzige Möglichkeit gewesen, sich Felix' Aufmerksamkeit zu entziehen. Wenn sie erst verletzt auf dem Boden lag, würde er sich wieder mit den Polizisten beschäftigen, die ihn zu bezwingen versucht hatten – so zumindest der Plan. Also hatte sie sich kurzerhand zu Boden geworfen, als die Kugel um nur Millimeter an ihr vorbeigesaust war.

»Du hast mich zu Tode erschreckt …«, wandte eine rauchige Stimme ein.

Claires Kopf fuhr augenblicklich herum. Ian betrat das Zimmer fast schon gelassen, mit einem Kaffee in der einen und einem Becher Tee in der bandagierten Hand. Direkt hinter ihm trippelte Tina in den Raum.

War er wütend? Claire blickte ihren Freund erwartungsvoll an und beobachtete stumm, wie er die Pappbecher auf dem Tisch abstellte.

»Schlaues Häschen«, fuhr er zwinkernd fort. Erleichterung durchspülte sie. Womöglich war er sogar stolz auf ihren Einfall, wenn man davon absah, dass sie sich zuvor heimlich aus dem Staub gemacht hatte.

Lächelnd sah sie zu ihm auf.

»Glaub ja nicht, das war's schon«, begann er vorwurfsvoll, während ihr Vater aufstand, um ihm Platz zu machen. »Was hast du dir nur dabei gedacht?«

Claire verzog das Gesicht. »Was hätte ich denn tun sollen? Darauf warten, dass Jackson noch einmal versucht, dich umzubringen? Dabei zusehen, wie du zum Mörder wirst und wegen ihm ins Gefängnis wanderst?«

Im Hintergrund hörte sie ihren Vater, wie er sich, wie immer, wenn ihm etwas peinlich war, leise räusperte. Tina trat unterdessen nur verlegen von einem Fuß auf den anderen.

»Weißt du, was für ein Unterfangen es war, den Bullen auf dem Polizeirevier zu erklären, warum wir längst wussten, wo Jackson sich versteckt hält und sie im Dunkeln gelassen haben? Hast du eine Ahnung, wie viel Ärger du Anthony und mir eingebrockt hast? Verdammt nochmal, hast du überhaupt richtig darüber nachgedacht, welche Konsequenzen dein Handeln haben könnte? Dir hätte sonst etwas passieren können!«

Claire schwieg einen Moment. »Nein. Ian, es tut mir leid … ich hatte solche Angst um dich. Ich weiß, dass ihr einander irgendwann umgebracht hättet … Glaubst du denn, ich will dich verlieren? Ich hatte ja nicht geplant, entführt zu werden! Die Sache der Polizei zu übergeben, schien mir das geringere Übel zu sein.«

»Nicht, wenn das geringere Übel bedeutet, dass du dich in Gefahr begibst.«

Erschöpft seufzte sie und wechselte das Thema.

»Warum bin ich hier? Mir fehlt doch nichts.«

»Warte, bis die Schmerzmittel aufhören zu wirken«, warf Tina mit verschränkten Armen ein.

»Die Polizei hat darauf bestanden und das war auch gut so. Du hast dir arg das Knie geprellt und dir eine leichte Gehirnerschütterung zugezogen.«

Claire zog überrascht die Augenbrauen zusammen. Vorsichtig bewegte sie ihre Beine. Sie erinnerte sich vage daran, von Felix inmitten des Kugelregens hart gegen den Metalltisch gestoßen worden zu sein. Siedend heiß hatte der Schmerz ihr die Sicht versperrt, und doch war er nur von kurzer Dauer gewesen. Zu berauschend war das Adrenalin gewesen, das durch ihre Adern pulsiert war. Ians Stimme hallte wie die eines Geistes durch ihren Kopf. *Geh! Lauf! Bring dich in Sicherheit!*

Ihr Fluchtversuch. Jackson!

»Was ist mit Jackson? Wo ist er? Ist er ...?«

»Er lebt und wartet in einer Zelle auf seine Verurteilung.«

»Was ist mit den anderen?«

»Ein paar Polizisten sind schwer verletzt, zwei von ihnen wurden notoperiert und liegen auf der Intensivstation. Dasselbe gilt für Jacksons Speichelschlucker. Die Ärzte sind sich nicht sicher, ob einer von ihnen die Nacht überleben wird. Anthony geht es aber gut. Er ist bereits auf dem Weg zurück nach Manchester.« Ian sah ihr tief in die Augen. »Und Felix ist tot.«

Erschrocken schnappte sie nach Luft. »Nicht durch meine Hand. Tinas Vater hat ihn erschossen. Die anderen Lackaffen – wie auch immer sie heißen mögen – wurden ebenfalls festgenommen.«

»Deine Mutter hat heute auf dich aufgepasst, Claire«, wandte ihr Vater ein.

Claire nickte verstehend. Es war ein ganzer Haufen an Informationen, den sie da zu verarbeiten hatte.

»Was ist mit dir?«, fragte sie weiter.

»Ich bin unantastbar.« Ian schmunzelte gerissen. »Es gibt nach wie vor nicht genügend Beweise, um mich einzusperren, Häschen. Nachdem Jackson einen Anschlag auf mich verübt hat, stecke ich sogar in der Rolle des Opfers. Damit hat er sich selbst ein Bein gestellt.«

»Warum um Himmels Willen hast du der Polizei das zuerst verschwiegen? Du wusstest von Beginn an, dass Jackson die Gasleitung in deinem Haus manipuliert hat«, widersprach Tina mit zusammengekniffenen Augen. »Dann wäre sie niemals auf die hirnrissige Idee gekommen, allein loszuziehen.«

Ian blickte sie finster an. »Das weißt du ganz genau.«

Schnaubend schüttelte sie den Kopf und wandte sich wieder an Claire. »Niemand außer dir bringt es fertig, sich in einen Mann zu verlieben, der der Polizei einen Mordversuch verschweigt, um, wie war das noch gleich, ›eigenständig Rache‹ *zu nehmen*?«

Angewidert malte sie mit ihren Fingern Anführungszeichen in die Luft.

Claire stieß lediglich ein Seufzen aus. »Ist das jetzt noch wichtig? Es ist vorbei.«

»Leider nicht ganz, Häschen«, fuhr Ian mit belegter Stimme fort. »Jackson hat der Polizei nach seiner Festnahme Informationen über Anthonys Organisation gesteckt. Sofern ich Neil nicht dazu überreden kann, mir noch einmal zu helfen, werden wir einiges zu tun haben, um unsere Spuren zu verwischen.«

Ihr Vater holte tief Luft. Ihm war deutlich anzusehen, dass er von Ians Plan nicht viel hielt. Wer weiß, was sie noch alles verpasst hatte, denn offensichtlich schien es ihren Freund nicht weiter zu stören, dass ihr Dad und Tina inzwischen ebenso wie Neil in seine beruflichen Tätigkeiten eingeweiht waren.

»Und ... und was heißt das jetzt?«

»Das heißt in erster Linie, dass ich für eine Weile die Stadt verlassen muss.«

Claire stockte. »Wie bitte? Wohin willst du denn? Etwa auch nach Manchester?«

»Nach Hause. London. George und Anita kommen mit mir. Sie müssen geschäftlich in die Stadt«, erklärte er ihr bedauernd. Claire biss sich enttäuscht auf die Unterlippe.

»Lässt ihr uns kurz allein? Bitte?«

Ihr Vater nickte verständnisvoll. Er musste einen Arm um Tina legen und sie mit sich schieben, damit sie ebenfalls den Raum verließ. Einige Sekunden lang herrschte eisige Stille.

»Ich will nicht, dass du gehst«, grummelte Claire.

»Natürlich nicht, Häschen.«

»Nein, Ian. Ich dachte eigentlich, ich müsste keine Angst mehr um dich haben, wenn Jackson erst hinter Gittern sitzt, aber jetzt ... bitte bleib bei mir.« Tränen sammelten sich in ihren Augen. Sie war noch immer aufgewühlt, die letzten Stunden ein Brocken, den sie nicht zu schlucken vermochte. Die starken Schmerzmittel taten ihr Übriges.

»Claire ... meine Süße, ich kann nicht.« *Meine Süße.*

Schluchzend sah sie in seine meerblauen Augen, als er ihr übers Haar strich, gewillt, sich in ihnen zu verlieren, bis er es sich anders überlegte. Neil musste Ian helfen, unter den Tisch zu kehren, was Jackson der Polizei brühwarm erzählt hatte – er hatte schließlich dazu beigetragen, den Fall einiger gewalttätiger Junkies aufzuklären.

»Du kannst. Hör auf mit dem Hacken. Du hast doch genug Geld, du müsstest dir noch nicht einmal einen anderen Job suchen. Sag … sag Anthony, dass du aussteigst, und dann wird Neil dir bestimmt unter die Arme greifen, um deine Akte reinzuwaschen. Bitte.«

»Claire, dieser Beruf ist ein Teil von mir. Mit Anthony habe ich außerdem ohnehin noch ein Hühnchen zu rupfen. Ich bin nicht der Gute. Das war ich nie. Dieser Zug ist schon lange abgefahren.«

»Aber auch nicht der Böse«, wisperte sie mit zitternder Unterlippe. »Wird das denn immer so sein? Werde ich immer um dich bangen müssen? Ian, was ist, wenn diesmal etwas schiefläuft und sie dich wirklich festnehmen?«

Der Schwarzhaarige schloss für einen Moment die Augen. »Ich werde bald wieder hier sein. Inzwischen wünsche ich mir, dass du dich auf die Uni konzentrierst, deine Prüfungen schreibst und dich von all dem hier …« – mit einer ausschweifenden Handbewegung deutete er in den steril weißen Raum – »… erholst, bis ich wieder da bin.«

Mit entschlossener Miene ließ er von ihr ab.

»Ian, bitte geh jetzt nicht.«

»Noch nicht. Ich fahre morgen früh.«

Verzweifelt griff Claire nach seiner Hand. Das herzzerreißende Seufzen, das ihm dabei entfuhr, trieb ihr einen spitzen Pfeil mitten ins Herz.

»Lass mich mit dir kommen.«

»Ich verspreche dir, vorsichtig zu sein. Sagte ich nicht gerade, was du tun wirst?«

»Den Teufel werde ich tun, Ian. Vor ein paar Stunden wurde ich beinahe von einem drogenabhängigen Taugenichts erschossen, und das alles, um dich davon abzuhalten, jemanden umzubringen – und um zu verhindern, dass *dich* jemand umbringt. Dank es mir nicht, indem du mich jetzt allein lässt!«, zischte sie wütend.

»Häschen, wenn ich nicht gehe, werde ich dich ebenfalls verlassen müssen und du darfst mir einen Kuchen mit eingebackener Feile zum Besuchstag durch das Gitter schieben«, erwiderte er.

»Aber doch nicht, wenn Neil ...« Resigniert brach sie ab und blickte betreten zu Boden. Wieso auch musste er immer Recht behalten? »D-das heißt ... du bleibst heute Nacht noch?«

Ian nickte. »Solange du willst. Allerdings glaube ich, dass es illegal ist, Sex auf einem Krankenbett zu haben.«

»Seit wann hältst du dich denn an Gesetze?«

»Habe ich gesagt, dass ich es tun würde?«

Claire grinste verstohlen, als er zu ihr aufs Bett kletterte und seine Lippen fest auf die ihren presste. Ein paar Stunden. Noch ein paar Stunden würde er ihr erhalten bleiben, ehe sie für weiß Gott wie lange allein in Stone zurückblieb. Zumindest wusste sie diese kostbare Zeit sinnvoll zu nutzen. Gerade jetzt brauchte sie Ians Berührungen mehr denn je.

KAPITEL 34

»Sobald du morgen deine letzte Zwischenprüfung überstanden hast, will ich ausgiebig shoppen gehen. In Manchester hat ein neues Geschäft aufgemacht, so ein süßer Modeladen aus Italien.«

»Oh, bitte nicht. Dann darf ich wieder stundenlang dabei zuschauen, wie du im Minutentakt Klamotten anprobierst, die alle fast exakt gleich aussehen.«

Tina grinste verschlagen. »Aber am Ende einer erfolgreichen Shoppingtour winken stets ein leckerer Kaffee von Starbucks und ein schmackhaftes Sandwich von Subway, oder?«

»Klingt super«, maulte Claire zurück. Unbeeindruckt fing sie den roten Strohhalm in ihrer Kirschcola mit den Lippen ein und trank einen gierigen Schluck, um die große Hawaiipizza, die sie eben gegessen hatte, hinunterzuspülen.

»Allzu begeistert klingst du aber nicht unbedingt.«

»Tut mir leid ... es ist nur ...«

»Ian?«

Claire nickte schuldig. »Wir haben schon Mitte Dezember, Tina. Ich dachte, wir hätten es hinter uns, einander alles zu verheimlichen.«

Tina lehnte sich mit verschränkten Armen und gerunzelter Stirn zurück. »Ich dachte, ihr telefoniert jeden Abend miteinander«, begann sie vorsichtig.

»Wir schreiben einander Nachrichten. Wenn überhaupt ruft er an den Wochenenden an.«

»Und was schreibt er?«, bohrte Tina neugierig nach.

Claire zuckte mit den Schultern. Egal, wie sehr sie ihn vermisste und ihm krummnahm, dass er es schon zum wiederholten Male für richtig hielt, sie im Dunkeln zu lassen, seine Nachrichten zauberten ihr jeden Tag ein Lächeln ins Gesicht.

»Er schreibt mir, wie es ihm geht, fragt mich, wie mein Tag war, wünscht mir süße Träume ... aber jedes Mal, wenn ich versuche ihn darauf anzusprechen, wie es mit Anthonys Geschäften läuft, blockt er ab oder wechselt das Thema – sogar, wenn ich nach seinem Tag frage.«

»Vermutlich will er, dass du dir nicht wieder Sorgen machst. Letztes Mal hast du es schließlich fertiggebracht, dich seinetwegen in Lebensgefahr zu begeben«, erwiderte Tina tröstend. Ein leichtes Schulterzucken unterstrich ihre sanften Worte, doch Claire stieß bloß ein sarkastisches Schnauben aus.

»Funktioniert ja bestens.« Einen Augenblick lang herrschte Stille. »Glaubst du, er trifft sich mit einer anderen?«

Tina hob ungläubig die Augenbrauen. »Nach allem, was passiert ist? Das glaubst du doch wohl selbst nicht.«

»Ich weiß ...« Schniefend stützte sie die Ellbogen auf den Tisch und vergrub das Gesicht in den Händen. »Ich fühle mich so schlecht, das überhaupt nur in Erwägung zu ziehen, aber ich vermisse ihn. Mein Kopf malt sich Horrorszenarien aus!«

»Es fällt mir ausgesprochen schwer, dich zu bemitleiden. Immerhin hast du jemanden, den du vermissen kannst.« Tina grinste schief. »Weißt du, ich glaube, ich kann mit ihm leben. Er ist nicht so schlimm, wie ich anfangs dachte. Wir haben im Krankenhaus eine ganze Weile miteinander geredet. Du hast nicht übertrieben. Ian würde für dich töten, Claire.«

Sie lächelte schwach. Die Flugzeuge in ihrem Bauch drohten sie zu überwältigen, je länger ihre beste Freundin von ihm schwärmte. Sie konnte kaum glauben, dass sie sich anfangs so vor ihm gefürchtet hatte. Einschüchternd war er noch immer, das musste sie ihm zugestehen – aber unter seiner harten Schale befanden sich ein weicher Kern und ein warmes Herz, das er ihr still und heimlich geschenkt hatte.

»Hat er dir erzählt, dass seine letzte Beziehung Jahre her ist?«

Claire nickte. Zu Beginn hatte sie geglaubt, er wäre ein begehrter Frauenheld, der alles in sein Bett schleppte, was Brüste hatte. »Natürlich. Aber er hat mir nie erzählt, warum sie zu Bruch gegangen ist.«

»Mir auch nicht«, antwortete Tina leise. »Aber weißt du, was er mir gesagt hat? Dass er sich geschworen hat, sich nie wieder so unsterblich in eine Frau zu verlieben. Dann hat er dich kennengelernt und sämtliche seiner Prinzipien über Bord geworfen, weil er dich um jeden Preis erobern wollte.«

Claire sah blinzelnd auf. »Das hat er dir erzählt, während ich bewusstlos im Krankenhaus lag?«

Nickend fuhr Tina fort. »Ich denke, das war der Moment, in dem ich beschlossen habe, ihm zu vertrauen. Er ist vielleicht kein Traumprinz, der an seinen freien Wochenenden ehrenamtlich im Tierheim arbeitet, aber er ist auch kein schlechter Mensch.«

»Natürlich ist er das nicht«, murmelte Claire kaum hörbar. Er war ihr Hauptgewinn. Der Hauptgewinn, den sie womöglich gar nicht verdiente. Und jetzt war er für weiß Gott wie lange einfach verschwunden.

~ * ~

Keuchend ließ Claire ihren Kugelschreiber fallen. Die letzte Frage umfasste satte fünfhundert Wörter, die sie in Rekordzeit auf ihren Prüfungsbogen gekritzelt hatte. Stolz erhob sie sich von ihrem Platz und schlich zum Professor, um ihre Arbeit abzugeben, bemerkte dabei mit Erleichterung, wie ihr ein Stein vom Herzen fiel.

Als Erstes freute sie sich jetzt auf ein nach Aprikosen duftendes Schaumbad und einen spannenden Roman, abends auf eine hausgemachte Pizza und eine romantische Komödie im Fernsehen. Etwas Entspannung würde ihr guttun. Seit dem Vorfall mit Jackson, ihrem Krankenhausaufenthalt und Ians Verschwinden hatte sie sich kaum eine Pause gegönnt und stattdessen Hals über Kopf in ihre Lernunterlagen gestürzt. All die wissenschaftlich formulierten Texte hatten sie gekonnt von den Geschehnissen der letzten Wochen abgelenkt und nun, da sie von Tests und

Klausuren fürs Erste endlich befreit war, betete sie inständig, dass ihre Gedanken ein wenig zur Ruhe kommen würden.

Frohen Mutes verließ sie den Campus und eilte geradewegs in Richtung Bahnhof. Wenn sie sich beeilte, erwischte sie noch den früheren Zug nach Hause.

»Hallo, Häschen.«

Claire blieb wie angewurzelt stehen. Hektisch fuhr sie herum, ignorierte dabei, wie ihr die Tasche von der Schulter rutschte, und suchte den Parkplatz fanatisch nach einem schwarzen BMW ab.

Nichts. Kein schwarzes Auto weit und breit. Halluzinierte sie etwa?

»Sieh genauer hin«, ertönte Ians Stimme noch einmal. Dieses Mal entdeckte sie ihn. Zwischen einem blauen und dunkelgrauen Wagen lehnte er lässig an der Motorhaube und grinste sie verstohlen an.

Eine weitere Sekunde verstrich – und dann flog sie regelrecht in seine Arme. Ians warmes Lachen ging ihr durch Mark und Bein und erfüllte sie bis in die Zehenspitzen, als er sie hochhob und zweimal durch die Luft wirbelte, ihre Arme fest um seinen Hals geschlungen.

Bereits im nächsten Augenblick küsste sie ihn so leidenschaftlich, dass ihnen beiden der Atem wegblieb.

»Du bist wirklich hier«, hauchte sie gegen seine Lippen. Ian lehnte seine Stirn gegen Claires und schloss die Augen. Ihre Nasen berührten sich mit jeder Bewegung wie bei einem hingebungsvollen Eskimokuss.

»Warum hast du mich nicht angerufen?«

»Ich wollte dich überraschen«, erwiderte er zwinkernd.

»Das ist dir gelungen. Seit wann bist du hier?«

»Seit heute Morgen. Ich hatte noch ein paar Dinge zu erledigen.«

Claire hob mahnend die Augenbrauen. »Warum hast du ein neues Auto?«

Ian schmunzelte. »Einen Audi R8 in Dunkelgrau, nagelneu und voll ausgestattet mit allem, was ein Mann sich wünschen kann«, schwärmte er grinsend. »Anthony und ich haben das gesamte Unternehmen umgepolt, damit die Polizei ihre Fährte verliert. Ein neuer Name, ein neuer Hauptsitz, neue Bankkonten ... Anthony hat keine Kosten und Mühen gescheut.«

»Und dir ein neues Kennzeichen zu besorgen, wäre aufwendiger, als für mehrere zehntausend Pfund ein neues Auto zu kaufen?«, warf Claire tadelnd ein.

»Ich sagte doch, ich habe noch etwas bei ihm gut. Anthony steht tief in meiner Schuld, seit er dir verraten hat, in welchem Dreckloch Jackson sich verkrochen hat. Er wird mir noch eine ganze Menge Gefallen tun müssen, bis ich ihn wieder vom Haken lasse.«

Sie konnte nicht anders. Euphorisch beugte sie sich vor und fing seine Lippen erneut in einem langen Kuss ein.

Ian blickte so selig drein, als hätte man ihm den Nobelpreis verliehen. »Lass uns fahren.«

»Zu dir nach Hause?« Er hatte ihr letzte Woche noch erzählt, dass er sich in Stone inzwischen ein neues Haus gekauft hatte. Sie war gespannt darauf, zu sehen, wie er es eingerichtet hatte. Hoffentlich persönlicher als das letzte Mal.

»Ein andermal. Wir fahren zum Flughafen.«

»Zum ... was? Was ist da?«

Ian lachte amüsiert in sich hinein. »Flugzeuge. Ganz viele Flugzeuge und eines davon wird uns heute von England wegbringen.«

»Was? Wo ... wohin fliegen wir denn?« Claires Augen weiteten sich ungläubig. Sie hatte beinahe vergessen, wie sehr sie seine dominante Ader erregte – und inzwischen war sie auch längst gewillt, sich seinen spielerischen Launen hinzugeben. Für gewöhnlich kam sie dabei schließlich stets auf ihre Kosten.

»Das verrate ich dir am Gate. Hol deine Tasche wieder und steig ein, Häschen.«

»Aber Ian, ich habe doch gar nichts gepackt!«

»Deinen Reisepass habe ich. Alles andere besorgen wir dir vor Ort.«

Verdutzt rang sie um die richtigen Worte. »U-und was ist mit meinem Dad? Wir haben bald Heiligabend, ich kann doch nicht einfach ...«

»Du wirst pünktlich vor Weihnachten wieder zuhause sein, versprochen. Raymond weiß, dass ich hier bin, und er weiß auch, was wir vorhaben.«

»Und er war einverstanden?«, stieß sie erstaunt hervor.

»Er war nicht unbedingt begeistert, als ich vor seiner Haustür stand und ihn um deine Dokumente bat, wenn du es genau wissen willst. Aber ich denke, er hat sich inzwischen dazu überwunden, darauf zu vertrauen, dass du bei mir in guten Händen bist.« Der zweideutige Unterton in seiner Stimme entging ihr dabei nicht.

Claire errötete vorfreudig. Sie hatte ihn wieder. Und sie konnte es jetzt schon kaum erwarten, ihn wo auf der Welt auch immer wieder leidenschaftlich zu lieben.

EPILOG

IAN

»Ich würde mich ja gerne darüber beschweren, was für ein Klischee es ist, dass du mit mir nach Paris fliegst ... aber ich kann nicht.« Claire strahlte wie ein kleines Kind, das man eben zum ersten Mal vor einen funkelnden Weihnachtsbaum gesetzt hatte.

Ian hatte Tickets in der ersten Klasse gebucht und sie samt Nackenkissen und teurem Wein an einen Platz am Fenster verfrachtet, auf welchen sie sich nach mehreren Stunden Wartezeit und einer angekündigten Verspätung ihres Flugs erleichtert fallen ließ und sich sogleich eng an ihn kuschelte. Währenddessen legte die Flugbegleiterin den Passagieren mit einem starken französischen Akzent die Sicherheitsvorkehrungen nahe und warnte schließlich mit monotoner Stimme vor ein paar zunehmenden Turbulenzen, die sie nicht weiter beunruhigen sollten.

Draußen war es bereits stockdunkel. Bis sie in Frankreich landen und sich in dem teuren Fünf-Sterne-Hotel, mit dem er bereits geprahlt hatte, einnisten konnten, würden noch mindestens anderthalb Stunden verstreichen. Durch den strömenden Regen, der ihnen beim Abheben die Sicht versperrte, vielleicht auch zwei.

Ian sah nachdenklich auf seine Armbanduhr. Es war kurz vor Mitternacht. Schlagartig erinnerte er sich an ihren ersten Kuss im Regen zurück. Wenn er geahnt hätte, dass seine Notiz an jenem Morgen sein Leben so sehr verändern würde ...

Heute um Mitternacht im alten Park ... Sei pünktlich, Häschen.

Claire hob verliebt lächelnd den Blick. Sein Herz setzte vor Zuneigung fast einen Schlag aus, als er ihn erwiderte. Es grenzte noch immer an ein Wunder, dass sie sich an dem Abend keine Erkältung eingefangen hatten. Noch erstaunlicher war, dass diese kalte Oktobernacht gar nicht so weit zurücklag.

»Woran denkst du, Häschen?«, fragte er sie sanft.

»An unseren ersten Kuss. Es war Mitternacht und es hat geregnet. So wie jetzt.«

»Weißt du, genau daran habe ich auch gerade gedacht.«

Claire beugte sich nach vorne und drückte ihre Lippen sanft gegen Ians.

»Meinst du, das bringt uns Glück?«, fragte sie leise.

Ian schmunzelte selig. »Alles Glück der Erde, Claire. Ab heute gehört uns die Welt.«

DANKSAGUNG

Ein großer Dank geht an meine liebevolle Familie, vor allem meine Eltern, die nie aufgehört haben, mit mir an meine Träume zu glauben, die mich immer unterstützen und für mich da sind und die mir mit Rat und Tat zur Seite gestanden und mich auf dem Weg zur publizierten Autorin eifrig begleitet haben.

An Knittel Oma, Schlatti Opa, Tante Renate und Knittel Opa, die Familienmitglieder, die ich nicht mehr in die Arme schließen kann und die die Veröffentlichung meines ersten Romans nicht mehr miterleben können, und an Onkel Lois, ohne dessen Unterstützung ich dieses Buch jetzt nicht in den Händen halten könnte – ich schicke euch allen liebe Grüße in den Himmel.

An meine liebe Lektorin Kristina Licht, die mir dabei geholfen hat, diesen Roman aufzupolieren, bis er glänzte, und an meine Korrektorin Franziska Sprenger, die mit Argusaugen die letzten Fehlerteufel aus dem Buch verscheucht hat.

Und zum Schluss noch an meine vielen Leserinnen und Leser in den großen Weiten des Internets, die schon genauso ungeduldig wie ich auf dieses Buch hingefiebert haben und die mich tagtäglich unglaublich dazu motivieren, fleißig in die Tasten zu hauen.

Ich danke euch allen!

ÜBER DIE AUTORIN

S. Serpente hört auch auf den Namen Stefanie und wurde 1997 in Villach, Österreich, geboren. 2020 schloss sie ihr Masterstudium in Visuelle Kultur ab und lebt seit 2021 in London, wo sie im Bereich Creative Arts arbeitet. Sollte sie ihre Nase ausnahmsweise einmal nicht in einem Buch vergraben haben, schwärmt sie am liebsten von fiktiven Bösewichten, die taffen Heldinnen das Herz stehlen, träumt sich in die Fantasiewelten von Filmen, Serien und Büchern und reist gern.

KONTAKT UND SOCIAL MEDIA:

www.sserpente.com
www.linktr.ee/sserpente

Dieses Buch ist ein fiktives Werk. Obwohl einige der genannten Orte sowie der genannten Marken etc. tatsächlich existieren, ist diese Geschichte frei erfunden. Namen, Figuren und beschriebene Ereignisse entstammen der Fantasie der Autorin. Jegliche Ähnlichkeit mit wahren Begebenheiten oder Personen, ob lebendig oder tot, ist rein zufällig.

Ingram Content Group UK Ltd.
Milton Keynes UK
UKHW010804270323
419227UK00004B/426

9 783754 379363